偏偏喜欢你 2

李不言 著

江苏凤凰文艺出版社
JIANGSU PHOENIX LITERATURE AND ART PUBLISHING

图书在版编目（CIP）数据

偏偏喜欢你 . 2 / 李不言著 . -- 南京：江苏凤凰文艺出版社，2024.6
ISBN 978-7-5594-8632-5

Ⅰ.①偏… Ⅱ.①李… Ⅲ.①长篇小说 – 中国 – 当代 Ⅳ.① I247.5

中国国家版本馆 CIP 数据核字 (2024) 第 090268 号

偏偏喜欢你 . 2

李不言 著

出版统筹	曾英姿
责任编辑	周颖若
特约编辑	夏 沅　鹿 川
装帧设计	黄 芸
封面绘制	阿 醒
出版发行	江苏凤凰文艺出版社
	南京市中央路 165 号，邮编：210009
网　　址	http://www.jswenyi.com
印　　刷	湖南天闻新华印务有限公司
开　　本	880mm×1230mm　1/32
印　　张	9.5
字　　数	317 千字
版　　次	2024 年 6 月第 1 版
印　　次	2024 年 6 月第 1 次印刷
书　　号	ISBN 978-7-5594-8632-5
定　　价	45.00 元

江苏凤凰文艺版图书凡印刷、装订错误，可向出版社调换，联系电话 025 - 83280257

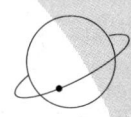

目录

第一章 · *001*
偏向虎山行

第二章 · *031*
我得给你颁个奖

第三章 · *060*
天生一对

第四章 · *089*
我带蛮蛮去看烟花

第五章 · *120*
为老婆作嫁衣

CONTENTS

第六章 · *149*
可以亲一下吗

第七章 · *181*
宋蛮蛮也是姜慕晚

第八章 · *211*
我娶的是宋家蛮蛮

第九章 · *242*
有人撑腰了

第十章 · *276*
愿植梧桐于庭

C O N T E N T S

第一章
偏向虎山行

姜老爷子谋划的算盘打得噼啪响。姜慕晚站在局内,看清了他的把戏,却也不急着拆穿。

曹岩从外面回来,望着离去的姜慕晚颇有些震惊,一时间,也顾不上手机在嗡嗡作响。

他一脸惊魂未定地往后退了几步,站在门口,按住自己那剧烈起伏的胸口。

顾江年和姜慕晚这就在一起了?

"你杵在这里干吗?"徐放伸手拍了拍他的肩膀。

曹岩转头望向徐放:"你猜我刚刚看见谁了?"

他这副样子,肯定是见到姜副总了,总不能是青天白日见了鬼吧!

但这话徐放不能明面上说,俯身同他耳语了三个字,话音刚落,便飞快地捂住他的嘴巴,将他的惊呼扼制在喉间。

这光天化日之下,在顾公馆见到姜家慕晚比见到鬼还可怕。曹岩将嘴巴上的手扒拉下来,望着徐放,深吸了口气:"他们在一起了?"

"老板疯了?和谁在一起不好,偏偏要和姜慕晚……"

徐放听此言,叹了口气,莫名觉得自己与曹岩的想法不谋而合。不、不、不,是和君华所有老总,何止是曹岩一个人。

"我瞅你这表情,这事是真的?"

"你刚刚不是都看到了?"

"顾公馆不是不接待女客吗?姜副总难道不是女性?"自顾公馆建

成以来，这偌大的宅子里，除去顾母，从未有女性来过。

顾公馆落成之时，有媒体猜测顾江年建这顾公馆是为了金屋藏娇。于是，许多媒体举着长枪短炮在此蹲守数月有余。

顾江年知晓，倒也不恼，只甩出了一句："让他们蹲就是。"

这不是无所谓，而是身正不怕影子斜的硬气。

那年，顾江年初次遇见柳霏依，因频繁见面，又斥巨资为她铺垫前路，众人猜测着，这位阿娇或许就是柳霏依。

可半年过去，媒体记者们不分昼夜地蹲守在顾公馆门口，只见顾江年每日晨出晚归，却不见柳霏依迈进顾公馆大门半步。

莫说柳霏依了，除了顾母，就连其他任何一个女性都没有，如此，这些流言蜚语才渐渐消散。

2008年的顾江年与2004年的顾江年有所不同。

若说2004年的顾江年是英姿飒爽、所向披靡的战士，那么2008年的顾江年便是沉稳睿智，站在幕帘之后的指挥官。

他依旧被众人所知，只不过是不再高调。然而就是这般不再高调的人，娶了姜慕晚为妻——一个绯闻不断的女人。

徐放望着曹岩——只是发现他们在一起就这么激动？若是知晓二人领了证，不得震惊得原地昏倒？

他抬手摸了摸面颊，叹了口气，望着曹岩，极其好心地给他做心理建设："姜副总不是女客。"

"是什么？"曹岩急切地反问。

"女主人。"徐放望着他一字一句道。

话音落地，曹岩沉默了，拿在手上的手机哐当一声掉在地上，幸亏身后人的正在争执，没有听见。

曹岩张大嘴巴惊愕地望向徐放，整个人都处在一种震惊的状态中。不可置信、惊愕、难以理解，种种情绪在他脸上轮番浮现，万般精彩。

曹岩觉得顾江年疯了。

这C市任何人都可以娶姜家的女儿，但顾江年不行。

姜老爷子那般诡计多端，且端着自己长辈的架子，向来是将华众放在巅峰之上，与他们君华相提并论。顾江年娶了姜慕晚，若这女人日后有何私心，顾江年在君华难免会被人诟病，更可怕的是，说不定会因姜慕晚多生事端。

若是姜慕晚借用顾江年的手，为华众谋了好处，他们不得气得吐血？

更何况姜慕晚与季言庭的绯闻漫天飞。

"老板疯了?"曹岩沉默了良久,才从牙缝里吐出这么一句话。

徐放想,若是曹岩知晓自家老板为了娶姜家慕晚,步步为营,且花数亿为聘,会如何?

"这是老板跟姜副总的事情。"徐放提醒。

"姜老不知道?"曹岩疑惑开口。

徐放未答。但他这样的反应也相当于变相承认。

顾江年从二楼下来,便见曹岩跟徐放一脸深沉地站在门后。他走近,睨了二人一眼,温声开口:"怎么站在这儿?"

"老板。"曹岩突兀地开腔,让徐放心头一颤。

顾江年手指夹着烟,侧眸望向曹岩,见他神色怪异,又将目光落在徐放身上,似是无声询问。

仅这一眼,让徐放心头一惊,如实作答:"曹总刚刚看见姜副总了。"

顾江年未急着回应曹岩,反倒是看着徐放,语气有几分警告:"还叫姜副总?"

这句话,明显是对徐放称呼姜慕晚为姜副总感到不悦。

徐放一惊,赶忙改口:"是太太。"

男人抬手抽了口烟,漫不经心地"嗯"了声。

曹岩听闻这声"太太",吓得失魂落魄,一句话未经大脑便脱口而出:"姜副总实在是不适合做君华的女主人。"

身为下属兼好友,无论从哪一方面出发,曹岩的这句话可谓是发自肺腑,颇有一种邹忌苦口婆心规劝君主的意味。

顾江年大抵是猜到了曹岩会说这话,未有半分惊讶,只是抬起手,不急不慢地抽了口烟:"那谁合适?"

曹岩没想到顾江年会轻飘飘地反问这么一句,一时之间,愣住了。

眼前的男人正在吞云吐雾,视线被烟雾遮挡,让他看不太真切。

"你瞧,我问你谁合适,你不知晓。"

"我确实不知道谁合适,但我知道姜副总不合适。"

姜慕晚不是合适之人,眼下顾江年即便是娶一个家世清白的普通女子也是好过她的。

可怎么就偏偏娶了姜慕晚?

"男人娶妻,要么娶德,要么娶貌。不得不说,姜副总相貌还是极好的。"

顾江年悠悠开口。

可此时曹岩正急切,哪里听得出自家老总话语间那半分玩笑之意,于是在一旁狠狠地补了一刀:"顾董认为貌美的女人别人也这般认为。我可是听说了,尚嘉里头就有她的老相好。"

顾江年:"……"

徐放:"……"

曹岩觉得这么两句话,杀伤力是远远不够的,于是再说:"姜副总回到 C 市不过一年,绯闻对象先是杨逸凡后是季言庭。古人言'娶妻娶贤娶德',姜副总若是老实顾家还好,若是不老实顾家,顾董即便是收购两个尚嘉的大消息传出去,也不见得能压住她的那些绯闻。"

徐放站在曹岩身后,着急地伸手拉了拉这人的衬衫,示意他闭嘴。可曹岩此时一心为主,哪里顾得上理会徐放?

午后时分,一行人来到顾公馆的茶室。

曹岩谈及姜慕晚,语气越来越激动。

大抵是觉得自己作为顾江年的左膀右臂,这些年为公司做出了不少成绩,而顾江年本就是一个亲贤臣的人,所以曹岩有了些飘飘然了。

闹哄哄的茶室,瞬间安静了下来。

众人在曹岩简短的话语中捕捉到姜副总、娶妻之类的字眼。将这些关键信息拼凑起来,难免想到华众那位未掌实权的姜副总,他们又细细思忖自家老板对人家的态度,心中有些隐隐的猜测,但这些猜测,他们尚且不敢求证。

若姜副总真成了自己的老板娘,那就刺激了。

不、不、不,不能用"刺激"二字来形容。

若是姜慕晚跟顾江年走到一起,这 C 市只怕也会被震一震。

这群人想到此处,连忙在心里安慰自己,给自己做心理建设。

顾江年此刻正夹着一支烟站在曹岩跟前,微微眯着眼望着他,不言不语,似是在思忖什么。

良久,他抬手吸了口烟,烟雾缭绕间,清冷的嗓音响起:"曹副总为主心切,是好事。"

他先是夸了一句,弹了弹烟灰,又道:"公事和家事,是两件不同的事,曹副总的手,伸得当真是长。"

顾江年的话音落地,茶室再次陷入静谧之中。

徐放本是想打个圆场的,此时不敢了。

自家老板显然是怒了,只因曹岩说了姜慕晚。

他望着顾江年,见顾江年抬起手又吸了一口烟,缓缓吐着烟雾,再度冷冷开腔:"自古君便是君,臣便是臣,君再不好,那也是君。"

这话无疑是在敲打曹岩,告诉他逾越了,多管闲事了。

曹岩是个聪明人,一路跟着顾江年摸爬,成为顾江年的左膀右臂,为他冲锋陷阵。若说没点眼色,那是不可能的。

只是这世上有些人,站的位置高了,难免会忘记自己是谁。

他以为顾江年"亲贤臣,远小人",以为自己跟着顾江年一路征战四方,一步步地打下江山,以为自己跟顾江年多喝了几次酒、多吃了几次饭,便能站在朋友的角度去评判他的婚姻。

"我予曹副总高位,是为了让曹副总来给我指点人生的吗?"男人语气深沉地开腔,带着寒意。

曹岩此时心惊胆战。

他的错误在于,不该当着顾江年的面指责姜慕晚的不好。

前面几句规劝的话,顾江年尚无什么感觉,尚且还能笑着问他:"那谁合适?"

可偏偏曹岩最后那番言语,就差直接将"不守妇道"写四个字按在姜慕晚的脑门上。

他顾江年的老婆守不守妇道,不关别人的事。

即便是她不守妇道,也轮不到他们这些人来说。

曹岩今日实在是太过狂妄,狂妄到让顾江年对他没有半分好脸色。

顾江年弹了弹烟灰,说:"君华董事长的位置,我让给你来坐?"

呼啦——

本是坐在沙发上的众人齐刷刷地起身,战战兢兢地低头不敢言。

印象中,顾江年鲜少有这般发火的时候,即便是有怒火也是对外不对内,如同今日这般把利刃指向自家人还是头一次。

而且这头一次,还是因为姜慕晚。

众人皆知,曹岩触了逆鳞。

"顾董勿怒。"曹岩身后,徐放带头说了一句。

"顾董勿怒。"另几个副总齐刷刷地出声,企图为曹岩说话。

"我顾江年娶回家的女人,容不得旁人说三道四。"不好,那也是他自己的事,不是旁人可以言语的,甚至说姜慕晚不守妇道,简直不能忍。

在众人的求情下,顾江年冷冷地望了一眼曹岩:"晚上约尚嘉老总吃饭。"

"鲁樊,你去安排。"

鲁樊与曹岩属于同一个部门,鲁樊是下属,曹岩是上司。

往常这种饭局,顾江年只会带一线副总出门,众人心中暗暗猜测,曹岩怕是要失宠了。

君华第一副总的位置,他怕是要坐不稳了。

顾江年离开,茶室陷入了一片沉默。

徐放抬手狠狠抹了把脸,望着曹岩,一口气堵在嗓子间,上不去,下不来。

他的视线缓缓扫过站在茶室的众人,叹息了一声,开腔:"顾董注重隐私,也不喜旁人过多言语,各位切记。"

一句话,点明了顾江年的不悦所在。

下午,阳光正好。

姜慕晚与季言庭约在了一家私人茶室见面,二人坐在玻璃窗旁,桌上的陶壶正在烧着水。

二人面对面而坐,静静地打量着对方。

服务生进来,做完一系列准备工作,直至转身出去,都未听见这二人出声。

他临退出去前,还不忘回头瞧了这二人一眼。

姜慕晚向来不是个急功近利的人。

从她对付姜家,便能看出一二分。

她能静下心来与姜家众人周旋,按照自己的计划去铺路,去撒网,去步步为营,就足以证明这一点。

此时,包厢内飘着袅袅茶香。

季言庭提着茶壶往杯子里倒水。

他轻声道:"绿蚁新醅酒,红泥小火炉。晚来天欲雪,能饮一杯无?我和姜小姐与此诗不同之处是将酒换成茶。"

姜慕晚低头饮了一口茶。

听到季言庭的话,她唇边笑意加深了几分。

晚来天欲雪,能饮一杯无?

"我不是刘十九,季先生也不是白居易,你我二人之间的情谊,尚未浓厚得可以煮酒论情。"

酒虽流香，但他们二人情谊未至。

季言庭听到姜慕晚这语气平淡的话语，也不恼火，他笑了笑："垓下之战，楚汉相争，众人都言汉高祖刘邦和西楚霸王项羽是敌人，可项羽乌江自刎之后，刘邦却对着他的尸体号啕大哭。"

季言庭抬眸望向姜慕晚，又道："我与姜小姐不是刘十九和白居易，但希望，也不要成为刘邦和项羽。"

敌人也许早已变成了朋友，只是不知晓罢了。

"比如说，两方为敌，断没有随意作罢讲和的道理，季先生私自拉开了帷幕，让一群局外人在台上又唱又跳，可曾问过我这个女主角的意见？"

她冷冷淡淡开腔，语气带着几分些许嘲讽之意。

"姜小姐也知晓，我只是拉开了帷幕而已，并未做出其他冒犯的举动。"

季言庭这番话的言外之意是：我自身端正，不去做什么冒犯姜小姐的事，别人，我管不了。

这番话何其可笑，姜慕晚指尖落在茶桌上，轻轻敲了几下："季先生的这番言论，跟强盗没什么区别。你放火烧了人家的房子，警察抓到你，你却说，你只是划了根火柴，让火烧这么大的人不是你。"

姜慕晚一直以为自己是个女强盗，歪理邪说张口即来。可见了季言庭，才知晓，这人比自己更胜一筹。

"季先生大抵是没听过一句话。"

"姜小姐指教。"

"沉默既是帮凶。季先生的言行举止在我看来，跟帮凶无异。"

他们认识以来，一个是正人君子，一个是豪门淑女，谁也没有将自己真正的一面表现出来。

可求婚一事发生之后，姜慕晚觉得自己被冒犯了，如同拿着一把刀架在她的脖子上，与逼她就范没有区别。

得亏酒塔忽然倒塌救了她一命。否则，此时此刻，她已背上逃婚或不孝的名声。

"让姜小姐这般想，是季某做人失败。"季言庭大方地将错误揽到自己身上。

但是此言出自他的真心吗？

不见得。

他反问姜慕晚:"不知姜小姐有没有听过这样一句话?"

"季先生指教。"她尚且还算客气。

季言庭望着她,温声开口:"未曾否认,便是认可。"

现在绯闻满天飞,姜慕晚身为当事人未曾做出补救措施,对他而言,便是认同。

"姜小姐与姜家的关系并没那么好,你大可做出合理的解释,将一切过错推到我身上来,但你没有,所以季某猜想,姜小姐与我不算敌人。"

"季先生想如何?"她背脊缓缓贴在椅背上,低沉开口,目光落在他身上。

季言庭伸手提起桌面上的陶壶给自己续了杯茶,望着姜慕晚,平静而缓慢地道:"姜小姐助我季家之事,我助姜总夺得华众。"

季言庭的话音落地,对面一声嗤笑声响起:"不知晓的,还以为是季先生要上位。"

她的言下之意——

我凭什么相信你的片面之词?

你季言庭在季家说的话又有几斤几两重?

这种交易要谈,也不是由你来跟我谈。

"这也是家父的意思。"季言庭大抵是猜到了姜慕晚会对他不屑,会冷嘲,因此并没有任何不悦。

季老爷子与姜老爷子或许有多年的情谊在。但季亥此人要的是高位,不在乎情谊。

一个上位者,为达目的不择手段,也在情理之中。

这日清晨,季亥将季言庭喊进书房,道出了如此一番话:"姜慕晚与姜老爷子看来关系并不和睦,姜慕晚并不见得会如了老爷子的意。姜家这一步,怕是凶险。"

"父亲有何打算?"季言庭问。

季亥沉默了片刻,才道:"不管姜家将来落在谁手上,我们的目的都不会改变。你去探探姜慕晚的口风。"

所以才有了季言庭打给姜慕晚的那通电话。

"让你利用自己的婚姻?"

"这些都取决于姜小姐。"

"说说看。"她扬了扬下巴,示意季言庭说下去。

"姜小姐若想结婚,我们便结婚。姜小姐若不想,可以对外宣称我们已经订婚，二月大选一过，就可以宣布我们分手。无论是结婚还是分手，主动权都在姜小姐手里。"

至于到时候对外宣布的他们分手的理由，是性格不合也好，出轨也罢，季言庭不得有任何异议。

姜慕晚闻言点了点头，这样操作，主动权一直都在她手中。

于是，她问道："但是这些于我而言，有何好处？"

"我们合作期间，只要姜小姐不涉及违法之事，想要做的事或对付的人，季某都能替姜小姐做到。"

"若是做不到呢？"她问。

"季某既然敢夸下海口，就绝对不会让姜小姐失望。"季言庭这话回答得有几分技巧——他若是直接回答做不到自己会如何如何，反而将自己置于底位了。

季言庭这句狂妄自大的话，既能避开姜慕晚此刻的追问，又能在关键时刻推卸责任。

当真是极好的。

姜慕晚在心里为这人鼓了鼓掌。

她笑着点了点头："原来这世上，真的有人可以立于不败之地。"

这句话是夸奖还是暗暗嘲讽，全凭听者去猜想。

底牌已出，此时，季言庭只等着姜慕晚的答复。

而偏偏姜慕晚是个多疑之人。

她将手中的茶盏轻轻放下，而后起身，居高临下地望着季言庭，只道出了八个字："我要看到你的诚意。"

言罢，她提着包，转身离开。

没有诚意，谈什么合作？

而姜慕晚想要的诚意，季言庭给不了。

能给她的，只有季亥——他的父亲能做到。

一如季老爷子所言，姜慕晚最终不会成为一个困于内室的女人，她的野心是多少男人都不能相比的。

傍晚时分，姜慕晚回顾公馆。

她本是想回澜君府的，但思及付婧这两日在临县，便又半路开车绕回了顾公馆。

待她归家，才知顾江年离开了。她想，离开便离开吧！省得互看不爽。

"太太回来啦！"兰英见到姜慕晚，立刻快步迎了上来。

这是个难得清闲的周末。

姜慕晚如此觉得。

过了今夜，又要面对另一个战场。

"嗯。"她轻声回应，将手中的外套随意地搭在沙发背上。

"倒杯水给我。"

上午受伤，出门时不觉得有什么不适，这会儿坐下来休息，才觉得膝盖刺疼。

她坐在沙发上，望着落地窗外的景色。

不得不说，顾江年是个非常会享受的人。顾公馆的选址，在这C市再也找不出更好的。

夕阳的余晖洒在屋内，让整间屋子都变得柔和了几分。

姜慕晚等一杯水，等了许久。

兰英将此事吩咐下去后，自己便进了厨房。

下午自家先生出门时嘱咐她炖些补品，眼下见姜慕晚回来，她便去厨房查看。却不想，她在这边看着补品，而那边，姜慕晚坐了许久连口水都未曾喝到。

她起身，迈步朝餐厅而去。

晚上，顾江年在外应酬，其实这场应酬本不需要他出席，往常，派曹岩去便可。

但曹岩提及姜慕晚的那番言论激起了他内心的怒火，顾江年想，不能让其恃宠而骄。

他惜人才，但不能忍受任何人撒野。

顾江年欲要进军传媒业，是以这夜，一众老总在酒桌上都极其拼命。

尚嘉，就是他们打开媒体业的第一道门。

顾江年独具慧眼，最会赏识人才。

谁不知晓君华副总曹岩是被顾江年一手提拔上来的，不然，哪会有他今天的成就？

君华的数位老总个个都是实干家，那些溜须拍马的人也上不了高位。

这就是现在君华发展得如日中天的原因。

晚间九点，酒过三巡，众人转场万和楼。

顾江年看了眼时间，内心有几分煎熬。他频频拿起手机。可姜慕晚还是没给他打电话。

于是顾江年从包厢起身出门,拨了通电话过去,颇有一种"山不就我,我就山"的架势,那边久久没有人接起电话。

姜慕晚洗完澡出来,恰好听见手机响。她快步从浴室走到卧室床头柜,接起电话。

原以为是付婧,不承想是顾江年,她心里虽不爽,但也接了。

但对方开口第一句话便是:"为什么不给我打电话?"

姜慕晚微愣,伸手抽出两张纸巾擦了擦手上的水渍,反问:"我为什么要给你打电话?"

"是不是就算我失踪了,你都不会过问?"顾江年语气不善。

"废话。"顾江年先是听到了如此两个字。

他心中一喜,想着这个小白眼狼可算是要有良心一回了。

只是他高兴得太早,立刻就被无情的冷水泼个透心凉:"你失踪,我才开心。"

"我不用还钱,还能霸占你的财产。"

"你做梦去吧。"顾江年嗤笑道。

"我做鬼也不会放过你。"顾江年被气得不行,委屈都变成了愤怒。

姜慕晚不想隔空跟人吵架,没意思。

索性,她啪的一声挂了电话。

凌晨,姜慕晚在睡梦中被人吵醒,黑暗中,嗅觉异常灵敏,闻到一股浓重的酒味,不想想都知晓是谁。

深夜,万籁俱寂,残月挂在高空。

欢愉之后,主卧室内,顾江年埋首于她的肩胛处。

良久,他轻唤,嗓音低沉:"姜慕晚。"

姜慕晚不应,顾江年的手落在她腰上轻轻捏了捏,试图让她开口。

"你捏我干什么?"姜慕晚没好气地开口。

"我自己老婆,我还不能捏了?"顾江年道。

他们再这样闹下去,就该到黎明了。

顾江年正欲合上眼,身旁的人一脚踹了过来。

"倒杯水给我。"

顾江年听着这软糯的嗓音,侧头望向她。

姜慕晚见顾江年不动,伸出脚,再踹了踹。

顷刻间,顾江年起身伸出手抓住她的脚踝,语气里带着几分咬牙切齿:"你什么时候才能对我温柔点?"

顾江年爱极了她这副懒散的模样，那份懒散，将她周身所有的尖锐都变柔和了几分。

"天塌下来的时候。"姜慕晚语气极不耐烦地应道。

第二日，晨间，顾江年很忙。

昨日结束与尚嘉的应酬之后，从万和楼回到顾公馆的路上，顾江年用手机发了一份文件，成立了君华娱乐工作组。

但工作组的代表人尚未确定。

他连办公室都未进，直接去了会议室。

顾公馆内。

姜慕晚站在衣帽间里，看了看自己身上的白色短袖，再看了看衣柜，随后拿起手机给顾江年拨了通电话。

顾江年许是在忙，将她的电话掐断。

她正叹息着，一条短信发了过来："我在开会！你醒了？"

这感叹号与问号叫姜慕晚好生看了一阵——

开会就开会，你感叹什么？而且，我没醒能给你打电话？

"君华是要破产了吗？"

姜慕晚坐在衣帽间的长凳上，拿着手机给顾江年发了这么一句话。

顾江年："？"

会议室内，大家正就进军传媒行业之事展开讨论，数份调查表接连出现在大屏幕上。

这是一次极其严肃的会议。

除了顾江年，君华会议室内的其他人自从昨夜看到顾江年的那份文件，直到现在，就未曾睡觉。他们或回家，或回公司，彻夜奋战，就为了在今日的会议上能尽快将此事落实下来。

如此重要的关乎君华未来的会议，谁不是心无旁骛地参与其中？可为首的那人，此时，他正拿着手机给姜慕晚发着短信。

姜慕晚伸手拍了一张照片，以彩信的方式发了过来。顾江年伸手点开，看见照片上空荡荡的衣柜，笑了一下。

姜慕晚许是怕他看不懂自己的意思，又拍了一张照片，是他的衣柜。

对比鲜明。

姜慕晚那只挂了两三件衣服的衣柜看起来可怜兮兮的，与顾江年的衣柜完全不同。

见此，顾江年勾起了唇角。

姜慕晚入住顾公馆之前,顾江年特意吩咐过,将衣帽间的衣柜清出一半。没想到姜慕晚却极为不给面子,将空出的衣柜位置浪费。

于是,顾江年开始装傻:"不懂。"

两个字,言简意赅。

不懂?

姜慕晚望着这两个字,冷笑了一声,心情莫名烦躁。

但若是这么放过他,也不是姜慕晚的风格:"给钱,我要买衣服。"

这七个字,顾先生细细看了数遍,才不紧不慢地回道:"你那边床头柜的抽屉里有张卡,不需要密码就可以支付。"

说姜慕晚在这里住了这么多天,居然连床头柜的抽屉都没拉开过!

"别人家的老公不是都陪着逛街吗?"

"我们不是隐婚吗?"姜慕晚此时若是说一句"那我们不隐婚了",他绝对会立刻奔过去陪她逛街。

"当我没说。"姜慕晚道。

让她放弃隐婚的决定?不可能。

"原来顾太太只是看中我的钱了。"

"有钱不仅能使鬼推磨,还能让你娶姜慕晚。"

她的言下之意——顾江年,你还是感谢自己有钱吧!

"若是我没有钱呢?"他问。

在这样严肃的氛围里,顾江年同姜慕晚聊得起劲。

姜慕晚想了想:

"我会好好包装顾先生,然后将顾先生送到万和楼去卖艺,替我挣钱。"

顾江年:"……"

他每日都要被姜慕晚气上一气,若是英年早逝,绝对是她的功劳。

不、不、不。

顾江年想,他要长命百岁,绝对不能给姜慕晚拿着自己的钱去花天酒地的机会。

"姜慕晚!"

"顾江年。"

二人的对话到此为止。

他们都是脾气火暴之人,偶尔的温存也不过都是假象。

十二月二十一日,冬至,姜慕晚被喊到梦溪园吃饭。接到电话时,她正拿着顾江年的卡,与付婧在商场购物。

"今日冬至,你回来吃一顿饭?"姜老爷子说道。

与往常不同的是,语气中多了一分询问的意思,看似在征求她的意见,但内心是不是真的如此想,不知。

"吃什么?"她问,语气有几分生疏。

"慕晚想吃什么?"姜老爷子笑问。

为何他今日态度如此和蔼?

因为季家老爷子正在他的跟前。虽然姜慕晚与他近乎是撕破脸皮,但在外人面前,还是得顾全脸面。

冬至到,北水饺,南汤圆。

自古以来的传统,姜老爷子竟然在这日拨打了这通电话,若说是无所图谋,只怕是假的。

他所要图谋的,必然与季家有关。

明知山有虎,她偏要向虎山行。

姜慕晚的目光落在前方,望着跳动的红灯,沉思了数秒,才徐徐开腔:"父亲时常跟我说杨姨包饺子包得不错。"

话音落地,换来的是姜老爷子的沉默。

杨珊包饺子真的包得不错吗?

不见得。

姜慕晚不过就是想借着他的手去对付杨珊罢了。

可若是不顺了她的意,她不会答应回来。

姜老爷子端起茶杯,温和地道了句:"她的手艺是不错。"

姜慕晚闻言,不再接话了。

她看着依旧亮着的手机屏幕,静待时间一分一秒地流逝,也等着姜老爷子顺着刚刚的话继续往下说。

只可惜,两人这场无声无息的对峙,注定他赢不了。

"那你回来尝尝你杨姨的手艺。"

听到姜老爷子的话,姜慕晚与付婧二人对视了一眼,她唇边那不屑的笑,缓缓加深。

"好。"她回应,接着便挂了姜老爷子的电话。

坐在副驾驶座上的付婧勾了勾唇角,笑道:"长江后浪推前浪,前浪迟早有一天会死在沙滩上。不服输的人,总有惨败的一天。"

这要是在 S 市,怎能让姜老爷子这般猖狂?

"迟早的事。"姜慕晚这话说得轻飘飘的,好似姜老爷子未来惨淡收场的那天即将到来。

傍晚,天色暗了下去。

姜慕晚回到姜家时,姜家大宅内正其乐融融。

厨房内,杨珊与郭颖正在包饺子。客厅内,二老正在下棋,一旁的姜司南与季言庭正在观棋。

姜临与季亥尚未归家。

如此看去,若非知晓内情的人,只怕会误会些什么。

一屋子人各忙各的,姜慕晚与众人寒暄了一阵,便被他们以散心为由,将她和季言庭"赶"了出来。

二人走出去时,季言庭淡淡开腔:"姜家时时都热闹。"

这是一句点评的话语,又或者是一句诉说的话语。

身为一个姜家人,听到这样的话本应该是生气的,但是姜慕晚从来不将自己当成姜家人,是以听完这话以后没半分感觉。

她笑道:"这算什么。"

如此就叫大戏了?

她与杨珊动手的戏码这人是没看见过。

"难为你了。"

"无妨,这样能预防老年痴呆。"

"如果我是你,我会将姜司南送出去。"

顾家。

顾江年回来,一进门,就见余瑟与曲家夫人坐在客厅里正闲聊着,二人对面坐着曲家小姐。

见到曲家人,他的太阳穴突突地跳着。

他安静地看了数秒,到底是商场大亨,很快就稳住心神走了过去。

余瑟最近热衷于为他找一个人生伴侣,各种手段层出不穷。顾江年今日接到电话时,便隐隐约约觉得不妙,现在见此场景,心想果然不出所料。

"曲阿姨。"顾江年对外人永远是绅士有礼。

这声"曲阿姨",他喊得客气。

而后,顾江年的目光落在曲洁身上,点了点头:"曲小姐。"

"来、来、来。"余瑟笑着招呼。

很快,她借口说要亲手给孩子们包饺子,便拉着曲家夫人离开了客厅,将空间留给顾江年和曲洁。

而顾江年呢?

他站在沙发旁,伸手将身上黑色大衣脱下,随意搭在沙发靠背上,此时,只穿着一件白衬衫。

C市媒体曾这样评价过顾江年的外表:言念君子,温其如玉。

亦有人这般评价他:有匪君子,如切如磋,如琢如磨。

他凭着这张脸和万贯身家迷倒万千女子。

这样优越的人,曲洁很难不多看他一眼。

顾江年忽略曲洁的目光,绕至沙发前坐下。他伸手拍了拍膝盖,蹲在一旁的柯基摇晃着屁股走过来,将脑袋搁在他的脚上。

曲洁见此,笑着夸奖了一句:"这狗好聪明。"

顾江年闻言笑了笑:"还算可以。"

天上月即便落入凡间,也是极好看的。

顾江年这一笑如此赏心悦目,让曲洁心神荡漾。

她稳了心神,良久才道:"我这次去欧洲巡演,给顾先生带了些礼品回来,也不知顾先生喜不喜欢。"

这种话,寻常人都会客套一番。可眼前这个男人身处高位,什么好东西没有见过,今日不管曲洁带的是什么,他都不会喜欢。

顾江年伸手拍了拍柯基的脑袋,俯身拿了杯子过来,提起桌面上放着的茶壶给自己倒了杯茶,客气有礼地道:"曲小姐有心了。"

"顾阿姨待我不错,不必客气。"曲洁是有私心的。

C市人人都知顾江年是孝子。

曲洁原以为,她这么做,顾江年会多看她几眼。

却不想,她打错了算牌。

顾江年是孝子没错,大多数时候都会听从母亲的意见,可他已经心有所属,不是一般人能撼动得了。

"如今像曲小姐这般知礼节的女子不多了。"

男人伸手端起茶杯,穿着拖鞋的脚在曲洁看不见的地方偷偷地踩了蹲在地上的柯基一脚。

它被踩得嗷嗷直叫,犬吠声疯狂地响起。

这让正在厨房的余瑟闻声赶了过来。

"怎么回事?"

"是不是没遛它?"顾江年靠在沙发上,面色平静,侧眸望向自家母亲。

"下午是没遛。"

余瑟话音落地,顾江年那无可奈何的叹息声随之响起。

"每日回来还得伺候你。"顾江年拍了拍柯基的脑袋,起身拿起大衣披在身上,就要出去遛狗。

顾江年的心思旁人看不穿,可余瑟怎会不知晓?

他出去遛狗,指不定得遛到什么时候。

余瑟笑眯眯地望着曲洁,道:"晚餐还有些时候不做好,小洁也跟着一起出去走走?"

曲洁应了一声"好",拿起外套跟顾江年一起出了门。

傍晚,梦溪园的小道上。

顾江年在前,柯基在后,而曲洁就不远不近地跟在他们的后面。

如此景象,远远望去,就像是顾江年正带着一人一狗散步。

"顾先生平日里是不是异常繁忙?"

拉近两人关系的好机会摆在眼前,曲洁并不想错过。

她快步走近,站在顾江年身旁,试图与顾江年聊天。

"还可以。"顾江年点了点头。

"前几日看新闻提到欧洲市场最近因受金融风暴影响,各行各业都在缩减期货控股权,想必顾先生也是因此而忙。"

曲洁这番话让顾江年前行的步伐顿了顿,望着她的目光中多了几分兴趣:"曲小姐了解期货?"

这世间,任何男人都会对优秀女性多看几眼,顾江年也不例外。

旁人多看几眼后,或许能生出些其他心思。

可顾江年呢?

他只是多看几眼罢了,不会再有其他想法。

"稍稍了解些。"她答,言语简洁。

见顾江年很快收回目光,曲洁提起的心狠狠地落了下去。

"顾董——"

缘分是个很奇妙的东西,比如这日的姜慕晚和顾江年二人就特有缘。他们下午通过电话,一人说自己应酬,一人说自己约了朋友吃火锅。

可现在,本该"应酬"和"吃火锅"的二人,在梦溪园撞见了。

巧不巧?

有没有缘?

而且，这二人还各自带着相亲对象。

缘分这个东西，当真是妙不可言。

梦溪园的这条小道拐弯处，四人撞见，这声"顾董"出自季言庭。

顾江年目光落向对面，见到姜慕晚，他揣在兜里的手都不禁握紧——

她不是说约了人吃火锅吗？

而姜慕晚一见到顾江年，只觉汗毛都竖起来了——

他不是说有应酬吗？

这应酬，还是一对一的？

二人互相打量。

此时，顾江年只觉手痒难耐，姜慕晚也想法相似。

"早就听闻顾董与曲小姐好事将近。"站在姜慕晚身旁的季言庭笑着打量顾江年与曲洁二人，还意味深长地来了这么一句。

"我也听闻季先生与姜小姐好事将近。"站在顾江年身旁的曲洁也笑着接话。

而另外两位倒是面色平静。

顾江年的视线定在姜慕晚身上，他伸手从大衣口袋里掏出烟盒，抽出一支点燃。

须臾，烟味弥漫开来。

顾江年望着姜慕晚的目光里暗流涌动，好似一瞬间就要将人卷进去，将其溺亡。

他问姜慕晚："姜副总，火锅吃完了？"

而姜慕晚呢？

她目光里绝对可以说是杀气腾腾。

她用同样的语气反问道："顾董，应酬结束了？"

这二人，话中皆是含着深意。

分别站在顾江年与姜慕晚身旁的二人，却不明所以，视线从二人身上来来回回地扫过。

曲洁是不敢问的，可季言庭问出口了："你们回来之前遇到过？"

回来？

顾江年将这二字细细地琢磨了一番，怎么听，怎么觉得心里不悦。

"之前遇见顾董在应酬。"

"之前遇见姜副总在吃火锅。"

是在火锅店应酬，还是在应酬之地吃火锅，抑或同一个地方又能吃火锅又能搞应酬。

旁人不清楚,他们二人清楚得很。

这场交谈并没持续很久,原因是余瑟一通电话打过来告知,晚餐好了。于是,顾江年转身离开同时目光深沉地看了眼姜慕晚。

这一眼,好似要将姜慕晚推进地狱。

直至顾江年离去,季言庭才开口问道:"慕晚跟顾董有恩怨?"

恩怨?

姜慕晚想了想,他们之间何止是有恩怨啊!可比"恩怨"二字复杂多了。

良久,季言庭才听她道:"不算。"

曲洁也问了同顾江年同样的问题。

顾江年抬手吸了一口烟,淡淡开口:"不算。"

夫妻二人的回应只字不差。

今天姜慕晚在姜家的这顿饭吃得并不算顺心,姜老爷子自作主张地想撮合她与季言庭,而姜慕晚三言两语就给驳了回去。

餐厅里,一声极其温软的声音响起:"我看两个孩子挺投缘的,不如早些定下来吧!"

"再等等。"她徐徐然开口。

"等什么?"郭颖问,语气依然温柔。

姜慕晚抬眸,笑吟吟地看着对方,道:"等我母亲空闲下来。"

"你——"郭颖一句"你母亲不是在这里吗"哽在喉间,侧眸见杨珊,才知晓姜慕晚说的母亲不是杨珊。

姜慕晚其人,有冷场的本事。

而季言庭斟酌许久之后,选择站到了姜慕晚这边:"婚姻大事,得尊重父母的意见,那便再等等。"

闻言,坐在季言庭对面的杨珊,可谓是咬碎了一口银牙。

白日里本是好天气,此时却呼呼刮起了风。

屋外狂风刮得骇人,众人散场时,管家站在门口,接受到老爷子递过来的眼色,温和开口:"夜深了,大小姐留下来吧!"

"不了。"她开口拒绝。

管家似乎并不准备就此放弃劝说:"外面风大,怕是夜路不安全。"

姜慕晚正在整理大衣衣领,闻言望了眼管家,而后,回头缓缓地扫视了眼站在身后的姜家人,扯了扯唇角。

她伸手将压在大衣里的头发扯出来,望着管家,徐徐开口:"我连人都不怕,还怕鬼?"

言罢,她先行离开。

这句话让姜家人的脸面全无,可碍于外人在,他们也不好当即发作。

而季家的人呢?

错愕、诧异、惊讶等种种表情,齐齐出现在脸上。

"我连人都不怕,还怕鬼?"

姜慕晚只回了简短的一句话。

姜慕晚迎风而行。比起跟姜家这群人斗智斗勇,她更热衷于回家气死顾江年。

另一边。

一辆黑色林肯车正缓缓驶出顾家大门。

余瑟亦是留宿顾江年,未能留下他。

顾江年内心所想与姜慕晚如出一辙——他要回去收拾姜慕晚。

姜慕晚离开之后,姜临站在屋内,当着管家的面发了怒,语气刻薄:"我早前便说过,姜慕晚早已忘了自己是姜家人,她的骨子里根本就不将你我当成自家人。"

姜老爷子拄着拐杖,站在屋内。

他脑海间反反复复地回想着姜慕晚刚刚说的那句话——我连人都不怕,还怕鬼?

这个"人"是指谁?

她当着季家人的面说这句话,无疑是在直白地告诉别人,他们姜家人就是那比鬼还厉害的人。

姜老爷子的脑海中回荡着姜慕晚的声音,耳边则是姜临的咆哮声。

这夜的梦溪园,有人欢喜有人愁。

姜慕晚驱车刚驶至顾公馆附近,大概是因为在山林里,寒风怒吼,听起来更加瘆人。

她刚进屋,兰英便迎了上来。

姜慕晚伸手将包递给她,看了看四周,见无他人,才道:"拿块热毛巾给我。"

"我去给您拿。太太需要喝些什么吗?"

"白开水就好。"她答道,转身上楼。

相隔不过数分钟，顾江年也回到了家。

这二人的缘分真是奇妙，奇妙得难以用语言来形容。

姜慕晚刚要从卫生间出来，抬头便见顾江年正瞧着她。

一人站在卫生间门里，一人站在门外，他们就这么对视着，静悄悄的。

"顾董应酬完了？"

"姜副总吃完火锅了？"

二人不约而同地发问。

"顾董挺厉害啊，带女人回家应酬。"姜慕晚双臂环抱着倚在门边，冷飕飕的视线瞧着他。

男人许是太过匆忙，身上的大衣都未脱，闻言，他不疾不徐地伸手脱下大衣，冷飕飕的语气丝毫不输姜慕晚："不及姜副总，带男人回家吃火锅。"

言下之意，大家彼此彼此。

姜慕晚倚着门边看着，然后见顾江年慢悠悠地伸出手，抓着脖子上的领带开始往下拉。

见此，姜慕晚狠狠地吸了一口气，心道：这个顾江年！看着人模人样的，其实都是伪装！

"顾董一表人才，跟曲小姐站在一起倒是郎才女貌，还挺般配。"

顾江年拉着领带的手倏地顿了一下，他眼睛一眨不眨地盯着姜慕晚，目光阴森森的。

"我是不是应该接一句——姜副总跟季先生也挺配？"

话音落地，顾江年扯下领带，伸手将它扔到床尾脚凳上。

"我无所谓。"姜慕晚用轻飘飘的语气说道，就差配上耸肩的动作了。

顾江年冷嗤了一声："顾太太喜欢强行把事情往头上按，我可没有做过。"

"你什么意思？"

本是倚靠在门边的女人猛地站直身子，死死盯着顾江年，目光带着森冷寒意。

"你觉得什么意思？骗我说你去吃火锅？看来你吃的这家火锅店位置还挺巧的，都开到梦溪园去了。"

"你骗我说你有应酬，那你这应酬对象还挺特别，一起带着狗遛弯，就差手牵手了。"

"又是给这个女人揉腿，又是和那个女人应酬，您也太忙了。"

姜慕晚这张嘴实在是太厉害了，吵起架来，能将你说到怀疑人生。不，是骂——能将你骂到怀疑人生。

顾江年屡屡吃亏，却并不长记性。

"需要我的时候一个劲儿地抓着我不松手，不需要我的时候恨不得一脚把我踹开。姜慕晚，你的良心拿去喂了狗吧。"

在顾江年看来，姜慕晚就是个十足的白眼狼，可以为了利益牺牲一切，包括婚姻。

"我跟季言庭的关系，你本就是知道的。哪像您，又是赵小姐，又是曲小姐，后面是不是还有王小姐、李小姐、张小姐在等着？"

"你比我又差几分？光是杨逸凡，后是季言庭。"顾江年冷嗤一声。

两人唇枪舌剑，无形的怒火熊熊燃烧。

姜慕晚被顾江年讥讽得七窍生烟，而顾江年也被姜慕晚嘲讽得脑门冒火。

此时，两人心中都憋着气，谁也不让谁。

"兰英——"姜慕晚猛地拉开房门，大声呼唤兰英。

楼下，正端着茶水的兰英身形猛地一顿，然后疾步上楼，出现在满面怒火的两人跟前。

她只听见姜慕晚大声道："去给你家先生泡壶绿茶来，我瞧他很喜欢这些。"

今日余瑟叫他回梦溪园，一般情况下，顾江年肯定会推掉的。

可打着"冬至吃饺子"的借口，他无法拒绝。

若是直接告诉姜慕晚，他回梦溪园陪母亲过冬至吃饺子去了，担心她的心里会不好受，所以才隐瞒下来。不承想等他回到梦溪园，曲家小姐也在自己家中。

顾江年无可奈何之下，只能打着遛那只傻狗的借口从家里出来，不承想，反倒被姜慕晚撞见了。

此时，他可谓是哑巴吃黄连——有苦说不出。

姜慕晚说得他怒火上头，目光冷飕飕地望着眼前人，也不言语。片刻，他迈步走过去，伸手拽起姜慕晚的手臂。

"我是怕你心里难受才没跟你说实话，你倒好，不问缘由对着我就是一顿乱骂。我还是将你带回梦溪园给老太太瞧瞧吧，以免往后再出现什么李小姐、王小姐、赵小姐。"

顾江年拉着姜慕晚往外走。

"顾江年，你是不是男人？说话不算话？"姜慕晚哪能让人得逞。

"我是狗。"顾江年回眸望了她一眼，一本正经地说道，"你不是心里骂过我是狗吗？如你的愿，我承认一回。"

"所以，你还要计较什么？"

卧室内，二人僵持不下。

屋外狂风呼啸，偶尔还有几声闷雷在天空中响起，冬日响雷，并不多见。

突然听到一声炸雷响起，伴随而来的是姜慕晚一声惊叫，本是与顾江年对抗着的人猛地往他怀里扑去。

而原本拉着她往外走的男人，在此时手中动作远快过大脑思维，立刻伸手接住往自己怀里扑的人。

顾江年这才知她怕打雷，极怕。

争吵声在此时戛然而止。

姜慕晚蜷缩在他怀里，瑟瑟发抖。顾江年的手掌落在她凌乱的秀发上，缓缓地抚摸着。

"不怕不怕。"与刚刚同她吵架时不同，顾江年此时的神情和语气都极其温柔，甚至比往日哄骗她时，还要温柔许多。

顾江年那低沉的嗓音响起，温柔的安慰声流淌出来："打雷是惩罚坏人的，我们蛮蛮这么乖，不怕。"

许是顾江年这句话让姜慕晚回忆起了一些不好的过往。

她抬起头，与刚刚的疾言厉色不同，一双眼眸中盛着水珠，看起来可怜兮兮的。

"可坏人还活着。"

顾江年狠狠吸了口气，安慰她的声音愈加柔和："正义只会迟到，但永远不会缺席。"

"如果缺席了，还有我。"

他顾江年，从不是什么慈善之人。

关起门来，哪怕他们二人打得头破血流，那也是夫妻之间的事；可在外面，无人能欺负他的姜慕晚。

姜慕晚虽然害怕，可还是嘴硬，她窝在顾江年怀里糯糯地开腔，破坏了这温馨的气氛："可以不还钱吗？"

顾江年："……那可以不隐婚吗？"

电闪雷鸣过后，顾江年抱着姜慕晚即将入睡，忽然听到女人温和的声音:"节日快乐。"

一句简单的祝福话语,让顾江年平静的心倏地跳了一下,他将人抱得更紧了一些,语气温柔地说:"嗯,节日快乐。"

月牙隐去,泛白的天色将暗夜一点点抹去。

清晨,姜慕晚在顾公馆的大床上睁开眼,映入眼帘的是一个红彤彤的苹果。

她静躺了数秒,似是神思尚未清明。

过了片刻,她伸长手臂将床头柜上的苹果拿起来,才发现它压着一张便笺,上面龙飞凤舞地写着四个字:平安喜乐。

圣诞节,季亥带着姜慕晚出席商会举办的晚宴,而且在人的面前,介绍姜慕晚为家人,随后,他目光投向包厢内的众人:"诸位不介意我邀请吧?"

"不介意,不介意。"人群中有人笑着回应。

众人打量的目光落在姜慕晚身上。

"早有耳闻,姜副总。"

他们这对隐婚夫妻在这种场合里遇见,多少是有点"缘分"的。

姜慕晚端着杯子回敬顾江年:"承蒙抬举,顾董。"

顾江年与季亥喝酒,只是浅酌一口,客气有礼。

顾江年与姜慕晚喝酒,一饮而尽。

看似是他给姜慕晚面子,实则是这人明目张胆地当着众人的面刁难她。

在顾江年看来,姜慕晚现如今走的这些路都是弯路,若是将他们二人的婚姻关系公之于众,这里的其他肯定就不会主动过来奉承讨好她?

姜慕晚宁愿绕道而行,也不跟他开口求助?

那他便要好好敲打她一番。

顾江年不信,姜慕晚没有服软的一天——他会让她知晓,这C市到底是谁的天下。

季亥能给的,也不过是为她介绍一些无关紧要的人而已。

酒过三巡,姜慕晚起身,因着包厢内的卫生间被人霸占了,只好移步往外而去。

卫生间内,她撑着台面站了数秒,才勉强稳住心神。

许久之后,她拉开门要出去,就被一只手摁回了卫生间隔壁的隔间内,还反手锁了大门。

抬眸,入目的是男人阴沉的面孔。

"姜副总挺能喝。"男人话语间尽是冷嘲热讽之意。

"托顾董的福。"她仰头,开口尽是酒味。

"你不是托我的福,你托的是别人的福。"男人掐住她下巴,迫使她跟自己对视。

"你是变态吗?松开。"姜慕晚伸手想要将自己下巴上的手扒拉开。

"我不仅是变态,还是禽兽。"言罢,冰冷的薄唇倾覆而下。

姜慕晚饮酒后,脑袋本就晕晕沉沉的,哪里受得住顾江年这凶猛的架势。她伸手拍打着对方的背脊,想让他清醒些。

虽然顾江年怒火攻心,但在感受到姜慕晚激烈的反抗时,理智终于回笼。

他缓缓地离开她的唇,与姜慕晚额头相抵,厉声道:"我告诉你,姜慕晚,你若是敢背叛我,我一定会将你困在顾公馆,让你想要的全部都成为镜中花,水中月。"

参加今夜这饭局,都是C市财富榜前二十的人物,连姜临都不够资格,姜慕晚却来了。

众人都不是傻子。

晚宴散场时,姜慕晚一副昏昏欲睡的模样,季亥见后,给付婧打电话,让她来接人。

付婧刚把姜慕晚接到车上,便被人"截和"了。

罗毕驱车挡在她车前,下车后走过来,抬手敲开了车窗,微俯身告知:"我家先生在车里。"

付婧原本以为姜慕晚醉得不省人事了,可听闻罗毕的声音后,姜慕晚微微抬起眼帘,从后座起身,望着罗毕道:"我走不动了。"

罗毕明白她话中意思,点了点头后,转身朝自己开的车走去。

随后,只听见砰的一声关门声,数秒之后,姜慕晚身旁的车门被打开,冷风灌进来,吹得她打了一个寒战。

男人探身进来,未有只言片语,冷着脸将她从车内抱出来。直至上了车,他才冷声斥道:"你这么娇贵,还跟一群男人争什么江山?"

姜慕晚知晓顾江年今日心情不好,而她饮酒过量,吵架也不一定能吵赢,索性闭目养神不搭理他。

"说话。"

"我头疼。"姜慕晚的言外之意,是自己此刻并不想说话。

"你不是挺有能耐的吗?"

"嗓子哑了?"男人再问。

"快了。"她语气怏怏不乐。

姜慕晚有自知之明,知晓现在的自己跟顾江年斗不过,索性放弃。

车子一路往顾公馆而去,恰逢堵车,一路走走停停。

她伸手拍了拍顾江年,后者侧眸看过来,见她面色不佳,脸色沉了沉:"想吐?"

姜慕晚点了点头。

顾江年瞅着她,没有温情话语安慰,只有恐吓:"吐吧,弄脏了车子你来洗。"

姜慕晚气结,但此时硬生生地将这股怒气忍下去。

罢了,好女不跟男斗。

顾江年在离顾公馆尚有些距离的一个路口接到了萧言礼打来的电话。对方许是在开车,开着免提指责顾江年的"罪行"。

什么罪行?

除了今日在酒桌上灌人家酒,他还能有什么罪行?

"你跟姜慕晚有恩有怨,那也是你们私底下的事,何必拿到酒桌上去说?你看看你今日将人家灌成什么样了?往后如何在姜老跟前做人?"

是的,姜慕晚之所以能喝成这个德行,都是顾江年的"功劳"。

"我为何要在姜老跟前做人?"

"就今日这个场子,姜临都进不来,姜慕晚却进来了,个中缘由,你当大家都是傻子?"

当大家都没脑子吗?

今儿姜慕晚若是不闹出点动静来,待晚宴结束,谁会记得她?

好歹姜老爷子还在,大家会忌惮那么一两分,不做出点样子来,她怎么得到自己想要的东西?

能进C市财富榜前二十的人,都不简单。

顾江年心情极差,不是因为别人,而是因为姜慕晚。

侧眸见她依旧靠在座位上昏睡着,他内心的郁结之气更浓,忍了忍,没忍住,伸出脚踢了踢姜慕晚的小腿,后者不耐烦地移了移。

他再踢。

她再移。

直至姜慕晚的膝盖碰到了车门,避无可避了,她才表情凶狠地睁开眼睛,龇牙咧嘴地朝着顾江年吼了句:"别闹我了。"

吱——

刹车声猛然响起。

"会不会开车?"姜慕晚冷声开口。

罗毕这一脚刹车,让她觉得自己的胃部更加难受。

"对不起,太太。"罗毕急忙开口道歉。

二人进入顾公馆,用人都瞧得出来,他们心情不佳,尤其是自家太太——脸上"乌云密布"。

她甩开顾江年大步上楼,连着兰英的招呼声都未曾回应。

顾江年站在客厅,慢条斯理地脱下身上外套交给兰英,嘱咐道:"弄点醒酒的。"

二楼主卧室内,姜慕晚拿了一套睡衣进卫生间。她在归家后便想马上洗澡睡觉的日子不多,今日算一次。

她刚从卫生间出来,便见兰英端着醒酒汤进了卧室:"太太,先生让熬的醒酒汤。"

姜慕晚点头示意明白。

"您早些休息。"

兰英待她饮完醒酒汤,端着碗准备退出去,却被她开口唤住:"把白猫抱上来。"

兰英面色稍有些为难:"先生素来不许猫进卧室。"

"那为何上次猫进了客房?"姜慕晚不解地反问。

兰英一哽,想说,因为那是客房,不是主卧,可是当着自家太太的面,她不好直接说出来。

但自家先生定下的规矩,她也不能不从。

于是,兰英端着托盘便直接去了书房,将这件事告知了自家先生。

顾江年闻言眉头紧皱,抬起头来,似是有些没听清,问道:"她要什么?"

"夫人想要猫。"兰英答。

"你先去忙吧。"

顾江年说完,伸手摘下鼻梁上的金丝框眼镜放在桌上,起身往主卧室走去。

到了主卧室后,他便见姜慕晚窝在床上,一副醉酒以后的难受模样。

顾江年良心发现,坐在床沿,手伸进被窝,落在姜慕晚肚子上,惊得后者一个激灵,睡意全无。

"难受?"

姜慕晚缩在被子里呜咽了一声,听着可怜兮兮的。

"想干掉华众,没点酒量可不行。"

"能将华众喝垮吗?"她问,声音有些许孩子气。

顾江年闻言笑了笑:"你若厉害,也不是不行。"

"那要是喝不垮华众呢?"

"那就是你没本事。"

顾江年是温柔的,虽说他刚才在酒桌上被姜慕晚气得不行,但回到顾公馆后见她难受的模样,到底还是有几分心疼。

尤其姜慕晚还哼哼唧唧,如同一只被欺负了的小奶猫似的。

姜慕晚是一个感情丰富的女子,并不会因为仇恨就封闭自己的内心,顾江年的温情能让她缓解几分难受,那么这温情她为何不要?

次日,圣诞节。姜慕晚刚推开办公室的门,便见办公桌上摆着一大捧红色玫瑰。她步伐顿住,目光落在红色玫瑰上。

片刻后,她转身去了秘书办,伸手敲了敲门,望着里面的人问道:"花是谁送的?"

"送花过来的人没说。"秘书办的人答。

"来路不明的东西就往我办公室送?"姜慕晚清冷的嗓音在门口响起。

"拿去丢了。"

她撂下这么一句话,转身就往办公室走去。

此刻,电话响起,看到熟悉的号码,姜慕晚抿了抿唇,面露不悦。

"圣诞节快乐,姜小姐。"季言庭的声音传来。

姜慕晚步伐一顿,视线落在红色玫瑰花上,心下了然。

"季先生很浪漫。"这话带着些许讽刺,可季言庭跟没听出来似的。

他浅笑着开口:"是做样子给媒体看的,姜小姐若是要扔,记得晚点。"

季言庭的聪明之处就在于,他和姜慕晚说两人是合作关系,那便是合作关系,绝对不逾越,就连今日送这捧花都是做给媒体看的。

"季先生有心了。"

"应该的,我有所求罢了。"

季言庭明目张胆地给姜慕晚送花的消息传到顾江年的耳里,他不禁气笑了:"这是惦记我老婆?走,我去给姜副总道个歉。"

下午,季言庭本欲约姜慕晚吃饭,刚到华众,就看到君华首席秘书徐放带着人来了,手中提着大大小小的礼品袋,从衣服、包包、鞋子再到护肤品、吃食,简直应有尽有,身后跟着十几人,就差敲锣打鼓昭告天下了。

姜慕晚双臂环抱靠在沙发背上望着徐放,轻挑了挑眉头,看着那些人将大大小小的礼品袋堆满了桌面,似是不解地问:"徐特助,这是何意?"

"顾董说,昨夜之事多有得罪,思来想去,甚觉不安,今日让我过来向姜副总致歉。"

顾江年会思来想去,甚觉不安?

她记得那人昨晚睡得挺好的,如果说过意不去,还让她给他洗车?

姜慕晚在内心吐槽,但面上依旧不露声色,问道:"顾董果然是财大气粗,跟人道歉的方式都这么豪横。"

"姜副总喜欢就好。"徐放硬着头皮回应,只觉得姜慕晚望着自己的眼神凉飕飕的。

"顾董送的,我能不喜欢?"姜慕晚的话语暗含讽刺。

徐放极其尴尬地咳嗽了一声。

他今日来是领了命的,要在华众将季言庭在华众的风头给压下去,此时任务完成,他也没有留下去的必要了,恨不得能脚底抹油直接开溜:"姜副总喜欢就好。"

随即他微微颔首,转身逃也似的离开了。

姜慕晚的身旁,季言庭的眼神逐渐沉沉起来,若非昨夜之事亲眼所见,他定然会觉得顾江年是派人来拆他台的。

姜慕晚靠在沙发背上,视线缓缓在顾江年带来的那些礼物上扫过。

忽然,她看见了一个甜品外包装袋上大大的"兰博"二字,随后又看向季言庭。

难怪顾江年会来这么一招,看来他是冲着季言庭来的。

季言庭察觉到姜慕晚的目光后,似是不解地问道:"怎么了?"

"没什么。"她笑着回答,语气平静。

一整天，华众上下都在谈论顾江年就连致歉的方式也财大气粗，说他不愧是 C 市首富。

晚上，姜慕晚回到顾公馆。

顾江年此刻正伸手将外套递给兰英，她就站在门口冷飕飕地看着。

兰英眼看着自家太太出现，可她只站在门口，也不往里走，望着自家先生的目光跟豺狼虎豹望着小白兔似的，一副想吃了他的模样。

"怎么？想让我请你进来？"男人开口，语气揶揄之气，还隐含着怒火。

兰英一见事态不妙，使了个眼色，让用人们离开。

罗毕本是想进屋的，一条腿刚伸进来，见屋内气氛如此，吓得心惊胆战，又小心翼翼地将腿收了回去。

"我让你请，你请吗？"姜慕晚反问，然后望着顾江年开口道，"你今天到底是什么意思？"

"你猜啊！"顾江年偏不告诉她。

"我为什么要猜你的心思！"

顾江年："……"

第二章
我得给你颁个奖

顾江年跟姜慕晚那晚在酒桌上发生的那些事,在C市商圈之中传了好几日。而杨珊由于担心顾江年对此事上心,寻了一个借口跟余瑟喝茶,只是她的心思,不言而喻。

之后,余瑟就怒气冲冲地来到顾江年办公室。

办公室内,本是在做汇报的人止了言,不等顾江年开口就主动告退,避免听到不该听到的话。

"母亲怎么来了?"顾江年伸手将跟前的文件合上,笑望着自家母亲。

余瑟的目光上上下下地打量了他一番,面上冷意降了半分,望着他道:"我不能来?"

"这是什么话。"顾江年轻笑道。

顾江年起身搂着余瑟的肩膀,往沙发走去,转身之际,目光落在何池身上,似是在询问什么。

何池一边拿起手机一边往外走去,点了点手机。

顾江年正要坐下,短信提示音响起。他拿起手机漫不经心地看了眼,心下了然,然后将手机搁在身旁。

他笑看着余瑟,轻声问道:"又是哪个不长眼的惹您生气了?"

余瑟打量的目光落在顾江年脸上:"你觉得呢?"

顾江年淡笑着摇了摇头:"我不知道。"

啪!

余瑟掌心落至桌面上,惊得徐放端着的茶水洒了些许出来。他站在门口,不敢往里走,望了一眼手中的茶杯,心想,还是去换一杯吧!

徐放动了动脚尖,正准备离开,顾江年冷飕飕地开腔:"进来。"

简短两个字,语气不善。

徐放硬着头皮将茶水送进去,放在余瑟面前的桌上。顾江年俯身,伸手将茶杯往余瑟面前推了推:"您消消气。"

"我不管你这辈子娶谁为妻,但你记好了,姜家人不能招惹,那是个狼窝,你听清楚没有!"

余瑟望着顾江年,眼中是掩藏不住的怒火。

顾江年坐在对面,慢慢点了点头:"母亲安心。"

一如既往的回答。

余瑟见顾江年这般听话,稳了稳情绪,再道:"姜老不是个省油的灯,你别自找麻烦。"

这话无疑是在直白地告知顾江年——娶姜家慕晚,就是娶了麻烦。

徐放转身欲要离开办公室,走了两步,听到余瑟的话语,心头震荡。余瑟疾言厉色地禁止顾江年与姜慕晚有任何关系。怎知,二人早已领了证。

徐放想,若是有朝一日余瑟知晓了此事,只怕她会被气得进医院急诊室。

"我是成年人,母亲大可不必三令五申地重复同一件事。这又是何人在您面前嚼舌根了?"

"你知晓对付一个家族的不易。轻则,脱层皮;重则,搭上命都有可能。姜慕晚回来想对付姜家人,可她也得有那个本事。即便她有那个本事,她也要有能扛住流言蜚语与世俗眼光的强大。不是所有人,都可以将仁义道德抛至一边的。姜老爷子只要活着一日,她便极难做到。"

"你不要把自己也搭进去了。"

余瑟苦口婆心地劝着,脸上甚至带着些许的哀求之意。

顾江年望着自家母亲,内心有一股莫名的情绪在汹涌着,正是因为知晓前路难行,稍有不慎会搭上命,所以他才想将姜慕晚捞到自己怀里来护着啊!

余瑟走后,顾江年行至办公桌前,面色平静,瞧不出任何情绪,只是放下文件的动作不如平日里温柔。

十二月最后一日,整个C市沉浸在欢乐的气氛中,到处张灯结彩,挂着"欢庆元旦"的横幅。

顾江年晨间出门时,将兰英唤至一旁,低声交代了许久,无人知晓他说了些什么。

直至姜慕晚下楼,他们才止住。

姜慕晚之前应宋家要求归S市,离去前设计了一场局,将姜司南与薛原等人算计在内,本是万无一失的。

可这万无一失中出现了意外,而且这意外还不小。

深夜,当付婧坐在车内望着万和楼门口的景象时,不禁脑袋嗡嗡作响。

万和楼外,记者拿着长枪短炮堵住了门口,本应热闹非凡的夜晚,却变成了众人眼前的笑话——该发生的事情没有发生,不该发生的却全部发生了。

而在万和楼内,姜家人与袁家人齐聚一堂,他们剑拔弩张,谁都没有半分退缩之意。

两家的当家人看上去更像是有血海深仇似的。

如顾江年所言,在C市这个圈子里,只要不闹出大事都好商量,但今天,这二人却没有任何商量之意。

甚至,他们都有着不置对方于死地不罢休的势头。

这时,付婧本是急切的,但在给姜慕晚打去电话,听到对方那沉稳的嗓音响起后,莫名地让她安稳了下来。

她稳了稳情绪道:"那姑娘的事情没成,姜司南碰上袁印了,二人在万和楼动了手,打得头破血流,惊动了警方与记者。"

S市某医院长廊内,付婧话音落地,回应她的是姜慕晚的无尽沉默。

姜慕晚拿着手机缓缓转身,朝姜司南望去,洁白的长廊一眼望不到头。

像天堂,又像深渊。

姜慕晚虽面色如常,但周身的寒气却是慢慢攀升,一副生人勿近的模样。

她余光瞥了一眼站在一旁望着自己的贺夫人,薄薄的唇轻启。

"接着说。"她冷冷地开腔,语气冷漠。

"万和楼那里来了很多记者,看样子有人是想放任事情闹大。"付婧坐在车内望着万和楼,拿着手机的手此时布满冷汗。

此事一旦被记者抓住不放,一旦事情控制不住,计划就会被打乱。

姜慕晚心里的怒火噌地往上冒,但这股火气尚且不能爆发出来。

为何?

外人在。

要死,她也要站着死。

姜慕晚远离病房门口,在贺家人打量的目光下,往另一方而去,她接下来要说的话,不便叫人听见。

"去,举报万和楼有人从事非法勾当。"

"万和楼后面的人只怕是不好惹。"

"好不好惹都得惹,我们先发制人总好过被动挨打。"姜慕晚语气强硬,无半分退缩之意。

原先布下的计划被打乱,她只能行此下策。不然若是查到她头上了,所有的铺垫都得功亏一篑。她姜慕晚从不把自己的命运放在别人手中。

付婧回应:"明白。"

万和楼的闹剧才开始。

姜慕晚收了手机,站在医院走廊的窗边,望着灯火通明的街头,眉眼间透着几许清冷之气。

"出事了?"宋思慎走过来低声询问,似也不想叫其他人听见。

姜慕晚未想过多隐瞒,但也不想多说什么,只是"嗯"了声。

宋思慎想再说什么,只见姜慕晚缓缓转身,望着一间病房的门口:"你进去问候一句。"

"你不进去?"宋思慎似是好奇地反问。

她点头。

宋思慎再道:"买卖不成仁义在,你这样的态度会不会影响两家关系?"

"他们跟我们讲仁义了吗?"

他们今日是来谈合作共赢的,可这合作共赢中出现了第三个人分享果实。

对方毁约,他们还在乎什么仁义?

姜慕晚这直白的话语,换来的是宋思慎的静默。

后者笑了笑,伸手推开眼前的窗户,寒凉的风灌进来,让姜慕晚清醒了几分,脑袋里疯狂的念头被冷风狠狠地压了下去。

姜慕晚落在宋思慎身上的视线缓缓地移开,目光平静而又深邃,一双清冷的眼眸如深潭,叫人看不透。

片刻,她伸手从宋思慎的裤兜里取出车钥匙,道:"外公那边该如何说就如何说,我今晚不回去。"

"不回去,那你去哪儿?"

姜慕晚未回应宋思慎的话，伸手拢了拢大衣欲要离去。她即将行至电梯口时，本是站在走廊那侧的贺夫人抬脚欲要追上来。

病房门被拉开，映入眼帘的是拄着拐杖的贺希孟。

姜慕晚前行的步伐微微顿住，侧眸望去，视线直接越过贺夫人，落在站在病房门口的贺希孟身上。

"蛮蛮。"

姜慕晚没有回应。

"你怎么出来了？"先响起的却是贺夫人急切又紧张的嗓音。

贺希孟似是没有听见自家母亲的询问，略带焦急的目光落在姜慕晚身上。

二人隔空相望，并无言语，却又胜过千言万语。

无人知晓姜慕晚与贺希孟之间是如何产生感情的，但众人都知，他们二人之间有感情存在。

爱这东西，即便是捂住了嘴，也会从眼睛里跑出来。

姜慕晚望向贺希孟的眼神，是失望；而贺希孟望向姜慕晚的眼神，是隐忍。

一方失望，一方隐忍，没有赢家。

反而是那些勇敢又自信的人，才会大大方方地去爱人。

姜慕晚想，她与贺希孟之间是何时走到如此地步的？大抵是他明知她心有不甘，却仍然想将她卷入家族斗争之中。

年轻时，他们只有彼此。

成年后，他们有家族，有事业，有旁人。

任何纯粹的东西，一旦夹杂了利益，都会变得面目全非。

姜慕晚望着他，视线逐渐变得模糊，良久，她叹息了一声，眼眸中的水雾逐渐散去，目光落在他受伤的腿上。

仅是片刻，她又将视线缓缓收回。

四目相对，姜慕晚颔首后转头离开，终究是未曾向他走近半步。

"蛮蛮——"见她跨步离开，贺希孟拄拐追上去，可他一个病号哪里追得上。

姜慕晚步伐未停，态度异常坚决。

"希孟哥。"宋思慎见此大步追上来，看似是护着他，实则是在拦着这人去路。

"让开。"

对于贺希孟，宋思慎一直都觉得他是"别人家的孩子"，优秀沉稳，是他们这群纨绔子弟的榜样,更是他们可望不可即的人。

如此一个人站在面前,宋思慎内心对他有些敬畏。贺希孟这简短的两个字甩出来,宋思慎心头微颤,稳了稳心神,才道:"不是我不让,而是即使我让了,希孟哥你也追不上啊!"

他实话实说,但有人不爱听。

贺希孟伸手拨开宋思慎,丝毫不觉得自己是个病患。他刚走两步,贺夫人迈步追上来,在电梯口拦住了他的去路。

两人四目相对,未有只言片语,但贺希孟的步伐止住了。

贺夫人比宋思慎管用。

宋思慎见此,抬手掩唇,尴尬地咳嗽了声:"爷爷让我们来看望希孟哥,既然希孟哥无大碍,我们就安心了,也好回去交差。"

他接着道:"跨年夜快乐。"

这是祝福,也是扎心。

一句"好回去交差",无疑是在赤裸裸地告知贺希孟,姜慕晚本不想来,只是碍于家里人要求,所以来了。

今天的见面只是一场戏罢了,唱戏的人来去潇洒,独独他这个看戏人,却当了真。

"没有哪个看望病号的人会穿一件红色大衣来,宋蛮蛮即便再不懂人情世故,也该知道。她不是特意来看你的。"

姜慕晚出了医院大楼,寒凉的风吹来,她狠狠地吸了口气,伸手将大衣前襟拢到一起。

深夜十一点四十分,姜慕晚驱车离开医院,往机场而去。

她想住在机场附近,次日直接飞往 C 市。

行至半路,车载广播报时。

"2009 年 1 月 1 日零点整。"

踩油门的脚微微松了半分,车子速度稍稍慢了下来,姜慕晚握着方向盘的指尖微微握紧。

2008 年,已成过往。

2009 年,开启篇章。

零点四十五分,一架飞机降落在 S 市机场。

零点五十五分,一辆银白色的轿车驶入 S 市机场停车场内。

姜慕晚停车,熄火,临下车时给付婧打了通电话,询问 C 市情况如何。

那边,付婧将现场混乱的情况用简洁的语言告知她:"警方来了,正在彻查,万和楼歇业了,具体结果尚未出来。"

姜慕晚一手拿着手机,另一只手伸出,"啪嗒"一声解开安全带。她侧身正欲推开车门,便见不远处有一熟悉的身影从车内下来,他的身旁跟着顾公馆的保镖。

她见到人时,本是阴沉的面色缓和有了几分,唇角徐徐扬起。

那边付婧说了些什么,她只心不在焉地听了两句。

"你在听吗?"付婧久久不见人回应,轻轻问道。

姜慕晚猛然回神,这才意识到自己还在与付婧通电话,随口道:"你不用盯着了,一时半会儿也不会有何结果,等我回来。"

"你这么快就回来?"付婧诧异开口。

"今天的早班机。"她答。

"你见到人了?"

"见到了。"

"那你……"

"等我回来再说。"

付婧尚未说完,便被姜慕晚急切打断,随之而来的是一阵忙音。

停车场内,姜慕晚伸手推开车门下车。

而后,穿着红色大衣,姿态颇为张扬的姜慕晚倚在车旁,笑望着顾江年。她轻启薄唇,声音在停车场响起:"嘿!顾江年。"

这短短数小时之间,顾江年担心姜慕晚出现意外,害怕她被人欺负,万般焦急之下,只想尽快找到她。

当知晓她返回S市时,所有的担心和焦急都转为浓重的不安。他害怕那没本事的姜慕晚自此不要他了。

但顾江年不能在外人面前表露半分,只能将这惶恐不安的情绪压在心底。

直至在机场见到姜慕晚,顾江年那颗一直提在嗓子眼的心才倏地归位。

是惊喜,也是激动。

顾江年觉得此刻听到她的声音尤为亲切,仿佛自己身处万尺高空,唯有她的声音能安抚他的心。

姜慕晚呢?

S市不比C市好到哪里去,甚至有过之而无不及,那些大家族玩起阴谋诡计,如同吃饭喝水一样稀松平常。

贺家，她一早便想敬而远之，但人生在世，哪能事事如愿？

姜慕晚驱车至机场的路上，烟花盛开，可这样的美景，与她何干。

姜慕晚觉得，不管她身处 C 市还是 S 市，都免不了去算计别人，或者是自己被别人算计。

孤寂突然袭来，在她见到顾江年时，内心的孤寂感悉数烟消云散了。

停车场内，姜慕晚双臂环抱，望着不远处的顾江年。她微微歪着脑袋，脸上笑眯眯的，全然没有刚刚在医院里的那种深沉与冷厉。

顾江年也笑望着姜慕晚，周身寒凉的气息被那声呼唤压下去大半。他向前走了两步，低沉的声音在安静的停车场内响起："过来，让我抱抱。"

姜慕晚双手插兜，笑吟吟地迈步朝着顾江年而去。

一步、两步、三步……她朝着他越走越近。

而眼前人似是觉得她太慢，雷厉风行地走到她面前，伸手一把将人捞进了怀里。

姜慕晚倚在顾江年的胸前，耳畔是他强有力的心跳声，鼻间是他身上淡淡的烟草味。

顾江年莫名有些失而复得的感觉。

傍晚归家后，顾江年听闻她回 S 市了，来不及休息，连夜赶来。他很清楚，自己在姜慕晚心中的地位远不如宋家人重要。

姜慕晚觉得自己有些难以呼吸，她在顾江年黑色大衣上缓缓蹭了蹭，昂起头望着他，声音略带笑意："你是来抓我的吗？"

顾江年睨着她，冷冰冰地开腔："你还挺有自知之明。"

"我看你也不可能是来接我的，毕竟我差点给你……"

姜慕晚那句未说完的话，让其他人的视线齐刷刷地落在顾江年身上。

徐放抬手抚了抚额，罗毕转身装作没听见，他们一点都不想搅和进去。

果然，这二人好不过一分钟，片刻的温情不过是假象。

姜慕晚面对顾江年，能有什么温情时刻？

顾江年的心因姜慕晚这句话又激动起来，面色缓缓转阴，望着姜慕晚，近乎咬牙切齿地开腔："什么意思？"

"你要是再来晚点，可能就被'绿'了。"

姜慕晚望着他，一本正经地开口，见他不爽，她那郁闷的心情犹如雨后天空开始放晴，舒畅得不得了。

"在哪儿'绿'？"顾江年语气不善。

姜慕晚不说话，歪着脑袋，笑望着眼前人，一副厚脸皮模样。

顾江年又道："怎么？嫌我平日里太正经了？你要是喜欢其他类型，也不用麻烦别人了，我亲自来。"

姜慕晚听顾江年这么说，心情彻底变好，贺希孟与贺夫人带给她的不快就这么随风而去了。

她转移话题道："你冷吗？"

两只手抓着顾江年的大衣，手背冻得通红，纤薄的手，能瞧见青筋与微凸的骨头。

顾江年被姜慕晚这软糯糯的一句询问给定住了，他微眯着眼看着眼前人，似是在琢磨这小白眼狼想干什么。

"你——唑！"

顾江年倒抽一口凉气，将姜慕晚放在自己腰间的冰冷双手给拉出来握住，沉着脸问道："你是不是去见贺希孟了？"

"你怎么知道？"

闻言，顾江年松开手，冷笑了一声："怎么？都结婚了你还对人家贼心不死？千里迢迢地上赶着送上门。你大半夜到机场来，是因为没勾搭上他，所以准备逃走吗？"

"姜慕晚，你有本事和我吵架，只敢窝里横，在外面怎么厌得任人欺负。"

姜慕晚嘴毒，是真毒。

可现在姜慕晚正高兴着，任由顾江年说两句也无所谓。

"不是因为别人。"

"那是什么？"男人反问。

"是因为想跟你吵架了。"姜慕晚如实回答。

"想跟我什么？"不知顾江年是没听清楚，还是对她的回答颇有些意外，追问道。

"想跟你吵架。"姜慕晚又说。

顾江年静默了片刻，见她确实是冷得不行，收起找她算账的心思，二人上了车，驱车往酒店驶去。

顾江年拿出一张毯子盖在姜慕晚身上，然后让司机将空调调到最高。

"还冷吗？"望着将手放到送风口取暖的女人，顾江年问道。

姜慕晚点了点头。

她还未开口回答,就见坐在身旁的人抬手放在自己脑袋上,如同摸小狗似的揉了揉:"你说天气这么冷,怎么就没把你缺的那些坏心眼给冻补上呢?"

姜慕闻言侧眸望去,悠悠回应:"万一被冻成了实心的呢?"

顾江年:"……"

她的意思是,实心就变成榆木疙瘩,转不动了。

前座,开车的罗毕抬手掩了掩唇,将笑意给憋了下去。

有句谚语:宁做空心竹,不做实心木。后来,C市年轻人将它化用:你那脑袋比市政大道上的水泥地还实,半点风都灌不进去。

姜慕晚此时用这句话回击把顾江年的嘲讽,可谓是大获全胜。

只见顾江年将身体靠在椅背上,不知是闭目养神,还是平息怒火。到酒店,他先下了车,姜慕晚坐在车内眼巴巴地望着他,没动。

为何?只因S市不比C市,她实在是不敢太大意。

顾江年等了片刻,见人未下来,他微微探身望向坐在车内的人,眉头轻挑,默了片刻,笑了笑,似是懂了:"不敢下来?"

"顾董在S市没有私宅?"

男人听闻姜慕晚的询问后点了点头,一本正经道:"有。"

"那……我们换个地方?"姜慕晚这语气听起来还有点商量的味道。

"理由?"男人问。

"我不想住酒店。"姜慕晚认认真真回应。

"不想住酒店?"顾江年再问,依旧语气温柔。

"不想。"她回应。

"那你走吧!天桥底下和大马路随你选。"

姜慕晚道:"我是你老婆!"

"有求于我时就是我老婆。"

"关门,我要在车上睡。"

顾江年闻言笑了,看着姜慕晚这夵了毛的模样,心情格外舒畅,甚至连差点被'绿了'都不计较了。

呼啦一声,男人将大衣蒙在她脑袋上,将她罩个严实。

姜慕晚只觉得眼前世界从明至暗,尚未反应过来,男人双臂伸出,将她整个人从车内抱了出去。

姜慕晚眨了眨眼睛,乖巧地窝在他的怀里,不乱动了。

"回头我们可以去拍一部电影。"头顶上方,顾江年的低沉嗓音传来，有些咬牙切齿的味道。

"嗯？"她不明所以。

顾江年再道："霸总和他不听话的小娇妻。"

姜慕晚闻言，心里默默翻了翻白眼——这是什么狗血名字？

"难道不是老男人和他的小娇妻吗？"

男人前行的步伐顿住，低睨自己怀中的人。

"谁是老男人？"男人冷飕飕的嗓音从头顶传来。

姜慕晚想，罢了罢了，人在他人怀里，不得不低头。她乖乖巧巧地又退了一步："哦……你不喜欢呀，那换一个。"

"换什么？"顾江年问，但步伐未动，似是要听她道出个所以然来。

许是怕姜慕晚说出什么让他心堵的话，顾江年提醒道："想清楚你现在在哪里。"

"十亿为聘。"姜慕晚磨叽了半天，出来这么一句。

顾江年闻言，嗤笑一声，听起来像是不屑，但眼眸里却是笑意。

"十亿聘了个什么？小白眼狼？"

若是往常，姜慕晚早就跟他斗起嘴来，可这次她没有，大概是怕顾江年把她丢下去。

顾江年似是并不准备就此放过她："说话。"

这个浑蛋！

姜慕晚叹了口气，一本正经地开腔："小可爱。"

"你还挺有脸！"男人的浅笑声在耳边响起，这语气，怎么听怎么宠溺。

顾江年抱着姜慕晚进了房间，罗毕将二人的东西放进去，转身逃也似的离开了。

姜慕晚挣扎着从他怀里滑下来，刚将罩在脑袋上的大衣拉下来，叹了口气，便被一把摁在了大床上，随之而来的是略带强势的吻落在她的眉间、鼻梁、唇……

未有只言片语，只有行动。

君华酒店总统套房内。

付婧打电话过来，语气有些焦急地告知姜慕晚事态不妙。这动静让正往卫生间而去的人顿住了脚步。

只见顾江年转身迈步过来，伸手抽走了姜慕晚的手机，冷冷地询问：

041

"万和楼发生的事与你有关?"

语落,回应顾江年的是漫长的沉默。

姜慕晚望着顾江年,好似见到救星:"万和楼是你的地盘?"

回应她的亦是沉默。

顾江年冷眼瞧着眼前人,只觉太阳穴突突地跳着——这个姜慕晚,害人害到他的地盘来了。

给谁惹麻烦不好,偏偏给他惹麻烦。

啪嗒,顾江年伸手将手机扔在她身旁,望着她道:"我得给你颁个奖。"

"什么奖?"

"史上最佳坑老公奖。"言罢,他缓缓转身。

顾江年正欲挪动步子,一只手拉住了他的睡袍,转眸只见姜慕晚眨巴着眼睛望着他,故作可怜兮兮道:"你不帮我吗?"

顾江年垂眸,望了眼自己睡袍上的手上,冷嗤道:"有事钟无艳,无事夏迎春。姜慕晚,你这张脸要是再好看点,估摸着都能赶上苏妲己了。"

"我是你老婆吧?"姜慕晚见装乖无用,改变了策略。

"不是。"顾江年居高临下地看着她。

"我们是合法夫妻。"

她有求于人,得低头。

"你有证据吗?"男人轻启薄唇,悠悠开口询问。

"结婚证。"姜慕晚答。

顾江年闻言勾唇一笑,伸出手掌心朝上:"拿给我看看。"

"在你那里。"姜慕晚咬牙切齿。

"你说在我这里就在我这里?有证据吗?"

男人开口问,笃定她拿不出证据。

姜慕晚生气,但她没办法。

她和这人"话不投机半句多",三言两语就想动手。

男人将自己睡袍上的手拉开,俯身望着姜慕晚,诱哄道:"喊一声老公,我教你坐收渔翁之利。"

姜慕晚气得不行。

她先是在心里问候了顾江年,才开口乖乖巧巧道:"老公。"

这声老公,喊得顾江年心神荡漾,通体舒坦了。

"联系季家,他想得你的利,你便借他的势,联系时,留好证据,往后若是季家翻脸不认账,你有把柄将人拉下高台。递刀子给别人,要把刀刃对着人,但不能让对方知晓。"顾江年伸手拍了拍姜慕晚的脑袋,似是颇为担心道,"你什么时候能把跟我吵架的本事用在这上头,也就无人能敌了。"

顾江年在嘲讽她。

姜慕晚将落在自己脑袋上的手扒拉开。

顾江年转身往浴室走去,直至他即将走进去,姜慕晚才慢悠悠地开口:"顾江年,你可能不知道……"

男人步伐顿住,挑了挑眉,似是在等待。

"我喊过很多男人老公。"

翌日,姜慕晚归宋家。她此番回S市本就是来解决贺希孟之事,只是奈何昨日的交谈并不愉快,贺夫人的算盘打得噼啪响,要谈的事情最后便无疾而终。

宋家有意要让贺家赔礼道歉,至于方法?舅妈俞滢自有妙招。

俞滢自诩厨艺高超,一顿饭就能将人折磨得不行。

姜慕晚看见满满当当一桌子能看不能吃的菜时,就知道,贺家人今日不会好过。

而贺家老爷子自知理亏,看着卖相可怖的饭菜,也只得硬着头皮吃下去。

一场好戏看完,姜慕晚才从宋家离开,去往机场。

顾江年到机场时便见如此场景——

姜慕晚穿着一身红色大衣,指尖夹着烟,她身旁那些男人的目光都落在她身上,或明目张胆,或暗中打量,而她却跟没发现似的。

她微微低垂着脑袋,视线不知落在何处。

顾江年抬步向姜慕晚而去。

正在思考要事的姜慕晚只觉指间一空,拧眉回头望去,只见顾江年站在身后,将她抽了半截的烟往唇边送去,微眯着眼,凉飕飕的视线扫了眼围在她身旁的男人。

随即,众人作鸟兽散。

姜慕晚昂着头望着他,目光带着一些疑惑。

顾江年道:"S市的西北风比较好喝?"

姜慕晚懒得理他,转身往机场里头走去。身后,顾江年伸手将半截烟在垃圾桶上摁灭,然后迈步紧随姜慕晚身后。

这日，万尺高空上。

飞机上，姜慕晚靠在顾江年身旁昏昏欲睡，等到睡着后，大概因为不舒服，她习惯性地伸手扯了扯他的手臂，如同他们每次睡在一起的夜晚一般。

姜慕晚有畏寒的毛病，而顾江年体热，对她而言就如同巨大的暖宝宝，此时无暇顾及其他，只想着让自己舒服就行。

而顾江年，这样一个看似立于高山之巅的人，仿佛因为这么一个小小的举动就被姜慕晚轻松地拉入凡尘。

自从离开宋家后，姜慕晚一直隐隐觉得胃不舒服，但她不想说出来，担心会让俞滢多想。

她伸手拉了拉顾江年的衣服："顾江年，我想吐……"

大概音量太低，顾江年并未听清，他轻轻挑了挑眉，想要再问，却见坐在座椅上的姜慕晚解开安全带，跟跄着往卫生间而去。

片刻之后，从卫生间传来一阵呕吐声。

空姐跟在姜慕晚身后进了卫生间，正在为她拍着背。

顾江年目光中的诧异变成了凝重，他走进去站在卫生间门口，带着冷意的低沉嗓音缓缓响起："请你先出去。"

这话，是对空姐说的。

空姐抬步离开，将空间留给这二人。

顾江年关上门，望着姜慕晚，唤她："姜慕晚。"

"嗯？"蹲在马桶跟前的可怜人回应。

"你别跟我说你怀孕了。"

姜慕晚："……"

这个浑蛋。

姜慕晚伸手扯过一旁的纸巾擦了擦嘴，扶着马桶起身，瞪着顾江年。

"怀孕？"姜慕晚气得不行，"我决定不离婚了，即使到了两年期限也不离！"

这话虽说是咆哮出来的，可顾江年听后心里竟然有些高兴。

可这高兴很快就被一盆带了冰块的水给浇灭。

从头到脚，透心凉。

"我要占着你老婆的位置，活着看你们家的热闹。"

顾江年："……"

C市，姜家一片混乱。

姜老爷子素来觉得自己是清廉之人，而今，自己的孙子却惹出了这种事情，将他的老脸丢得一干二净。

眼看姜家不如当年，正是需要稳固家族的时候。

可姜司南闹出这等幺蛾子，当真是天大的笑话。

"你若是打架打赢了，我无话可说，可你偏偏还是输的那一方。"姜司南没有半分姜家人的血性，"为何——"后面的话，他未言语出来。

姜老爷子的脑海中闪过了姜慕晚的身影。

若是姜慕晚，一定会赢的，无须他人指点，她一定就会赢。

片刻之后，姜老爷子摆了摆手，似是失望至极。

"罢了，罢了。"

他用毕生心血建立起来的华众，不知是要毁在谁的手上，真是"打江山容易，守江山难"。这姜家的后辈男儿，一个个如此窝囊。

姜司南和杨珊都不是姜慕晚的对手。

而今，姜司南吃了这偌大的哑巴亏，杨珊自然心中不好过，却找不到姜慕晚的错处。他们将所有过错推到姜司南身上，责怪声在姜家此起彼伏。

一心偏袒儿子的杨珊，这日终是忍不住发了火。她将报纸扔到姜司南的脸上，神情凶狠地怒斥道："瞧瞧你干的是什么事！"

"这不是事实，妈妈。"

"事实？在这吃人不吐骨头的圈子里，事实是最没用的东西。司南，你都二十岁了，不小了！你自小在这个圈子里长大，那些龌龊之事见得还少吗？"

杨珊将所有的期望都寄托在姜司南身上，企图用他去扳倒姜慕晚，让姜慕晚一无所有。

她苦口婆心的劝告，姜司南听进去了吗？

大抵没有。

相反，姜司南想起了姜慕晚说过的一句话："你母亲不过是利用你坐上高位，其实你什么都不是。"

这话，不止姜慕晚一人同他说过，曾经也听见同学们这般言语。

"那个位置对你而言就那么重要吗？"姜司南眼眸中尽是不解。

"怎么可能不重要？华众若是落到姑姑手中，我们最多也就是一无所有，可若是落到姜慕晚手上，我们恐怕连命都会没有。"

"你为什么觉得姜慕晚会一心想弄死我们？"姜司南问。

杨珊突然哽住,一时间不知晓该如何回答。

见杨珊不回应,姜司南再度追问,近乎咆哮:"我想知道,这天底下那么多人,为什么姜慕晚不碰他们,而偏偏是想要害我们?"

"啪——"

杨珊一巴掌甩在姜司南的脸上,因用力过猛,打得姜司南的脸一下偏开,唇角有鲜血溢出来。

"因为我不想让你成为一个没有爸爸的孩子,我伤害过她,一切都是为了你,这个答案你满意了吗?"

这句话,杨珊说得平静,望着姜司南的目光带着浓浓的失望。

姜家客厅里气氛凝重。

而在C市某家位于大厦的顶层咖啡厅内,气氛安静。

姜薇出差半月归来,一落地便听到袁家与姜家之事,这道新年的"开胃菜"闹得满城风雨,压不下去。

姜慕晚当然知道姜薇今日和她见面所为何事,她端起杯子道:"你我都清楚,不管姜临与姜司南如何不成气候,华众也不会落到你我二人的头上。"

"你辛辛苦苦为华众卖命几十年,到头来不过是给姜临与姜司南作嫁衣裳,在姜家,你努再拼命他们也不会感恩戴德,只会觉得这一切都是你应该做的。"

服务员端着咖啡过来,她适时止住话头,待服务员走远,她才再次开口道:"姑姑,你这是何必呢?"

"你想要什么?"良久,姜薇望着姜慕晚,开口问道。

姜慕晚不会做无用之功,今日能同自己说这些,自然是有所求。

她端起咖啡,浅酌了一口,低垂着头掩去唇边笑意,眸间的精光也被掩住:"我跟姑姑想要的东西,是一样的。"

都是华众。

"你就不怕得不到?"姜薇问。

闻言,姜慕晚笑了,她抬眸望向姜薇,余光瞥见了一道熟悉的身影,惊讶从心中一闪而过。

"宁为玉碎,不为瓦全。"她即便是得不到华众,也会毁了它。

姜慕晚从咖啡厅离开时,遇见了顾江年所谓的绯闻女友——柳霏依。

二人点头打招呼,尚算客气。

行至停车场,姜慕晚一眼便瞧见了那辆火红的跑车,是柳霏依的车,比她的车都好。

顾江年可真是对人极好。

姜慕晚未急着离去，而是坐在车内，不急不缓地抽了一根烟。

车窗大开，她靠在驾驶座上，将手伸出窗外，轻点烟灰。

直到下午三点，姜慕晚才驱车前往顾公馆。今日，顾江年也在。

在的不仅仅是他，还有君华的几位老总。

茶室内。

远远地，顾江年见姜慕晚回来，起身而去，便见她将臂弯间的黑色羽绒服递给兰英，薄唇紧抿，面色不善。

男人见此，轻轻挑了挑眉，询问尚未出口，就听姜慕晚语气不咸不淡地问兰英："晚上吃什么？"

"你想吃什么？"这话，是顾江年回的。

"吃火锅。"姜慕晚将毛衣袖子往上卷了卷，露出纤细的手臂，向前走了两步，似是想起什么，望着顾江年一本正经道，"狗肉火锅。"

顾江年道："……我又惹你了？"

可不就是惹她了吗？绯闻女友开保时捷，自己都没有的待遇。姜慕晚心中怒火噌噌上涨。

顾江年看了眼一旁的兰英，后者会意，转身离开，他才低声问："是和姜家的事情进展不顺？"

她心情不佳就一定是跟姜家有关？

"你猜我今天看见谁了？"

"我有千里眼吗？"顾江年反撑回去。

"先生——"

身后，兰英拿着捂住了话筒的手机走过来，将姜慕晚刚准备骂出口的话堵了回去。

顾江年知晓兰英不会在此刻冒冒失失地拿着手机来找他，想必是有急事。他伸手接过兰英手中电话放到耳边，何池的声音响起。

元旦，余瑟难得出门一次，撞见了柳霏依，回来之后心中郁气难消，忽然晕倒了。

顾江年听到余瑟晕倒的消息后便匆匆离去。

而姜慕晚坐在餐桌前，看着眼前的晚餐，只觉得半点胃口都没有。

空荡荡的餐厅，只她一人静静地坐着。

餐厅之外，有三两个用人对视了一眼，那目光中，有鄙夷、有不屑，有"早知如此"。

冬日的夜晚静悄悄的,顾公馆处于山林之中,偶有鸟叫声传来,这鸟叫声未能增添一分美感,相反,更令人觉得静得可怕。

顾公馆,万籁俱寂。

梦溪园,一片慌乱。

顾江年到的时候,恰见医生给余瑟扎完针,站在走廊上,询问何池出了何事。

于是,何池将下午发生的事情告知顾江年,只说了余瑟与柳霏依会面之事,对姜慕晚并未提及。

"我若没有记错,先事先提醒过何姨。"顾江年语气低沉,带着淡淡的怒意。

何池是畏惧顾江年的,虽说她是长辈,可也见过这人整顿顾家的那种狠厉劲。

"今日撞见是机缘巧合,出门也是临时才决定的。"何池立刻解释,试图打消顾江年心中的疑虑。

男人面色极其不悦,语气冰冷:"她们聊了什么?"

"夫人询问了柳小姐一些问题,但她似是并不知晓夫人是谁,没有交谈之意,也并未聊及其他。"何池仔细回想。

这夜,顾江年留宿梦溪园。

临近十一点,他本想拨通电话给姜慕晚,但思及二人那场未爆发出来的争吵,遂改成了发短信。

"母亲生病,我今晚留宿梦溪园。"

虽然这条短信,更像是老板跟下属的语气。

姜慕晚看到短信,心下了然。

她知道余瑟身体不好,需要多多休息,本就心有伤痛的人今日见了柳霏依,难免情绪波动大,现在只能卧床静养。

午夜一点,姜慕晚驱车离开顾公馆。

走时,顾公馆外面巡逻的夜间保镖正好撞见,本欲上前打招呼,却见她启动车子扬长而去,车速极快。

清晨六点,天色蒙蒙亮,余瑟从睡梦中醒来,见顾江年坐在窗边椅子上,面前放着电脑,电脑屏幕发出的光映在他脸上。

似乎察觉到动静,顾江年专注的目光从电脑上移开,落至余瑟身上。

他伸手取下鼻梁上的眼镜,起身朝余瑟走来。

顾江年将余瑟从床上扶起,让她坐着,关心地询问:"您感觉如何?"

"我并无大碍,只是又辛苦你了。"余瑟望着顾江年,带着歉意地说。她知道顾江年事务繁忙,时常三餐不定。

"跟我何必如此客气。"顾江年倒了一杯水,递给余瑟。

他坐在床沿,轻声说:"你养我长大,我照顾你到老,这是孝道。"

顾江年身上没有半分纨绔子弟的不良气息。他年少成名,又经受过家族的磨难,早早地明白了家庭的意义。

对于余瑟,他极其孝顺。

清晨的卧室一片静谧。余瑟将手中的杯子递还给顾江年,望着他,缓缓开口:"我昨日见到人了,确实……很像。"

仅是短短的一句话,她已红了眼。

顾江年伸手将杯子搁置在床头柜上,扶着余瑟的肩膀,帮助她慢慢躺下,温声说:"她不过是空有一副相像的皮囊罢了。"

余瑟张了张嘴,有片刻的哽咽:"偏偏就是这皮囊,让我——"后面的话,她未说出口,大抵是难以启齿。

顾江年猜到余瑟若是见到柳霏依定然会接受不了,所以一开始便告知何池,若余瑟有想法,一定要及时告知他,没承想,千防万防还是没防住。

顾江年将盖在她身上的被子往上拉了拉,沉稳的语气中带着几分规劝:"尘世间,相像的人极多,母亲既然见过了,也该安心了,往后切不可因此事黯然伤神,弄坏了自己的身体。"余瑟心有痛楚,如今见了治愈苦痛的希望,怎会如此轻易地放弃?

"母亲想……偶尔见见她。"余瑟将"偶尔"二字咬得极重,似是生怕顾江年听不出此意。

顾江年听了余瑟此言,脑海中有一道身影一闪而过。

"你猜我今天见到谁了?"

姜慕晚下午出门,余瑟亦是,她之前说的那句话,难道是说……思及此,顾江年心中有一种不祥的预感浮现上来。

"不可。"

他缓缓摇头,拒绝了余瑟的要求,语气虽轻,但极为强势。

"每个人都有自己的生活,母亲有无想过对方?或许她并不想被我们打扰,再者柳小姐与我的绯闻满天飞,虽都不是真的,但往后我娶妻,我的太太看见母亲与我的绯闻女友亲近,会有何想法?抑或是,柳小姐

049

往后结婚,她的先生是否介意?"

顾江年轻声规劝,说得有理有据,将余瑟心中的些许想法悉数压了下去。

见余瑟不言,顾江年再道:"无论我为人子,还是为人夫,都不可只为自己考虑,不为对方着想,母亲说是不是?"

晨间,顾江年陪着余瑟在顾公馆用完早餐。离开时,他给姜慕晚拨过去了一通电话。

那边的人接通电话,似是已经起床,听起来声音清晰。

"醒了?"男人低眸看了一眼手机屏幕,现在时间是七点半,往常这个点,姜慕晚还在梦乡。

"嗯。"姜慕晚应允。

何止是起了床,她已经到办公室了。

"我过来接你,一起出去吃早餐?"男人轻声询问,语气隐隐有些温柔。

说起早餐,姜慕晚侧眸望了一眼手边的豆浆、包子,嘴唇抿了抿。小摊上的早餐与顾公馆的精致餐食无法相比,但若此时让她为了一口吃的与顾江年见面,她也不愿。

她有钱,想吃什么不能自己买来?

"不了,"她开口拒绝,"我已经在公司了。"

"在公司?"顾江年恍惚以为自己听错了,看不出姜慕晚这人对华众上心,说句"三天打鱼,两天晒网"不为过,指不定人坐在华众副总的位置上,手上却在处理着达斯的事情。

空有副总的头衔却无实权,而她也乐得占着,反正这个位置绝不会让给他人,一早她就知晓华众不会落到自己心中,也从未想过在此处宏图施展。

姜慕晚这点心思,顾江年早就看破了。

从没见过哪个公司的执行副总从不加班,从不应酬,每日朝九晚五,按时下班。

"嗯,我在公司了。"姜慕晚点头。

顾江年沉默片刻,拿着手机坐在后座,抬手揉了揉眉心,压着嗓子开口询问:"你昨日是不是见到我母亲与柳霏依了?"

虽是询问,不过顾江年没想过姜慕晚会回答,没想到她这次回道:"不仅见过,还和柳小姐聊了两句。"

头疼。

实在是头疼。

顾江年明白,他又惹到姜慕晚了。

姜慕晚隔着听筒,听见他微微叹息了一声,而后轻轻唤她:"蛮蛮。"

这声"蛮蛮",让姜慕晚拿着手机的手一顿——他今日稍有些反常。

"干吗?"

她回答,语气里带着防备与不善。

顾江年只是不想让姜慕晚不开心罢了,他思前想后,几乎想破脑袋了,良久之后,似是想到答案:"晚上想请蛮蛮吃火锅。"

这是邀约,与以往的强势霸道不同,就连开车的罗毕都听得出自家先生将身段放得低了又低。

他原以为,投其所好便行了。

姜慕晚冷嗤了一声,凉飕飕的话语甩出来:"给别人买车买房,就请我吃火锅?"

顾江年:"……"

"那蛮蛮说,你想要车,还是房?"

"要钱。"姜慕晚一本正经地开口。

"嗯?"顾江年似是没听清。

只听姜慕晚再道:"十个亿。"

顾江年:"你想拿着我的钱,再把这笔钱还给我?这么会做买卖,你不做金融可惜了。"

"果然……"姜慕晚煞有其事地开口。

顾江年稳了稳心神,又问:"果然什么?"

"男人的嘴,骗人的鬼。"

一月四日,万和楼跨年夜事件再度被推上风口浪尖。

杨珊原以为季亥是他们这边的人,却没想到,季亥早就跟姜慕晚达成了协议。

姜家唯一的孙子闹出了丑闻,姜老爷子说不放在心上是假的,明里暗里都觉得是姜慕晚搞的鬼,派人暗中盯紧了她。

姜司南的丑闻爆出来,姜慕晚心情大好,晚间接受了季言庭的邀约。

二人选了一家火锅店聚餐。

甫一进去,两人俊男美女的组合,吸引了不少人的目光。

律政界精英与商界女强人的绯闻,谁不爱看?

更何况还是世家联姻。

若是旁人早已红了脸,可偏偏这二人一个比一个脸皮厚。

餐桌上,点完餐的二人抬眸,四目相对,会心一笑。这一笑中,夹杂着胜利后的得意。

可旁人瞧起来就是眉目传情。

顾江年事务繁忙,元旦收假之后的第一日未按时归家,但这个人在工作时,心里还是惦念着姜慕晚的。

顾公馆每日用餐时间是七点,顾江年提前拨了一通电话给兰英,告知自己今夜不归家用餐,让姜慕晚自己吃。

他话音落地,兰英拿着手机稍微沉默了片刻,才道:"太太也说不回来吃饭,先生。"

这夫妻二人,一前一后电话都给她打过来,就是不联系对方。

"她去哪儿了?"顾江年本是温和的声音有了那么几分冷意。

"太太没说。"主人家不说,她也不敢问。

顾江年想,姜慕晚这人就跟刚抓回家的小奶狗似的,得拴着,找人看着,不然指不定哪天就跑了。

顾江年站在君华顶层走廊,望了眼会议室里的一众高层,虽然想回家,但脱不开身。

于是,他咬着牙给姜慕晚去了通电话。

姜慕晚许久才接起。她接起后,听到男人冷冷的嗓音响起:"你在哪儿?"

"外面。"火锅店内,姜慕晚一边涮肉,一边拿着手机回应,言简意赅,让季言庭听不出对方是谁。

"干什么呢?"男人再问,语气依旧冰冷。

姜慕晚倒也诚实,却气得顾江年险些砸了手机,她说:"涮火锅。"

顾江年闻言,先是静默了一阵,似是在隐忍。

片刻,姜慕晚只听顾江年硬邦邦地吐出两个字:"跟谁?"

姜慕晚抬眸看向对面的季言庭,这一眼恰好被季言庭捕捉到,二人四目相对,她大大方方地开口:"季先生。"

姜慕晚随即又补了一刀,似是怕顾江年被气得不够:"你是大忙人,我只能跟着季先生蹭饭了。"

"你倒是有能耐。"男人咬牙切齿地开口——他在公司辛苦加班,姜慕晚在外面跟绯闻男友涮火锅?

"还行。"姜慕晚气死人不偿命地继续回应道。

晚上九点,姜慕晚开车驶出市区,路过一家便利店,将车停在路边后,进去买了包烟。

待她再出来,便见自己车后停着一辆不起眼的黑色别克,虽然熄了火,但隐约能瞧见车里有人。

姜慕晚拧眉多望了两眼,带着疑惑拉开车门上了车,启动前,透过后视镜望了眼身后的车。她刚行至不远处,便见黑色别克跟了上来。

姜慕晚知晓,她被人跟踪了。

她倒也不急,本是要将车开进右转道,此时不急不缓地换成了左转道。

等红灯的间隙,姜慕晚点了一根烟,拨了电话给顾江年,企图让他发发善心。

"我被人跟踪了。"

顾江年还在公司,闻言,正敲键盘的手一顿:"这种时候想到我了?你的季先生呢?"

顾江年很记仇。

姜慕晚余光扫了眼后视镜,压低嗓音:"我是谁的老婆?"

顾江年笑了,反问:"你是谁的老婆?"

"我是顾江年的老婆……"姜慕晚像是怕人听不见似的,将音量提高。

男人冷嗤了声,极其不客气的声音传到姜慕晚耳朵里:"姜慕晚,我说你是白眼狼,都侮辱狼了。"

顾江年一边说,一边伸手推开办公室大门,大步流星地往电梯间走去。

他行动上焦急得不行,但嘴上依旧是不饶人。

"你来不来?"姜慕晚微微恼火。

"不来。"顾江年嘴硬。

"你不来我就回澜君府了。"

"你回吧,然后你会发现出门有人跟,上厕所有人跟,走哪儿都带着尾巴。"顾江年硬气得很,说的话愈发过分,气得姜慕晚脑子嗡嗡作响。

这夜,君华高层做好了通宵达旦工作的准备,可顾江年接了一通电话便出去了。

大家不用多想,都能猜到这通电话来自谁。

临近十点,姜慕晚有家不能回,开着车漫无目的地在C市街头游荡,可怜巴巴的模样连自己瞧着都心疼。

而身后的黑色别克紧跟不舍,她瞅了一眼之后,打了个哈欠。

那边顾江年电话未挂,听到哈欠声被气笑了:"你还困了?"

"一点点。"姜慕晚毫不掩饰。

顾江年嘲讽道:"你是不是觉得挺委屈?"

"不委屈,怎么会委屈,顾董真是爱说笑。"姜慕晚撩了撩头发,那姿态当真是一点都不着急。

"我瞧着姜副总也不能委屈,跟绯闻男友吃饭,让老公保驾护航,你这要是委屈,多少人得跳澜江啊!"

"所以我不委屈。"姜慕晚这话回应得没心没肺,脸上也是挂着满不在乎的笑意,让顾江年气得牙痒痒。

顾江年冷冷开腔:"那姜副总在街上游荡着吧!随便找个陌生人为伴,和他们一起高歌,没事儿还能一起蹦个迪。"

她漫不经心地冷哧了一声:"与陌生人一起蹦迪多无聊?"

"姜副总口味还挺独特。"车内,暖黄的路灯落在顾江年脸面上,忽明忽暗,叫人看不出情绪。

但罗毕知晓,这人情绪不算差。

"开上去。"

C市街头,一辆行驶的车子直奔姜慕晚所在地而去。

她正与顾江年斗嘴,刚拐弯,一辆皮卡车就直直地往她身后的那辆车撞去,在即将撞上的时候猛地停下。

本是漫不经心的姜慕晚透过后视镜看了眼身后的状况,刚刚她还误以为车要撞向自己而吓得后背出了一层薄汗,与死神擦肩而过的感觉原来是这样让人心惊肉跳。

"顾江年。"她开口轻唤,嗓音微抖。

顾江年"嗯"了一声,沉稳的嗓音带着几许抚慰:"不怕,是我。"

他顾江年做事,素来狂妄。

"那人为不少豪门干活,手段阴狠,这次也是接的暗单,据说对方开价不菲。"

顾江年闻言,未急着发表意见,而是点了根烟。

那不急不慢的姿态让罗毕隐隐有几分好奇,但又不敢询问。

顾江年目光冰冷,他抬手吸了口烟,而后在一旁的花盆里轻弹烟灰,语气冷淡:"开价多少?"

"两千万。"罗毕看了眼顾江年的面色,小心翼翼地开腔。

"要命?"顾江年再问,语气更凉了一分。

罗毕谨慎地望着顾江年,沉默了一秒后,点了点头。

顾江年见此,脸上布满寒霜,伸手将大半截烟狠狠地摁灭在花盆里,目光带着杀气。

"人在哪儿?"良久,男人面色阴沉地开口。

"在西楼地下室。"罗毕道。

"顾江年。"他刚行至门口,身后一声呼唤响起。

男人步伐顿住,转头,见姜慕晚急匆匆地从二楼下来,见他要走,奔跑而来,气喘吁吁地站定。

顾江年打量的目光落在她身上,带着几分疑惑。

"你要出门吗?"姜慕晚佯装乖巧地询问。

顾江年望着她,轻挑眉头:"说重点。"

姜慕晚仰着头,可怜兮兮地望着顾江年,软糯糯地开口:"你不管我了吗?"

一旁,本是准备一道出去的罗毕听闻此言,错愕地看着这位装可怜的太太,而后再瞧了眼顾江年,心想:如此拙劣的演技要是自家先生看不穿,这么多年,他只怕是白过了。

可偏偏顾江年好似并未看穿,唇边挂着淡淡的笑意,望着姜慕晚:"我能管你什么?"

"有人要我的命啊!"姜慕晚一本正经地开口,望着顾江年。

"我不是帮你解决了?"顾江年好笑地回应。

"万一人家再杀回来呢?"

"你以为所有人都是你姜慕晚?"

"我孤身一人来到C市,无依无靠,前有恶毒的爷爷,后有心狠手辣的亲爹后妈,现在又有人要取我的性命。你要是不管我,我会死的。"说着,姜慕晚伸手抓住男人的毛衣,昂头望着他,就差掉几滴眼泪了。

顾江年见她如此模样,压着笑意,将毛衣从她手中拉出来:"死就死吧,你不是不怕死。"

姜慕晚一脸认真地望着顾江年:"我死了你就是丧偶,二婚男人都很掉价的,别人会嫌弃你。"

顾江年被气笑了。

姜慕晚这张嘴当真是什么话都说得出来。

男人伸手将她的手握在掌心,不轻不重地捏着,凝视着她的视线冷冷淡淡:"怎么?你还准备跟我过一辈子?"

顾江年只一句话就让她接下来准备要说出来的话给憋回去了,这极其平淡的一声反问,让姜慕晚沉默下来。

她抿了抿唇,望着顾江年道:"反正你不能不管我。"

"你还真是理不直气也壮。"顾江年说着放开了她的手,转身欲走,行了两步,衣服又被人拉住了。

"我要是出事了,你会很丢脸——"

"脸是什么?"她正准备好好跟顾江年理论,这话还没开口上便被人反撑回来了。

姜慕晚哽住了。

"行吧!你不管我,我去找季言庭。"

"你去啊!"男人悠悠开口,似是担心她不去,还伸手将人推了推,"你看看那个男人能护你几分,看在你我曾同床共枕的分上,我提醒你一句,昨晚那人是别人故意安排对付你的。"

姜慕晚:"……"

一秒,两秒,三秒过后,姜慕晚猛地抱住了顾江年的胳膊死活不撒手,额头抵着他的肩,一副耍无赖的模样。

顾江年,说是满腹心机也不过分。

此时他见姜慕晚这样,很是高兴,唇角的笑意近乎忍不住,轻飘飘地问道:"想让我护着你?"

姜慕晚万分诚实地点了点头。

男人伸手摸了摸她的脑袋,轻笑道:"也行。"

姜慕晚猛地抬头,眼冒星光瞅着他。

只听顾江年道:"你先来点表示。"

姜慕晚:"……"

这个乘人之危的家伙!算了,算了,她的命重要。

片刻之后,姜慕晚踮起脚尖,亲了亲他的面颊。

顾江年忍着笑意,轻轻挑了挑眉毛,似是在问——就这样?

"我安排人送你出门。"顾江年道。

"只送我出门?"

"给多少钱办多少事,顾太太不能太过分。"顾江年一本正经地开口,端的是高深莫测的姿态。

姜司南那件事在Ｓ市被众人看热闹许久，杨珊一步步爬上来，坐到了如今的位置，若是让她白吃这个哑巴亏，显然是不可能的。

外界对姜司南的流言蜚语接连不断，若想解决问题，只能从这个问题的关键人去解决，她等着姜司南未来能稳坐华众高位，谋划二十年，自然不允许这一切落空。

楼道里，脚步声渐起，杨珊敲响某栋公寓的一间房门，开门的女生穿着一身家居服，披头散发，见到来人是杨珊，立刻想要将门关上。

可这天来的不只杨珊一人，自然不允许她得逞。

同行的人伸手推开了即将关上的门，走进屋内，面无表情地望着神情惊恐的女生。

杨珊环顾四周，面露不屑，拉过一旁的椅子坐下。

"你们想干什么？"女生颤抖着发问。

"我以为你知道我们想干什么。"杨珊开口，嗓音带着几分轻蔑。

"一个出身贫寒的人，多读了几本书，就以为自己可以飞上枝头做凤凰了？"

"我没这个意思。"女生立即开口反驳。

"啪！"

清脆的巴掌声在屋子里响起，随之而来的是杨珊的恶言恶语："没有你，他会出现在万和楼？没有你，他会跟袁家那个人搞在一起？枉我儿子还看在你们是同学的分上搭救你一把，你却眼睁睁地看着他被舆论吞噬，见死不救。"

"我让他救了？要不是姜司南强行拉着我，我现在也不会沦落到这般田地！"女生似是不服气，朝杨珊咆哮着，"是，我是不高贵，可你又能高贵到哪里去？整个Ｃ大谁不知道姜司南是私生子？你凭什么指责我？你又能高贵到哪里去？"

女生的话声如同上千把利刃朝着杨珊扎过去，三言两语就将杨珊气得大脑充血、七窍生烟，恨不得徒手掐死她。

可就是这么一个有手段、心理素质极强的女人，被一个未出校门的女学生给镇住了。

"我多读了几本书想改变命运，也比你做第三者破坏别人的家庭强，你凭什么在我面前来趾高气扬？你是我的衣食父母还是什么？你的儿子姜司南明明是一个私生子，因为生在姜家，所以可以剥夺人家寒窗苦读十六年的成果？他不仅是个私生子，还是个盗窃犯——"

"啪——"

女生的怒骂止于杨珊给她的两巴掌。

女生的嘴角流出鲜血,头发此时沾染着血液贴在脸颊,愤怒的眼眸望着杨珊,胸口急剧起伏,整个人处在暴怒边缘。

"你生来便是蝼蚁,我儿子即便是私生子,也胜过你这种下等人的命运。"

杨珊怒斥她,精致的面庞上神情愤怒,浑身控制不住地颤抖。

"我生来是蝼蚁,你又能高尚到哪里去?一个靠着肮脏手段上位的第三者也能站在道德制高点上指责我吗?是这个世界扭曲了,还是你们姜家一家子心理变态?"

"你这个恶人!"

杨珊拿起桌面上的瓶子往她身上砸去。

清晨,姜慕晚将进餐厅,吩咐兰英打包一份西式早餐带走,后者照做。顾江年闻言,抬眼瞧了她一眼。

二人迈步往餐桌而去,顾江年在前,白猫跟在他身后,跳起来伸出爪去扒人的裤腿。

姜慕晚站在后面望着一人一猫,眼眸里带着淡淡的笑意,随后蹲下身子将白猫抱在怀里狠狠地揉了揉,揉得白猫喵喵直叫。

"老板。"一声急切的呼唤声响起。

罗毕走进来,将手中今日的报纸递给顾江年:"姜家出事了。"

他似是有意避开"姜慕晚"三个字,连声音都放轻了。

顾江年将他手中的报纸接过来,大致看了一下。"姜司南的绯闻女友是C大的学生,跟姜司南同期考研,分数在姜司南之上,但姜司南被录取了,她却被刷下来了。昨晚杨珊去找了人家,走后,那个女生在C大论坛上发了帖子,此事引起媒体界和教育界很多人的注意,现在可谓是满城风雨。"

罗毕言简意赅地将此事说了一下,思考片刻,觉得自己好像漏掉了些许什么,再道:"那个女生有所有的证据,而且还把她和导师之间的谈话录了音。"

此事不仅闹得满城风雨就算了,还引发了学生的愤怒。

"C大现在有学生联名抗议,在校园里拉起了横幅。"罗毕说道。

姜老爷子教过无数的学生,说句"桃李满天下"亦不为过。

可一个教育工作者竟然做出这种事情,怎能让一众学子心服口服?

一世英名，毁于一旦。

建功立业需要数十年的积累，可身败名裂，仅需一瞬间。

眼看他起高楼，眼看他宴宾客，眼看他成为C市商界泰斗，眼看他稳坐江山，眼看他受人尊敬，此时又眼看他"楼塌"了。

"去，跟徐放说，先按兵不动。"顾江年说着将手中报纸丢还给罗毕，后者眼明手快地接过，抬眸望去，只瞧见顾江年进屋的背影。

"蛮蛮——"

姜慕晚尚未反应过来，一只手就落在了自己后脑勺上，这人俯身过来，狠狠地吻在她的唇上。

这个举动，让姜慕晚蒙了。

顾江年何其高兴——他的爱人，极其有本事。

你建高楼，我拆你高楼。

眼看你入云霄，我偏要拉你下地狱。

顾公馆的用人都看呆了，有惊愕，有羡慕，有诧异。他们表情各异地看着自家素来沉稳的顾先生，突然发现他原来也有这般真性情的一面。

姜慕晚睁大眼睛望着顾江年，目光透着些许无辜。沉默了片刻，她牵起顾江年的手，用他的手背给自己擦了擦唇。

顾江年："……"

用人们接着又看见自家太太伸出纤细的手指，指尖落在自家先生的薄唇上，动作极轻地拈了一根猫毛下来，道："我刚刚亲了猫的！"

顾江年："……"

众人："……"

罗毕转身就走，觉得实在是没眼看。

"顾先生这么高兴，难道是中彩票了？"她好奇地询问。

顾江年深沉的目光凝视着她，似是恨不得将人带入深渊。

"这么高兴，是不是要分我一点？"她再问。

"缺钱？"顾大财神爷开口询问。

姜慕晚闻言，狠狠地点了点头。

顾先生笑了笑，当着用人的面伸手搂上了她纤细的腰肢："给钱的都是衣食父母，顾太太是不是应该有点表示？"

顾太太想了片刻，抬眸，拧眉，一脸为难地看着顾先生，最终，从牙缝里挤出两个字："爸爸！"

顾江年："……"

第三章
天生一对

一月，对于姜家而言，是一场灾难，一场刚刚开始且不知尽头在哪里的灾难。

姜家客厅内，一向沉稳的姜老爷子大发雷霆后，坐在沙发上，沉默了良久，转而对姜临道："新闻发布会让慕晚去主持。"

姜老爷子的话音落地，一直站在一旁的老管家猛地抬头望向他。

老管家的眼眸中流露出些许惊愕，仅仅数秒，又缓缓将头低下去，装作未曾听见，但在心底叹息了声——只道苍天不公。

"得有一个姜家人出面，若是发布会现场有任何言论不当之处，可推责。"说此话时，姜老爷子微微闭了闭眼，似是不忍，又似是无可奈何。

对于姜慕晚，他是喜欢的，可她是女子，且对华众有二心，他怎能将华众交给这样的人？

将自己辛苦打下的江山拱手送人，他不甘心。

"明白。"姜临点头，随即当着姜老爷子的面，拨了一通电话给姜慕晚。

而她却久久未接听。

顾公馆的客厅内，姜慕晚的手机在唱着高歌，指间夹着烟的人冷眸望着茶几上的手机，抬手吸烟之际，唇边的笑意再度绽开。

姜慕晚猜到了——姜家会把她推出去。

上午九点，顾公馆，姜慕晚拿着手机，给姜薇去了通电话，此时，姜薇在梦溪园。

看到姜慕晚来电,她心头微颤。

就在刚刚,她进屋便听见姜老爷子的咆哮声,询问之下才知晓,他准备把姜慕晚推出去"背黑锅"。

霎时,姜薇步伐顿住。

如果找不到姜慕晚,而又一定要一个能代表姜家的姜家人出面主持发布会的话,那么,那个人很可能会是自己。

姜薇有种不祥的预感。

姜老爷子见她进来,带着算计的目光落在她身上。姜薇知晓,这锅恐怕会落在自己身上。

手机来电铃声突然响起,她朝着姜老爷子开口:"我接个电话。"

今日实在是太过混乱,姜薇也好,姜临也罢,甚至是姜老爷子,大家的电话都未曾断过。

转身之际,她在众人未看见的地方松了口气。

姜薇行至院落,接起电话,姜慕晚平淡又凉薄的声音在那边响起:"姑姑如果不想做个冤死鬼的话,现在最好是离开梦溪园。"

"是你?"

姜薇转身望了眼屋内,然后压低嗓音继续接电话,眉眼间尽是不可置信。

她知道姜慕晚想要华众,但不知道姜慕晚会使出这等狠厉手段。

"现在是谁都不重要,重要的是我能不让姑姑做那个冤死鬼。"

"如何做?"姜薇动了心。

姜家这个狼窝,所有生在姜家的女子,命运都是极其悲惨的——

她们是奉献者,是随时可以被推出去送死的人。

"开车,离开梦溪园,我能保证姑姑不背黑锅,同时也不得罪姜家人。"姜慕晚的话语沉稳有力。

姜薇按姜慕晚的话去做了。

她拿着手机上了车,一声招呼未打,独自驱车离开了梦溪园。她未挂姜慕晚的电话,而此时,姜临的电话打了进来,一遍又一遍,似是急不可耐。

"等你出了梦溪园的大门,再接电话。"姜慕晚说道。

姜薇格外听姜慕晚的话,按照着她说的去行动。

她驱车离开梦溪园,躲开了大批的记者,和姜慕晚通完电话后,才接起了姜临的电话。

姜临急切且带着微怒的质问响起:"你去哪儿了?"

"砰!"

一辆黑色轿车毫无征兆地朝着她的车撞过来,止住了她接下来要说的所有话。

而那边,姜临只听见砰的一声响,随之而来的是路人的呼救声,好像在高喊"有人出车祸了"。

上午十点,华众召开新闻发布会,出席代表姜家发言的人是公关部经理。

十点十分,姜薇一通电话打给了姜慕晚。此时,她站在自家客厅,望着眼前熟悉的环境,竟然莫名地有种劫后余生之感。

一场众人以为的车祸,虽然是伪装,并没有真的伤到她,但让她险些以为看到了阎王爷在朝自己招手。

此时,她一颗心剧烈地跳动着。

她拿着手机站在客厅,缓缓地蹲下身子,心情平稳下来之后,询问电话那边的人:"你想要什么?"

"姑姑知道。"姜慕晚语气淡淡地开腔,带着些许笑意。

"慕晚——"

"如若不是我,姑姑现在定然是大家口诛笔伐的对象,即便这件事情与你无关。"

姜薇内心摇摆不定。

她年幼时被老太太灌输的封建思想已经根深蒂固,即便是挣扎,也扑腾不起什么浪花。姜老爷子正是知晓这一点,才会将自己的私人小金库交给姜薇掌管。

最让姜慕晚瞧不起的是,姜薇身为财务总监,掌控华众经济命脉,却仍然甘愿为他人作嫁衣。

姜薇就是姜老爷子与姜临的掌中物,他们都知晓这人懦弱,翻不起什么大风大浪,也算准了她逃不出姜家的五指山了。

"你就不怕世俗,不怕那些流言蜚语吗?"姜薇依旧在挣扎。

姜慕晚拿着手机,似是无奈地浅笑:"姑姑,我没有这些可担忧。"

"出轨的男人,上位的第三者以及私生子都不怕这些,我一个受害者,我怕什么?"

"如若东窗事发了呢?"

"我只是拿回原本就属于我的东西。"

"慕晚——"姜薇依旧犹豫。

而姜慕晚显然已经没了耐心,话语不再客气:"我能将你从火海中拉出来,也能推你进去。姑姑,你现在无路可选,即便你现在回去跪地匍匐表明忠心,老爷子也会觉得你跟我是一伙的,不会放过你。"

姜慕晚这番话,姜薇信。

姜慕晚拿着一根棒棒糖,似骗似哄连推带揉地将自己送上了悬崖。

要生,只有一条路可走。

而另外那条,是死路,是必死无疑的路。

见姜薇疑惑,姜慕晚继续给人下猛药:"你打开电视看看,华众的发布会现场有多混乱。你一心一意为姜家、为华众,他们却想着将你推出去挡刀,如此家人,留下来,谋你财害你命,将你推向地狱吗?"

"姑姑应该清楚,你现在除了我给你选的这条路,没有其他退路。"

"慕晚——"姜薇仍旧在挣扎。

姜慕晚也知道,老太太给姜薇灌输了几十年的封建思想,不可能仅凭自己三言两语就改变。

"姑姑,不为自己,也要为自己的儿女着想,你不想你的女儿以后跟你一样吧?"

女子虽弱,为母则刚。

谁都有这辈子要守护的东西,姜薇也不例外。

自己这辈子吃的苦,怎么也不忍心再让自己的孩子去经历一遍。

姜薇拿着手机的手抖了抖,坐在偌大的客厅内,缓缓佝偻下身子,似一个绝望的人在寻求一丝安全感。

正当姜慕晚以为她不会言语时,就听姜薇喃喃开口:"你会对付老爷子吗?"

姜慕晚闻言,沉默片刻。

会吗?

会。

而且不会轻易放过他。

但这话,不能让姜薇知道。

"我只拿回属于我自己的东西。"她的语气平淡而又坚定。

"好。"

"你说。"姜慕晚开口。

姜薇开口,在那边语气极其平静地报出账号与密码。

书房内,姜慕晚猛地拉开抽屉拿出签字笔,在 A4 纸上龙飞凤舞地写着。直至姜薇一连串的数字报完,她才开口问道:"老爷子知不知道?"

"你有办法让他不知道,不是吗?即使钱没了他也不敢报案的,你放心。"

姜慕晚想,这绝对是她今日听过的最舒心的话。

万般犹豫胆小的姜薇不见了,取而代之的是华众的姜经理。

"我不会亏待姑姑的。"姜慕晚将手中签字笔丢在桌面上,直起身子,给了姜薇一句保证。

放下电话,姜慕晚坐在书房座椅上,望着面前的 A4 纸,笑得极其开心,笑容满面的脸如同春日里盛开的牡丹,灿烂、耀眼。

她笑着笑着,哭了。

泪水顺着脸颊流下,在下巴聚集,砸到桌面上,开了花。

步步为营,容易吗?

不容易。

可只要能让姜老爷子一败涂地,即便是刀山火海,她都会去。

恶人不用天收,她会亲自来收。

她要一点一点地毁掉姜老爷子多年来建立起来的商业帝国。

自己得不到又如何?

姜老爷子不放权又如何?

没关系,大家都别想得到。

她何其高兴,能将姜家人玩弄于股掌之间的感觉,实在是快哉,快哉啊!

兰英行至书房门口时,脚步猛地顿住。

姜慕晚的笑容是那般灿烂,可那双眼睛仿佛装有太多的故事,旁人看不穿。

兰英轻轻关上了门,一声轻微的叹息声响起,有着太多的无奈。

初见这气度不凡的女子,便觉得她与旁人不同,可光鲜亮丽的外表之下暗藏着一颗千疮百孔的心。

兰英抬手摸了摸自己的胸口,想,幸好,幸好自己生在普通人家。

豪门世家,只是看起来风光无限罢了。

书房内,姜慕晚抬手擦干脸庞上的泪水,笑了笑。

她拨了一通电话出去,话语干脆利落:"账号和密码都发给你了,把里面的钱都转出来,一分钱都不许留给他。"

她要用姜老爷子的钱去血洗他的商业帝国。

你有张良计,我又怎会没有过墙梯?

自2005年伊始,君华成立慈善基金会,惠及灾区重建、贫困生读书等。

每年一月,君华的助学金会按时拨到C大公账上,称为君华助学金。

现在,这助学金本该到账的,可迟迟未到。这让C大会计觉得此事蹊跷,于是与君华慈善那边的会计联系。

对方公事公办地说道:"没忘,但C大现下处于风口浪尖,我们君华不好去凑这个热闹,等事情尘埃落定,无须您催,我们的钱定会准时到账。"

这话就是在说C大此时绯闻缠身。君华这般急于跟他们撇清关系,若是被媒体知道,又要大做文章了。

C大会计还想说什么,君华那边的会计再度开口道:"我们君华最近因为新公司的事情在媒体那边受到诸多困扰。"

言下之意,大家都有各自的难处。

C大校长回办公楼时,便被会计拦住了去路,将此事告知。

校长闻言眉头紧拧,似是未料到会有此事发生。

"君华做事素来稳妥,等风声过了再说。"校长似是对君华很了解,说出了这么一句话。

会计沉默了一会儿,再道:"可放寒假之前助学金得拨下去,若是君华款项迟迟未到,我们——"

"寒假之前会解决,不急。"这是一句极其笃定的话语。

校长既然都如此笃定了,会计也不好再多言,一眼瞧见他手中的密码箱,不由得多看了两眼。

校长见会计的目光落在密码箱上,手不由得握紧了提手,轻飘飘地道:"去忙吧!"

他随即转身,进了办公室。

一如姜老爷子所言,下午的舆论风向一转,话题整个往C大教授那边议论,攻势极其猛烈。

提及C大教授负面的内容都登上了报纸,上了电视新闻。

说他以权谋私,套取钱财,更甚是"指点"家长。姜慕晚看着诸如此类的话,这字里行间,都是在为姜司南洗清嫌疑。

临近下午三点,股市收盘在即,大笔款项打进付婧国外私人账户,她疯狂购入华众股票,与此同时,还有很多人在如此做。

姜家客厅内，素来有午睡习惯的姜老爷子今日未曾休息，晨起至现在，他先是盯着新闻，然后便是盯着股市，苍老的容颜上是掩不住的算计。

他握着拐杖的手，时松时紧，整个人处在一股紧绷的状态中。

眼看，舆论风向开始转变，他不禁松了口气。管家从旁边端了杯茶递过来，轻声规劝："老爷，您歇会儿。"

守在梦溪园和华众的记者未有减少，反而增多。

而季家也在无形之中被牵连。

季亥怒气冲天，大抵是觉得人算不如天算，怎么也没想到会有如此事情发生，真真是"偷鸡不成蚀把米"。

季言庭站在窗前抽烟，淡淡的目光落在窗台的手机上，上面显示着"姜小姐"三个字。

季言庭在思忖，思忖要不要给姜慕晚去一通电话。如果他拨了这通电话，那么又该如何开口。

这通电话，他终究是未拨过去。

华众，姜慕晚不在，姜薇也不在。

唯有姜临，在与媒体记者以及公司的诸多合作商周旋。这夜，公司上上下下都要通宵达旦的架势。

华众新闻发布会之后，姜临接到了许多的电话，至于是问候还是探口风，他心中万分清楚。

顾公馆内，姜慕晚坐在书房，放松地靠在椅背上，看着新闻直至夕阳余晖洒在办公桌上，才惊觉，晨起至现在，这一日全部注意力都放在如何对付姜家上，恍惚之间，一日已过。

她起身至落地窗前，望着后院草坪，忆起那日顾江年运动归来，俯身将脏兮兮的白猫抱回来的景象。

姜慕晚浅浅一笑，觉得生活并没有抛弃她。

傍晚，姜慕晚换了身舒服的家居服，沐浴着夕阳余晖，听迎着江水拍岸声，在顾公馆的鹅卵石小路上散步。

顾公馆的选址颇为讲究，主宅坐落在山中央，在这座园林之中，你若想看最好的夜景，得往上走；若是想近观江水，得往下走。山挡住了外界的目光，造就了一个外界窥探不到分毫的世外桃源。

姜慕晚行至岔路口，是上山还是下山，无丝毫犹豫，她选择上山。

只有立于高山之巅才能俯瞰众生，统观全局。

拾级而上时，姜慕晚不得不感叹，顾公馆的建造与维护是一项极大绪澎湃，也知晓她在俯瞰真正的自己。

他迎着冬夜的寒风，点了根烟。江轮的汽笛声掩盖住了打火机的咔嚓声，姜慕晚未曾听见。

半根烟的时间过去了，他犹如隐在暗夜中的野狼，紧紧盯着站在山顶上的小白兔，只见"小白兔"无比哀怨地叹了口气。

顾江年轻启薄唇，略带戏谑的声音从嗓间冒出来："嘿，姜慕晚。"

姜慕晚猛地回头。此刻，她的内心是一种怎样的感觉？

是你觉得身后是无边黑暗，是万丈深渊时，一回眸，发现有人在。

你并非孤独一人。

你有依有靠。

惊喜、错愕等表情在姜慕晚的脸上接连出现，精彩纷呈。

姜慕晚对顾江年的感情是难以形容的，那是一种信任——

一种"我知道我犯了错，但你只会数落我，不会不要我"的信任。

一种"全世界的人都算计我，你却能教我去算计别人"的信任。

"西北风喝够了，你该回家喝汤了。"顾江年看见姜慕晚丰富的表情了吗？

看见了。

可他有所行动吗？

没有。

为何？

顾江年有私心，他想逼姜慕晚主动走过来。

而姜慕晚回身，身后的万家灯火成了她的背景，她一笑，令世间万物都黯然失色。

"顾江年。"她不服气似的开口。

顾江年抬手吸了口烟，不轻不重地"嗯"了一声，算是回应，细听之下，语气还有些许宠溺。

"什么汤？"她问。

男人的语气漫不经心："反正不是狗肉汤。"

"你站那儿多久了？"姜慕晚歪着头笑问道。

"我一直都在。"顾江年并未说自己站了多久，而"一直都在"则会让人安心。

"你会一直都在吗？"

"会。"

的工程。

沿路可见园林景观，越往上走，她越发觉得震撼。

亭台楼阁，珍奇花草，样样不少。

行至途中，隐隐还见得有人，在园林之中检查奇花异卉，见了她恭敬地喊了一声太太。

姜慕晚点头回应。

六点半，夜幕降临。

姜慕晚刚刚登上山顶，呼吸尚未平稳，抬眸，一座木制凉亭映入了她的眼帘。

这日，顾江年下班早，五点整，起身离开办公室。知晓姜慕晚今日整日未曾出门，他想早些回去陪她。

他回到家后，兰英告知，姜慕晚去了山里，但不知是下山还是去了山顶。

顾江年将脱了一半的衣服又穿了回去，抬步往屋外走去。他抬手止住了欲要跟上来的罗毕。

他一路向前，来到岔路口时，未曾思忖一秒，便往山顶而去，步伐沉稳。

顾江年为何觉得姜慕晚不会下山？

只因她现如今走过的每一步路，他都走过。

他当初的心境与此时的姜慕晚相同。

夜空中，弯月挂在天边，与山林美景互相映衬，显得那般和谐，颇有种"凉月如眉挂柳湾，越中山色镜中看"的意境。

他着一身黑色大衣拾级而上，若非暖黄的路灯照着他，只怕无人能瞧见他。

顾江年行至山顶时，便见姜慕晚茕茕孑立，如一个幻影，好似一眨眼，她就会消失不见。

姜慕晚静立山头，眼前是万家灯火，是这个城市最美的夜景，身后则是漆黑的夜路。

一如她此时的处境——

往回走，满身黑暗，唯独向前，才能看见光明，才能找到救赎。

早在回到 C 市的那天，姜慕晚就知晓，自己早已无路可退。

前方无论是荆棘密布还是刀山火海，她都得硬着头皮向前。

顾江年单手插兜立在姜慕晚身后，不急着开口唤她，知晓她此时心姜慕晚朝他走去，扑进了顾江年的怀里，抬手搂着他的脖子。

顾江年手搂着她的腰，在寒冷的冬夜里，抱紧她。

冷月高挂，寒风瑟瑟。

江轮的汽笛声奏响华美乐章，万家灯火成为他们爱的见证。

姜慕晚将冰凉的手伸到了他的衣衫里，凉飕飕的触感让他倒吸了一口凉气。他低头，鼻尖抵着她的鼻尖，嗓音沙哑："回家吃饭。"

"我没力气了。"

姜慕晚故作虚弱无力地说道。

顾江年牵着她，本想带她下山的，走了两步，身后的人却没有动，且娇滴滴地来了这么一句。

"你怎么上来的？"男人问。

"走上来的。"姜慕晚一本正经地回答。

"那就走下去。"顾江年知晓她想做什么，也不顺着她的意。

"你背我。"

顾太太这个平日里撑天撑地的人，撒娇也是一把好手。

"我要是没上来，你怎么办？不下山了？"顾江年欲要松开她的手，显然是不想惯着她。

可姜慕晚依吗？

不依。

她惯会蹬鼻子上脸，顺杆往上爬，紧紧拉着他的手，死活不松开。

"松开。"

"不松。"

"你松不松？"

"我就是不松。"

"姜慕晚，你要点脸行不行？我现在是发现了，对你好点，你就不要脸了。"顾江年真是发现了，姜慕晚这人，撑天撑地的时候分毫不让，但你若是对她好了，她能不要脸到让你怀疑人生，惯会看人下菜。

"有人惯着，我为什么强撑？"她道。

姜慕晚这句话说出来，顾江年只觉心头微颤，是啊，没人疼没人爱的孩子才需要尽早懂事。

路灯下，顾江年静静注视着姜慕晚。须臾，他脱下身上的大衣，披在姜慕晚肩头，然后蹲下身子，极其平静地开口："上来。"

姜慕晚攀上他的肩头，满面胜利的笑意。

此时，顾江年若是看得见，定会觉得自己背的不是姜慕晚，而是一只满脸坏笑的狡猾狐狸。

"开心了？"他即使不看她也知道，她在扬扬得意。

"开心。"姜慕晚丝毫不掩藏。

"开心就好，顾太太开心了，晚上能否让我睡个好觉？"

看看，他这说的什么话？

"可以。"她点头，大方回应。

正当顾江年觉得姜慕晚有点良心的时候，姜慕晚扎了他一刀："你睡书房。"

"你给我下来。"顾江年不悦地说。

"不下。"姜慕晚说，搂着他脖子的手紧了紧。

"你个没良心的白眼狼。"

顾江年也就是嘴硬，哪里舍得真的让姜慕晚受半点委屈？今日晨间知晓那件事时，一是欣喜，二是暗地里为她作嫁衣裳。

二人嘴上吵闹着下山，顾江年步伐稳健前行，即使背着姜慕晚也丝毫不觉得重。

她体重很轻，跟屋子里养的那两只猫似的。

顾江年心疼吗？

稍有些。

"胜券在握？"

往主宅而去时，顾江年慢悠悠问道，四个字随风传入姜慕晚的耳中。

"迟早的事情。"她开腔回答，然后将脸埋在顾江年的肩膀，蹭了蹭他的脖颈，长长的睫毛扫在他皮肤上，让顾江年心头颤了颤，但脚步未停。

这句"迟早的事情"，顾江年从中听出了其他含义。

"蛮蛮加油。"

"嗯，加油。"她糯糯开腔。

"姜老爷子的人脉网络庞大，蛮蛮这戏怕是唱不久。"顾江年在套她话。

他知晓姜老爷子跟看教育厅的人极熟，她又怎么会不知道。

但没关系，这场戏，还能唱下去。

"不急。"她淡淡开腔。

"嗯，不急。"

顾江年想,他需要担心什么?姜慕晚厉害着呢,和自己交手都能往来数回合,还怕日暮西山的姜老爷子吗?

"顾江年,我有个问题想问你。"姜慕晚突然开口。

"嗯?"男人尾音轻扬,示意她问。

"你为什么把顾公馆修建得像人民公园?"

"人民公园?"顾江年恍惚以为自己听错了。

姜慕晚点了点头:"人民公园。"

"天黑了,你眼也不好用了吗?"这狗嘴里真是吐不出象牙。

姜慕晚缩了缩脖子,在他身后偷着笑,那沾沾自喜的模样,幸亏顾江年没瞧见。

台阶转弯,顾江年故意漏踩一层台阶,随之而来的是咬牙切齿的低斥声:"姜慕晚,你是吃了一头猪吗?这么重?"

女生都极其在意身材。

顾江年此时说她吃了猪。

这仇,她记下了。

"没吃猪,小奶狗倒是吃了不少。"

顾江年:"……"

"你给我下来。"

姜慕晚也不应人家了,紧紧抱着他的脖子不松手。

下来?

不可能。

离主宅还有一段路程的时候,姜慕晚从他背上下来了。

顾江年挑眉望着她——还以为这人要让自己背她上餐桌呢!

"不喜别人啰唆。"她开口,然后往屋内而去。

姜慕晚这句话,顾江年未多想,随她一起进了屋。

从寒冷的夜里乍一进温暖的屋内,让姜慕晚放松舒适了许多。

顾江年牵着她往一楼卫生间而去,在洗手池内放满热水,将她的手摁进去,念道:"怕冷就别在外面待太久,明知天黑了还往山上钻,不怕冻?"

"怕。"她答。

"怕你还去?"

"正是因为害怕才去。"

顾江年侧眸望了眼姜慕晚,握着她手掌的手停顿了数秒。而后,姜慕晚只见这人紧蹙着眉头，抿了抿唇，没有言语，伸手扯过一旁的毛巾，给她擦干了手。

顾江年不知是该夸她有迎难而上的勇气，还是该责备她不爱惜自己。

但显然，无论是前者还是后者，他都不大想说。

有些话，不管他用哪种语气说出来，此时都带有讽刺之意。

"吃饭。"顾江年伸手轻轻拍了拍姜慕晚的脑袋，示意她先出去。

姜慕晚未动，略微带着几分关心地询问："你不去？"

"我要去卫生间，蛮蛮要留下来等我吗？"上一秒的温情转变了风向，变成了厚颜无耻型的。

姜慕晚万般嫌弃地睨了他一眼，倒也不急着嘲讽回去，走到门口，才冷不丁地轻嗤了一声。

"姜慕晚，你给我站住！"

站住？想得美，她先走到门口，就是为了能快速逃离。

兰英候在客厅内，听见自家先生的怒吼，身子颤了颤，抬眼，便见自家太太如一只翩翩蝴蝶般，满面笑意地从卫生间跑出来。

仅是一夜之间，关于姜家的舆论导向便又转了个方向，刀尖对准了C大研究生导师项方明。

C市人民医院内，女生睁着眼睛躺在床上，面色苍白，没有生气。

凌晨，姜慕晚靠坐在床上，拿出手机，拨了通电话出去。那边的人接起，久无声响，许久，略低沉的话语响起，似是在避着什么人："你说过不牵连无辜者的。"

"是姜司南的父亲想拉无辜者出来挡枪。"

姜慕晚的言下之意——与我无关，我答应你的事情都做到了。

浴室的水流声停歇，姜慕晚抬眸望了眼关着的玻璃门，随即再道："你可以拯救无辜者。"

"怎么做？"那边的女生未曾思考，脱口而出的询问隐隐带着几分迫不及待。

"把杨珊去你家的视频发在C大论坛。"姜慕晚直接开口，她不怕那个女生会半路退缩，因为行至这一步，与姜家斗，根本就无路可退。

"你就不怕我留有后手？"

"你不会那样做，因为你无路可退，往后是死，往前或许还有活路。"

"你让我想起了一句话。"女生的轻笑声从电话那头传过来，语气淡淡的，漫不经心。

072

姜慕晚未言,等着她的话语出口。

"窃钩者诛,窃国者侯。"偷了一个带钩的人要受惩罚处死,而篡夺政权却做了诸侯。她与姜慕晚此时就是这般,此时的她,像极了古代辅佐王侯将相造反的臣子,成功了,她才有活路;若输了,只有死路一条。

"窃国?不。"她缓缓摇头。

这世上,能从姜慕晚口中套出话的人不多。一个未出校门的女生,纵使有这样的心计,也不见得能成功。

浴室门被拉开,顾江年穿着一身睡衣,边用毛巾擦着湿漉漉的头发边出来,站在门口,见她靠在床头接电话,手中动作一顿。

二人隔空对视数秒,而后,顾江年转身去了书房。

这一举动,看似平常,实则透露尊重——成年人之间正确的相处方式就是给彼此所需的空间。

顾江年给君华公关部经理去了通电话,用极其平静的话语交代了工作任务。

公关部经理说出了心中疑虑:"若是如此干了,只怕会与华众为敌。"

顾江年倒了一杯温水,不急着言语,淡然地喝了半杯,慢慢道:"利益之下,没有永远的敌人,也没有永远的朋友。"

一句话,将公关部经理接下来要说的话悉数堵了回去。

老板已经看透了一切,又何须他再言语?

即使说了,也是废话。

"明白。"公关部经理回答。

顾江年回到卧室,姜慕晚已经打完电话,见他进来,她抬眸望了人一眼,钻进了被子里躺下入睡。

她像冬日里睡在客厅里的猫似的,见人来,看一眼,接着睡。

顾江年真是越来越喜欢姜慕晚了。

"想好了明日怎么对付人家?"他进被窝,将人往怀里带了带。

"嗯。"她轻声回答。

"睡吧。"

如果姜慕晚不睡,他也睡不安稳。

次日,姜家的事情闹得满城风雨。

杨珊登门打人的视频在网上被发出来,且极其快速地蔓延开来。此时,不仅仅是C大的学生愤怒了。

光是杨珊说出的那几句话,便能将一个家族的名声毁掉。

这是法治社会,可她杨珊居然如此猖狂地叫嚣着,不仅登门辱骂,还险些要了人的命。

姜老爷子那边还试图将舆论扭转,散尽钱财与找遍人脉。

可这一切,都被杨珊给毁了。

毁得一干二净。

姜家一度陷入混乱当中。

姜老爷子气得浑身战栗,心脏病都险些犯了,指着杨珊的手止不住地发抖,当着姜司南的面疾言厉色地怒吼道:"果然这种女人就是登不了大雅之堂,你看看你干的好事!"

姜老爷子与姜临在前面谋划,杨珊在身后拆台,莫说是姜老爷子,就连姜临都愤恨不已。

"爷爷。"

姜司南站到杨珊身前,似是有意护着她,大抵是姜老爷子对杨珊的斥责刺痛了他的心。

联想起最近学校里的风言风语,他望着姜老爷子的目光带着些许委屈,双眼泛红。

"司南。"

杨珊伸手拉姜司南,他却不为所动。

姜司南带着怒火的眸子死死盯着姜老爷子,满眼不服。在他看来,自家母亲一直以来都在父亲和爷爷面前太过唯唯诺诺,即使有气也只能忍着。

客厅内,管家站在一旁,明显觉得气氛剑拔弩张。

"我母亲是这种女人,那我父亲是什么。"

"逆子!"

一道怒吼声响起,动手的,不是姜老爷子,而是姜临。

姜老爷子怒骂杨珊,姜临正在思忖如何消除姜老爷子的怒火,便被姜司南那一句反问"那我父亲是什么"刺激到了。

他满腔怒火不再隐忍,一巴掌打下去,随之而来的是对姜司南的怒骂。

"你干什么?"杨珊惊了,伸手将姜司南往自己身后拉,躲开姜临的攻击。

自生下来伊始,姜司南素来是姜家的掌中宝,未曾受过半分委屈,姜老爷子和姜临对他一直都是疼爱有加。

可今日，这份疼爱不见了。

"你想清楚，你是在哪里出生的！"姜临指着姜司南，眼中没有半分疼爱。

随即，他望向杨珊："我让你去找人家和解，不是让你登门打人的，我看你现在要如何挽回局面。"

"姜总。"

门外，邓卓大步跨进来，一声高呼中断了这场争吵。

"说。"

无须多想，姜临也知晓必定不是什么好事。

"有新闻报道说，君华助学金因这次C大丑闻，延缓拨放，此事惊动了教育厅那边。"

若是在平时，君华的助学金延迟拨发不是什么重要事情。但如此紧要关头，C大丑闻与姜家的丑闻牵扯到一起，这也让外界对两者的非议更严重了几分。

"他顾江年这个时候来凑什么热闹！"姜老爷子气得脑子嗡嗡作响。

顾江年此时可谓是狠狠地踩了他一脚。

之前，姜家虽说绯闻缠身，但C市商界尚且无人敢将手伸向他们，无人想背负上落井下石的恶名。

多的是人眼巴巴地望着，想去对姜家这块肥肉分一杯羹，但无人敢开这个先例。

此时，C市首富顾江年带了头，他们还何须畏惧？

君华大厦办公室内，顾江年站在窗旁抽烟，徐放带着公关部经理进来。见他静站不言，周身散发着睥睨天下的气场，徐放与公关部经理的脚步皆是顿住。

默了数秒，徐放才稳了稳心神："老板，翟经理来了。"

顾江年缓缓转身，徐放与翟婷这才见他手中还有一杯咖啡。

男人扬了扬下巴，语气平和："坐。"

翟婷闻言，行至沙发旁坐下，徐放转身离去。

君华集团公关部经理翟婷，在公关界是个响当当的人物，雷厉风行的女强人，推波助澜的公关高手，所有的危机在她手里，都可以变成机会。

这就是顾江年一直把她留在公关部的原因。

有手段，有见识，更有孤注一掷的魄力。

"新闻放出去之后,现在情况如何?"

"众人都在蠢蠢欲动,华众这块肥肉很多人都盯上了,只是不敢动罢了。如今顾董您开了这个口子,多的是人正在谋划。我猜姜董一会儿会联系您,但我觉得暂时最好不要与华众为敌。"

"为何?"顾江年伸手将咖啡杯搁在茶几上,笑问。

"因为华众不会那么容易被拿下,瘦死的骆驼比马大。顾董何必去做一个落井下石,让众人唾弃的恶人。"

顾江年笑了,双腿交叠,靠在沙发背上,笑望着翟婷:"说说你的看法。"

"我猜顾董并不想现在就吞并华众,倘若这个时候有任何吞并华众的新闻出来,不但不能打击他们,说不定还能帮助他们渡过难关。不管顾董的目的是什么,我猜现在应该都已经达到了。在姜董找上门之前,我们放出消息说是误传,再将 C 大的助学金发放的消息放出去,坦言一切都是媒体无中生有,将君华放到受害者的位置上,还能博得好感。到了那时,那些早就对华众蠢蠢欲动的人已经动手了,我们只要等,等着坐收渔翁之利就好。"

翟婷望着顾江年娓娓道来,面色极其认真。她的意思,是说顾江年不费一兵一卒就能将华众吞下。

可见他的运筹帷幄是很多男人都比不上的。

顾江年笑声响起,丝毫不掩藏自己对翟婷的欣赏:"翟经理所言极是。"

他一开始想的不过就是虚晃一招,将豺狼虎豹引到华众去,让那群豺狼猛兽帮着姜慕晚瓦解华众,她能坐享其成。

这就是顾江年。

嘴硬归嘴硬,可心里实打实地疼着姜慕晚。

自知晓姜慕晚要收拾华众时起,他就做好了要推波助澜的准备。

你打架,我帮忙;你吵架,我帮腔。

怎能说我们不是天生一对?

翟婷心头一颤,落在膝盖上的手微微握紧。她不否认顾江年是一个极其有魅力的男人,特别是当你见证了这个男人从一无所有到家财万贯的整个过程。

这时,你所见到的不再是这个人英俊的外表,而是那令人着迷的魅力,以及所向披靡、无所不能的能力。

欣赏他魅力的同时，也惧怕和这种人共度一生，因为他这种人无论向往什么，都不会向往爱情。

自古帝王无情，这是千百年流传下来的真理。

翟婷大抵是见过顾江年后，为数不多知晓他是不应该去爱的人。

所以，她对他从不怀抱什么幻想。

顾江年惜才，那她便做好他手下的干将。什么情情爱爱，都不如拼搏事业重要。

"那我们？"翟婷望着顾江年，小心翼翼地开口，带着询问之意。

顾江年呢？

他极其平静望着翟婷，凉凉开腔："就按翟经理说的去办。"

翟婷闻言起身，朝着顾江年微微颔首："明白，我去办。"

这日，对于华众而言，姜慕晚依旧处于失踪断联状态，而付婧早在事发当晚就回了S市，大有一副不参与其中的架势。

财务部的姜经理呢？

车祸受伤，自顾不暇，莫说是华众出了丑闻，即便是华众现在垮了，她也没办法。

这日中午，有关君华的新闻出来不过两三个小时，君华公关部便召开了一场新闻发布会，澄清关于C大助学金延迟发放之事乃无中生有。除此之外，其他问题都不作答。

一场发布会很快结束。

而那些已经伸出脚的人，此时想收回来，俨然已来不及了。

顾江年这虚晃一招，可谓是极其厉害！

他不仅骗过了所有人，同时也将华众踩了一脚，到头来，自己没有半分损失。

姜慕晚站在顾公馆客厅看新闻，自然也发现了顾江年的高明操作，突然想起昨夜临睡前，顾江年问她要不要东风。

她迷迷糊糊地回答，有的话，当然要。

白天，这人就把东风送过来了。

这个顾江年呀！

真是既招人恨又招人喜欢。

恨的是那张嘴，喜的是他行事无畏。

姜家。

姜老爷子拿着手机，一通电话尚未拨出去，君华的发布会便开始了。

翟婷这人相貌端庄，站在那里，自带气场，一张清心寡欲的脸，说出口的话语却极其强硬。

第一，君华没有说过延迟发放C大的助学金之类的话，君华助学金每年一月底之前拨给学校，二月初再由学校拨给学生。

第二，对于刻意抹黑君华形象者，他们会追究法律责任。

第三，"各人自扫门前雪，休管他人瓦上霜。"这是做人的基本道德。

三点说明，从开会到闭会，总共不到十分钟。

姜老爷子看到发布会时，砸碎了手中的茶杯。

"顾江年，顾江年……"姜老爷子浑身散发着戾气，咬牙切齿地念叨着顾江年的名字。

君华发布会看似在解释，实则是踩踏姜老爷子。

若没有这场发布会，姜老爷子大可以将不仁不义的罪名扣在顾江年头上——

让世人去诟病他，让舆论将他淹没。

可此时，君华仅用了十分钟的时间就将自己撇清了，且还摆出一副受害者的模样。

何其心机啊！

顾江年看似什么事情也没有做，可其实什么事情都做了。

不过是亲手杀人跟借刀杀人的区别。

"姜慕晚跟姜薇呢？"

此时，姜老爷子还在想着将这二人推出去挡枪，何其歹毒。

"姜副总不知所终，联系不上，姜经理昨日从梦溪园出去时出了车祸，此时——"

后面的话，不说也罢。

"不知所终？"

"是，不知所终。"

姜老爷子素来重男轻女，即便此时姜司南丑闻缠身，他也仍旧是想护住姜家的血脉。

不知所终？

好、好、好，好一个不知所终。

"跟我走。"

他就不信找不到姜慕晚。

这日傍晚时分，姜慕晚着一身休闲装离开顾公馆，前往澜君府。正如顾江年所言，她刚到那里不久，姜老爷子就来了。
　　屋内，她双臂环抱，气定神闲地站在玄关处听着敲门声。
　　这声响若是在往常，听起来肯定是颇为刺耳的，但今日这刺耳的声响在她耳里成了美妙的乐章，为她攻打华众奏响凯歌。
　　敲门声不断，姜慕晚的手机铃声响起。不知是手机铃声过大，还是大门隔音不好，门外的敲门声有所停歇。
　　姜慕晚睨了一眼大门，接起电话。
　　顾江年的声音从那边传来，带着几分笑意："大礼可还喜欢？"
　　"有劳顾先生了，甚是喜欢。"
　　她怎能不喜欢，怎会不喜欢。
　　"姜副总可得记着，欠顾某一个人情。"书房内，顾江年坐在椅子上，手中端着一杯咖啡浅浅地抿着，姿态颇为怡然自得。
　　"一家人何必说两家话呢？顾先生。"她笑意盈盈地回应，望着被敲得砰砰作响的大门，微微勾起的唇角又上扬了一分。
　　"姜副总算计我的时候可没想过我们是一家人，姜副总敢发誓……这次下狠手没想过将我拉下水？"
　　顾江年早有预感，像姜慕晚这种没心没肺的白眼狼，为达目的不择手段，她的计谋中早已将自己算计了进去。
　　本想看看这小白眼狼的手段有多厉害，不承想姜老爷今日送上门来了，好戏即将上演。
　　"顾董有证据？"她笑问，不理门外敲门声，转身去了厨房，拿起台面上不知几日没洗的水壶接壶水，放在底座上烧着。
　　姜慕晚拿着手机，靠在厨房吧台上，视线落在大门口，手中电话没有挂断。
　　她沉默片刻，歪了歪脑袋，浅笑着道："顾江年。"
　　顾江年以为这人有什么正经的事要同自己说，他"嗯"了一声，算是回应。
　　姜慕晚道："顾江年，你绝对是所有浑蛋男人中最有良心的一个。"
　　顾江年："……"
　　狗嘴里吐不出象牙。
　　"姜慕晚。"
　　姜慕晚应了声。

顾江年用与姜慕晚同样的语气开腔："那你绝对是白眼狼中最没良心的一个。"

顾江年原以为他如此说了，姜慕晚会同自己据理力争，可她只是极其不屑地笑了声，似是听了什么笑话，道："你才知道？"

"砰——"

大门被人猛地踹开，防盗门摇摇欲坠。姜慕晚挂了顾江年电话，转而快速地拨了110报警电话。她将此时的情况描述完，火速挂了电话。一系列动作下来，这人倚在吧台旁的身体未有半分挪动。

急切不见了，取而代之的是泰然自若。

姜老爷子带着人进来，便见倚在吧台旁，面色阴沉的姜慕晚。

"光天化日之下，姜老这是干什么？"姜慕晚扫了一眼姜老爷子，视线又缓缓落到那扇摇摇欲坠的门上。

姜慕晚素来知晓姜老爷子身旁有一位得力助手，且是个有手段的狠人。听闻与见到真人，感觉截然不同。

这人有多厉害？

厉害到姜老爷子所有计谋都是这人去实施完成的，他就是姜老爷子手中的刀。

一个没有感情的杀人利器。

四目相对，火光四溅。

"明明在家，为什么不开门？"

姜慕晚的视线缓缓从那人身上收回，望着姜老爷子冷嘲："哪条法律规定了我必须给你开门？"

他们双方早已撕破脸皮，自己再惺惺作态也没有必要。

"你说话客气点！"

"京默。"

两道声音一前一后响起，前者是姜老爷子带来的那人，后者是姜老爷子。

"京默？"姜慕晚呢喃着这个名字。

倚着吧台的人缓缓直起身子，踩着高跟鞋，走到京默跟前，望着眼前这个一米八几的男人，冷冷地勾了勾唇角，随即扬手，一巴掌狠狠地落在男人的脸上。

"谁为主，谁为仆，我怕你是分不清。"

男人抬手摸了摸自己被打的脸，似要杀人的目光落在姜慕晚身上，近乎咬牙切齿地开口:"我的主人只有老爷子。"

姜慕晚乍一见这人时,便觉得他是长期行走在刀尖上,一双眼睛凶神恶煞,浑身也泛着杀气。

"在谁的地盘上听谁的话,我家还轮不到你来猖狂。"

说完,又是一巴掌打上去,那人伸手去挡却没挡住,仅是一秒钟的工夫,姜慕晚巴掌落了下来。

清脆的响声在屋子里响起。

她狂妄、张扬、强势、霸道,是姜老爷子心目中完美的继承人。

可偏偏,性别不对。

姜老爷子见二人之间剑拔弩张,开口阻止了这场即将爆发的争斗:"京默,你先出去等着。"

男人转身离去前,目光落在姜慕晚身上,带着阴狠杀伐之气。

屋内一片静默。

姜慕晚悠悠转身,未有要离开厨房的意思,伸手拉开椅子坐下,靠着椅背,双臂环抱在胸前,望着姜老爷子,姿态高傲。

"你最近不接电话是刻意为之。"这是一句肯定句,并非询问。

姜老爷子万分肯定,这是姜慕晚刻意而为——刻意躲起来,刻意不出现。

"是。"姜慕晚亦是同样肯定的回答,没有丝毫掩藏之意。

"在其位,谋其政的道理,你懂不懂?"

"以前懂,但后来您教会了我另一个道理。我所理解的是实权在握才能尽其职,一个连实权都没有的副总,如何尽职?"

在其位,谋其政?可笑至极。

"姜老怕是没听过一句话——巧妇难为无米之炊。"

"你夺走了将军的利刃,却指望她赤手空拳去为你打江山,这种不切实际的想法不该有!"姜慕晚缓缓摇头,语气莫名带着些许惋惜。

替谁惋惜?替姜老爷子惋惜。

惋惜他放着人才不用,去用一个废物,还幻想一个废物能替他撑起江山——一个扶不起的阿斗,就如同烂泥巴扶不上墙,他却对那烂泥巴寄予厚望。

说他可怜,都侮辱那两个字了。

姜老爷子现如今所遇到的一切都是咎由自取,倘若不是他刚愎自用,华众是绝对不会走到现如今的地步的。

"你不怕公司董事联合将你拉下台？"

"以前，我是想要华众，可现如今的华众股票在经过连续一周的大跌之后，还剩下什么？一个副总之位而已，我并不稀罕。"

此时的华众已然成为一副空壳。

明里，股票连续一周大跌，屡上新闻。

暗里，姜老爷子的私库早已被她洗劫一空。

华众现如今剩下的，只是空壳而已。

"以前我想要，你不给，现在你想给，我不要。"

姜老爷子此人将权力看得太重，认为自己打下的江山，即便是死也要带到地底下去。

他望着姜慕晚，面色极其沉重，从抿紧的薄唇可以看出他在极力隐忍。

"啪！"水烧开了，自动断电。

姜慕晚起身，拿了玻璃杯出来，刚打开水龙头，流水声响起时，姜老爷子的声音也在身后响起："只要华众渡过难关，我放权给你。"

姜慕晚拿着水杯的手顿了一秒，姜老爷子的言外之意是要她赤手空拳地替他打江山，且还是打下了才会放权？

不给鱼饵，就想钓鱼？他真以为这世间人人都是姜太公？

姜慕晚被气笑了，一声冷嗤响起："我不会在同一个地方栽两次。"

她已经被姜老爷子骗过一次了，又怎会再被骗第二次呢？再被骗的话，岂不是傻？

"你不要华众了？"

"得不到的，我又何必去强求。"

"你就甘心？"

"我有何不甘心？"

一个空壳，而且即便是她握在手中，也要花大把的时间和精力去拯救它。

她是吃饱了撑的，觉得自己没事干，才会主动去把一手烂牌握在手中？

姜老爷子还真是高看她了。

"我若是不甘心，就意味着我要被你推出去挡枪，就意味着要成为你手中的傀儡，就意味着要为你们作嫁衣裳……姜老打的是什么算盘，我一清二楚。"

"你心里真的一点都不为姜家着想?"

"您为我着想过?"

"你以为我不知道,你培养我的目的,跟培养姑姑的目的是一样的。你需要的不是女儿、孙女,你需要的是辅佐大臣,即便是儿子没用,还有女儿扶持他。你不仅培养我们,还给我们灌输封建思想,让我们一辈子都逃不掉姜家这座牢笼,让我们一辈子活在噩梦中。家族发展繁盛,女儿便是不知重用的赔钱货,家族有难了,第一个推出去的是女儿。"

"啪!"

姜慕晚话音落地,姜老爷子浑身战栗着举起拐杖狠狠敲在姜慕晚面前的桌上,将桌上的玻璃杯砸碎。

霎时,碎片四溅,姜慕晚急忙退开两步,许是太急切,绊倒了身后的椅子,跌坐在地,手上一阵刺痛。

守在屋外的京默冲进来,望着气得浑身颤抖的姜老子和退开数步的姜慕晚。

姜慕晚站起身,抬手看了看,看到一条颇长的伤口。

玻璃碴刺伤了她的手,此时正滴滴答答地往下滴着血。

片刻,她抬起冰凉的眸子望向姜老爷子:"我说错了吗?畜生尚且都知晓养育之恩,你连这个都不顾。"

攻击的话语脱口而出,刺激得姜老爷子浑身都在颤抖。

"你、你、你——"姜老爷子指着她,气得说不出话。

姜慕晚并不准备就此作罢:"求我回去?也行。"

她缓缓点了点头,凉薄的嗓音响起:"跪下。"

霎时,姜老爷子望着姜慕晚,思绪好似回到了十几年前的那个冬天。

寒冬腊月里北风呼啸,宋家人开了数十台车从S市过来,几十号人将梦溪园围得水泄不通。宋老爷子站在姜家院落里高呼姜临的名字,底气十足的声音引得许多邻居前来观看。

姜临迎出去,见此架势,稍有些腿抖。

宋家人上来就是一巴掌,且毫不手软,随即将一摞照片砸在他脸上。

那人的神情冷酷,与今日的姜慕晚面容重合,一声带着无限怒火的"跪下"响彻整个院落。

姜临被迫下跪,姜老爷子摁着他的头,给躲在自己舅舅身后的姜慕晚磕头,且磕得头破血流。

十几年过去了，姜慕晚这声怒喝让姜老爷子忆起了当年的屈辱，内心的愤恨丝毫不掩藏，即便是气得站不稳也不想就此放过她，扬起拐杖欲要打她。

姜慕晚伸手握住，将其推开。

京默在旁见此，目光杀气腾腾，一手扶着后退几步差点没站稳的姜老爷子扶住，抬脚踹翻了跟前的椅子。

餐厅内，一片混乱。

"住手！"此时，玄关处一声大喝响起。

"是你报的警吗？"

姜慕晚点了点头。

"是他们非法闯入的？可——"警察说着，朝靠在一旁捂着胸口大口喘息的老人望去，一下惊了，接下来的话语怎么也说不出口。

姜老爷子，C市很多人认识他。

警察诧异的目光再度落回姜慕晚身上："姓名。"

"姜慕晚。"她缓缓开腔，嗓音带着几分轻颤，佯装自己是个受害者。

而一旁靠在墙上的姜老爷子望着惺惺作态的姜慕晚，气得浑身发抖，手指着她半天，一口气没提上来，砰的一声倒在地上。

"快叫救护车。"

姜家近几日的新鲜事不断，一起又一起，吃瓜群众乐此不疲。

外部矛盾还未解决，内部矛盾又起。

救护车将姜老爷子从澜君府拉出去时，消息已经压不住了，标题是"姜老先生与华众副总姜慕晚遭遇入室抢劫"。

这一标题，可谓是完全将姜家人摆到了受害者的位置上。

姜临知晓此事时，姜老爷子已经进了急救室。

而姜慕晚呢？

她进了公安局。

这天晚上，临近八点，顾江年拨电话给姜慕晚，那边无人接听。打了数通电话后，他隐约觉得事态不对，又拨给罗毕。罗毕许是在奔跑，声音断断续续："老板，太太与姜老身边的保镖发生了冲突，有人受伤流了血，被警察带走了。"

"哗啦——"

在椅子上的人坐不住了，猛地起身，让窝在他身上的黑猫跳到了地面："情况如何？"

男人话语焦急,面上隐有几分愠怒。

"姜老爷子昏倒,被救护车拉走了,太太和保镖被警察带走了。"

"有无记者?"男人语气急切。

罗毕按开车锁,猛地拉开车门,极其快速地回道:"有。"

顾江年因着罗毕那句"流了血"心都要碎了,他不知晓那是谁的血,若是姜慕晚的血,他一定让伤害她的那人不会好过。

随后,顾江年一通电话又拨给徐放:"去,控住舆论,不能有任何对太太不利的言行流出来。"

深夜,公安局里可谓是热闹非凡。

姜慕晚的出现引起异样注视,姜家出的事情众人之前就有所耳闻。

"您是在听见踹门声的时候才报警吗?"

"是!"

"当时屋内只有您和姜老爷子吗?"

"是!"

"姜老爷子身旁那人,您认识吗?"

姜慕晚摇头:"不认识。"

"您说对方是入室抢劫?"

姜慕晚回应:"除此之外,我想不到其他。"

姜慕晚此时的所言所行都是想折断姜老爷子的左膀右臂,即便是他坐在身旁,她也会如此说。

主动权掌握在自己手中,他能将自己如何?除非他觉得姜家此时还不够热闹。

临近十点,姜临从医院赶来,姜慕晚正在做笔录。他刚到大厅,看到这一幕,心猛地一颤,急切地呼唤道:"慕晚!"

是担忧吗?

不是,是怕姜慕晚说出什么对姜家不利的话。

此时的姜家已经是风雨飘摇。

姜慕晚正在回答警察问题,听到急切的呼喊声,侧眸望去,只见姜临站在离她数步远的地方正在平复急促的呼吸。

父女二人四目相对。

姜慕晚表情平静,姜临表情隐忍。

"伤得严重吗?"这声询问,是这二十几年来,姜慕晚听姜临说的最温柔的一句话。

简短的五个字，被他问出了温柔之意，这可真是讽刺。

姜老爷子猜想到了姜慕晚心思，姜临又怎么会猜不到？他明知姜慕晚的心此时已经不在华众，更不在姜家。

可他没办法，当着外人的面，对于眼前这个一身反骨的女儿，他即便是再不喜，也不能对她做出任何打骂。

姜慕晚望着姜临一脸伪装出来的关心，觉得颇为好笑，但没有拆穿，只是平平淡淡地回了句："还好。"

姜临闻言将目光落在对面的警察身上，温声开口询问："警官，请问现在笔录进行得如何？"

警察有询问了一些问题后，望着父女二人，说："结束了，你们快去医院看看吧！"

姜临此行的目的达到——他可以光明正大地以父亲的名义带走姜慕晚。

冬夜寒冷。

父女二人出了公安局，刚行至院子，姜慕晚前行的步伐顿住，而身旁的姜临也作势停下步伐，望向姜慕晚。

二人眼神，一个比一个冷。

奇怪的是，这父女二人四目相对，眼眸中各种情绪轮番浮现，就是没有一丝温情。

他们不像父女，更像仇人。

凉风吹来，声音响起。

"姜总怕什么？"

"姜慕晚，你别忘了你身上流着谁的血。"姜临言语不算激烈，但也绝对算不上是好听。

"我身上流着宋家的血脉。"

她望着姜临一字一句说道，好似怕他听不清，字正腔圆。

"流着宋家的血？"姜临闻言冷嗤了声，似是听到天大的笑话。

"那你就永远留在宋家，别回C市，回到姜家。"

不要吃着姜家的饭，却说自己是宋家人。

吃里爬外的人，他不需要。

"那你得去问老爷子。"姜慕晚声音提高了几分，望着他开口，"是老爷子说姜家无人能挑起大梁，将我叫回来，也是他扶我上高位。你以为我突然回来是为什么？是为了你这个出轨且还将第三者带回家的父亲吗?"

"姜——"

"你想清楚再吼,这可是在警局门口,指不定哪里藏着等着拿到一手新闻的记者呢!"姜临一声怒吼未出口,便被姜慕晚给憋了回去。

"一切都是老爷子在自导自演,都是他一手造就的,难道我不无辜吗?"

姜慕晚说着,望着姜临不屑地冷嗤了声,目光鄙夷。

一辆车从远方行驶而来,远光灯晃花了二人的眼。姜慕晚微微侧头躲着光亮,眯了眯眸子。

她这一侧头,看见自己旁边一辆黑色林肯停在路边,车窗内,是男人冷峻的面容。

霎时,姜慕晚眉头紧皱,心中一阵错愕。

顾江年!

"我不管你无不无辜,反正你今晚得跟我走。"姜临不想在公安局门口跟姜慕晚发生争执,但话语十分强势。

而姜慕晚呢?给了他几分薄面。

父女二人同上一辆车。姜临上的车行驶了一段路后,姜慕晚透过后视镜能看见那辆不远不近跟着的黑色林肯。

半路,她喊停了车辆。

姜临侧眸望向她,防范之心尽显。

"如果你不想姜家被折腾得鸡飞狗跳的话,我劝你最好还是将我放下。"这是一句警告。姜慕晚并不觉得自己有心情跟着姜临回姜家,也不能保证回到姜家,之后哪天不会再度把姜老爷子气进医院。

"你想如何?"

"是你们想如何。"

话音刚落,姜慕晚欲要推开车门下车,纤细的指尖落在门把手上,似是想起什么,开口:"让我去求顾江年不插手此事,绝对不可能,除非老爷子把位置让给我坐。"

姜临如同听了什么天大的笑话似的,极其不屑地冷嗤了声:"痴心妄想。"

姜慕晚闻言倒也不气,反倒是悠悠然地望了眼姜临,随后推门下车。

痴心妄想?

那便痴心妄想吧!

087

她尚未伸手拦车,一辆不起眼的出租车就停在了她跟前。她站在车旁,未有上车之意,说到底还是颇为防范。

直至开车的那人打开副驾驶旁的车门,望着她毕恭毕敬地喊了声:"太太。"

顾江年的人。

姜慕晚的防范之心瞬间烟消云散。

听到这声"太太",让她觉得心安。

第四章
我带蛮蛮去看烟花

临近十一点,司机将姜慕晚送至顾公馆。

顾公馆院落内,姜慕晚坐在车内,只看见忽明忽暗的一点火光。因隔得远,看不清这人面色,但姜慕晚想,应当是不大好的。

隔着距离,她在顾江年的身上隐约感受到了怒火。

她开口询问保镖,想得知一些有用信息:"你家先生心情如何?"

保镖不知如何回答,想了想去时与来时路上的情况,才道:"先生心情与平常无异。"

于是,姜慕晚稳了稳心神,下车站在车旁沉默了数秒,心想既然这人黑着一张脸,那她也不能不识相。

从坐在车内到下车的短短时间,姜慕晚心里可谓是思绪万千。

她想,自己还是服个软吧!

过了数秒,姜慕晚像只翩翩蝴蝶似的朝顾江年走去:"顾江年,我今天打架打赢了。"

这模样像在学校里考了一百分的学生,归家告知长辈求表扬似的。

顾江年面色阴沉,冷眸凝视着姜慕晚。

这冰冷的眼神,将正在走过来的姜慕晚给活活冻在了离他三五米远的地方,片刻后,才慢慢走到顾江年的身边。

她脸上兴奋、求表扬的神情也变得小心翼翼。

姜慕晚好像从一个等着表扬的学生变成了一个犯了错的学生,小心翼翼地看了顾江年一眼又一眼,看起来可怜兮兮。

顾江年面若寒霜。

他处处为姜慕晚着想，算计别人时，想的都是能为她谋多少利。怕暴露关系，他即使到了公安局也不敢进去。

他只得找来一辆出租车，偷偷摸摸地去接人，生怕被人瞧出端倪。

他不知道姜慕晚什么时候变得这么厉害。

行、行、行，她有本事，当真是极有本事的。这么有本事的人，还需要他吗？

应该是不需要的。

男人狠狠地瞪了她一眼，转身进屋，全然没想过要喊她一起进去。

姜慕晚见人离开，面上稍显局促，可心里想的是如何让顾江年放自己一马。她快走几步过去，伸手拉住了顾江年的衣服。

"松手。"行了两步，顾江年发现衣摆被人拉住，才开口说了一句话。

"不松。"姜慕晚望着他，语气带着些许娇气，俨然一副"今日你不能不理我"的架势。

"我让你松开。"男人转身，目光凌厉，狠狠地盯着她，满是怒火。

"是你让我出去的！"

"是我让你出去跟人动手的吗？"

"他先动的手，我不能站着挨打呀！"她撒谎。

是不是京默先动的手，她比任何人都清楚，只是有时候谎话更容易令人接受，就像此时怒火冲天的顾江年就很需要这个谎言。

"你还有理了？"

"没理。"姜慕晚这个人极会看人脸色。

她年少时有过那么一段夹缝中求生存的时期，所以她看人脸色行事的本领，比旁人更胜一筹。

这是一种在极度缺乏安全感下练就的本事。

"没理你还这么硬气？"

"因为你疼我。"

顾江年："……"

简短的五个字，让顾江年所有的怒火都化成了绕指柔。

算账？算了。

此前，罗毕回来，顾江年望着他身上斑驳的血迹，问："身上的血是谁的？"

"京默的。"

顾江年疑惑的目光落在罗毕身上,罗毕回应:"京默是姜老爷子的人,据说年轻时差点失手闹出人命,是姜老爷子保下来的。这些年一直作为姜老爷子的左膀右臂在为其卖命,此前没有出现过,所以太太才会从未见过此人。"

顾江年面色阴沉:"查下这个人有没有行事差错之处和证据……如果有,就可以送人进去。"

罗毕隐有担忧:"倘若姜老爷子要上公安局说今日发生的事情一切都是太太——"

"他不会。"顾江年开口。

姜老爷子若那般硬气,便不会去找姜慕晚了,正是因为无路可走了,才有今日的事情发生。

华众是他的命,他不会让自己一手下来的江山毁于一旦。

不输到一败涂地,他绝不会罢休。

顾江年回到卧室时,姜慕晚正拿着吹风机在给自己吹头发,手上的伤口处已经上药,用医用纱布包好,本是白皙无暇的皮肤上若留了伤疤,只怕她又该哀号了。

顾江年走近,伸手接过姜慕晚手中的吹风机,温柔地拨弄着她湿漉漉的头发。

姜慕晚坐在椅子上,被顾江年揉搓着头发,昏昏欲睡。

瑟瑟寒风吹起顾公馆院落里的树叶,透过窗户的缝隙钻进来,吹动纱帘。

吹风机的声音掩盖了窗外的寒风声,但钻进来的丝丝凉风还是让姜慕晚感受到了。

发丝在顾江年手中,她侧眸望去,见窗帘小幅度地飘动着。

姜慕晚扯了扯身旁人的衣摆,望了眼窗户,再望向他,就差直接使唤他去关窗了。

顾江年走去关窗,姜慕晚的手机响起,看见屏幕上的号码,她伸手接起,一声极其温柔的"妈妈"从喉间溢出。

这让关窗的人手中动作顿住。

"啪嗒。"

窗户不轻不重地关上。

顾江年每次听到姜慕晚与她母亲通话,心中都会有一种异样的情绪。他好奇地想知道那是一个怎样的人,有着如何的手段,才会让姜慕晚变得这般温柔。

他年幼时见过宋蓉，但次数不多，听母亲说她是一个温柔的人，也是个英雄——最后一次见面距今已有十七八年，很难在脑海中寻得这人的一丝印象。

顾江年走到姜慕晚身旁，似是想听听二人之间的交谈。

不知是那边的人太温柔，话语声太小，还是姜慕晚手机质量太好，过了三五秒，他也未曾听清楚对话。于是伸手将椅子上的人抱了起来。

这动作惊得姜慕晚险些失声，诧异的目光落在顾江年身上，似是在问他想干什么。

顾江年抱着她去了沙发坐下，将她圈在怀里，离得极近，他这才能听到电话那边的人极其温软地唤了声："蛮蛮？"

该如何形容听到的感觉，宋蓉的一声"蛮蛮"，似流水潺潺，似夜莺歌唱。

"嗯？"姜慕晚浅应，用顾江年从未听到过的语气。

"明天是你生日，妈妈不能陪你过了，自己有安排吗？"一声轻轻地询问，如同羽毛般拂过心间。

姜慕晚被顾江年搂在怀里。她轻轻动了动，找了个舒服的姿势，"嗯"了声，再道："没什么安排，等过年的时候在一起聚聚就好啦！"

这句话，带几分撒娇的意味。

顾江年伸手放在她的腰肢上。

姜慕晚一手拿着手机，一手抓住顾江年的掌心，不让他继续为非作歹。

"那也好，过年我也回来了。"宋蓉在那边点了点头，似也觉得这个提议不错。

"那蛮蛮有什么想要的礼物呀？"

宋蓉同姜慕晚说话的温软语气，满是疼惜宠溺，好像对着的是一个幼童。

顾江年隐有笑意的目光落在自家妻子身上，想听这人如何回应。

姜慕晚直接开口道："无论妈妈送什么，我都很喜欢。"说着，她挣扎着想从顾江年身上起来，却被人摁住了。

"好。"

宋蓉在那边轻笑。

"妈妈工作还顺利吗？"

姜慕晚一边问着，一边侧头狠狠地瞪了顾江年一眼，眉头紧拧，明显不悦。

顾江年似笑非笑地看着她，那神情有几分温柔，但看久了，让姜慕晚心里发毛。

"很顺利。"

若说刚刚姜慕晚还不知顾江年为何将她抱到沙发上，那么此时已经知晓了——他在听她讲电话，还是光明正大地听。

浑蛋！

姜慕晚嗔怪地瞪他一眼，将自己腰上的手拉下来，从他怀里跳下来，转身进了浴室。

卧室内，男人安静地倚在沙发上。

等了片刻，顾江年见在浴室接电话的人还未出来，拿出手机打开日历瞧了一眼。

2009年1月18日，农历小年。

小年。

顾江年在心里呢喃着这两个字。幸亏他今夜听到了姜慕晚与宋蓉的通话，不然要闹出笑话。

婚后姜慕晚的第一个生日，定然是要好好过的。

可顾江年近几年的小年夜都是与余瑟一起度过。若今年不去余瑟那里，她定然会有意见；可若是不陪姜慕晚，他也不会心有不甘。

良久，姜慕晚结束通话，从浴室出来，见顾江年坐在沙发上，拧着眉头，若有所思。

她看了两秒，就朝大床走去，尚未走近，只听男人的声音响起："过来。"

姜慕晚微愣，回头看着顾江年，硬邦邦地甩出两个字："干吗？"

霎时，原本有几分温情的卧室里温度骤降，顾江年的视线跟冰刀子似的朝她射过来。

他看姜慕晚，越看越生气。

同宋蓉讲话，温柔。

同自己讲话，粗暴无礼。

姜慕晚眼看着顾江年的神情，从平静到隐有怒火，再到满脸愠怒尽显，猛地记起自己是做错事的人。

姜慕晚放低身段，清了清嗓子，一边嘀咕着，一边朝顾江年而去：

"过来就过来，凶什么凶？"

顾江年见状，好气又好笑。

气的是她畏惧他的怒火服了软，笑的是她虽然脾气上来撑天撑地，但尿起来是真尿。

姜慕晚走近，坐在了顾江年的腿上。

"明天生日？"

"嗯。"她点了点头。

"身份证上写的是1985年2月12日。"顾江年疑惑开腔，他知晓的姜慕晚的出生时间应该是这个日期。

"身份证上是阳历生日，我过农历生日。"她为他答疑解惑。

顾江年点了点头，似是恍然大悟，越发庆幸自己今日听了那二人聊天了："过阳历生日的人，每年对应的阳历日子都不同。"

"嗯。"姜慕晚回应。

之所以过农历生日，是因为自己出生的那天实在是个好日子——正值小年夜，全家能一起聚餐，热闹也是双倍。

这是宋蓉的想法，这么多年，姜慕晚也一直都是顺着她的想法，在那天过生日。

一个生日而已，无所谓哪天过。自己的生日是宋蓉的受难日，理应由她来决定。再者，也有宋老爷子的意思。

顾江年握住姜慕晚的手，她大抵是不习惯，欲要将自己的手从顾江年掌心抽出来，但几经动作，未果，甚至还被人握得更紧。

"我今日若是未听到那通电话，你是不是也不准备告诉我？"

询问的语气听起来平平淡淡，可姜慕晚瞧着顾江年的面色，深知并非如此。

这回答若是不对，他绝对跟自己急。

"我——哟！"

她刚开口，男人握着她的手狠狠捏紧，随即是一句看似提醒却带着一丝威胁的话语："想清楚再说。"

姜慕晚腹诽——顾江年的心思太难猜。

"怎么会？我得趁着我俩没离婚的时候，找你要钱啊，这么好的日子怎么会不好好利用？"

姜慕晚望着顾江年，再道："你放心吧！以后我一切机会都不会错过，以后每一个节日、纪念日或者重要的日子，我就问你要钱，不信我富不起来。"

顾江年："……"

他稍有些头疼，刚刚酝酿出来的好心情被眼前这个不解风情的女人粉碎得一干二净。

他将坐在自己腿上的人推开，直接起身，满面寒霜，准备离开。

"顾江年——"

姜慕晚在身后忍着笑追着他喊了声，眼底的狡黠一闪而过，像只小狐狸。

"别跟我说话了！"

顾江年声音气呼呼的，他再一次思考自己到底娶的是个什么样的人。

"那你不管我啦？"

"不管。"男人粗暴地扔出两个字，一副不想同你交谈的模样。

"天天蛮蛮长，蛮蛮短，现在蛮蛮没钱你不管。"

顾江年回眸，数秒之后，回应姜慕晚的是无情的关门声。

良久，表情早就保持不住的姜慕晚，忍着笑意钻进了被窝，隐约能发现被子抖动的迹象。

姜慕晚想，她的快乐必须建立在顾江年的痛苦之上。他是谈判高手又如何？还不是吵不赢她。

顾江年在谈判桌上，向来巧舌如簧，但吵架功夫却还不够深厚。

姜慕晚能舌战群儒，也能隔空骂街。

论讲理，顾江年更胜一筹。

可若论胡搅蛮缠，姜慕晚技高一筹。

凌晨，顾江年从浴室出来，看到姜慕晚身体歪斜着睡在床上，双人床被她霸占了大半。

顾江年站在床边沉默片刻，扫了一眼大床，似是在看哪里还有位置可以躺下去。他拉了拉被子，床上的人动了动，给他挪了个位置出来。

顾江年上了床，伸手将人圈进怀里，俯首，薄唇落在她发顶，温柔的声音响起："生日快乐，蛮蛮。"

本是迷迷糊糊的人因顾江年这话清醒了半分，睁开眼睛，入眼的是顾江年的绸缎睡衣，她被人拥在胸前，极其轻柔地呵护着。

除去宋蓉，顾个江年是第二个会在凌晨转点时将她拥入怀里的人。

也是在前一秒被她气得七窍生烟，转身回来却温柔平和的人。

"可以要礼物吗？"她糯糯开腔。

"当然。"男人抚着她的发丝,轻柔回应。

"蛮蛮想要什么?"

想要什么?

这话,她每年生日都会听到,还是由不同的人说出来。

可她的回答永远相同,便是刚刚对宋蓉说的那句——无论你们送什么我都很喜欢。

实际上呢?

十七八岁的女孩子有自己想要的东西,她亦不例外。

在旁人面前,她得懂事,扮演乖乖女的角色。可在顾江年面前,她不需要任何面具,她可以是手段狠厉的姜慕晚,也可以是高傲任性的大小姐。

她可以暴露野心,也可开怀大笑,可以朝他撒娇,也可朝他大声怒骂。

只有跟顾江年在一起时,她才觉得是她自己。

"想要烟花,一场很盛大的烟花。"

每个人心中都有一个梦想,而姜慕晚的梦想是放一场烟花,弥补自己年少时的遗憾。

那年,杨珊母子被接回,彼时姜慕晚尚在姜家。过春节时,她待在屋子里呆呆地望着楼下姜临带着姜司南在点烟花,那是什么感觉?

失望、落寞、心酸等种种情绪在她心头萦绕,她哭了许久许久,久到没了力气。

年少无知的她不知如何表达这份委屈,只知父亲已经不是自己的了。那份遗憾,从成年至今都未曾被弥补过。

而今日,她开口将它言语了出来。

其中也有姜临的"功劳"——

他再一次让姜慕晚看清楚了自己父亲是什么样的人,也让她知晓,这世界上有些责任并不需要父亲来负,有些东西也并不需要父亲来给。

所以,姜慕晚向他这样的父亲索要也无济于事。

烟花?

顾江年愣了半秒,未曾过多思索,应道:"好。"

姜慕晚想要,他得给。

今夜,莫说她想要烟花了,即便是想要星星月亮,只怕顾江年都会想想办法。

医院高级病房内,姜老爷子躺在床上,九死一生,从阎王手中逃回来的人此时面容憔悴，看上去十分不好。

杨珊坐在一旁，面色平静，瞧不出任何情绪。

薛原上午来到病房外，轻轻地敲了敲门，急切的视线望向姜临。

后者会意，起身朝他而去。

病房客厅内，薛原站在姜临身旁，组织了许久的言语，才望着姜临语重心长地轻声说道："老板，股票再跌下去，怕是危险了。"

因着姜老爷子昨日入院，华众的股票在今日上午开盘后，已经跌停。

"证券那边如何说？"姜临此时心情沉重，他明知形势危急，但他却无力扭转，一切还得靠姜老爷子。

"情况不妙。"薛原如实告知，公司的每一个项目都需要大量的资金去运作，年底正是时候，华众此时不仅财务报表账本不够漂亮，还有一些看上去有问题的地方。

公司里人心惶惶，执行副总消失多日不见人，董事长进医院。

全由姜临一人撑场子。

"姜经理今日回公司了。"出车祸的姜薇休养了几日后，拖着伤病的身体去了公司。

此时的华众，岌岌可危。

"公司楼底下原本散得差不多的记者蜂拥而至，而且，报社那边来电话说要见老先生，我给推了，但他们似有什么难以启齿的事情要说。"

凌晨，薛原接到报社电话，说要见姜老爷子一面。

姜临未曾多想，直接给推了，报社那边的人静默了片刻，询问薛原："这是老先生的意思？"

这话，薛原未敢正面回答。

"我问问——"

姜临一句话尚未说完，便见姜慕晚推门而入，着一身红色大衣，在这间洁白的病房格外显眼。

前有贺希孟，再有姜老爷子，她每每去医院看望受伤生病之人，都是穿一身红，似是隐约有那么几分庆祝的意思。

这大红色，颇为刺眼，让薛原心头一颤。

他无数次觉得姜慕晚这人是红颜祸水。

五官算不得极品，可特别之处是那一身高贵且清冷的气质，眼波流传之间的风情万种。

门口，她面含浅笑，黑色毛衣的袖口挡住了手上大部分伤口，但手腕的痕迹若隐若现。

"你来做什么？"姜临开口，语气不悦。

"不能来？"她笑望着姜临，随后目光转至一旁的薛原身上，"姜总确定要在一个外人跟前跟我争吵？还是说，外人都早已知道你我之间不和了？"

薛原微微颔首："我先出去了，姜总。"

姜临"嗯"了一声，算是应允。

行至门口，姜慕晚依旧挡着门，薛原站在跟前，小心翼翼地开口唤了声："姜副总。"

姜慕晚的视线落在这人身上，笑着言语了声："我还以为薛秘书要留下来呢！"

旁人听起来平淡温和，薛原听起来却字字是警告。

"不敢。"薛原颔首回应，心底鼓声渐急。

"是吗？"她笑意悠悠，漫不经心地问了这么一句。

说着，姜慕晚迈步向屋内而去，薛原见此，往旁边躲了躲，给姜慕晚让路。

病房客厅内，只剩下姜家父女。

阳光灿烂的早晨，若是在顾公馆，她一定是在陪着两只猫的，可今日却站在这里，与姜临无声且平静地对视着。

四目相对，尽是冰冷。

姜临越看姜慕晚，越觉得她像宋家人，表面上看起来低调、与世无争，一副万般事情都不计较的好说话模样，端着世家大小姐的架子，看起来高高在上的姿态。

可实际上，他们性子张扬，且有手段。

低调只是他们的伪装，若是不管不顾起来，谁又能知晓会干出什么事情来？

"你来做什么？"姜临语气隐有几分微怒。

"姜总觉得我来是做什么的？"她笑意悠悠地开口。

"姜慕晚，这一切是不是你的手笔？"

闻言，姜慕晚似是听到了什么笑话，冷嗤了一声，望着姜临，竟然莫名生出几分嘲讽感。

"你只会把我想得那么肮脏，还能想点别的吗？"

"我一回来，你就不断找我麻烦，不管是不是我做的事情，你都觉得是我做的。姜临，你除了凡坏事认定是我做的，还能有别的说辞吗？怎么？还是说你对我做了亏心事，一直觉得我会反手报复你？"

"姜慕晚，你别跑到我面前来胡搅蛮缠！"

客厅，二人之间的气氛剑拔弩张；卧室内，姜老爷子缓缓睁开眼睛，意识回笼后听到的便是姜临与姜慕晚的争吵声。一旁的管家见此，急忙过来照顾。

姜老爷子拍了拍管家的手，气息微弱："让他们进来。"

管家应下，走到客厅，出声打断了二人的争吵。

姜慕晚与姜临一前一后地进入卧室。

姜老爷子靠在床上，清醒着，但状态一般。见姜慕晚进来，他开口道："你把京默怎么了？"

"您觉得我应该怎么处置他？"她反问，话语中透露着不客气，还带着几分挑衅之意。

莫说是一个京默，即便是十个，她也不会胆怯。

"这一切是不是你干的？"

莫说是姜临了，就连姜老爷子都怀疑近日所发生的事情与姜慕晚有关。

他们此时，没有理由不怀疑姜慕晚。一场斗争下来，受益者成了姜慕晚，他们怎能不怀疑她？

安静的卧室内，响起姜慕晚的冷笑声，似不屑，似好笑。

"你回华众，我放权给你。"这是姜老爷子的最大退让，董事长的位置无论如何都不可能让姜慕晚坐上去，这个位置只能留给姜家的后辈。

姜慕晚内心不悦，犀利的目光落在姜老爷子身上。

顽固不化？应当可以这么说姜老爷子。

他把华众看得太重，即便是华众危难临头，他也只肯把它交付给姜家男儿。

宁愿华众死在儿子手中，也不交给女儿去救活。

姜慕晚侧眸望去，恰撞见杨珊得意的笑容，她冷嗤了一声，笑容带着几分冰冷无情。

"不用了，您留着吧！"姜慕晚觉得没有继续交谈下去的必要，转身欲走。

身后一声急切的呼唤声响起："慕晚——"

她步伐顿住，背对着姜老爷子，只听他道："只需你说一句话的事情,非得闹得如此僵局,见死不救?"

对姜慕晚来讲,只是去跟顾江年低个头的事情,这是姜老爷子的想法。

可姜老爷子的想法并不见得就是她的想法。

见死不救?

她真是觉得可笑,年少时,老太太无缘无故打她的时候,这父子二人救过自己吗?

没有。

他们只是冷眼旁观,如今却说她"见死不救"?

姜慕晚当真是觉得又好气又好笑,事已至此,他还在颠倒是非。

"去年年初,您拨打数通电话求我回来的时候是如何说的?怎么我一回来,您就变卦了?您是什么打算,您以为我不知道?我今日把话放在这里,除非你退位,我上台,其他一切免谈。反正我跟顾江年有仇,你信不信我去君华那里放把火,然后引君华将这火烧到华众?"

一而再,再而三,若非自己所求在华众,她一定早就对华众下手了。

"你敢!"

姜慕晚话音落地,随之而来的是姜临气急败坏的怒斥声。

"您放心,您可能很难见到京默出来了,我请了C市最厉害的刑事律师来打这场官司。"

左膀右臂?那我就折了护你的翅膀,看你如何飞,看你如何任意妄为。

"机会只有一次,您自己斟酌——"姜慕晚道。

"你一定要让大家都这么难堪?"姜临近乎咬牙切齿地问。

"慕晚,你若是心中对我有恨,朝我来便是,何苦为难你父亲和爷爷。"

一旁,杨珊似乎颇有骨气,挺身而出。

她朝姜慕晚走去,那模样好似只要你愿意,我就可以牺牲自我、成全大家。

姜慕晚望着杨珊,仿佛在看一个笑话。

她算什么?

没了华众,没了姜家,杨珊什么都不是。

"摆出一副成全大家、牺牲自我的高尚模样给谁看?真若有这般高尚,你当初为什么觊觎别人的老公,插足他人婚姻?"

"姜慕晚——"
……
这日是小年。

C市对于这种日子更是看重，就拿电视台来说，小年夜的晚会也是极其热闹的。

徐放坐在C市广播大厦台长室里，与电视台台长侃侃而谈，而对方神情犹豫，不敢轻易应下。

徐放似也不急，余光扫了眼手表上的时间，等着这人下决定。

"此事不是易事，需要花费大量的财力和人力，我们没有那么多人力与财力。"

台长摇头，似是极为为难。

"既然如此，那就不为难台长了。"说着，徐放伸手放下茶杯，起身欲要离去。

台长见此，急忙起身，想要将人留下来。

而回应他的，是徐放淡淡的轻笑："台长想必知晓，我们君华旗下也成立了影视公司，今日来此，是想将此景打造成C市的一个领头行业，倘若您觉得此事为难，那便算了。"

徐放说完，转身离开，刚行两步，台长便追了上来，连连道"好"。

一月十八日，徐放往返于公司和电视台之间，终于，在下午三点回到了办公室，告知顾先生，一切办成。

C市的禁燃令对君华开了绿灯。

顾江年晨起亲自做的一份计划书，且亲自与多方沟通，再加上徐放四处奔走才有如此结果。

这一切为了谁？

为了姜慕晚。

为了姜慕晚那一句想要烟花，很大很大的烟花。

凌晨零点，他收到自家老板的电话，得知此事时，颇为震惊，却不敢问，只得执行。

直至此时，他才知晓是为何。

烟花厂从昨夜开始赶工，一直到今夜九点整，罗毕亲自开着卡车带着烟花厂的工人前往顾公馆的山顶布置。

下班时，余瑟打电话过来，她看准了时间，不早一分也不晚一分，时间掐得刚刚好，有为人母的体贴。

顾江年见到来电时，默了数秒，若是往常，他定然是直接接起的，可此刻，他犹豫了。

今日，是姜慕晚的生日。

往年无论多忙，小年他都会推掉应酬回家陪余瑟，成了一种约定。

此时，顾江年在做选择——选姜慕晚还是余瑟的选择。

最终，他接了余瑟的电话。

顾江年离开公司时，给姜慕晚去了通电话，告知自己晚归。

那边，姜慕晚闻言愣了一秒，落在电脑键盘上的手有一秒停顿，然后极其冷淡地"哦"了一声，算是回应。

这声"哦"，让顾江年进电梯的动作顿了一秒，心中天平左右摇摆，天平的两端分别是姜慕晚和余瑟。

"生气了？"走进电梯，男人压着嗓子询问，语气温柔了几分，颇有准备哄劝的意思。

姜慕晚细想顾江年这句询问，生气了？不，不，不是生气，也算不上生气。

她一直都有自知之明，顾江年这人虽然浑蛋，但极有担当，若非自己执意隐婚，也不会造成今日这局面。

她不能一边要求人家隐婚，一边又要求人家冷落自己亲妈。

她斟酌了许久之后，说道："没有生气，如果是要我在宋女士和你之间做选择，我也会选择宋女士，人之常情。"

九点四十分。

梦溪园，顾家内，顾江年的手机在茶几上振动，屏幕上未显示名字，只有一连串的数字。

电话声打断了三人的聊天，大家均将目光落在顾江年放在茶几上的手机上。

一通停，又打来了一通，还是那个号码。

"把手机给韫章送过去一下好吗？洁洁。"

余瑟有意撮合二人，自然是会找准一切机会让曲洁与顾江年相处。

这声询问，也正合曲洁心意。

她拿起手机，见这通电话来了一通又一通，她自作主张地接起了，还轻声告知电话那头的人："您好，顾先生在忙，请稍等。"

曲洁拿着通话中的手机，快步朝厨房走去，见顾江年端着草莓出来，她接过草莓将手机递过去，道："有电话进来。"

顾江年道谢，伸手接过手机，这一看，心都颤了。

他拿着手机，没有急着将接通电话，反倒是开口轻声唤住曲洁："曲小姐。"

端着草莓走了两步的曲洁缓缓回身。

只听他道："一个人的基本素质是不随意接他人电话。"

寒风瑟瑟的顾公馆院落里，姜慕晚拿着手机，沉默了四五秒，挂了电话，只听得顾江年唤了一句"曲小姐"，其余的话没有听到半分。

她放顾江年回家陪亲妈，他却跑去跟别的女人在一起？

顾江年看着被挂断的手机，直接拨了一个电话过去，那边是关机状态，再打，仍然如此。

意识到情况不妙，顾江年转身朝客厅走去，就看到曲洁满脸通红地端着草莓站在原地，一副尚未回过神来的模样。

他瞧了她一眼，未发一言，转身离去。

"顾先生——"

曲洁见顾江年离开，立刻追了上去，端在手中的草莓险些撒了出来。

顾江年大步流星，脚步匆忙，连外套都没来得及拿。

他出了梦溪园，便给兰英打电话。

兰英急忙往主宅赶去，恰好撞见穿着外套、拿着车钥匙出来的姜慕晚，一副准备出门的模样。

"太太要出门吗？"

电话没有挂断，她焦急地问了一声。这一声也让顾江年听见了。

"兰英。"顾江年在那边高声呼唤。

"先生。"兰英回应了一声。就这么一会儿，姜慕晚已经越过她往外走去。

"别让太太出门，把电话给太太。"顾江年道。

兰英闻言，疾步追了上去，行至姜慕晚身旁，将手机递给她："太太，先生电话。"

"不接。"她直接吐出两个字，语气极其不善，给人一种"顾江年若是在我跟前，我绝对能上去跟他吵架"的架势。

"太太——"兰英再唤。

姜慕晚伸手拉开车门上车，正欲关车门时，见兰英拉着车门不松手，望着她的目光带着些许恳求。

许是兰英眼眸中的恳求，让姜慕晚心头平静了几分，心中的怒火莫名其妙地消下去了些许。

她最见不得年长之人露出无助之情,且这无助还是因她而起。

寒风倒灌进来,让姜慕晚脑子清醒了一分,望着兰英的目光带着些许无奈,而后,朝她伸出手,示意她将手机给自己。

兰英见此,欣喜过望,将手机递给她。

姜慕晚拿到手机,便直言不讳开口:"你和别人聊完了?"

顾江年准备好的解释话语被姜慕晚这一句质问悉数给堵了回去,他拿着手机,一时间不知晓该如何开口,过了数秒,才开口反驳:"我没有,我冤枉。"

顾江年这天的求生欲可谓是极强的。姜慕晚通情达理地让他回去陪老人过小年,自己这边却出了幺蛾子。

虽说他事先并不知晓曲洁在,二人也没聊上几句话,但曲洁接了他电话,就显得有些暧昧了。

"你没有?"姜慕晚的音调忽地提高,"刚刚接电话的人是曲洁吧?顾董,你挺能耐啊!不许我跟别的男人出去吃饭,你倒好,陪别的女人过小年去了?"

"蛮蛮……"

顾江年拿着手机听着姜慕晚在那边嘲讽,半天过去,一句话也没插进去,极其无奈地喊了声,声音喊得极其委屈。

"顾江年,别人家的老婆生日要什么有什么,我什么都没有,还得听到别的女人接你电话。我把钱还给你,我们民政局门口见。"

"蛮蛮。"

"走开!"

言罢,姜慕晚挂了电话,将手机扔给兰英。

这天晚上,顾江年赶回顾公馆却扑了个空。男人站在客厅,由于刚刚奔跑过一段路,额头出了一层薄汗。

他望着兰英,面如寒霜,冷声斥道:"不是让你拦住人的吗?"

"我——拦不住。"兰英怕顾江年责怪,道,"太太下山的时候让保安跟着。"

顾江年提到嗓子眼的心这才落了地,转身出去。他拿出手机给保安拨了通电话,询问姜慕晚在何处。

那边太嘈杂,保安走开两步,才道:"太太把车停在了酒吧一条街的入口处，我们也不知道太太进了哪家酒吧，现在正在一家家找。"

"找！"

男人冷声开腔，甩出一个字，满是怒火。

C市的酒吧一条街，远近闻名。一条街上从头到尾，大大小小数百家酒吧，要找一个人，如同大海捞针。

顾江年给萧言礼拨了通电话，只因那处是他萧家的地盘。

萧言礼听到顾江年的话语时，安静了数秒，似是未听清，开口问道："找谁？"

"姜慕晚。"顾江年再度开口，语气中带着些许咬牙切齿的味道。

"姜家最近正处于风口浪尖，你可别做什么不着五六的事情。"

萧言礼知道顾江年对姜慕晚有些许好感，但还不知道这二人隐婚的事情。这句话在他看来只是一句提醒，可在顾江年那里，就稍显多管闲事了。

"你少给我废话，快点。"

"我怎么能快？进酒吧的女生哪个会素颜的？姜慕晚要是打扮得跟个妖精似的，我即便是有火眼金睛也不见得能将人找出来，你急也没用。"

"半小时，找不到人，我有的是办法让你老头子打断你的狗腿。"顾江年说完就挂断了电话，让保安开车前往酒吧一条街。

十点整，顾江年抵达姜慕晚停车的地点。

只见车，不见人。

十一点，萧言礼亲自前来找人，锁定了几家酒吧，欲要带着人去探个究竟，却见顾江年下车，面生寒霜，迈步前行，那模样好似不是去找人，而是要去教训姜慕晚。

"她又如何得罪你了？"萧言礼怕顾江年闹出什么人命来，轻声询问了。

而回应他的，是沉默。

酒吧内，震耳欲聋的音乐声不绝于耳。

萧言礼的猜想不适合姜慕晚，浓妆艳抹整成妖精？不存在。

那个懒得躺在床上连渴了都不会起来喝水的人，会为了蹦迪化妆？

顾江年心里清楚。

五颜六色的灯光闪烁着，各种气味混在一起，男人跟女人摇摆着身体在舞池里狂欢着，而姜慕晚呢？她坐在角落里正儿八经地忽悠小奶狗。

舞池里，灯光忽然暗下来，只剩下几盏微弱的灯光亮着，音乐声依旧。

成年人的世界里，一旦没了光，能干的事情多了去了。

尖叫声炸开，震耳欲聋。

姜慕晚转头往舞池那边瞧去，就瞧见了顾江年那张冷面阎王脸。

顾江年借着酒吧微弱的灯光，看见了姜慕晚对面的男人，阴沉的视线带着压迫感。

大抵是位置原因，她对面的男人只瞧见有人站在对面冷冷地盯着自己，却未看清对方的容颜。

良久，顾江年走了过来，冷嗤一声，然后伸手将她从座位上连拉带拽地拎起来，带着人往酒吧外而去。

"顾江年！"她挣扎着，叫喊着，试图挣脱这人的魔爪。

男人停住了步伐，目光落在她身上，带着些许警告道："喊，大点声，这样全世界都会知道你是我顾江年的老婆。"

姜慕晚："……"

心机太深。

"顾江年，我说你浑蛋还真是抬举你了。"

"那就别抬举，我也不需要你抬举。"

保安已经将车开到了酒吧门口，顾江年按着姜慕晚的脑袋往车里塞，那架势，可是一点怜香惜玉的意思都没有。

一旁，萧言礼见此只觉得心惊胆战，生怕这二人打起来，欲要劝劝，可刚抬步，见到的是顾江年杀人的目光，吓得他直接僵在原地。

摸不透，摸不透，他实在是摸不透这两人的关系！

"没人疼，没人爱，我是地里的小白菜。"

顾江年刚拉开车门上车，便听见姜慕晚坐在位子上低声嘟囔。

砰的一声关上车门，他冷嗤了声："小白菜还能填饱肚子，你能干吗？成天好事不干，坏事做下一堆。"

"我老公出去见别的女人了，我也要去见别的男人。"姜慕晚也不理会顾江年，一个人像只小麻雀似的不停念叨着。

念得顾江年只觉得脑袋嗡嗡作响，想发作但无计可施地瞅着姜慕晚，简直让她开心得心花怒放。

打不赢，气死你还是可以的。

"我也想和你一样。"她撇了撇嘴，一副委屈得不行的样子，望着顾江年。

顾江年额头青筋暴突，满面隐忍。

"你要是想打我，千万别忍着，动手吧！"

顾江年："……"

"你打我，我就可以去告你家暴。"

顾江年："……"

"然后我们就会离婚，我可能还不需要还给你钱，法院见我可怜，可能还会多分我一点财产。"

顾江年："……"

"然后我就可以拿着你的钱，光明正大地去酒吧找帅哥。"

顾江年："……"

顾江年忍了又忍，才没有将姜慕晚踹下车——他这是娶了个什么人啊？

小嘴跟个机关枪似的，能撑得你怀疑人生。

若是往日，顾江年绝对会回击，可今日不行，今日是姜慕晚的生日，而且他没理在先，必须得忍。

"先生，到了。"

从前座传来司机的声音，止住了姜慕晚即将出口的话语。她回头，恰见车子停在十号码头上，回眸望向顾江年，不明所以。

十一点四十分，顾江年带着姜慕晚上了游轮。

"为什么来这里？"她不明所以地问道。

许是姜慕晚的嗓音柔了几分，顾江年不自觉地松开了紧握她的手："来实现你的愿望。"

顾江年以为这温情能一直延续下去，可显然，是他自己多想了，也低估了姜慕晚煞风景的本事。

只见姜慕晚转头望向他，眼里放着精光："这里有小奶狗吗？"

顾江年："……"

"姜慕晚，我劝你闭嘴，如果你不想被丢进澜江的话。"

顾江年牵着姜慕晚往游轮顶层走去，行至四号舱室门口，他望着姜慕晚，温声开口解释："我在回梦溪园之前，并不知道曲洁在。你的电话之所以会被她接到，是因为当时我在厨房，手机搁在了客厅茶几上，曲洁将手机送过来时自作主张接起的。"

姜慕晚睁着圆圆的眼睛看着顾江年，眼神半信半疑。她相信顾江年不会与曲洁有什么发展，因为若这人真是"见色眼开"，也不会混到如今地步。

顾江年见她不言语，俯下身子，在她唇瓣上轻轻啄了一口："蛮蛮，我并不想在你和母亲之间做抉择，因为我们本身就是一家人。你说要隐婚，我尊重你，因为我知道你想要什么，也了解你在顾虑什么。但蛮蛮，任何事情都有好有坏，你不能只接受它带给你的好处，遇到难处就选择逃避。"

姜慕晚想隐婚的初衷，是不想在得到华众时被人说是顾江年的功劳，也不想成为顾江年的附属品。顾江年懂，自然也尊重她，顺着她的意愿来。

不然，他有千万种方法可以让他们的婚姻公之于众。

但她享受了好处，也得接受隐婚带来的这些难处，譬如今天是回家陪余瑟还是陪她，譬如今天曲洁到梦溪园。

倘若无须隐婚，那么这些都构不成问题。

"我若不想隐婚，有千万种法子，但我尊重蛮蛮，蛮蛮是否也该信任我？嗯？"最后一个"嗯"字尾音轻扬，带着淡淡的询问之意。

姜慕晚不知道该如何回应，她只眼巴巴地望着他，没言语。

为何不说？只因顾江年说的这些，她都懂。

懂归懂，但不愿意承认。

她是个懦夫，是个缩头乌龟。

顾江年叹息了一声，颇有些无奈，低头看了眼腕表，还剩九分钟。

他俯身，亲了亲姜慕晚蓬松的发顶："还有九分钟，我们先歇战，让我陪蛮蛮过完这个生日。"

四层舱室门口，顾江年示意姜慕晚推开舱门。

她推开舱门，望着舱室里的景象，有些震惊。这间不小的舱室里四周摆满了各色绣球花，舱壁上挂着气球，地上堆满了包装好的礼物。乍一见，她恍惚以为走进了谁的求婚现场，这景象，何其令人震撼。

一门之隔，别有洞天。

姜慕晚迈步进去，看着那大大小小用花束隔开的礼物，愈发惊诧。

顾江年为她准备了二十四份生日礼物，补上了年少时欠下的，和今日生日本该有的——

你的过去我想参与，你的未来我也要。

顾江年用行动告知姜慕晚，他要的不是短短两年，而是一辈子。

不多不少，整整二十四份，姜慕晚花了数分钟找到了今日的。她站在礼物面前，拿起上面的卡片，入眼的是一行苍劲有力的字：世界欠你的爱，我来补。

普通的礼物，根本入不了她的眼，因为无论是姜家还是宋家，从未在金钱上亏待过她半分。然而，这句话直击她的心灵。

姜慕晚这个人只缺爱，而且还是在一个人最重要的那一段成长时间缺失了爱。正是因为那一段的经历，才让她变成了如此性格。

今天，顾江年的话让她红了眼。

她总觉得顾江年能懂她，可以前只是猜测，直至今天，才有了顾江年是真的懂自己的感觉。

姜慕晚静默时，顾江年缓步走近，将人拥入怀里，缓缓拍了拍她后背："走，我带蛮蛮去看烟花。"

时间到零点，顾公馆的上空燃起了烟花，很大很大的烟花。

后来，有人询问顾江年，烟花为何不留到年三十放，那样不是更有意义？

顾江年笑而不答。

直至某日，顾先生的微博晒出了与顾太太的合照，众人才知，原来，他的烟花不是放给别人看的，他的妻子才是这场烟花盛宴的主角。

姜慕晚望着天上烟花，内心是惊喜、是意外，也发现了这其中的爱意。

漫天的烟花在空中炸开，仿佛成了一场盛大的流星雨。

寒风瑟瑟，她不觉得有丝毫冷意，相反，只觉得周身暖融融的。

她随口的一句话，顾江年当真了。

夜色中，姜慕晚回头望向顾江年。

烟花落下，让这人的面容更加明亮了几分，她红着眼，极其乖巧地唤了句："顾江年。"

"嗯，姜慕晚。"顾江年轻声回应。

一句"姜慕晚"被他喊出了百转千回的爱意，隐含着几分宠溺。

姜慕晚望着他，往前走了两步，站在他面前，笑盈盈地望着他，眼眶中盛着的泪水几乎夺眶而出。她像一个得到挚爱之物的小姑娘，笑得那样天真烂漫，也笑得那般惹人怜爱："我也有烟花了！"

顾江年心头一颤，许是知晓姜慕晚小时候在烟花之事上有什么遗憾，心头微微有一种心疼的感觉。他将人搂进怀里，顺着她的话道："嗯，蛮蛮也有烟花了，以后每年都有。"

他轻声给出了一句承诺。

姜慕晚以为自己只是随口一说，不承想时间替她验证了真假。

姜慕晚靠在顾江年的怀中，默默地流着眼泪。

这世上总有一个人的出现，会让你原谅过往这个世界对你的所有不公。如果她的身边一定会有这么一个陪伴左右的人，她希望是顾江年。

姜临当年给她造成的疼痛与心底留下的遗憾在这日被顾江年连根拔起，让她对于这份父女情又更放下了一分。

顾江年缓缓拍着姜慕晚的背脊，在这场烟花临近尾声时，他俯身给了她一个淡淡的吻，以及一句"生日快乐"。

"如果你的人生中还有任何遗憾，告诉我，蛮蛮。"

"好。"她轻轻回应，脑袋埋进这人的怀中。

顾公馆昨夜的那场烟花，很快成了C市人们茶余饭后的谈资。

晨间，一通电话吵醒了夫妻二人。姜慕晚裹着被子，神情极不耐烦。她的脾气没有顾江年好，起床气更是大得很。她扭动着，还伸脚踹了一下身旁的人。

顾江年拿起手机瞧了一眼，见是余瑟，不禁有些无可奈何。他伸手摸了摸姜慕晚的脑袋，有几分安抚之意。

而后，拿着手机起身往浴室而去，未急着接，反倒是在这冬日的清晨里打开水龙头洗了一把冷水脸，意图让自己清醒些。

接起电话，余瑟柔声询问："吵醒你了？"

"嗯。"他大方承认。

往常这个时候他早已起床了，今日晚了些，只因昨夜姜慕晚哭了许久，哄了很久，他嗓子都哑了，姜慕晚才抽抽搭搭地睡去。

"昨夜之事是我不对，我代曲小姐同你道歉，你别同她计较。"余瑟在某些方面是理解顾江年的，知晓他的电话不能乱接，是以今日将姿态放低了些。

这些年，她在梦溪园深居简出，现在好不容易跟曲家夫人走得近，有个谈心陪伴的人自然也是极好的。

若是往常，顾江年定然会顺着余瑟的心意来，可昨日之事，说大不大，说小不小。

严重影响了他跟姜慕晚关系的和谐。

这一出，闹得他心惊胆战——昨夜若错过了姜慕晚的生日，莫说是曲洁，恐怕连曲家他也不会放过——

"我同曲小姐尚且只是见过几面，还没什么进展，她已经自作主张地敢接我的电话，若是入了家门，公司事情是不是也要碰？以后君华董事的位置是不是得给她坐？"

顾江年说得一点都不客气。

他不再顾及余瑟的心情，语气之间虽然是淡淡的，但一字一句之间都带着冰刀子，堵住了余瑟接下来准备讲出的话语。

余瑟在那边静默了几秒，就听顾江年继续道："不知分寸的女人，不能要。"

最后三个字，断绝了余瑟的心思。

饶是她再喜欢曲洁，可顾江年这番话无疑是在赤裸裸地告知她——曲洁这女人，他不会要。

"是母亲疏忽了。"

余瑟并不是那种端着长辈架子，一定要让人顺着她的人。她受过良好的教育，经历过大风大浪，也格外看得开。

她理解顾江年的不易，也尊重他的选择。

大抵是近来并没见到姜慕晚，也未听过顾江年提及，余瑟的防范之心放松了些许。

"昨夜顾公馆放烟花了？"

新闻铺天盖地，余瑟想忽略都不行。何池见这事觉得新鲜得不得了，拿着报纸感叹，直夸顾江年厉害。

"嗯，跟电视台合作的一个小年夜活动。"

他用了一个完美的谎言圆过去，但顾公馆的人都知晓，昨夜那场烟花可不是什么小年夜活动，而是自家先生专门为了取悦自家太太的。

"树大招风，韬章要稳重些才好。"

这是一句来自母亲的善意提醒，也显示出过来人看透世事后不争不抢的心态。

毕竟，变故随时可能发生。

"我知晓。"他沉稳开口，对于事业，他素来心中有数。

顾江年与余瑟通完电话，再度回到床上。他离去不过数分钟，大床已经成了姜慕晚的地盘。她每日最开心的时候，估摸着就是一个人霸占整张床了。

顾江年将被子往里推了推，伸手撩开她额前的碎发，随即，一个吻落在她的眉间，淡淡的、柔柔的、带来丝丝痒意。

姜慕晚缩了缩脖子，似是想躲开。

顾江年见人懵懵懂懂，一副没睡醒的乖巧模样，起了恶作剧的心思，薄唇从她的眉间至唇瓣，哪里都不放过。

111

这番举动惹得极困的人在睁开眼前，先伸腿就要踹他。

若说姜慕晚的乐趣是惹得顾江年发怒，那么顾江年的乐趣又何尝不是让她不快？

顾江年看着姜慕晚气呼呼地瞪着他，像只炸毛的小狮子似的，心情好得不得了。

姜慕晚脾气差吗？

极差。

是以几度被吵醒的人只觉得心里窝火："顾江年，你是个大浑蛋。"

别的夫妻，睡醒之后，都是你侬我侬，恩恩爱爱。

顾江年："……"

罢了，罢了，她没睡好，不宜跟她吵架。

姜慕晚以为顾江年一定会像往常一样偃旗息鼓，随即走开，可今日，并没有——这人并不准备放过她。

人最恼火的事情之一是什么？是你想睡觉，身旁人不成全。

姜慕晚恼了，彻底恼了，正准备起来和顾江年开战时，他一伸手将她摁回了被窝，伸手拍了拍她瘦弱的背脊，温声轻哄着："我今日出差，二十一号回来。"

姜慕晚闻言，顿时觉得精神了几分，望着顾江年，终于知晓她晨起被闹醒的缘由——这人要出差。

顾江年离去时，心情极度愉悦，兰英开口说晚上自己要请假时，他也欣然应允。

如兰英这种管家，工资极高，但因着主人家情况特殊，她并无假期，离开顾公馆去办私事多半部分只能晚上，或是抽出小半日时间。

兰英在顾公馆这些年，要处理的个人事情，大事没有，小事也极少，所以每次同顾江年开口请假时，这人都是一口答应的。

姜慕晚睡到临近中午才起，觉得脑袋有些昏昏沉沉，但只以为自己是睡多了，并未在意。

午餐吃得简单，她用完便进了书房。

姜慕晚在顾公馆的活动范围不大，只要顾江年不在，书房就成了她的地盘，就连去院子也极少。

没几天，姜慕晚未曾离开顾公馆，兰英隐隐觉得外头甚嚣尘上的姜家之事，或许与自家太太有几分关系，虽有猜想，但不敢询问。

次日，顾公馆烟花的新闻引起了大家的关注与讨论，让姜临以及姜老爷子有了片刻喘息的机会。

而顾江年,也顺便做了个顺水人情。

徐放一通电话拨给姜老,明里暗里地告知他这两日只要安心养伤,其他的事情莫要多想。

一句简单的话,让姜老爷子看到了希望。

当然,他并不觉得是姜慕晚伸出了援手,相反,他是认为顾江年还讲究人情。

顾江年有人情吗?

没有。

此时,他的举动就好比自己猎了一只羊,肉都进了他的口腹,剩下的骨头丢了也是丢了,何不在丢之前让人来尝一尝呢?还能做个顺水人情,何乐而不为。

飞机上,徐放收了电话,同顾江年汇报情况,心中对这人又多了几分敬佩。

昨日,他多方奔走,只知晓老板交代下来的任务要完成,知晓那场烟花是为了姜副总准备的。若说此前他只是怀疑自家老板失了心智,那么此时,他万分确定了。

这一场烟花,不仅取悦了他的爱人,还能送姜家一个顺水人情。

一箭双雕,怎是一个"妙"字能形容?

年底,顾江年事务繁忙。

身为君华董事,光是年会,都得飞往数个国家去参与,更勿论年底给他集团各项目的总结了。

而姜慕晚呢?

若非因为华众的事情,她此时应当已经在 S 市了。

付婧催促多次,年关近在眼前。

对于顾江年而言,这趟出差本是每年年末特定的行程,但他不知的是,这趟行程注定不会圆满。

十九日晚间,顾江年到达洛杉矶,未曾休整,便与各地区高层共同举行了一场冗长且烦琐的会议,不仅耗时长,且又伤脑筋。

顾公馆书房内,姜慕晚在和达斯高层开视频会议。

姜慕晚只觉头晕眼花,眼前金星乱冒,意识到自己状态不对,她抬手摸摸额头,一片滚烫——发烧了,且温度不低。

但眼前会议正在进行,她无法立即起身去找药。

姜慕晚硬生生地扛到这场会议结束，已是临近十一点的光景。

顾江年离开的那个下午，C市刮起了北风，呼啸着送来冷空气。气温降低，暗沉沉的天空，隐有下雪的势头，但这雪，一直没有下来。

姜慕晚头重脚轻地回到卧室时，一阵冷风从窗户吹进来，让她一阵哆嗦，只好迈步前去将落地窗关上，随即转身去了一楼，向用人要了退烧药。

姜慕晚素来知晓这些用人是看人下菜碟的，但因着他们未曾做出太过分的事，索性睁一只眼闭一只眼。

她倒了一杯温水，拿着药上楼。

按照她以往的经验，吃点药，睡一觉就好了。毕竟以往几次感冒发烧，她都是这么过来的。

可事实是，她高估了自己的身体，也低估了这场来势汹汹的高烧。

凌晨，姜慕晚在半梦半醒之间醒来，身体一下似火烧，一下又似掉进冰窖，忽冷忽热，十分难受。

C市时间凌晨两点，洛杉矶时间上午十一点，顾江年刚刚结束了一场冗长的会议。徐放正对着电脑总结这场会议，而顾江年指间夹着烟站在一旁静静地听着。

他出差时素来习惯根据出差地的时间来设置手机的时钟，调整时差，但手表的时间从未变过，不管走到哪里都是C市的时间。

十一点十二分，顾江年在会议室里接到了姜慕晚的电话。

起初，这人以为自己看错了，光看了一眼时间，再看了看电话号码，确定是姜慕晚没错，才接起。

顾江年的第一反应是她大概是夜半醒了或者睡不着，所以来通电话摧残他，毕竟这事儿她没少干过。

自知晓顾江年对自己颇为容忍，姜慕晚每每夜间睡不着定然也不会放过他。

顾江年未曾离开办公室，会议虽已结束，但收尾总结也极为重要。不远不近的距离恰好也能让他听见徐放的声音。

"睡不着？"男人接起电话，并不温柔地问了这么一句。

而此时那边，姜慕晚正躺在床上，额头冒着冷汗且浑身打战，她万般委屈又可怜地开口喊了声："顾江年。"

仅是一句，顾江年便发觉了姜慕晚语气里的不正常。

她高兴时，语气轻快；生气时，咬牙切齿；不舒服时，可怜兮兮、微弱的声音带着哭腔。

"蛮蛮，"顾江年察觉到了不对劲，"你怎么了？"

他一边问着，一边拉开门走出去。

她本是想忍一忍，说不定明日也就好了，可醒来才惊觉身体的不适，给顾江年拨了这通电话。

迷糊中，姜慕晚想起了以前的留学时光，大病不是没得过，都是自己熬过来的，可现如今，她觉得顾江年可以依靠，自己有了一座挡风的山，变得越发娇气，一点小事就想找顾江年。

比如之前找猫，比如今日发烧。

她想到的第一个人是顾江年。

这样的改变，在姜慕晚以往的人生中，从未有过。

即便那几年和贺希孟在一起，她生病了，也不会主动联系人家。

姜慕晚知晓，从某种意义上来说，顾江年是她的港湾，可以停泊的港湾。

"我生病了。"她哽咽着开口，吸了吸鼻子，那糯糯的声音如同针尖扎进顾江年的心里。

"我难受。"还未等顾江年反应过来，姜慕晚又继续说道。与上一句的哽咽不同，她后面的这一句带着明显哭腔。

听到这样的话语，顾江年只觉得自己的心脏都不太好了。凌晨两点，姜慕晚抽抽搭搭地给自己打电话，只怕不是小问题。

可偏偏，兰英不在。

"你旁边有人吗？"顾江年急虽急，但始终保持着是冷静。

"没有，他们都不管我。"

姜慕晚缩在被子里，抱着自己瑟瑟发抖。她之前拨打了内线电话无人应答，唤人也没有人过来应答。

不然她怎会凌晨打电话给顾江年求救？

此时，付婧远在 S 市，而 C 市除了顾江年与她关系密切之外，再也找不出第二个人。换句话说，顾江年是她唯一的救命稻草。

"乖，不怕。"他轻哄着，拿起桌面上徐放的手机，给在顾公馆的罗毕拨了一通电话。他没有打给用人，无疑是猜到了什么——

若身旁有人，依着姜慕晚的性子，她绝对不会舍近求远。

这其中要么发生了什么，要么就是有一些他不知晓的隐情。

罗毕乍一接到自家先生的电话，吓了一跳。接完电话，他穿起衣服，麻溜地往主宅赶去。

顾江年婚前，罗毕是他的贴身保镖，无论是在公司还是出差，都和他形影不离。

可婚后，顾江年每次出差，都会将罗毕留在顾公馆，罗毕隐隐能猜到些许他的用意。

他到达主宅时，用人正坐在客厅的沙发上昏昏欲睡。

罗毕上前将人喊醒，心底为其捏了把冷汗——只怕这人留不久了。留不久是小事，只怕是往后都无路可走了。

自家先生如此宝贝的人夜半发高烧无人管，他是忍不了的。

主宅内，二十来号人，都照顾不好姜慕晚，怕是有大事要发生。

罗毕往主宅来的路上，按照顾江年的吩咐，安排人下山去接兰英，说到底，这偌大的宅子里，也唯有管家最得他心。

若是躺在楼上的是顾江年，罗毕一人上去并无什么，可此时，躺在房间里的是女主人，那便不妥。

他将躺在沙发上的用人拎起来，面色极其不善，冷声斥道："还不起来！"

用人一下惊醒，见是凶神恶煞的罗毕，魂都丢了一半，被人拖着跟跟跄跄地往二楼主卧而去。

两点二十五分，罗毕和用人进了卧室，见姜慕晚躺在床上抱着被子哆哆嗦嗦，吓得不轻。

"先生。"罗毕压低了嗓子，似是怕吵醒床上的人。

"如何？"那边的顾江年语气急切。

罗毕道："太太现在身体不适，打着冷战，医生和兰英都在来的路上了。"

罗毕的后半句话，顾江年没有听进去，但前半句话着实是让他心颤得厉害。

姜慕晚病得不轻。

"徐放——"

顾江年电话未挂断，猛地推开会议室的门，将里面所有人的目光都吸引了过来。

徐放尚未来得及回应，只听顾江年道："备机，立刻回C市。"

简短的几个字，徐放听出了焦急之意，他想许是发生什么了。

与来时的路线不同，顾江年所乘坐的私人飞机从洛杉矶直飞C市，可即便如此，直飞也要十几个小时，到达 C 市时，已是第二日傍晚。

而此时的顾公馆，姜慕晚高烧已退，睡了一整日，兰英在一旁一直守着。

徐放只见顾江年在飞机上时，面上的焦急之意尽显无遗。

晚七点，顾江年到达顾公馆，车子尚未停稳，他就猛地推开车门，下车后大步冲进屋内，失去了以往的风度，疾步往二楼卧室狂奔。

顾江年的步伐在卧室门前猛然止住，轻手轻脚地推开房门，上一秒还是焦急的神情，在此刻都强行平复下来，换成了温柔的神情，好似怕自己吵着姜慕晚，连动作都小心了几分。

"先生。"

坐在床边的兰英听闻房门打开，轻声唤道，却见顾江年将食指竖在唇前，示意她噤声。

兰英见此，心头一软，只道他们夫妻不容易，豪门世家里，难得也有这对有情人。

她缓缓退开，将位置让给顾江年。

顾江年大衣都未来得及脱去，缓缓蹲下身子时，下摆挨到了地面。

兰英只见顾江年目光柔和地望着躺在床上的人，一手落在她头顶上，一手落在她面庞，轻轻抚了抚，然后凑过去轻轻地吻了吻她薄唇，好似面前是什么稀世珍宝，小心翼翼之态，叫兰英看着心底多有感叹。

谁能知晓，往日里两人剑拔弩张，谁也不让谁，私下会有如此柔情的一面。

他伸手放进被子里，握住了姜慕晚冰凉的小手。

他手下有一个热水袋，兰英还是细心的，但姜慕晚的手依旧是凉的。

"怎么还在输液？"之前便说姜慕晚在输液，这么长时间过去，依旧还在继续输液。

"医生说太太是病毒性感冒，再加上有些脱水，恢复慢些。"兰英开口解释。

其实她见姜慕晚连着吊水吊了这么长时间也心疼得不行。往日里生龙活虎，将自家先生气得火冒三丈的人，此时跟小奶猫似的，看着实在可怜。

晚间九点，姜慕晚缓缓睁开眼眸，入目的是顾江年的身影，男人坐在床边，双手握着她冰凉的手。

见她醒来，顾江年俯身过来，轻轻啄了啄她唇瓣："醒了？饿不饿？"

"想上厕所。"她糯糯开口,嗓音软得不行。

"我抱你去。"他抱着人进了卫生间,然后转身离开,在门口等候着。

趁人醒来,兰英端来了清粥,顾江年将人搂在怀里,好言好语地哄着让她吃了半碗。

可这剩下的半碗,没有喂下去。

为何?

因为姜慕晚吃着吃着,就一边窝在顾江年怀里睡着了。

她大病一场,体力不支,比起上次肠胃炎,这次显然要严重许多。

顾江年将瓷碗递给兰英,抱着昏睡中的姜慕晚轻吻着,满眼的疼惜。

"去,把主宅的人都叫过来。"

这偌大的顾公馆上上下下几十号用人,让一个发了烧的小姑娘半夜打电话给远在国外的他求救,他要这群人有何用?

兰英闻言心头发颤,颔首而去。

以顾先生今日的怒火,难保不会对她们"赶尽杀绝"。

高门大户里最忌讳以下犯上。

晚上,顾公馆客厅内。

垂首站着四十来号用人,前面几排是顾公馆原有的,后面是顾江年让徐放挑选过来的另一批人。

整个主宅的用人都来了,顾江年站在楼梯上,如鹰般的眸子冷冷地扫过在场的每一个人,吓得众人大气都不敢喘。

顾江年心里是窝着火的。

他顾江年的女人,要欺要骂也只能自己来,旁人是欺负不得的。

男人立于台阶之上,俯瞰着底下的众人,语气冷硬地开口:"我听闻各位都是细心的人,才将你们招过来,眼下看来,我顾公馆这庙太小,装不下下你们了。"

话音落地,顾公馆原有的那些人心里一咯噔,有人抬眸望向站在台阶上的男人,面露惊恐。

"人贵在有自知之明,各位既然连自己的职责所在都不清楚的话,我这顾公馆不留你们。"

"一个小时之内,都收拾好东西离开,谁若敢在外面胡言乱语,等着的便不止如此——"

霎时,顾公馆客厅内,一片哀号。

用人们急切地想为自己开口求情,男人望着底下躁动的用人,凶狠地开腔:"闭嘴,谁若是吵醒了我家姑娘,后果自负。"

霎时,喧闹的大厅内,静默无声。

与前面的冷声言语不同,最后一句话才是这人原本就想说的,前面的所有话不过是伪装。

罗毕候在一旁听自家先生带着威胁警告的冷语,心头一颤,大抵是许久未曾见到这人如此了,有些不可置信。

他扫了一眼下面面露惊恐之色的用人,才道:"还不去收拾东西?"

第五章
为老婆作嫁衣

距离春节只剩三日,姜慕晚与顾江年二人就如何过春节这件事产生了分歧。

往年的春节,姜慕晚都与宋家人一起过,今年必然也是如此。但顾江年自然是不同意的——哪有婚后的第一个春节就夫妻分离的道理?

他们几番争执,姜慕晚未说服对方,索性准备先斩后奏。

顾江年这日见她在收拾行李。

本是好好的心情,刹那间,他脸上布满了寒霜。

"准备携物潜逃?"

姜慕晚转身,见顾江年手上端着一个杯子,站在卧室门口,正冷飕飕地瞧着她。

她似是无可奈何地叹息了声,开始不厌其烦地劝诱:"宋女士明早到家,若是回去晚了,必然会引起她的疑心。她若知晓我回了姜家,肯定要把我抓回去。万一我被抓了,顾董你可就没老婆了。"

"这么说我还得感谢你设身处地地为我着想?"顾江年身形未动,冷眼睨着眼前人,面色阴沉。

"一家人嘛,应该的。"

她走到门口,伸手欲要接过顾江年掌心的水杯,却被人偏着身子躲过。顾江年心里是窝着火的,可这火有些莫名其妙。

他们各回各家,从理论上来说是没错的,但他一想到姜慕晚要离开自己十天半个月,心里就空落落的。

而那种空落落的感觉，让他有几分抗拒。他不愿放手，也不愿承认。

"何时走？"

"今晚九点。"见人松了口，姜慕晚心里稍有些雀跃，这份雀跃没好好地藏起来，被顾先生发现了。

他狠狠地睨了她一眼："你竟然还想连夜跑路？"

姜慕晚："……"

男人忍着内心的郁闷问她："回去几天？"

顾太太见状，伸手搂上男人的脖子娇嗔道："过完年就回来。"

顾江年试图得到一个准确答案："几天？"

"十天，初七回来。"

姜慕晚话音落地，男人脸色瞬间黑下来，她连忙识相地改口："八天，八天。"

临出门前，姜慕晚隐隐觉得顾公馆有什么不一样了，但说不上来。出门时她才知晓，原来C市下雪了。

望着被雪覆盖的庭院，她前行的步伐顿住了，微微失了神。顾江年回眸望去，才发现她正在看着庭院的雪景。

他正欲询问，姜慕晚淡淡地叹息了一声，反牵着他往车旁走去。

下雪天，山路并不好开，罗毕将林肯换成了一辆山地越野车，以防出意外打滑。

车上，姜慕晚接到了宋蓉的电话，许是她已归家，但未见到姜慕晚的身影。

姜慕晚告知宋蓉，自己中午到家，又闲聊了几句，便挂了电话。

车子停在停车场内，车门刚关上，男人倾身凑过来，用鼻尖蹭着她的脸颊，动作万般柔情，可话语却是警告："回去之后，离其他男人远点，时刻谨记自己已婚妇女的身份。若是让我知晓什么，我一定飞过去找你，记住了？"

"记住了。"

姜慕晚此时内心在吐槽，面上却笑嘻嘻。

"到时间就回来，你要是有不回来的想法，别怪我告你骗财骗色又骗婚，告到你倾家荡产、身败名裂，明白？"

若是其他人这么说，姜慕晚笑笑就算了，可这话从顾江年口中说出来，她信。

"明白。"

眼见顾江年没有要放过自己的意思,她温声提醒:"我再不走就来不及了。"

男人微微叹息,无奈道:"去吧。"

没了顾江年的看管,姜慕晚的心情舒畅得不得了。

过了安检,知晓顾江年也追不过来了,她拿出手机慢悠悠地给人拨了通电话,秉着要气死他的念头,温声唤道:"顾江年。"

男人在车内"嗯"了声。

只听姜慕晚再道:"你可能不知道,我离他们远点,并不代表他们会离我远点;我不爬墙,并不代表他们不会主动翻墙过来找我。"

"姜慕晚——"一声突如其来的低沉怒吼,让开车的罗毕手都抖了,手中方向盘一歪,险些开到旁边车道去了。

农历腊月二十八,姜慕晚归S市宋家。她在宋家长大的时光,外公与舅舅的疼爱弥补了她在年少时缺失的父爱。

在C市,她是姜家长女。

可在宋家,她是无忧无虑的公主。

这年春节,过得并不算美好,归S市的当日她又发起了高烧,让一屋子人急得团团转。

幸而宋家不缺懂医的,便有人提起宋思知。

一听到宋思知的名字,姜慕晚整个人都精神了,突然觉得鼻子不塞了,头也不痛了,望着宋蓉,一脸惊恐地开口:"妈妈,我只是感冒了,但宋思知会把我送去见外婆的。"

"瞎说,"宋蓉轻嗔了一声,"大过年的,说点吉利的。"

"知知再怎么说都是学医的。"

"搞科研,跟看病可不一样。"

宋蓉睨了人一眼:"那他也是个内行。"说着,起身就要去找宋思知。

姜慕晚坐在床上急了,伸手去拉宋蓉:"妈……妈、妈,我包里有药,有药!"

宋蓉脚步一转,朝姜慕晚放在一旁的包走去,从里面拿出几个药盒,正要看说明书,目光落在了药盒上的字上,愣了数秒。

笔迹苍劲有力,非一般人能写出来。

字如其人,一眼便能看出写出这字的是个极有野心之人。

宋蓉手上拿着四五个药盒逐一看了一遍,见上面均有如此字迹,眉头不禁皱起。听到姜慕晚在身后轻唤,她才转身,温声软语道:"在看说明。"

"上面有医嘱。"姜慕晚开口。

"医生写的？"宋蓉语气平淡地轻声询问，带着些许探究。

"是的。"

宋蓉闻言点了点头，觉得姜慕晚的回答没有问题，于是温声道："这医生不简单。"

姜慕晚心里咯噔一下，顺着宋蓉的话问了句："为何这么说？"

"字迹苍劲有力，但起笔落笔皆露锋芒，是个有野心的人。"

顾江年写在药盒上的字，让宋蓉将他的人揣摩了个八九不离十。

大年初一，S市艳阳高照。

宋老爷子信佛，每年大年初一都会带着一家人去寺庙祈福拜佛，今年也不例外。

宋老爷子带着众人去捐了香火钱，临走时，姜慕晚去求了支签。

姜慕晚将手中的签文交给住持，住持沉吟了片刻，才道："施主，姻缘尚远。"

住持的一句话让宋家所有人的目光都落在姜慕晚身上，带着几分窥探。

姜慕晚望着刚刚与自己对视的住持，浅笑着开口："您说说有多远，我好去找他。"

"哪家的男儿？姓甚名谁？家住何方？有无立业？"

姜慕晚一席话出来，宋老爷子冷了面色，住持瞧着她，脸上的笑意却多了几分。

宋蓉踢了踢一旁的宋思慎，示意他将人拉出去，而宋思慎怕宋老爷子尴尬，照做了。

宋思慎拉着姜慕晚行至廊下，轻声数落："住持的话听听就算了，何必跟他较真？惹得爷爷不高兴，回去还得说你一顿。"

姜慕晚昨夜没睡好，清晨起来脑袋里跟住了一只蜜蜂似的，嗡嗡嗡，搞得她一肚子火，她睨了眼宋思慎："就他说的那句姻缘尚远，我回去能不被念叨？"

C市，君华几位高层相约携带着家属去了寺庙，顾江年带的是余瑟。

对于自家老板娶了姜家女一事，高层内部虽都知晓，可此事尚未公之于众，他们便都守口如瓶。

寺庙内，顾江年捐了大额香火钱。

余瑟替顾江年抽了一支姻缘签，天底下的母亲都关心子女的婚姻大事，顾江年站在一旁，随她去。

住持拿起签文瞧了一眼，再将目光落到顾江年身上，只道了八个字："姻缘已至，夫人莫急。"

大年初一白天，夫妻二人各自繁忙。夜里，顾江年连续数通电话拨给姜慕晚，均是无人接听。不得已，他联系了她的秘书付婧。

对方只道了一句"放心"。

放心？

老婆不在身边，如何放心？

午夜，顾先生一通电话打过去，又恰好碰上宋思知在陪着姜慕晚输液，所以这通电话被姜慕晚极其干脆利落地挂断了。

姜慕晚这场病，从去年拖至今年。

顾江年再次打电话时，姜慕晚终于接起，听到她的咳嗽声，顾江年压着怒火，用带着委屈的嗓音开口道："蛮蛮，我去接你回来好不好？"

她回S市之前说好的待八天，怎能随意更改。

"八天。"

顾江年哽了一下，被姜慕晚这声提醒气到："我怕八天之后，接回来的是个病恹恹的人。"

"本来就是。"

"你放心吧，我会先急死。"

顾江年觉得姜慕晚真是没良心。

初四，年味逐渐淡了些许。

姜慕晚清晨被宋老爷子告知参加聚会，到现场之后才知晓是相亲，本来想跑，但奈何老人家在场，只得硬着头皮待下去。

本该在家陪母亲的顾先生，找了一个借口来到了S市，却不承想，刚一到S市，姜慕晚就给了他一个"大礼"。

"老板。"

刚进酒店大堂，罗毕一声呼唤声响起，语气中隐含着些许欣喜之意。

顾江年顺着罗毕的目光望过去，见到姜慕晚，满腔抑郁一扫而光，取而代之的是万般欣喜。

两人相隔数步之远，姜慕晚站在人群中等待电梯，穿着灰白色羽绒服，毛领在空气中缓缓动着，光是这个背影便让顾江年心中暖了半分。

他心想，幸好，姜慕晚谨记他的话语，没有为了美而不顾健康。

顾江年扬着唇缓缓走进,离得越近,心中欢喜越甚,就连跟在身旁的罗毕都察觉到自家先生的心情极佳。

他行至姜慕晚身后,刚站定,尚未开口,只听得前方宋老爷子道了一句:"时常听闻沐家小子一表人才,在学术上也颇有造诣,今日一见,当真是名不虚传。"

宋老爷子问姜慕晚:"蛮蛮,你说是不是?"

这声"是不是"跟带着刀子似的扎在顾江年心头,满腔欢喜一扫而空。他放人归家省亲,姜慕晚却背着他相亲?

顾江年的目光死死地锁定在姜慕晚身上,冰冷的容颜泛着丝丝寒意。

姜慕晚这一回头,心中猛地打起了鼓。

四目相对,姜慕晚在顾江年的眼眸中看到了明晃晃的杀气。

她想:完了,完了,自己完了,顾江年那么小气。

下意识般,姜慕晚想要伸手去抓他,可到底是碍于宋家人在场,只是指尖动了动。

"好巧。"顾江年薄唇轻启,带着冰碴子似的两个字砸向姜慕晚。

他虽有笑盈盈,可眼眸中的寒意半分都不减,且这句"好巧"之中隐含几分威胁。

顾江年看着姜慕晚,眸光中,威胁尽显。

这声"好巧",将宋家人的目光均吸引了过来,宋思慎曾与顾江年有过几面之缘,他诧异的是顾江年为何会在此。而宋家其他人诧异的是顾江年周身沉稳深沉的气度。

"是好巧,正想着去拜会顾董,不承想在此处遇见了。"

姜慕晚这话看似官方客套,可求生欲满满,言下之意是,我正准备去找你的,你却来了。她望着顾江年的目光带着恳求。

顾江年心气不顺,无视她恳求的目光,心中冷嗤,可面上不显,见宋家人的目光均落在自己身上,他微微颔首,算是招呼。

顾江年未曾回应她,随后将视线落在了电梯上方的数字显示器屏幕。

"顾董,这边的电梯来了。"

他们面前的电梯未曾下来,旁边的那部电梯却先到了,罗毕轻轻唤道。

顾江年迈步向旁边那部电梯走去,面色冷冽。

宋家人见他们认识,并未觉得太过惊讶,只当是姜慕晚生意场上认识的人。姜慕晚和宋家人也朝那边的电梯走去。

进去时，宋老爷子的目光落在顾江年身上，带着几分打量。本是相谈甚欢的两家人见眼下还有外人在，不再多言。

电梯不大，恰好能容纳这些人。

顾江年站在最里面，姜慕晚站在离他一步远的地方。

密闭的电梯内，气氛压抑，只因顾江年强大的气场。姜慕晚站在他身前，只觉得他的目光让她通体寒凉。

背脊正紧绷时，一只手悄无声息地放在姜慕晚的腰间，隔着羽绒服狠狠地捏着。

姜慕晚浑身一颤，紧绷着身子，忍了又忍，直至电梯楼层到达的提示音响起，她同步发出咝的一声。

宋蓉闻声望过来，关心地询问："怎么了？"

"有点热。"她面不改色地说谎。

"不能脱衣服。"宋蓉许是怕她会做出这番举动，将人往自己身旁带了带。

顾江年在宋蓉伸手过来时，将自己放在姜慕晚腰间的手悄悄移开。

姜慕晚狠狠松了口气。

顾江年见宋蓉细心注意照顾姜慕晚的情况，也松了口气。

电梯行至八楼中餐厅，一行人即将下电梯时，身后一道清冷的声音响起："宋总年前提及合作之事，可有时间细谈？"

这个"细谈"，只怕不是"细谈"两个字这般简单。

姜慕晚前行的步伐微顿，望了眼身后的宋家人，这个举动让顾江年放在身侧的手微微一动。

见姜慕晚面露为难之色，罗毕装作没事人般往前行了一步，按住开门键防止电梯门关上，而后道："顾董今夜离京，年后数月空不出时间，宋总若有意合作，当快为好。"

这是告知，也是催促，顺带暗示姜慕晚是与顾江年合作中的乙方。最后，话里话外给宋家人透露的意思是——姜慕晚想找他们合作。

话中那句"当快为好"说得极有深意，似乎在说，若是慢了，只怕姜慕晚不好过。

顾江年说完话时，宋老爷子眉头微微紧了紧，可听闻罗毕这番义正词严的话语，眉眼间的不快收敛了几分。见姜慕晚目光看过来，带着几分询问之意，他颔了颔首，示意她去。

姜慕晚看向沐老,歉意地点了点头,后者会意,微微颔首。

姜慕晚转身进入电梯,俞滢在身后嘀咕:"那人是哪家子弟?气质非凡不说,看起来也有所成就。"

宋思慎听闻自家母亲此言,漫不经心地开口,替其答疑解惑:"C市首富顾江年。"

沐家有人惊呼出声,很是诧异。

而宋蓉与宋誉溪更惊讶,应是对这人早有所耳闻,二人四目相对,尽是不可置信。

姜慕晚进入电梯,并没有迎来想象中的怒火。电梯一直行至顶楼,二人进入总统套房,顾江年未有半句言语,也未用正眼瞧她,但心中不悦尽显无遗。

他越是沉默,姜慕晚心跳得越是厉害。

顾江年走进房间,脱下身上大衣,扬手丢在沙发上,随即迈步至总套厨房内,拉开冰箱门,从冰箱里拿了瓶水出来,一口气喝了个干净,又哐当一声关上。

男人将矿泉水瓶丢向垃圾桶,没丢进去,矿泉水瓶从垃圾桶的桶身擦过,砸到了姜慕晚脚下。

吓得姜慕晚一哆嗦。

到底是自己理亏,眼见这人怒火滔天,要是不服软,吃亏的绝对是自己。

姜慕晚未曾抬眸,都知晓顾江年正狠狠地凝视着她,眼神跟刀子似的,恨不得能剐了她。

顾江年显然是满腔怒火无处发泄。

而姜慕晚呢?她正缩着脖子降低自己的存在感。

"一表人才?"顾江年面色阴寒地狠狠开腔。

姜慕晚正思忖着如何开口解释时,顾江年的声音又响起:"哑巴了?"

"没有。"姜慕晚摇头。

"我放你回家省亲,你背着我相亲?"

"我这几天的情况跟你那天归梦溪园见曲洁差不多,都是意外。"

她脑子灵光一闪,想着,今天的事情被人撞个正着,她百口莫辩,还不如用发生过的事情当理由来搪塞过去。

姜慕晚的这句话在顾江年听来,是讽刺,赤裸裸的讽刺。顾江年满腔怒火无法发作,眼神阴沉地望着姜慕晚,良久,嗤笑了一声。

"怪我做错事在先？"

顾江年这话说出来，姜慕晚抬眸猛地望过去，目光惊恐，急忙解释："我没有。"

顾江年觉得自己心烦意乱。他费尽心思将人娶来，到头来却频频惹他心烦意乱。且好巧不巧，他还亲眼撞见了那让人心寒的一幕。

"若我不来，你当如何？"顾江年再问，像是势必要从姜慕晚的口中问出点什么来。

"不如何，我只是碍于长辈的面子来吃个饭罢了，没有其他想法。"姜慕晚开口解释，嗓音细如蚊蝇。

这是真话。

人生中哪有那么多的随心所欲？事事不都得考虑到家里人的脸面？

他若问姜慕晚有何想法，她当真是半分想法都没有。

顾江年这醋坛子被打翻了，酸味飘出数十里，姜慕晚知晓他可不是个按常理出牌的人，恰好此时又在S市，万一惹恼了他，害的还是她。

得哄！

这是姜慕晚脑子里冒出来的第一个想法。

她迈步朝着顾江年而去，欲要伸向人家的腰，却被人冷冷地扫了一眼。让她心头微颤，伸出去的手僵在半空，只能先细细探究眼前人的神色。顾江年在见到姜慕晚动作僵住后，脸色更是冷了一分，这让她顿时心下明了。

别扭的顾江年！

姜慕晚猛地扑进他的怀里，埋首在他胸前蹭了蹭，跟只许久不见主人的小奶猫似的，软糯又乖巧。

"你怎么来S市了？"

顾江年闻言，睨着她，语气依旧深沉："不能来？怕我坏了你跟别的男人相亲？"

姜慕晚："……"

"能来，我是想休假还未结束，怕你太辛劳！"

顾江年冷嗤了声，似是听了什么天大笑话："你不是一直等着继承我的遗产？假若我真的累死，不是正合你意？"

"我是那样的人吗？"姜慕晚佯装生气地仰头望着他，俏皮之意尽显。

若是往常，顾江年最喜欢她这副模样。

128

可今日，他冷声道："你是什么人，你心里没数？"

姜慕晚说一句，顾江年讽刺一句，让姜慕晚示好的打算就要偃旗息鼓，但她深知不能放弃。

"我——"

"我后悔了。"顾江年睨着她，目光冰冷。

"后悔什么？"

"隐婚。"男人答，一字一句，咬牙切齿。

顾江年不是第一次提及隐婚之事，但如今日这般直言后悔还是第一次。姜慕晚内心深处警铃大作，绞尽脑汁地想着该如何稳住他。

"君子一言，驷马难追。顾先生身处高位，定当是个一言九鼎之人。"

"你不是经常骂我是禽兽？"

言下之意，禽兽还要信守什么诺言？

姜慕晚："……"

哄男人，可真的太难了。

"打是亲，骂是爱，我那是爱你啊！"

"那为了证明更爱我，你是不是得连打带骂？"

姜慕晚："……"

这醋坛子翻得太狠，姜慕晚此时急得就差抓耳挠腮了。

可不哄又不行，当真是风水轮流转，她当初怎么收拾顾江年的，今日这人分毫不少地还了回来。

思及此，她狠狠地叹了口气。

这口气还没叹完，顾江年抬手将她推离自己，冷眸看着她。

无疑，她刚刚那声叹息让这人的怒意加重了几分。

"他没你高，没你帅，没你有钱，我瞎了眼才会跟那样的人在一起，你说是不是？"

姜慕晚眼一闭，心一横，怎么让人高兴怎么说。

她原以为，如此也差不多了。

可顾江年冷笑声响起，冷飕飕地嘲讽道："季言庭没我高，没我帅，没我有钱，你不是照样跟他走近了？姜慕晚，你这张嘴还有什么谎话是说不出来的？"

姜慕晚望着顾江年，眉头拧在一起，一副有苦难言的模样。

"我想改名了，叫姜太难。"她可真是太难了。

大清早，被拉着来开一场她听不懂的会，结束后还得陪着长辈应酬，应酬还没开始就被顾江年抓个正着。

明明什么都没干,却仿佛自己真的做错事似的。

难,难,难,实在是难。

闻言,顾江年笑了,实在是被气笑了——能难得过他满世界消灭情敌吗?

"那我是不是得改叫顾太绿?"

"你——"

被顾江年气到一口气没提上来,咳嗽声猛地响起,咳得顾江年满心怒火消了大半。本是准备要好好教训教训她的人,伸手将人搂进怀里,宽厚的大掌顺着她的背。

本就是因为担心她的身体而来的,她正病着,若是加重了,得不偿失。他想,罢了,罢了,让着她些。

姜慕晚窝在他怀里咳得眼泪都流了出来,脑子发蒙。

半响,咳嗽声停止,姜慕晚泪眼婆娑地望着顾江年,抬手环上他的脖颈,嗓音软软糯糯,带着讨好的意味:"我真没别的想法,我和那人连话都没说上。"

"姜——"

顾江年的话语止在了唇齿之间——姜慕晚踮起脚尖封住了他的唇瓣。顾江年微愣一秒,而后温柔回应。

片刻后,顾江年低声询问:"哪里想?"

她气息不稳地说:"哪里都想。"

近日夜间入睡后,她咳嗽着醒来时,脑海里想到的第一人就是他。

这是一种习惯,一种彼此长期陪伴后养成的习惯。

楼下的包间里,宋沐两家相谈甚欢,宋思知坐在一旁偶尔接话,倒也无人将心思放在姜慕晚身上,兴许也知晓她以工作为重。

宋思知拿出手机,将"顾江年"三个字输入搜索框,出来的内容令她无比惊愕。

宋思慎将她的诧异表情尽收眼底,怕她不够了解,说道:"顾江年三十未满,已是首富,心计谋略、无人能敌。"

"难怪这人看起来不简单。"

S市商界无人不知顾江年其人,对其有敬畏,也颇有微词,有喜有不喜,也庆幸他在C市。

套房内,姜慕晚从床上醒来,正咳嗽着。

顾江年拿起杯子，兑了一杯温水后端回到床边，将躺着的人扶起来，靠在怀里，然后一边将水递到她的嘴边，一边轻声询问："吃过药了？"

姜慕晚点了点头。

"别人是越来越好，你是越来越坏。"顾江年没忍住，轻声念叨。

姜慕晚懒洋洋地应道："我又不是别人。"

这句话的语气带有几分娇嗔。

"我瞧宋女士也很细心照顾着你，你是不是没听话？"

电梯里见宋蓉，即便只是一个动作，顾江年也能看出她是个精细的人。有宋蓉照顾着，姜慕晚的情况还能越来越差，问题出在谁身上不用说了。

顾江年轻叹了声，颇有些无可奈何。他俯身将人圈进怀里，轻声哄着："初五了，蛮蛮是不是也该回去了，嗯？"

"嗯。"她回应，但还没想好如何同宋蓉说。

往常宋蓉在外搞研究，没什么时间管她，可眼下不同。

宋蓉尚在，她若离去，必然会引得人询问。

顾江年面露喜色，正准备接着往下说时，只听姜慕晚道："再等等。"

"等你把这S市的权贵都相亲一遍？"

又来了，又来了，又来了。

姜慕晚一听到顾江年跟她提这没影的事，只觉得脑子嗡嗡作响，拉起被子将自己蒙住，显然是不准备搭理他。

可奈何顾江年并不打拼就此放过她，伸手将她蒙在脑袋上的被子扯下来，冷声开腔："说话。"

"我能说什么？说想晚点回去就是要去相亲？我要是说不回去，你是不是觉得我要跟别人结婚了？"

"你还想跟别人结婚？"

男人冷声询问，面色极度不善。

顾江年今日用实际行动给姜慕晚表演了男人无理取闹时是什么样的。

"重婚犯法。"姜慕晚望着他，一字一句。

顾江年闻言冷哼了声："难为你心里有数。"

"我可不只心里有数，还有——"话未说完，姜慕晚手机响起，她正准备去接，却被顾江年摁住手。

她回眸望去，见他面色冷酷，望着她冷飕飕地问道："还有什么？"

正所谓"识时务者为俊杰"，姜慕晚知晓他心里窝着火，于是，她

131

半撑起身子，啄了啄顾江年的下巴，讨好道："还有你。"

姜慕晚接起电话，那边，宋蓉温软的嗓音透过听筒传过来，落入二人耳内。

"蛮蛮，忙完了吗？我们准备回家了。"

宋蓉话音落地，顾江年的手狠狠地捏紧她的胳膊上，力道极大，疼得姜慕晚倒吸一口凉气。

这是警告，也是提醒。

姜慕晚相信，若是她说出回家的话，这人还能更过分。顾江年千里迢迢的追妻之路容易吗？

不容易。

何止是不容易啊！

简直就是艰难。

处处是情敌，稍有不慎便会被挖墙脚，他防着姜慕晚爬墙而出时还得防着别人。

姜慕晚可谓是将顾江年的性子摸得八九不离十了，深知如果自己太过分，抑或是宋家这边有何动向，他绝对有法子让他们的婚姻关系公之于众正因为深知这一点，是以姜慕晚总是都在打擦边球，你若让她真去触碰顾江年的底线，她得先掂量掂量。

顾江年那一捏，让姜慕晚混沌的脑子都清醒了半分。

"我要稍晚些，妈妈跟外公先回去吧。"这一句话，姜慕晚语气温软，带着些许小心翼翼。

宋蓉怕打扰她工作，忙挂了电话。

姜慕晚把手机放下，顾江年俯身落下一吻。

翌日，姜慕晚归家后便脱了羽绒服和毛衣，只穿着一件低领秋衣，隐约露出了吻痕。

宋思知惊恐了一瞬——她瞧见了倒没什么，若是让俞滢和宋蓉瞧见了，只怕姜慕晚不好过。

"你昨晚加班是在哪里加的？和谁在一起？"宋思知端着一盅川贝炖雪梨站在门口，拧着眉询问，"不会是昨日电梯里的那位吧？"

姜慕晚闻言抿了抿唇，悠悠视线冷飕飕地望着宋思知，还未来得及开口，只听她说："也是，人家一表人才、气度不凡，肯定看不上你。"

姜慕晚："……"

真是不好意思,你觉得看不上我的男人已经成了我名正言顺的老公。

"你可别去祸害人家,人家风度翩翩,一表人才,肯定是许多小姑娘的梦中情人。"

姜慕晚心想,来不及了,我已经祸害了,且还祸害得不轻。

当姜慕晚领着顾江年站在宋思知面前时,宋思知陷入了沉思,望着顾江年,许久都没说出一个字来。

她想不通,这二人是怎么走到一起的?

许久之后的某日,宋思知所在实验室器材紧缺,求姜慕晚无门,将主意打在了顾江年这位妹夫身上,好话说尽,就等着人开口答应了。

只听姜慕晚在那边告状:"她说你只有瞎了眼才会看上我。"

宋思知:"……"

论记仇,她只服姜慕晚。

姜慕晚懒得跟宋思知争辩,转身准备进浴室,却被人唤住:"给你炖了川贝雪梨,过来喝了再说。"

"我一会儿喝。"她现在只想舒舒服服地洗个澡。

"炖了一上午,冷了就不好喝了。"宋思知继续说着。

姜慕晚只能接过那盅川贝炖雪梨,正低头喝着,忽然,一个方形盒子出现在眼前。她拿着勺子的手顿住,凝眸望了一眼,看清了盒子上面的文字:24小时紧急避孕药。

她盯着药盒,心里有一种异样的温暖。

"你给我这玩意干吗?"

"原因你心里没点数?玩归玩,闹归闹,出了事就不好看了。"宋思知冷冷说道,一副严肃的神情瞧着她。

大年初七,C市阳光正好。

昨日归家的顾江年未归梦溪园,而是回了顾公馆,与往年不同,今年顾公馆的用人有很多是新人,还有不少规矩要学。

顾江年出手素来大方,新年红包数额也向来丰厚,先给了一番礼遇,便立起了规矩。

提及姜慕晚,他只道了一句话:"太太是小姑娘的性子,她不跟你们计较,不代表我不计较,若是以下犯上,别怪我顾公馆规矩严。"

一句话,含着对姜慕晚的无限宠溺。

同日上午,晨起,兰英便带着人开始忙碌。只因每年初七,君华的高层们都会在早餐之后陆续前来。

这是多年延续下来的习惯。

一场会议,持续到晚餐时分。有新来的用人想窥探商界大佬的会议现场是何等模样,只是尚未走近,便被管家冷眼瞪了回去。

那一眼,饱含深意。

晚餐结束,一众高层准备离开。罗毕行至顾江年身旁告知:"山下保安说,姜老爷子来了。"

这声告知,不大不小,但足以让众人听见。

顾江年未有不悦之意,只是眉头微蹙。但为何如此,一时间叫人难以捉摸。

顾江年转头看了一眼兰英,后者会意,连忙带着用人进了茶室,将刚刚空出来的茶室收拾干净。

"请人上来。"男人语气深沉。

"华众现如今可谓是风雨飘摇,姜老今日上山只怕是想求老板伸出援手。"一旁,有人分析道。

顾江年将视线落在这人身上,笑问道:"那你觉得我们是帮忙还是不帮忙?"

徐放也将目光投到那人身上,似是在等着他的回答。

若自家老板跟姜慕晚没有关系,他一定也会劝一劝,劝老板将这块肥肉吃下去,华众每年光是餐饮业的利润都是一笔不小的数目,实在是令人眼红。

C市有很多企业对华众这块肥肉虎视眈眈。

"这——"那人刚才似乎忘记了自家老板与姜副总的关系,被他这么一问倒是想起来了,支支吾吾不敢言,偷偷摸摸地瞧着其他人,想着有人帮他解围。

顾江年倒是不以为意,只道:"华众是块肥肉不假,但它此时是块硬骨头,多的是人想啃,只怕是没人啃得动,不急不急——"

他连连道出两个"不急",而后,轻笑了声:"医生说我牙口不好,要吃软饭。"

吃姜慕晚的软饭。

与其费尽心思去啃华众这块骨头,倒不如等着姜慕晚将华众收入囊中,他坐享其成不好吗?

君华几位老总听到这话,均是面面相觑。

可徐放懂了其中深意,他咳嗽了一声,道:"不早了,大家都散了吧！"

君华众高层离去，顾江年没有急着进屋，而是向罗毕要了一根烟，站在屋外，迎着寒风抽起烟来。

当他的视线望向天空时，心中突然一紧，暗道：天都黑了，姜慕晚怎么还没回来。

"去查查，太太乘坐的飞机航班号。"

"是。"

姜老爷子来时，恰好看见君华高层们乘坐的车辆一辆接一辆地下山，显然是刚刚议完事。

顾公馆，姜老是第一次来。即便这人已年过八十，阅历丰富，但深入顾公馆时，还是被震撼了。

顾公馆这座隐在园林中的现代风别墅，一草一木都是精心修剪过的，走进来后，一步一景更彰显出这座园林的大气。

进入主宅后，用人引着他一路前行，进了茶室。暖光灯下，顾江年穿着一件灰色毛衣坐在茶桌前。灯光柔和，让这人浑身多了些许暖意。

身前陶壶里正烧着水，顾江年似是在等他。

"姜老，有失远迎。"顾江年见人进来，抬眸望去，并未起身。

若换了地点，以姜老爷子的身份，顾江年当会起身相迎，但现在他们是在顾公馆。

姜老爷子远道而来，必是有求于自己，又何须他起身相迎？

见顾江年未起身，姜老爷子心下明了，想必他对自己的目的已经猜个八九不离十了。

他迈步前行，往茶桌走去。

中国人对座次颇为讲究，而今日，顾江年在上座，姜老爷子在下座。

其意已经明了。

习惯了被众星捧月的姜老爷子似乎也没想到自己会有今日，更想不到顾江年会这般狂妄。

但有求于人，他只得放低姿态。

"老夫不请自来，还望顾董莫介意。"

用人为姜老爷子拉开椅子，待他落座后，看向自家先生，见人视线落在门口处，用人微微颔首，退了出去。

"姜老光临寒舍，蓬荜生辉。"

顾江年说着拿起陶壶，给两人面前的茶盏倒水，霎时，原本在杯底

135

的茶叶浮动起来。他伸手将茶盏盖上盖，修长的手指将杯子缓缓地推至姜老跟前。

姜老爷子将他的动作收进眼底。

茶室内，十分静谧，顾江年沉默不语，而姜老爷子也在斟酌。

姜老爷子来之前想说的话，此时难以说出口。顾江年其人，不是一个愿意做吃力不讨好之事的人。

"我此番前来，是想请顾董帮帮忙。"须臾，姜老爷子拿起眼前茶盏的茶盖，语气淡淡地开口。

"为华众之事？"顾江年明知故问，用茶盖拨了拨杯中漂浮着的茶叶。

"让顾董见笑了。"姜老爷子面上有些许不自在一闪而过。

顾江年恰好将他的神情悉数收入眼底，社会在进步，被淘汰的人都得低头认输。

"我跟姜老说过，这事得让姜副总来。"姜老爷子开门见山，顾江年也直奔主题。

"此事恐怕……"

"我不是慈善家，姜老应当知晓。"姜老爷子话还未道出完，便被顾江年极其不客气地打断。

姜老爷子喉咙一哽，沉默了片刻，虽然他早已知晓顾江年会是如此态度，但知晓跟见到全然不同。

他在商场多年，还没这般被人对待过。

"恕晚辈直言，明日大盘开盘，眼下于华众而言陷入险境。如果我是姜老，跪着求，我也会把姜慕晚求过来。"

跪着求？

姜老爷子此时连见到姜慕晚都觉得心气不顺，怎么可能会去跪着求她？

此事可行吗？

"顾董与慕晚有这般深仇大恨，靠老夫，只怕无用。"

顾江年闻言，心里冷嗤声响起——无用是假，拉不下脸面是真。

"那晚辈也跟姜老说句实话，放眼C市，只怕是无人敢对华众伸出援手。姜老与其浪费时间与晚辈聊这些，不如去想想其他门路。"

"顾董这话是何意？"

"华众早年间确实无人能敌，在姜老的带领下一度是整个行业的龙头，但此一时，彼一时，更遑论眼下C市商界人人对华众虎视眈眈，银行都不敢出手，我们这些人又怎敢随意出手？"

顾江年这席话可谓是直白明了，没有半分委婉之意。

说着，他拉开一旁的抽屉，拿出一张名片，缓缓推到姜老爷子跟前，轻声道："国外投资商，您不如一试。"

姜老爷子目光落在那张名片上，随后望着顾江年的目光带着些许不解："顾董这是何意？"

"文先生乃海外华人，是个投资商，晚辈跟他有过接触，姜老可以一试。"

他的话语说得委婉。

姜老爷子怎么会听不出其中深意？望着顾江年的目光又深沉了些许，看着那张名片，落在身旁的手微微握紧。

"那就多谢顾董好意。"

这直接的拒绝，实在让人不太好受。

"只愿姜老莫怪罪为好，君华近来风头太甚，若开年伊始就行事太张扬，只怕会遭人非议与诟病。"

顾江年一番话的言下之意，君华要保住自己，对于华众，他是心有余而力不足。

这日姜慕晚与达斯高层开了场会，会议一直持续到下午，临结束时，达斯副总开口询问："宋总今年还是休假状态？"

姜慕晚思忖了片刻才道："对外依旧如此告知。"

"回C市？"付婧在身后询问。

后者点了点头。

飞机飞行至C市上空时，姜慕晚隐约看见了坐落在江边的那座山，静静地在那里，乍一看很难注意。

"看什么？"飞机广播正在提醒乘客系好安全带，付婧侧眸便见姜慕晚望着窗外，似是在看什么。

她跟着视线下移，看到的是江水蜿蜒的澜江，而姜慕晚看到的却是顾公馆。

"此番归C市，必有一场恶战。"姜慕晚喃喃说道。

华众将被她握在掌心，而姜临也好，姜老爷子也罢，这些人都会对她俯首称臣。

许久之前，她无法理解顾江年为何会将顾氏叔伯留在君华。

眼下，她懂了。

彻底打垮他们才是给他们一个痛快，把他们留下来，才是对他们最残酷的折磨。

"也该结束了。"付婧缓缓搭腔。

她们在C市浪费的时间太多了，多到S市都要变天了。

晚九点，姜慕晚抵达C市，原以为顾江年会来接，但他并未出现。罗毕来接她们时，开口解释："顾公馆有客人，顾董走不开。"

姜慕晚点了点头，表明知晓。顾公馆的山路蜿蜒而上，姜慕晚侧头望着园林的夜景，余光瞥见前方有一道车灯光打过来，两车相遇，都关了远光灯。

车子从身旁驶过，姜慕晚眸底一道亮光一闪而过。

"客人是谁？"她急切开口，询问罗毕，"姜老爷子？"

"是。"罗毕道。

姜老爷子在下山时，见有车辆开上来也颇为惊讶，似是没有想到这个时间竟然还有客人来访。

车子在院落里刚刚停稳，姜慕晚就推门而出。

兰英带着用人候在一旁，一声轻唤还未来得及开口，就听姜慕晚焦急道："你家先生呢？"

"先生在书房。"兰英愣了一秒才回答。

姜慕晚闻言，疾步朝楼上而去。新来的用人不禁想到了顾先生的那句——太太是小姑娘的性子。

这么看来，还真是这样。

书房内，顾江年送走了姜老，接了一通国外分公司工作人员打来的电话，大抵是聊及什么伤脑筋的事情，男人一手指间夹着烟，一手拿着手机站在窗边，语气不善："趁着对手有难，哄抬物价这等事情并不值得宣扬，坐地起价的行为也并不值得人们歌颂。告诉他们，如果想长期合作，就别想在这儿赚取这个不义之财。"

"你——"男人尚未说完，就倒抽一口凉气。

身后一个人猛力冲过来，让他直接往前跟跄了几步，而那个人因为收不住力，直接跪在了地上，发出咚的一声响。

顾江年低头望去，不是姜慕晚是谁？除了她，还有谁敢不敲门进他书房？

"就是这个意思，其他事情你看着办。"眼见姜慕晚摔了，他交代完后立刻收了电话，蹲下身子望着跪在地上的人。

"哪儿摔疼了？"

"难为您还记着我。"刚刚兴致极高的姜慕晚，摔得没了好心情。

顾江年听出来了，这是在怪他。

"你自己不打招呼就冲过来，怪我？"

"怪我，怪我自己。"姜慕晚说着，一手撑着地板站起来，不理还蹲在跟前的顾江年，迈步欲走。

转身之际却被人拉住胳膊一扯，她被扯进了顾江年的怀里。

"怪我，你少有这样突然和我胡闹的时候，我第一次没什么经验，以后习惯了就不会了。"姜慕晚刚刚冲过来那一瞬，顾江年的意识动作是躲。

一如他所言，从来没有被人这样从背后突袭过，而他素来又是个防范心极重的人。

"让我看看摔哪儿了。"男人说着，将人打横抱起往沙发走去，然后将人轻轻放下，"疼不疼？"

顾江年拉起她的裤腿，见她的膝盖红肿，语气间是掩不住的心疼。

"你试试不就知道了。"

姜慕晚朝天翻白眼，只是这白眼还没翻完，便被突如其来的吻给封住了唇瓣，惊得她说不出话来。

顾江年本就失了心，虽说从 S 市归来也没几日，可自古就有"一日不见如隔三秋"的说法。

这会儿人在怀里，鲜活又俏皮，他终究是没忍住。

顾江年伸手将沙发上的人抱进怀里，环住她的腰肢，略带隐忍的嗓音在她耳畔响起："想你想得不行。"

姜慕晚气息微乱，平复了许久，才糯糯地开口询问："姜老来过了？"

顾江年"嗯"了声，再道："刚走。"

"我让你——"她望着顾江年，急切地想知道答案。

"给他了。"

今日发生的事，在姜慕晚的算计之中。她猜到姜老爷子求助无果之后会来找顾江年，是以才有顾江年给姜老推荐了文先生一事。

姜薇猜想得没错，顾江年也在姜慕晚的算计之中。

不同的是，她只是寻求顾江年的帮助。

姜慕晚则是挖好了坑等着姜老爷子往里跳。

"我帮了蛮蛮大忙,有没有奖励?"男人低头,鼻尖蹭着姜慕晚柔软的脸庞。

姜慕晚微微抬眸啄了啄他下巴:"晚上。"

顾江年轻声失笑,顺着她的话道:"好,晚上。"

姜慕晚的咳嗽在被宋思知灌了两日川贝雪梨汤之后有所好转,夜间也没有咳得那么凶,这让顾江年的心落了地。

因着昨日回来是晚上,上楼之后又未曾下去过,姜慕晚也没有去见过顾公馆新来的用人。

直到次日晨间下楼,她望着这满屋子的陌生面孔,心中惊讶了一下。

她唤了声:"兰英。"

"太太。"

"用人都换了?"姜慕晚疑惑地询问。

"是的,太太。"兰英毕恭毕敬地回答。

"为何?"姜慕晚问。

兰英不知道该说还是不该说,思索了片刻,才道:"太太上次高烧无人知晓,先生归来之后极其生气,就将用人都给换了。"

这事姜慕晚不知道,顾江年也未曾说过。她略显诧异,但顾江年决定已做,她便应了一声,表示知晓。

转身正准备往餐厅而去,她见顾江年穿着单薄的运动装从院子里进来,臂弯间还挂着一只毛发脏乱的猫。

顾江年面色不佳,见姜慕晚站在屋子里拧眉望着他,伸手准备摸摸她的脑袋,想起什么又放下了,然后将手上的猫交给用人,冷声叮嘱道:"洗完澡关它几天。"

姜慕晚望着顾江年,有些疑惑:"你为什么总能把它捡回来?"

"因为这傻猫跟某些人一样,只有见了我才会嗷嗷叫,等着我去救它。"

姜慕晚还未反应过来,便听身旁有笑声响起,瞬间了然——顾江年是在"内涵"她。

"不听话就关它几天。"顾江年说这话时还瞟了姜慕晚一眼。

顾公馆的这只白猫真的是见人行事,顾江年早就发现了,每次它跑出去,院子里的保安看见了想抓都抓不到。

唯独他到了跟前,白猫要么是伸出脏兮兮的爪子扒拉他,要么就嗷嗷叫,等着自己去把它带回来。

真是跟姜慕晚一模一样。

开年后第一个工作日,股市开盘,华众股票迅速上涨,开盘便是六个点往上,直至下午三点收盘,华众股票停在了十二个点。

如此情况,只有两种可能。

要么,有大量资金的注入;要么就是有人暗中操作。

显然,在如此情况下,华众不可能是后者。

年前已经结下了梁子,按照姜老爷子的行事作风,定然不会放过开年董事大会这么好的机会教训她。

于是,姜慕晚一封辞职信直接发到了报社,打了姜老爷子一个措手不及。

此时,姜家在历经姜司南出了丑闻之后,近乎摇摇欲坠。而姜慕晚的这一封辞职信交出去,无疑是狠狠踩了姜家一脚,让姜家陷入泥沼里。

姜老爷子得知此消息时,气得狂拍桌子,破口大骂她是白眼狼。

姜临站在姜老爷子办公室询问此事时,姜老爷子已心力交瘁,靠在沙发上,声音虚弱:"此时华众说是千疮百孔也不为过,倘若慕晚请辞的事情一旦登报,你想过后果没有?"

"她要的是司南手中的股份。"姜老爷子微微叹息。

"那您?"姜临心里猛地一咯噔,他瞪大眼睛望着老爷子,似是有些不可置信。

倘若姜司南手中的股份都给了姜慕晚,那华众岂不是要易主。

"C市容不下她了,让宋家将她接回去。"

杨逸凡被姜慕晚摁在地上摩擦,已经要了半条命,无论如何姜家都不能在姜慕晚手中毁掉。

姜临仍旧有所顾虑,兴许是当初被宋家压制得太厉害了,听闻"宋家"二字,顾虑颇深。

姜老爷子凶狠的目光落在姜临身上,带着几分恨铁不成钢的意味:"不把姜慕晚送走,姜家迟早要完,论心狠手辣,不说姜司南了,你与姜薇谁能比得上她?更遑论筹谋了。"

"我姜家几十年的良好形象在她手中一朝被毁,你还妄想将她留下来?"

"可顾董那边——"

姜临多少还是有些不甘心,明明可以用姜慕晚作一颗好棋,去谋得更多利益好处。

可此时眼看计谋即将得逞，就差临门一脚，难道就这么算了？

华众股票一连几日都大涨。而姜慕晚更是从中赚了一大笔——当初低价购入的股票在她手中翻了几番。

书房内，她望着股票，伸手拉开抽屉，从中抽出一张A4纸，拿起桌面上镶钻的钢笔缓缓拧开笔帽，然后慢慢地在"慈善家"三个字画了一个圈。

钢笔的笔尖围绕着这三个字画了一圈又一圈，几乎要将纸划破。

这些年，姜老爷子打着慈善家的名号多方敛财，表面上说是慈善捐助，背地里却利用以此为自己谋利。

姜慕晚自然是深知这一点的。她在等待一个消息。

入夜，霓虹灯闪烁，整座城市灯火通明。

姜慕晚驱车离开顾公馆时，正值晚餐时间。

她刚下楼，兰英就迎上来询问是否要用餐。

姜慕晚摆了摆手，告知有约。

兰英想再说些什么，姜慕晚的背影已经消失在了门口。

这日深夜，姜薇在外应酬，酒过三巡，人稍有些不清醒。她与几位合作商挥手道别，将行至车边，便见旁边的车窗缓缓摇下，轻唤声响起：

"姑姑。"

她侧眸望去，姜慕晚的脸庞映入眼帘。

姜慕晚的长相半分不像姜家人，更偏向于宋家人，端庄大气，眉眼有着特别的清冷——令人不由得想多看两眼。

她望着人，沉默了片刻。

姜慕晚见她静立不言，再度开口："我送姑姑回去？"

言罢，坐在驾驶座的姜慕晚推开车门下车，拉开了姜薇面前的车门，颇有一副恭迎之势。

姜慕晚送她回家是假，守株待兔是真。

虽然姜薇知道姜慕晚这葫芦里卖的是什么药，但还是上了车。

她坐在后座，姜慕晚坐上了驾驶座，接着拧开一瓶矿泉水递给她，她接过，低眸望了眼，笑道："等我？"

车子启动，离开停车场。

车内温度舒适，姜慕晚点了点头："不错。"

姜薇喝了一口矿泉水，尚未开口，只听姜慕晚再道："我以为姑姑不会再为华众这般卖命了。"

明知自己是颗棋子，还这么卖力地为姜临打江山，姜慕晚不知道是该说她没心没肺，还是该说她有着菩萨心肠。

"你确定我是在为华众卖命吗？"

为华众？不，姜薇比任何人都清楚，她不是在为华众卖命，她是在为姜家，为了姜临，为了姜老爷子。

姜慕晚闻言轻笑一声，这笑声里夹杂着嘲讽。

车子缓缓停住，等待绿灯亮起。

姜薇开口，言语间带着几分规劝之意："老爷子自上次一事之后，宛如惊弓之鸟，谁也不信。华众几位副总都被他冷落，公司看似姜临在管，可私底下做决策的人还是他。你若是想有所动作，姑姑劝你三思而行。"

车子再次缓缓启动，姜薇继续说道："心急吃不了热豆腐。你既然想要华众，就要做好打持久战的准备。"

持久战？如何打持久战？

S市有一群野豹对宋家虎视眈眈，宋蓉负责的科研项目即将收尾，她现在心急如焚，根本没有时间和精力去跟姜老爷子打什么持久战。

她摇了摇头，平静地道："我没时间。"

姜薇猛地侧身望向她："你没时间？"

"遇事最怕打草惊蛇，你几次三番收拾姜家，且还故意留有余地。姜老爷子那么精明的人，该知晓的早就知晓了，即便不知晓，也猜出大半。眼下你再贸然出手，指不定他会反攻，打压你。是，只要你出手了，姜家就算不被击垮，也得伤筋动骨。你痛击老爷子的后方，怎么都不算亏。之后即便是输了，你也能拍拍屁股走人，回到S市仍旧可以做你的宋家二小姐，那我呢？"

车内，姜薇的嗓音有些尖锐，她怒目圆睁，望着姜慕晚，再道："你拿到了自己想要的，让我去为你的行为负责？给你垫背？"

"姜慕晚，你的本质跟姜家人是一样的，只顾一己私利，不顾他人死活。姜老爷子时常说，在姜家众多人中你最像他，这话当真是半分不假。"

姜慕晚的身体里流着的是姜家的血，即便后来养在宋家，可她表面上那大家闺秀的端庄大气，都是装出来的。

姜慕晚静静听着姜薇的指责，也不急于反驳。直至话语停歇，她目光悠悠地从姜薇身上扫过，伸手按开了车窗，冷声道："说完了？散散酒气，醒醒脑子先。"

　　姜薇的话并未对她造成任何影响，她依旧冷静沉稳，依旧清醒。

　　夜风呼啸而过，姜薇，被这二月的寒风吹得打了一个激灵，微醺之意尽数散去，意识清醒了许多。

　　"酒醒了？"姜慕晚睨了人一眼，霎时将姜薇周身的锐意压了下去。

　　姜薇未有回应。

　　姜慕晚再道："我姜慕晚想要的东西，没有我拿不到的。莫说是热豆腐，姜家上头即便盘着龙，我也可以拿它当下酒菜。"

　　"就连百年家族都有毁于一旦之时，区区一个姜家又能如何，若非是我，你这辈子到头也就只能这般了，你当我跟你一样没骨气不敢反抗？"

　　姜慕晚不是姜薇，姜薇也不是姜慕晚。

　　她们二人的差别不仅是年龄身份上的，更多的是心理。

　　"我身体里流着姜家的血，难道就要成为他那般的人吗？"

　　出生并非她能选择，也并非自己可以掌控，她能做的，是不让自己成为姜老爷子那样的人。

　　姜薇怔怔地望着姜慕晚，被她的话语唬住了数秒。

　　片刻后，姜薇低眸冷嗤："你同他的相似之处可不少。"

　　不成为他那般的人？现如今的姜慕晚，跟当初的姜老爷子极为相像。

　　姜慕晚关上车窗，视线望着前方，暖黄的路灯光洒在她的脸上。只听她道："万众慈善基金会今年的晚宴要跟君华办在一起，不在君华的会场办，也要在君华旗下酒店举办。"

　　"理由？"姜薇询问。

　　君华是后起之秀，万众是姜老爷子手底下创建的另一家公司，相当于一个基金协会，亦有多年根基。要靠，也是君华来靠万众，而不是万众去靠君华。

　　即便顾江年现在是 C 市首富，这人若还有谦卑之心，都会主动跟万众错开时间。

　　可今日姜慕晚提了这个要求，看似无礼，却处处带着算计的要求。

　　"你不是怕我拉你下水吗？"姜薇冷笑望着姜慕晚，一边担心被人拉下水，一边忍不住好奇心想多问两句，"你就不怕我不帮你？"

　　"姑姑有选择的余地吗？"姜慕晚仿佛听到了什么笑话似的。

　　姜薇抿了抿唇，目光落在姜慕晚身上，带着几分探究，想看出什么来，却无果。

"万一顾董不答应呢？"

万众自然也想倚靠着顾江年这棵参天大树，毕竟顾江年在C市财力是金字塔上顶尖般的存在。

"姑姑有办法。"姜慕晚冷哼了声。

第二日傍晚，姜薇寻至君华，约见顾江年，却被告知人不在。

实际上，对方不在是假，不想见她才是真。

顶楼，顾江年站在窗前，指间夹着一根烟，袅袅的烟雾向上方飘去。

"老板，姜经理是为了二月底万众慈善基金会之事前来，听她所言，好像是想与我们联手。"

顾江年微眯着眼，远眺窗外景色，问道："你觉得这是姜薇能想出来的点子？"

徐放略微思索后，道："姜老？"

顾江年冷声道："他能想到，但绝不会开口提。"

姜老怎么会向他低头认输？那人一身傲骨，骄傲自大。

"那？"徐放稍有疑惑。

"姜慕晚。"顾江年轻启薄唇，吐出这么三个字，细听之下，有几分咬牙切齿的味道。

"姜——是太太？"

"姜副总"三个字险些脱口而出，徐放回过神来，及时将称呼改正了过来。

他一时间有些惊住了，如果这件事情真的是姜慕晚的谋划，那么很明显，她是冲着整垮姜老爷子去做的。

"那我们该怎么做？"徐放望着顾江年，有些踌躇地询问。

明知太太要在君华的地盘上闹事，他们还答应吗？

"答应她。"

徐放懂了，顾董这是要为老婆助力呢！

时间到了春末，姜慕晚将谋划的一切安排部署到位。

夜晚顾江年归家，顾太太搂着他的脖子，歪着脑袋，语气俏皮地询问："我应该如何感谢顾董？"

"多听话，少气我。"顾江年除此之外，也不求其他了。

他只有好好活着，才能跟姜慕晚白头到老。

"我尽量，毕竟我是个有梦想的人。"她如是开口。

"什么梦想？"

"继承你的遗产。"顾太太道。

顾江年："……"

今年的二月只有二十八天，顾江年将慈善晚宴的时间敲定在这月的最后一日，多少与姜慕晚有关。

他不言语，徐放等人也知晓。

君华三月一日有剪彩，顾江年若是真想就慈善晚宴大做文章，要定，也是定在三月一日，而非今日。

晚宴现场，万众慈善基金会的几位前辈相继到来，曹岩与徐放站在宴会厅门口与众人一一握手寒暄。

有人环顾四周，不见顾江年，笑问道："怎么不见顾董？"

万众与君华联合举办的慈善基金会，说是联手合作，但也存在几分暗中较量的意味——万众几位高层可是挑着时间来的。

"顾董在路上了。"曹岩皮笑肉不笑地回应。

"那我们先进去。"

徐放站在曹岩身旁，面上平静，向迎面走来的人点头招呼，可与曹岩站在一处时用只有他们二人能听见的声音说道："都是千年老狐狸，这些人在这儿装什么。"

曹岩抿了抿唇，应和了句："有些人就喜欢蹬鼻子上脸。"

"姜老还没来。"徐放心里惦记着。

曹岩看了一眼对面站着的姜薇，同徐放道："去找姜经理聊聊，我们君华的地方，还轮不到他们华众来摆谱。"

若是华众此时是在姜副总手中，那么现在他们无话可说。

可君华此时依旧在姜临和姜老爷子手中，这个面子即便是要给，也不能给得这么悄无声息，让大家以为他们君华好说话。

徐放往姜薇身旁走去时，她就猜到了徐放为何而来，不待人开口，她就直接开口说道："徐特助放心，我心里有数。"

徐放微怔，多瞧了姜薇一眼，忽然觉得姜薇跟姜慕晚有那么几分相像，随即点了点头："姜经理心中有数就好。"

姜薇见徐放离开，她同身旁的人说了一声，随后拿着手机出去。

她正准备拨电话，目光落在了露天停车场里的一辆黑色宝马车上，眸光暗了暗，便收了手机，向着它慢慢走去。

姜薇站在车旁，敲了敲车窗，微微弯下身子，朝里面的人开口："父亲，您该进去了。"

"顾董来了吗？"

"尚未。"姜薇如实回答。

"不急，再等等。"姜老坐在车内，神情带着几分高傲。

他这句话却让姜薇心头一跳，望着姜老爷子的目光暗藏了几分冷意。

"父亲，场地是君华的，来的媒体工作人员也是君华的，我们今天本来就是沾了人家的光，您这么做怕是不合适。"

姜薇忍着性子开口，联合举办慈善晚宴之事是她去谈下来的，合作事宜也早在之前给姜老爷子看过，姜老爷子今天如此端着架子，想压顾江年的风头，但无疑也是在让她难堪。

本来面容平静的姜老爷子将目光缓缓落在姜薇身上，带着几分怒气："什么叫不合适？我在C市叱咤风云的时候，顾江年还在他母亲的肚子里。"

姜薇："我们不能出尔反尔，您这样做，我以后还怎么开展工作？"

"你只管说我还在路上就行了，除非他顾江年想落个不尊长辈的名声？"

如果此时是姜慕晚在，一定会嘲讽回去。

可姜薇不敢，她惧怕老爷子。

她扯了扯唇瓣，直起身子，视线在四周扫了一圈后，拧眉离开了黑色宝马车旁。

如此场合，谁都想出风头，聚集C市众多豪门名流不说，还有娱乐圈的影帝影后今日也在场。这样的场面，在C市绝无仅有，君华此次为了慈善晚宴可谓花了大手笔。

万众是什么？万众就是来借东风的，可偏偏借东风的人心里还没有数。

受人恩惠，不感恩戴德就罢了，却还端着架子。

年前，姜家丑闻闹得满城风雨，这才刚刚停歇，华众刚喘了口气，姜老爷子如此行事，还以为如今自己的身份还是如以往一样，现在的华众还是以前的华众吗？

往年万众的慈善晚宴多的是人趋之若鹜，而今年，若非借君华的光，指不定场景该有多凄凉。

姜薇返回宴会场时，面色稍有些难看。她看了眼徐放，徐放迈步走

147

来，只听姜薇道："姜老爷子路上堵车了，无须等他，顾董来后就可以开始。"

徐放闻言微眯了眯眼——自家老板回梦溪园接夫人去了，姜老爷子也从梦溪园出发，遇到堵车？

徐放自然是不信，但多少也能猜到些什么，望着姜薇，他点了点头："那就依姜经理说的。"

临时调控一下流程，也不是什么难事。

宴会场内，觥筹交错，男男女女围在一起闲聊着："听说了吗？"

"什么？"

"有人说顾董跟华众又有合作。"

有人疑惑，刚刚开口的那人再度道："华众近来被C大的事情搞得股票猛跌，往年，君华跟万众的慈善晚宴都是分开的，独独今年合在一起，为什么？有人说这是顾董有意帮一把华众。"

"我怎么觉得你这话不可信？"有人开口质疑。

"君华这些年江山版图日渐扩大，顾董的手已经伸到影视业了，餐饮业他尚未涉足，能说不是给姜老几分薄面？"

人群中，一片沉默。

众人隐隐觉得这话有那么几分道理。

华众靠餐饮业起家，随后涉足房地产、日化等行业。顾江年打下了C市的半壁江山，动了许多人的奶酪，却没有动华众的。

正聊着，人群中出现了骚动，众人纷纷望去。

第六章
可以亲一下吗

有一道身影只见从门口款款走来,穿着一条墨绿色的吊带长裙,身姿婀娜,怎是一个风华绝代能够形容。

——是姜慕晚。

前有这人一条大红色长裙惊艳登场,再有今日的墨绿色长裙现身。

那长裙明明只是简单的剪裁,可姜慕晚就是能穿出她独有的风情。

"姜家女,再看仍然是尤物。"

姜慕晚感受着众人的目光,脸上挂着得体的微笑,伸手从宴会厅内侍者的托盘上端了个高脚杯。

众人只见她一手握着高脚杯,一手提着裙摆,朝着姜临与杨珊二人款款而去。

杨珊与姜临有些震惊,只因姜老爷子说过,并不准备让姜慕晚出席这次宴会。

此时却见到她出现在这里。

姜慕晚向着姜临走去时,面上带着几分笑意。

"父亲。"她客气地打招呼。

"你怎么来了?"杨珊语气不善地先开口。

"顾董有请,我当然得来。"

姜慕晚的言下之意——她不是冲着姜家来的,而是为了给顾江年面子,更是在表明,自己也是顾江年的客人。

姜慕晚一句话,将杨珊接下来要说的话堵了回去,她面上的笑容稍有些挂不住，望着姜慕晚的目光也懒得去伪装什么。

"杨阿姨见到我，好像不是很高兴。"姜慕晚扫了一眼四周，随后看着杨珊，音量不大不小地说道，叫身旁的人都忍不住侧眸朝这边望了过来。

"晚晚说的哪里话，我刚刚还跟你爸爸提及你呢。"杨珊稳住面上的笑意，轻声开口。

"是吗？"

"当然。"

姜慕晚笑了笑，视线随意地在周围逡巡了一圈，又将疑惑的目光落在杨珊身上："怎么没见到司南？"

杨珊端着杯子的手猛地握紧了些，连带着姜临看向姜慕晚的目光都带着些许不善。

而姜慕晚故作看不懂姜临略带警告的目光，继续疑惑地问道："父亲这么看着我做什么？"

姜慕晚的询问没有得到回答。

只因人群中再度骚动起来，她顺着众人的目光望去，只见余瑟挽着顾江年的臂弯缓缓走来。顾江年依旧是穿着一身看起来价值不菲、剪裁得体的黑色西装，余瑟穿着一身旗袍，整个人看起来优雅端庄。

顾江年刚一进场，目光便开始寻找姜慕晚。

等看见姜慕晚时，男人的眼神沉了沉，心底生着怒意。

"先生，该开始了。"徐放跟在顾江年的身后。

他们想给姜老一个下马威，现在该抓紧时间开始了。

"嗯。"

屋外，停车场。

薛原坐在驾驶座上，看见顾江年的座驾停在酒店大门口，门童拉开车门后，顾江年牵着余瑟从车上下来。

"老先生，"他回眸喊了声，"顾董到了。"

靠在后座闭目养神的姜老爷子缓缓抬起眼帘，语气冷淡："我们也该进去了。"

可见，姜薇的规劝并无半分作用。

二人下车，行至酒店门口，便被保安拦住了去路："干什么的？"

"这位是华众董事长，来参加晚宴的。"薛原开口说道。

他眉头微微皱了皱，似乎对保安的不识相极其不悦。

保安的目光从上至下打量了二人一番，似乎有些不确定："请你们等等，我让经理过来看看。"

"站住。"薛原唤住即将离开的保安，冷声呵斥，"华众董事长岂是你一个小保安有资格让等的？"

"您说这话就没意思了，我一个小保安怎么了？"

薛原伸手拨开挡在跟前的人，带着姜老爷子进了酒店，便听见从大门紧闭的宴会厅内传来顾江年的讲话声。

宴会已经开始。

姜老爷子本想最后出场，压了君华的风头，也可以向其他人证明，他们姜家的地位依旧。如今不仅没有成功证明，反倒因顾江年直接开始，他成了迟到到场的人。

二人前行的脚步戛然而止。薛原心中有一种不祥的预感一闪而过，再度回眸，已经没有了保安的身影。

"简直是目中无人！"

姜老爷子手中的拐杖狠狠地敲在地上，而后急切地迈步前行。

原想低调进去，可姜老爷子推开厚重的木门时，宴会厅的灯光突然暗下来，会场一时之间喧哗起来。

顾江年在台上做什么？他在找幸运儿，送出君华旗下的酒店霸王卡。

何为霸王卡？

拥有这张卡，就得到了君华旗下酒店一年之内随意入住的特权。

姜老爷子的进场注定无人关注，在灯光昏暗，环境嘈杂，他的出现能有多大的存在感？

可人群中，有人的目光紧紧地锁定在他身上，如野狼，似猛兽。

"老了就该服输，而不是倚老卖老。"

"他要是有这个觉悟，华众也不会落得如此下场。"

原本是龙头行业的华众现如今成了这样，也实在是悲哀。

付婧在昏暗的环境中行至姜慕晚身边，耳语道："人都到位了。"

"嗯。"

她收回落在姜老爷子身上的目光，淡淡地应了声。

姜慕晚目光落在舞台上的顾江年身上。远观，他如C市众多豪门女子所形容的一样，那般高高在上，让人只觉得是高不可攀的存在。

"不得不承认，顾江年即使是在S市豪门里，也绝对是人中龙凤。"

付婧站在姜慕晚身旁，望着台上的顾江年给出评价。

姜慕晚的视线停留在顾江年身上，脑海中回荡着付婧刚刚说的那句话。

这样的人，无论在哪里都会引人瞩目。

"难怪这么多人盯着他。"付婧悠悠道了这么一句，而后视线向左移去，落在一身深蓝色旗袍的余瑟身上，"有人说余瑟在C市是太后级别的存在。"

"你如何看？"

"实话。"姜慕晚淡淡地回应。

人群中，余瑟似是感受到了姜慕晚的目光，朝这边望过来，被抓包的姜慕晚微微点头，算是招呼。

君华盛宴，多的是人挤破头颅想进来，豪门世家云集的宴会场，众人推杯换盏、相谈甚欢，商人们聚在一起谈起当下股市动荡，看似随意的浅聊都暗藏几分心思。

古往今来，豪门中多的是趋炎附势之人，惯会捧高踩低，顾江年在哪里，哪里就被围得水泄不通。

众人端着酒杯同顾江年浅笑言欢，看似漫不经心的谈话中带着几分窥探，欲从顾江年的言语中探出分毫商场先机。

可顾江年是谁？

为人处事圆滑世故，他不想让你知道的，怎会透露半分？

论演戏，大家很各有心得，无非一个字——装。

至于怎么装，如何装，得看一个人的段位。

宴会场另一边，梦溪园几位跟余瑟说得上话的豪门阔太带着自家女儿去打招呼，与其说是打招呼，不如说是怀着万一自家女儿被看上了的心思。

人都会在心里打着自己的小算盘。

杨珊身旁围着几位阔太，冷眼扫着余瑟那边，眸光中尽是不屑，话语中也多有诋毁："若非自己儿子有些本事，她也享受不了这个待遇。"

"奈何人家儿子就是个有本事，你能怎么办？"

"杨珊不是说姜慕晚今日不会来吗？你看场上那些男人的目光有意无意地往她身上看。"

杨珊顺着那人的视线望去，果真如人所言。她端着酒杯的手紧了紧，仍旧在演着仁慈后母的角色："顾先生邀请的。"

"顾先生？！"有人惊愕。

"这姜家女不会是搭上顾董了吧?"

杨珊听闻此话,眉头紧拧,内心狠狠一颤。

有一个季言庭足够让她提防了,若再来个顾江年,她必输无疑。

不、不、不,不可信。

不远处,姜慕晚打量这些人的视线缓缓收回,笑着同付婧说道:"梦溪园的八卦,你要是深挖,能拍出一部上百集的连续剧。"

付婧笑了笑:"那S市豪门那些事挖出来,得拍上万集。"

姜慕晚含笑端起酒杯,浅酌了一口,只听付婧又道:"你在C市受委屈是真,可清净也是真,若在S市,你何时如此清净?"

姜慕晚想了想,缓缓摇了摇头。

"慕晚——"她正准备开口,身后一声轻唤响起。

季家夫人与女儿站在身后,笑盈盈地看着她。

姜慕晚压下心头的怪异感,扯了扯唇瓣,开口轻唤:"季夫人,季小姐。"

郭颖这声温柔轻唤,显然是对姜慕晚还有一点感情存在。但这点感情,姜慕晚不想深究,更不想知道——

季家夫人是为了互惠互利的交好,还是单纯喜欢她这个晚辈。

郭颖的一声"慕晚"将二人的关系拉近了一些,而姜慕晚的这声"季夫人"又将二人的关系推回了原位。

郭颖望着姜慕晚,面色微微僵硬了几分。

仅是一秒之间,她便又恢复如常。

"想跟慕晚聊两句,不知可否?"

郭颖是个得体的人,世家出身,与季亥这么多年感情一直很好,未曾经历过什么大风大浪,子女的和睦相处,也算得上是个人生赢家。

郭颖和宋蓉算得上是同一种人,身上都有淡淡的温柔气质。

付婧等姜慕晚点头之后,才抬步走开。

角落里,郭颖温柔的声音悠悠响起:"之前因为姜家之事,早就想见见你了,但言庭说你跟他已经达成了共识,我去叨扰不太好。今日见着人了,我就不由自主地走了过来,希望慕晚别介意。"

"无碍。"姜慕晚轻轻点头回应,面上挂着几分疏离的笑。

"我虽然不从商,但也知晓豪门世家之间的那些事。你跟言庭之间不管是因利益逢场作戏也好,还是朋友互助也罢,我们季家理应跟你说一声谢谢。你季叔叔让我告诉你,往后有需要之处,在他力所能及的范围内都会帮忙。"

姜慕晚闻言，心中有些好笑，一边笑郭颖将这件事情说得太过冠冕堂皇，一边笑他们有眼光。

"我可不可以理解为，在我和姜家之间，季家选择的是我？"

郭颖没想到姜慕晚会这么直白地将话说出来，面上有一瞬间的惊愕。恰好被姜慕晚捕捉到了。

"是。"郭颖开口回应。

她不禁想到了季家老爷子对姜慕晚的评价：姜家慕晚，不容小觑。那个女孩子，绝不只有他们肉眼可见的这般能力。

但豪门中只有利益，郭颖今日来的目的，道谢只占了三成，表明立场占了七成。

听到这话，姜慕晚含笑点头："晚辈明白了。"

送上门的示好，她没有不收的道理，更何况季亥身居高位，她往后多有需要打点的地方。

另一边，以余瑟为中心的一群人将目光落到了姜慕晚和季夫人身上，有人疑惑地开口询问："不是说季家跟姜家的婚约毁掉了吗？"

余瑟顺着讲话之人的目光望过去。

"我最近跟季夫人聊过几次，她言语间提及姜家慕晚时没有半分不悦，会不会还有些变化？"

众人的谈话点到即止，未再多谈，只是余瑟的目光在姜慕晚身上停留了片刻。

这场宴会，以顾江年、姜老爷子为焦点，整个场上的关注点都围绕在这二人身旁。

姜慕晚站在一旁，时常有人过来搭讪，她来者不拒，不一会儿，身旁便围了一群豪门少爷。

与人周旋片刻后，她起身走开。

君华的宴会厅，有几间休息室，将行至过道，一扇房门打开，伸出一只手将她猛地拉了进去。

"是我。"一声惊呼尚未出口，便被宋思慎的声音打断了。

"还没走？"姜慕晚望向宋思慎，轻声开口问道。

宋思慎没有回答姜慕晚的话，反倒是伸手从包里掏出了一个信封，递给姜慕晚："我昨天回了一趟家，正巧碰到有人送快递过来。"

宋思慎说着，扬了扬下巴，示意她打开看。

姜慕晚伸手将信封里的东西抽了出来，看见照片时，她捏着照片边缘的指尖狠狠一紧，本是清明的眼眸蒙上了一层阴霾。站在她身旁的宋思慎明显觉得这人浑身杀气腾腾。

"外公看见了？"姜慕晚开口，话语间带着几分咬牙切齿的味道。

"没有，我在院子里收到的，如果这不是第一次送来的，那我就不敢保证了。"

姜慕晚拿着照片，狠狠吸了口气，似是努力在控制自己的情绪。

姜老爷子这是明知控制不住她了，想将她赶回S市。他这简直是痴心妄想，想要她呼之既来，挥之既去？

手中一张张都是她在华众被拍的照片。

如此明显，还怕人不知道他想做什么。

"家里那边，我已经跟管家打过招呼了，近段时间不用担心。"

但长远来看，怕是不行。

姜慕晚的目光从照片中缓缓收回，应了声，望着宋思慎道："一会儿早点回去。"

宋思慎见其如此，跨步往前欲要追上去，但终究还是停在了原地。

今夜是君华的慈善晚宴，但也让他见到了姜家人。很明显，姜慕晚与姜家人的关系，水火不容。

会场中。

顾江年手机有短信提示音响起，他拿出手机，当着众人的面，低头瞧了一眼，而后，似是看到了条垃圾短信一样，漫不经心地将手机放回了兜里。

他始终面色如常，只是目光在场中寻找着什么。

"刚刚听闻几个小辈说姜家慕晚是尤物，这么一看，果不其然。"

萧言礼这天来得较迟。

他一进来，便见顾江年端着杯子，目光胶着在姜慕晚身上，周身散发着冷气，一副恨不得隔空揍人的架势。

顾江年视线缓缓收回，稍有些心气不顺，果然，几分钟没看到人，她就快要上天，穿的那是什么？

顾江年在心底忍了又忍，压了又压，才没将怒火表现出来。

"你是不是对人家有意思？"萧言礼八卦地询问。

顾江年闻言，冷哼了声。

我不对自己的老婆有意思，还能对其他人有意思？

155

当然,他没说出口。

可这淡淡的一声冷哼,让萧言礼的目光多了几分探究之意——顾江年到底是有还是没有?冷哼是什么意思?

顾江年端着杯子转身,似是未看到身旁有人,于是一杯红酒尽数泼到了身后的姜老身上。

霎时,四周声响戛然而止。

顾江年愣了片刻,才开口致歉:"晚辈未曾看到您,还请姜老见谅。"

姜老爷子面上阴霾一闪而过,拍了拍西装上的酒液,用极其平静的语气开口:"无碍。"

"我带姜老去处理一下吧!"

徐放迈步过来,望了眼自家老板,眼神中带着几分明了。

都说"一山不容二虎",姜老和顾董二人之间只能有一个是宴会主角,老板这杯酒,泼得蹊跷。

徐放都能看出一二的东西,姜老爷子怎会不懂。

明知顾江年将酒泼到自己身上的行为是另有缘由,他若还顺着这人的意,岂不是白活这么多年了。

"不碍事。"他拒绝了徐放的好意。

后者面上有瞬间尴尬。

姜老爷子这么精明的人怎么会轻易罢休?

而顾江年跟会读心术似的,摸透了姜老爷子心中所想,将手中的酒杯递给徐放,望着姜老爷子开口道:"我带老先生去?"

姜老爷子摆明了是不想让顾江年独占风头,顾江年的这句话,可谓是正中下怀。他点了点头,一脸慈爱地开口:"那就劳烦顾董了。"

"是晚辈失礼在先,应该的。"

顾江年说着,带着姜老离去。众人见顾江年跟姜老双双离开,没了再聚在一起的意思,反倒是君华高层站在一处,愤愤不平。

"这是受的哪门子气?"曹岩端起酒杯喝了口酒,暗暗咬了咬后槽牙。

受哪门子的气?

这得问自家老板。

"休息室里有卫生间,我在屋外等您?"

"多谢。"姜老爷子皮笑肉不笑地开腔。

"应该的。"

顾江年回答的依旧客客气气的三个字,只是姜老爷子没有看到,顾江年低眸之际眼底流转的算计。

休息室内,一片漆黑。姜老爷子按开灯,室内亮堂起来后,他见到了坐在屋子里的姜慕晚。

她穿着一身墨绿色的长裙,搭着一条米色的披肩,整个人看起来高贵优雅。

"爷爷。"她开口轻唤,语气不冷不热,带着几分敷衍。

"你怎么在这儿?"姜老爷子蹙眉冷声问。

"我看着爷爷往这儿来,特意过来等你的。"姜慕晚直言开口。

等他?难道她能猜到自己要进哪间休息室?

姜老爷子信吗?

不信。

但现在,他无暇去探究姜慕晚这话语里的真假。

姜老爷子也未曾往顾江年身上想,他并不认为姜慕晚能使唤得动顾江年——她没有这个本事。

"有事?"姜老爷子隐隐猜到姜慕晚来者不善,语气有几分冷厉。

"我的确是有事想找爷爷商量。"姜慕晚双臂环抱靠在沙发上。

"我跟你之间没什么好商量的。"言罢,姜老爷子转身欲要离开。

他们早已在华众撕破脸皮,此时,绝不可能心平气和地坐在一起。

自上次发生了那件事之后,姜老爷子就暗中起了要对付姜慕晚的心思。

不过,这心思尚未表露出来。

姜老爷子刚转过身,就见门口站着一个戴着鸭舌帽的男人,望着他的视线极其凶恶。

姜慕晚望着转身就走的姜老爷子,轻笑了一下,然后扯了扯唇瓣,凉薄无情的话语从嘴里说出来。

她的话像是带着刀子似的,一字一句扎到姜老爷子的心头:"2002年,爷爷成立了万众慈善基金会,打着致力于拯救白血病儿童的口号,借着自己在C市的名望多方敛财,金额高达一亿两千万元,但实际用在白血病儿童身上的却只有两千万元。有白血病患儿的母亲求到你面前,却被你拒之门外。

"2003年,B市发生自然灾害,爷爷打着集资救灾的旗号在C市举行拍卖会,敛财六亿五千万元,实际用于救灾的金额不超过六百万元。

"2004年，C大建设新校区，你带头号召C大毕业的企业家捐款为母校做贡献，总筹款金额三千四百万元，你与C大校长暗中各自抽走一千五百万元。"

姜慕晚坐在沙发上望着姜老爷子，面色依旧平静，但说出来的话语却字字句句带着刺，让他内心慌乱不已。

"引狼入室……引狼入室啊！"

姜老爷子用拐杖狠狠地敲击着地面，双眼望着姜慕晚，一副恨不得置她于死地的模样，气急败坏的声音在屋子里响起。

"这就受不了了？"姜慕晚冷笑了声，从沙发上猛地起身。

"2005年，某地发生地震，你打着救灾的名头带头捐款，扬言要为国家做贡献，而你自己一毛不拔，将所有的捐款占为己有。"

"2006年，你去C大上课，得知某个学生患有骨癌，你当着一众学子的面说华众会负责他的医疗费，却未付出任何行动，最终该学生因无钱医治去世。你是学者？是慈善家？你摸着自己的良心问问配不配！"

姜慕晚望着姜老爷子，越说越气，怒目圆睁地瞪着他。

"这一桩桩一件件，全部是你的恶行，你也配得起慈善家的这个名头？"

"姜慕晚！"姜老爷子怒吼着迈步，扬起拐杖欲要打下去，却被姜慕晚伸手握住了拐杖，岂料姜老爷子一个大力拉扯，仰倒跌坐在地。

"我本不想跟你作对，但你千不该万不该，不该出尔反尔，更不该给S市通风报信。"说着，姜慕晚从茶几上抄起一沓照片，丢向姜老爷子的身边。

"想造谣我，让宋家将我接回去？爷爷，你让我回来我就回来，你让我回去我就回去？我是一件任你摆布的工具吗？"

姜慕晚的怒火早在宋思慎将照片给她时便控不住了，刚刚能气定神闲地坐在这里等姜老爷子这久，也真是不容易。

"引狼入室？你怎么不说我来帮你，可是你利用完了我，就想过河拆桥？"

"你、你、你！"姜老爷子哆哆嗦嗦地望着她，半天没说出一句完整的话来。

"又想装晕？"姜慕晚满腔怒火化成了一声冷笑。

"这么些年，你骗了多少人，需要我给你说出来吗？"

姜老爷子想，他大概是要毁在姜慕晚的手中了。

姜慕晚坐回沙发，看了眼站在门边的人，后者走过来，伸手将躺在地上的姜老爷子扶起来，强压他的肩膀，让他在姜慕晚旁边的沙发上坐下。

他刚坐定，姜慕晚就伸手打开面前的文件袋，抽出一份文件，在上头点了点："签了。"

姜老爷子低眸一瞧，神色灰败的脸上浮现一丝惊恐之意——让他退位让贤？

"你休想！"

砰！

戴鸭舌帽的男人猛地一脚踹在姜老爷子坐着的沙发上。

姜慕晚抬手制止。

屋外，慈善晚宴达到高潮，屋内，姜慕晚满面冷意地望着姜老爷子，脸上带着志在必得的浅笑。

她望着姜老爷子，放在膝盖上的指尖不急不缓地敲着，薄唇轻启，淡淡地开腔："医院院长，以及慈善基金会的某些工作人员，都是爷爷的座上客。你可以不签这个文件，但我敢保证，这些可以证明你恶行的东西明日就会出现在更多人的面前。"

"孽畜……你简直就是个孽畜！"姜老爷子气得浑身发抖，望着姜慕晚的目光泛着杀气。

砰——

那人又是一脚，踹在沙发上。

"我回C市的本意是想好好孝敬您的，是您自己将一盘好棋毁掉。"

"乌鸦尚知以反哺报答养育之恩，而你简直就是孽畜。"姜老爷子语气狠厉。

"那也是被你们逼出来的。"姜慕晚冷声道。

门外，顾江年低眸看了眼手腕上价值不菲的手表，而后伸手点燃了一根烟，倚着墙，姿态漫不经心。

余瑟离开宴会厅现场去卫生间，路上恰好见到顾江年。

"你怎么在这儿？"

余瑟微微疑惑——他不在宴会大厅，却在这里抽烟？

"姜老在里面换衣服，我等等。"顾江年漫不经心地回答。

"姜老怎么了？"余瑟继续追问。

"衣服脏了。"顾江年面不改色地回答。

"进去多久了？"余瑟是个心细的人，担心人太长时间没出来会出事。

"刚进去。"顾江年道。

见余瑟没有要走的意思，顾江年再度开口："您先去做自己的事吧，不用管我们。"

顾江年微眯着眼，抽着烟，不禁叹了口气，想着，自己算是完了——堂堂C市首富居然沦落到给老婆守门的地步了。

屋内，姜慕晚与姜老爷子剑拔弩张，争吵一触即发。

"我数五个数。"姜慕晚下了最后通牒。

"在顾江年的地盘上闹事，你就不怕他回头找你算账？"

姜老爷子试图用顾江年来吓唬她，姜慕晚闻言笑了。

"我说我不怕，您信吗？"

姜慕晚不愿让顾江年被牵扯其中。她这句"我不怕"说得极轻，却底气十足，让人感觉到一种极度自信。

"五——"姜慕晚望着姜老爷子，轻启薄唇，缓缓开腔。

姜老爷子只觉得她不是在数数，而是发出了一张催命符。

自己将多年心血拱手送人，所有努力毁于一旦，姜慕晚这是不给他活路。

"四——"

姜慕晚的目光紧紧锁定在姜老爷子身上，目光狠厉。

"华众是我几十年的心血，你要了股份就罢了，还贪心不足，想让我退位。姜慕晚，你痴心妄想，除非我死！"

姜老爷子咬牙切齿地开口，那模样似是恨不得将姜慕晚挫骨扬灰。

姜慕晚凝视着姜老爷子的目光微微泛着寒意，而后，一声浅笑从嗓子溢出来。

"君华是顾江年的地盘，姜临能如何？你以为他是我？会不顾一切地为了你公然跟顾江年叫板？即便是你今日出了事，他也不敢轻举妄动，你怪得了谁？要怪只能怪你自己太贪恋华众的权力不放手，将儿子培养成了一个废物。"

姜慕晚居高临下地望着姜老爷子，神情冷漠。

"你就不怕连累了你妈妈？"

宋家是科研世家，姜慕晚若是在C市闹出任何事情，都会直接影响到宋蓉。

姜老爷子以为如此便能吓住姜慕晚，可她有备而来，怎会轻易妥协。

"你做出这种事，当真以为能轻松脱身吗？"

她冷笑着开口："三！"

姜老爷子望着姜慕晚，历经世事活了几十年的人，从心底油然而生一股恐惧感，猛地起身欲要逃离，却被站在身后的男人摁住，动弹不得。

"姜老想清楚，我们有办法将这些证明你恶行的东西投放到今晚宴会厅的大屏幕上。你想清楚，现在签了，最起码还能保住华众；若是不签，你跟华众都得完。"

还在挣扎的人瞬间惊醒，望着姜慕晚，神情带着几分惊恐："你一定要把我逼上死路？"

"我只是在以其人之道还治其人之身罢了。"

逼上死路？姜老爷子若是还念及亲情，会把她的照片寄到宋家吗？

"是带着华众一起死，还是功成身退安度晚年，你自己选。"

姜慕晚不给姜老爷子半分喘息的机会。

而后者，还在苦苦挣扎。

姜老爷子慢慢握紧拐杖，望着姜慕晚，目光有些不甘心。突然，他放声高喊："顾董！"

他记着，顾江年说在门外等他。

此时，他之前处处防着的晚辈在他心目中已经成了他的救命稻草。

门外，顾江年手中已经换了第二根烟，君华酒店的隔音效果素来极佳，但也挡不住姜老这高声呼喊。

顾江年听到了吗？

听到了。

不仅他听到了，身边的徐放也听见了。

这道绝望的呼唤声响起，徐放的话语戛然而止，望着自家老板的目光带着几分惊恐。

数分钟之前，徐放寻找过来，见自家老板倚着墙抽烟，他轻声告知："老板，拍卖会要开始了。"

顾江年神色淡淡，抬手抽了口烟，漫不经心地应了声："我抽根烟就来。"

"那——"徐放的话还没说完，便被屋内绝望的呼唤声打断。

这声惊呼响起，本是一副漫不经心模样的顾江年抬眸睨了眼徐放，后者极其识相，颔首道："我这就去准备。"

如此场景，即便他再笨也能猜到一二——

顾董在给姜副总看门，而屋子里待着的人是姜老爷子。这场宴会声势浩大，也是为了姜副总召开的。

结了婚的男人真可怕，底线是什么，只怕自家老板早已不知道了。

顾江年是姜老爷子最后的救命稻草，但他一声呼唤结束后没有得到回应，望着姜慕晚的目光更加惊恐了几分。

"寄希望于一个自己处处防范着的人，你是真的老了。"

数十分钟后。

姜老爷子坐在沙发上，没了之前的盛气凌人，更是不再意气风发。看上去如同丧家之犬，好像瞬间老了十岁。

姜慕晚伸手拿起桌面上的文件袋，望了眼站在沙发后的男人，后者点头示意，表示知晓。

事已至此，多一分言语都只是浪费口水。

姜慕晚转身准备离去。

一瞬之间，沙发上失去理智的人，抬手拿起茶几上的刀子向着姜慕晚刺去。

"小心！"

身后的男人一声惊呼响起，欲要摁住姜老爷子，却终究是晚了一步。

刀子划到姜慕晚的手臂，划出一道口子。

霎时间，鲜血淋漓。

"申伺——"姜慕晚来不及管自己手臂上的伤口，猛地喊了声，让他住手。

姜老爷子被踹倒，躺在地上哀号着。

"你没事吧！"

"别太过分了。"

"我明白。"申伺抿唇回应，知道自己险些坏了姜慕晚的大事。

宴会厅内，众人开始进行第二轮的拍卖。

会场中，君华几位高层四下寻找自家老板的影子，但一直不见人，让徐放去寻，现在却见他独自回来。

"顾董呢？"

"顾董让我们先开始。"徐放稳住心神回答。

君华的晚宴，公关部必定会参与其中。翟婷这日依旧是平日上班时的装扮，听到徐放的话语，拿着对讲机的手缓缓地叉在腰上，往前走了一步,似是刻意控制音量,不让周围人听见:"如果今天的晚宴只有我们就没什么,问题是还有万众,现在姜老不在。"

翟婷说着,视线落在姜薇身上。

徐放了然。

"你只管办,我去谈。"

而此时,姜薇身旁站着万众的几位工作人员,谈论着现在晚宴已进入拍卖环节,不知为何董事长却不在。

姜薇脑海中有什么东西一闪而过,见识过姜慕晚在华众办公室与姜老爷子闹翻场面的她,隐隐觉得姜老爷子之所以不在,绝对和姜慕晚有关。

"让——"一句让人去找在姜薇的唇边打转。

拍卖开始前,姜老爷子的一番话回响在姜薇的脑海里,让她出口的话变成了:"我去找。"

姜薇朝着休息间那边走去,行至最里的房间位置,见顾江年半倚在门口,脚边扔了四五根烟头,显然,他站在这里已有些时候。

姜薇微微拧眉,向着顾江年走去:"顾董。"

"姜经理。"顾江年点头打招呼。

"我找姜老。"

"砰!"

"啊!"

姜薇话音刚落,便听见两道声响从顾江年身后的门内同时传来。霎时,姜薇眼中的平静被惊愕取代,她定定地望着顾江年。

顾江年漫不经心地抽着烟,并没有因为门内的声响而惊诧。只听他用漫不经心的语调问道:"姜经理要进去看看吗?"

对于姜家的事情,顾江年是知晓的。

姜薇在华众拼搏多年,仍旧只是经理的职位,白白为姜临打拼卖命。

"里面有姜经理要找的人。"顾江年直言姜老爷子就在里面,而刚刚的声音就是他发出来的。

姜薇望着顾江年,试图从他脸上窥探出真相,可望了许久,未果。

顾江年依旧是那副淡淡的神色,瞧不出喜怒。

姜薇的步伐止于门口——姜老爷子在里面,姜慕晚定然也在。

"顾董怎么在此?"

"看戏。"他冷漠无情地甩出两个字。

"姜经理要是这会儿进去，姜老爷子兴许还有一线生机。"说着，顾江年往旁边挪了一步，好似在给她让位置。

顾江年的一句"看戏"让姜薇垂在身侧的手微微一动。

一线生机？

言下之意，若她不进去，姜老爷子可能会陷入险境？

姜薇眸中有些许看不清的情绪闪过。向来顺着姜老爷子意的姜薇此刻竟然有了极其恶毒的想法。

这样的想法一旦在脑海中浮现，就如同涨潮时的海水似的，来势凶猛，势无可挡。

姜薇嘴角缓缓扬起一抹淡淡的笑："那我就不打扰顾董看戏了。"

顾江年看着姜薇离去的背影，勾了勾唇，心想，姜家的女人果真都比男人聪明。

姜薇今日一旦推开了这扇门，她和姜慕晚之间的利益关系会就此崩塌。

她若是伸手救姜老爷子，必然会得罪姜慕晚。

她若是不救，必然会得罪姜老爷子。

所以，姜薇选择置身事外，转身离开，只是这一转身，便相当于告知顾江年，她选择的不是姜老爷子，而是姜慕晚。

"姜经理。"姜薇刚迈入宴会厅，便被徐放叫住。

"徐特助。"姜薇调整好表情，开口应答。

"我们是不是可以开始了？"徐放道。

他觉得姜薇和姜慕晚是性格相似的人，都是雷厉风行，不喜欢拖泥带水的角色，所以徐放跟姜薇这为数不多的交谈中，说话都是极其直接的。

"顾董在吗？"

"那姜老在吗？"徐放反问回去。

"顾董没意见？"

"这就是顾董的意思。"徐放告知。

姜薇既然已经选择了姜慕晚，自然是站在她那边："那就开始吧。"

姜薇迈步朝着万众的人走去时，面上的愤恨、隐忍不时交替，那不紧不慢的步伐和略有些僵硬的背脊，都给人一种隐忍的感觉。

休息间内，姜慕晚低头看了眼自己裸露在外的手臂，鲜血顺着胳膊流至指尖，而后滴滴答答地落在地毯上。

"您觉得不甘心,不服气,想让我当垫背?"

姜慕晚望着姜老爷子,语气没了怒意,反倒平静得可怕。

"这十几二十年间,我每每午夜梦回都能看见那个老太太抓着我的脑袋往水缸里摁,她在天寒地冻的日子把我关进仓库里,不给吃,不给喝,不让我联系宋家人。你只如此便受不了了?不急,不急,你们当初加诸在我身上的一切,我都会一分一毫还给你们。"

当年年幼的她苦苦挣扎哀求,求老太太放过她,她一定好好听话,求着老太太给她一条活路。

可她那时不知,并不是她犯了错才会受到如此对待,而是因为她的出生,这是她无法更改的事情。

"所以你回来,是为了报仇?!"姜老爷子捂着胸口望着她,咬牙切齿地问道。

"你们觉得呢?你们欺我害我,难道还想我对你们感恩戴德?"

"你找错对象了——"即使到了现在,姜老爷子依旧想反驳自己当年所做之事并无过错。

姜慕晚冷笑出声,望着姜老爷子的目光带着冷意:"没有您的许可,老太太她敢吗?"

姜慕晚在自己即将爆发时,硬是忍住了,她冷笑了声:"想想回去怎么跟姜临解释,看看,您的手中没了权力以后,您的儿子跟儿媳都是什么嘴脸。"

砰!

房门被猛然推开,一个人闪身进来,然后门又被极快地关上。

"完——"顾江年抬眸望去,一句话还没说完,就看到她流着血的手臂,心跳都快了几拍,"姜慕晚!"

"顾江年……"姜慕晚轻轻地唤了声,顾江年面色阴沉地走过来,抓住她的臂弯,扯着她去了对面的休息室。

厚重的门板被关上的那一瞬,顾江年暴怒的声音朝着姜慕晚劈头盖脸而来。

"不是说万无一失吗?这就是你说的万无一失?"

"你能不能把在家里跟我耀武扬威的那个架势拿出来?"

"姜慕——"

顾江年的咆哮声止于姜慕晚的唇瓣间——被骂得狗血淋头的人猛地抬起头,踮起脚尖,封住了顾江年的薄唇,四周瞬间安静。

但也仅是一瞬间而已,顾江年伸手将姜慕晚拉开:"你少来迷惑我。"

他一副绝不可能让她得逞的模样,冷冷地瞅着她。

"你别骂我了。"姜慕晚嘟囔着。

"你都这副模样了,我还不能骂你了?"

"我都这副模样了,你还骂我?"

顾江年:"……"

"要是再由着你的性子来,我跟你姓。"顾江年望着姜慕晚,气恼不已,说什么万无一失,这就是她说的万无一失?把自己弄得鲜血直流的万无一失?

顾江年这会儿只觉得肺都要气炸了。

小姑娘脾气不好,他得顺着,可每次放她出门,回来就弄一身伤,顾江年能不气吗?

不气才怪。

"顾江年……"姜慕晚糯糯开腔,这三个字被她喊得音调婉转。

姜慕晚想,她完了。

在外受了任何欺负都能忍,可只要一见到顾江年,她就觉得委屈得不行。

刚刚在姜老爷子面前强势不已的人,这会儿蔫了。

"说——"男人言简意赅。

姜慕晚望着顾江年,圆溜溜的眼睛泛着泪光,怎么看怎么都委屈。

顾江年伸手将她搂进怀里,狠狠地叹了口气:"上辈子欠你的。"

"可以亲一下吗?"姜慕晚仰着头望着他,小心翼翼地讨吻。

"不行。"顾江年冷声拒绝。

"哦。"她可怜兮兮地应了声。

下一秒,姜慕晚的下巴就被顾江年用指尖挑起,男人的薄唇落下。

宴会厅内,舞台上,主持人正在介绍着台上的拍卖品。

"这是一套珐琅彩山水人物白地茶碗,碗内白地无纹,外壁画山水人物,碗外壁上画的是背山面水,竹林小屋,一人坐于屋内——"

此时,姜临看了眼身旁空出来的位子,眉头微微拧了拧,侧眸望向姜薇:"父亲呢?"

"刚刚见他跟顾董聊着天一起离开,估计一会儿回来。"姜薇淡淡回应。

姜临的目光往一旁看去，见余瑟身旁的位子是空的，信了姜薇的话。

"起拍价，一千五百万元，每五百万元加一次价。"

"两千万元，顾夫人起价两千万元。"

"两千五百万元。"

"三千万元，姜夫人出价三千万元。"

"三千五百万，顾夫人出价三千五百万。"

"嫂子很喜欢？"

姜薇见这个茶碗的价格已经超过了五千万元还有人在加价，忍不住望了眼杨珊。

"父亲不是喜欢喝茶吗？"

姜薇闻言笑了笑，没作声——姜老爷子是喜欢喝茶，可也没有喜欢到用古董去饮茶的地步。

华众现在风雨飘摇，不能再经受杨珊的折腾。

许久之后，顾江年回到会场，余瑟看了他一眼再望向身边的位子，开口问道："只有你一个人？姜老呢？"

"母亲看中什么了？"顾江年不答反问，轻飘飘地岔开了话题。

"刚刚有个茶碗不错，价格高到离谱。"余瑟并非小气之人，无非是心疼顾江年打江山不易，舍不得乱花钱。

"喜欢就拍，都是小钱。"

男人回答，余光瞥见姜慕晚裹着一条披肩坐下，才收回了视线。

顾江年一脸平静地坐在位子上，不露声色。

"接下来，是一套翡翠首饰，水头好，颜色佳，工艺巧。顶级翡翠必然是通透澄明，色泽自然的。这套翡翠首饰的起拍价，一千万元，单次加价一百万元。"

姜慕晚望着台上那套翡翠，动了心——

拍下来，无论是送给宋蓉还是俞滢都是不错的礼物。

"一千一百万元。"她举牌。

"一千五百万元。"身后，也有人举牌。

起先，还有一些人看中了这套翡翠首饰，但到最后只剩下姜慕晚和一个女生在加价。

"单家女儿，我觉着她就是冲你来的。"身旁，付婧轻声提醒。

姜慕晚侧眸睨了眼坐在自己斜后方的女生，看到对方恶狠狠地盯着自己。难怪，她总觉得今晚现场里有人用眼神问候她。

姜慕晚再度举牌——

四千二百万元。

单家小姐继续加价，到了四千三百万元。

"五千万元。"姜慕晚直接跳价。

"你疯了？这个价格超过它的价值好几倍了。"付婧在身旁拉着她的手。

"五千一百万元。"身后，一道气呼呼的声音再度响起。

姜慕晚浅浅勾了勾唇角，没有要继续加价的意思，回头望向单家小姐，那一眼带着些许挑衅。

收回视线后，瞥见坐在第一排的顾江年准备举牌，姜慕晚轻启薄唇："既然单小姐这么喜欢，那我就不夺人所爱了。"

瞧瞧，她多大方。

顾江年坐在第一排，本是想直接拍下来这套首饰的，牌子刚要举起，便听闻姜慕晚那句话。

姜慕晚到底喜不喜欢那套首饰，他不太敢确定，但她今日估计是在故意挖坑给人跳。

"我看，顾董有要加价的意思——"主持人眼尖地瞅见了顾江年的动作，讨好地开口问道。

这一句，场上一片哗然。

顾江年缓缓摇了摇头："君子不夺人所好。"

"五千一百万元，第一次。"

"五千一百万元，第二次。"

主持人的目光扫视会场，见确实无人再加价，接着道："五千一百万元第三次，成交！这套翡翠是单小姐的了。"

"蠢货！"姜慕晚冷哼了声，薄唇微启，吐出这么两个字。

"姜——"

这时，门口一阵骚动，一群保安人员和一群西装革履的人对峙着，保安人员似是想拦但又不敢。

拍卖会中途被打断，主持人的声音戛然而止。

众人纷纷转头望着门口，而顾江年扫了眼门口后，视线缓缓落在姜慕晚身上，见她跟季言庭靠得如此之近，眉头皱了皱，放在膝盖上的拳头狠狠地握紧。

随后，他略带薄怒的视线缓缓移到曹岩身上。后者会意，起身向门口走去。

全场人的目光或惊讶或好奇，都等着看好戏。

唯独姜慕晚目光平静，神色毫无波澜，好似这突然闯入宴会场的一群人提不起她的半分兴趣。

"你好，我是君华副总曹岩，请问你们是？"

领头的那人微微颔首："曹副总。"

而后，这人从手中的文件袋里抽出一张纸，递到曹岩面前："我们是S市检察院的，有人举报S市大学副校长跟万众慈善基金会董事长贪污建校款有关联，我们带人回去询问情况。"

曹岩面上一惊，心底叫苦不迭，君华好端端的惹了麻烦上身。

宴会场上，若是让人将姜老爷子带走了，他们君华或多或少都会受到牵连。数家媒体人员在场，即便是控制住消息，也会流出去。

"各位不如坐下来喝喝茶，待我们先清个场？也方便你们开展工作。"

"曹副总这话有意思，我们来了C市，带来了逮捕令，就证明这件事情已经是板上钉钉了，请我们喝茶也是浪费时间。"

霎时间，一片哗然，曹岩为难地看了眼顾江年，后者拧了拧眉头，将要抬步过去，便被余瑟拉住了臂弯。

"母亲安心。"

大抵是有过不好的经历，本是神情沉稳的余瑟此时面色惨白，抓着顾江年臂弯的手都在收紧。

顾江年伸出另一只手握住余瑟的掌心，轻声安抚着："母亲安心。"

顾江年站在余瑟身旁，不敢走开。

姜慕晚在休息间时就说过此事没完，但他不知S市的人会跨市过来提人。

"我不太明白各位的话是什么意思。"站在后方听到自家父亲名字的姜临迈步过来，望着眼前的人开口询问。

"此事证据确凿，"那人说道，"请各位不要影响我们办案。"

"即便是贪赃枉法，那也该是C市检察院来办案，而不是S市。"姜临望着面前的人，寸步不让，毕竟事关家族声誉。

"案子能被送到S市，就证明这个案子牵连甚广，不明白吗？"

"是你们将人请出来，还是我们自己去搜？"

姜临目光在四周逡巡，并未看见姜老爷子的身影，于是看了一眼薛原，后者会意，急忙去寻人。

休息室内，此时只剩下姜老爷子一人。

突然，门外敲门声响起，且持续许久。

门外，徐放见许久无人应答，才推门而入。开灯之后，他身后一声惊呼响起："姜老。"

"父亲——"身后，姜薇急切的声音也随之响起。

姜老爷子望着姜薇，开口便想提及姜慕晚那个孽畜，可刚刚到嘴边的话都咽了回去——不，他不能说。

如姜慕晚所言，一旦姜临跟杨珊知道他手中没了半分实权，他只怕处境堪忧："我们先出去。"

薛原刚行至休息间门口，便见姜薇扶着姜老爷子出来，身后还跟着徐放。

"这是怎么了？"薛原语气焦急。

姜薇开口将话接过去："摔了。"

"董事长，外面出事了。"

"出什么事了？"

一听到出事，姜老爷子脑海中就闪过了姜慕晚的名字——留着她就是个祸害。

"S市检察院的人来了，说是有人举报S市大学副校长贪污受贿，牵连到了您。"薛原此时，心跳急促。

检察院的人义正词严，不像是假的。

若真是出了事，刚刚从鬼门关踏出来的华众只怕又要一只脚迈进去了。

"胡说，是谁在造谣我姜家？"姜薇拧眉望着薛原，出口呵斥。

薛原还未回应，身后有道身影向着他们这边而来。

姜薇的目光朝着薛原身后望去，见检察院的人站在门口，她扶着姜老爷子的手紧了紧。

"没有证据，我们也不会带着逮捕令来。"

男人说着抬了抬手，示意身后的人行动。

一时间，宴会厅里响起杂乱的脚步声。

宴会厅里的其他人往前去了两步，伸长了脖子，好奇地看着这场好戏。众人内心深处只感叹姜家流年不利，自姜司南一事被爆出之后，糟糕的事情便接连不断，根本就没给他们喘息的机会。

姜慕晚拢着披肩站在原地，高傲的姿态一如平常，听着众人的嘀嘀咕咕声，面色未有半分变化，但抱臂的双手慢慢收紧，一时间，她竟忘记了自己手臂上还有伤口的事。

季言庭站在一旁，嗅觉比视觉更敏锐，隐约闻到了一股铁锈味，低眸望去，便见姜慕晚的披肩上有淡淡的血迹渗出来，眸中有惊愕一闪而过。

随即，他压下心头的震惊与诧异，故作漫不经心地脱下身上西装，搭在姜慕晚肩头，且伸手从兜里掏出一方手帕，递至她面前。

起先，见季言庭如此动作，姜慕晚稍有些惊讶，直至手臂上阵阵疼痛传来，才知晓这人用意何在。

她伸手接过手帕，握在掌心缓缓地揉了揉，在人群中用极其隐蔽的动作擦去掌心的血迹。

"谢谢。"

季言庭漫不经心地"嗯"了声，而后点燃了一根烟，夹烟的左手微微靠近姜慕晚受伤的手臂，试图用烟味去盖住那股血腥味。

"天哪！姜老这是怎么了？"

一声惊呼在人群中响起，打断了姜慕晚欲再次道谢的话。

人群中，有人看见了姜老被姜薇搀扶着从休息室出来，八十多岁的人了，那颤巍巍的模样好像刚刚受到了惊吓般。

姜老爷子是何等聪明的人，见到眼前情况不对，怎么会任人摆布。

但如果这是姜慕晚亲手设的局，他逃不掉。若是 C 市的人，他还可以操作一番。但这些人是从 S 市来的，他插翅难逃。

姜老爷子在人群中寻着姜慕晚的身影，可只看见了密密麻麻的人头，寻找未果。

姜慕晚此时，必然隐藏在人群中看着好戏。

"公务人员的工作，我该配合才是，老爷子我跟你们走一趟。"姜老爷子松开姜薇的手，站直了身子，那风骨，若是不了解他的人瞧见了，都得道一句硬气。

"父亲——"姜临的惊呼声响起。

姜老爷子抬手压了压，示意他别慌。

姜薇离姜老爷子最近，目光有些许担忧。姜老爷子侧眸望向她，伸手拍了拍她的手背，用极轻的嗓音对她道："提醒你哥，提防姜慕晚。"

姜薇心头微颤，脸上伪装出来的担忧险些装不下去，沉默了数秒，才应了一声。

"姜老他？"余瑟望着顾江年，目光稍有些担忧。

"配合调查罢了。"顾江年拍了拍余瑟的手背，以示宽慰。

余瑟点了点头。

姜家人个个都焦急、害怕，可唯独姜慕晚，未曾动容半分，身上披着季言庭的外套，孤傲的姿态好似今晚发生的事情跟她半分关系都没有。

顾江年顺着余瑟的视线望过去，便见姜慕晚肩头披着季言庭的衣服，与之比肩而立。

"这么看去，姜家姑娘跟季家公子倒也般配，韫章觉得呢？"余瑟温温淡淡的声音响起。

顾江年素来孝顺，平时即便是余瑟说了他不想听的话，也会回答两句，可这日，他选择了装聋作哑。

"里面。"一群人行至宴会厅中央，一个清冷的嗓音在会场中央响起，吸引了众人的目光。

"小姐。"正要离开的一群人里，有一人应道。

"可以问一下你们是带人去哪儿吗？"姜慕晚声线平静，开口询问。

"回S市。"那人回答。

姜慕晚点了点头，在众人的瞩目下将视线又移到姜老爷子身上："照看一下。"

可到底是真照看还是假照看，就难说了。

这夜，慈善晚会的事情落幕，姜慕晚坐在车里拨通了宋思知的电话。

宋思知正在实验室奋战，接到姜慕晚电话的她，稍有些意外："你是知道我缺钱了？"

"又缺钱了？"

宋思知穿着白大褂站在实验室里，望了眼自己桌面上的照片，语气平稳地说道："缺。"

姜慕晚坐在车内，抬手吸了口烟，镇定的话语传到宋思知耳内："我说几件事情，你记一下。"

宋思知鲜少见到姜慕晚有这般正经的时候，一时间有些愣怔："你说。"

"其一，姜老爷子被带到S市去配合调查，明日一早你去一趟检察院说明情况，让他们知晓，我宋家跟他无关。"

宋思知沉默了半晌，随即，不可置信的声音传到姜慕晚耳畔："宋蛮蛮，你疯了？"

"爷爷和姑姑一再强调不许你跟姜家人往来，你现在是在做什么？他们耳提面命地和你说，你半分未听进去？你想没想过姑姑的感受？"

姜慕晚夹着烟的手微微僵了僵，后方一辆车打着远光灯开过来，强光让她眯了眯眼。

早已猜到宋思知会如此，所以此时她并不奇怪，接着道："其二，S市大学副校长贪污一事你了解一下，借机踩姜老爷子下去。"

宋思知愣了一下，她拿着手机看了眼实验室里忙碌着的其他人，转身进了办公室，反手将门带上。

"什么意思？"宋思知嗓音带着些许克制。

"我准备把姜家手中的华众集团收入囊中，姜老爷子因为涉嫌贪污慈善捐款被带到了S市，牵连到的人还有……"

姜慕晚言简意赅地将事情大致讲了一遍。

宋思知在这段简短的话语中抓到了重点："所以，你根本不是在国外，而是在C市？"

"是。"她惜字如金地开口。

宋思知在那边，呆了半晌，似是在消化姜慕晚刚刚所言的一切。

姜慕晚与宋思知发生了一场极其不愉快的争吵。

宋思知并不如外界所言那般醉心于科研，政场的波谲云诡，商场的诡异多变，她多少有所关注，宋家处在政商两界之外，看似不与这两界有任何关联，实则又处在旋涡中心，这两界中有多少人想把他们拉下神坛？

宋老爷子看似过着闲云野鹤的日子，不过问世事，可那些踏进宋家门的人，有哪一个不是带着算计进来找他们的？

"姑姑跟父亲远离这些豪门世家的利益中心，不参与纷争。蛮蛮，你堂堂宋家之女，跟姜家的那些人去争什么？万一被人抓住把柄，该当如何？"

宋思知这番话语总结下来，无外乎四个字：置身事外。

让姜慕晚行事之前要想想，可不可行，是否会牵连整个家族。

这话若是放在先前，姜慕晚会听一听，可此时——她已难以做到。

而且她认为听起来是那般刺耳。

她抬手吸了口烟，眼眸微眯，望着眼前流光溢彩的霓虹灯，凉凉的嗓音顺着话筒钻进宋思知的耳中："世人都劝我顾大局识大体，唯独顾江年劝我做自己。"

宋思知在那边听得"顾江年"三个字,如同一道惊雷在耳边炸开,隐隐觉得有种异样情绪在脑海中闪过。

"身在商场,我既踏上了这条路,就要做好心理准备,我没那么高尚。"

姜慕晚的一句话,将宋思知脑海中组织好的语言悉数堵了回去,她拿着手机的手出了一层薄薄的汗:"你生在宋家,就注定要顾全宋家的脸面和地位,宋蛮蛮,凡事,都有一个循序渐进的过程。"

宋家在S市,是绝无仅有的存在,单单是这个姓氏,便有着令无数人敬仰的光环。

姜慕晚是没那么高尚。

可宋蛮蛮有。

马路中央,一辆工作中的洒水车缓缓行驶而过,让她的怒火往下压了一分。

她开口道:"我谋划数月,成败在此一举。宋思知,你今日能站在制高点来指责我,是因为你走了科研这条路,若身在我的位置上,你并不一定做得比我好。"

姜慕晚这话说得没错。

每个人都有自己的位置。宋思知从小便知道自己往后要走科研这条路,而她本人也倾心于此,子承父业,她在这条路上没有吃过什么苦头。

她的人生路,一路平坦。

而姜慕晚与之不同。她从商,短短几年就立足于C市商界。

姜慕晚,是依靠自己开拓出一片新的天地。

宋思知懂她的难处,气归气,听到姜慕晚那句"成败在此一举"时,内心的火也消得差不多了。

"我心里有数,"宋思知干巴巴地开口,脸上的尴尬稍有些掩不住,"还有什么?"

还有什么?

姜慕晚想了想,郑重其事道:"替我出气。"

"你就不怕姜家人求到爷爷跟前?"

姜慕晚冷笑了声:"若是姜老爷子,兴许还有点可能,可姜临,他不敢。"

这夜,C市动荡。

明日一早，姜家必然成为众矢之的。

姜老爷子若是被C市的人带走尚有一线生机，可S市的人直接下来拿人，无异于再无解救的机会。

三月注定不太平，君华慈善晚宴上发生事情出了新闻，震惊整个C市，连带着S市的人都听过相关事情，压都压不住，毕竟，S市大学副校长也被牵连其中。

而C市这边，人心惶惶，但凡是跟姜老有交集的人都在暗中消抹一切相关消息。

开盘那天，华众集团的股票跌停，而此时，姜慕晚手中握有的华众百分之二十七的股票且股权转让是姜老爷子签的字。

消息一经放出，姜临也好，杨珊也罢，都坐不住了。

百分之二十七的股份意味着什么？意味着姜慕晚在华众可以与姜临平起平坐，争夺总裁之位。

霎时，之前到处奔走的姜临熄了火，比起把姜老爷子接出来，他此时更需要提防姜慕晚杀回来，抢夺他的位置。

三月中旬，姜老爷子审讯案进行中，C市发生了翻天覆地的变化，华众也遭受重创。

四月，姜老爷子被关押进S市看守所，与前C大校长一起。

很多事情进展进入尾声，但尚未落幕。

四月中旬，付婧带领达斯一众高层暗地里大量收购华众股票。

四月下旬，姜慕晚将手中百分之二十七的华众股份公开卖给达斯控股集团董事长宋蛮蛮，完成转让。

为时一个半月的争夺之战在此拉开序幕。

四月二十日，达斯集团发了一篇关于华众集团股权变更的通告。

C市，再度动荡了。

有人说姜慕晚是白眼狼，亦有人说她有先见之明，丢下这个烂摊子，华众即便留在手中也是个濒死的企业，不见得有多少收益。

这一个半月，姜临满世界寻找姜慕晚的身影，而这人，如同失踪了一般，不见人影。

这些事情的发生，都在暗示着一个企业即将易主，姜慕晚未曾知会就直接将股份卖给达斯，就证明已经不拿华众当自家企业看待了。

翌日，S市下了场大雨，雨水哗啦啦地倾倒下来，天空中还不时有闷雷响起。

175

宋家客厅内，气氛凝重。

宋思慎与宋思知垂首跪在俞滢跟前，一言不发。俞滢坐在沙发上望着底下二人，气息不顺。

姜老爷子贪污一事，直到四月下旬才传到俞滢耳中，为何？

都是这姐弟二人的功劳，一个拔了家里的电视插座，一个每日准时准点收走有姜老爷子新闻的报纸，配合得天衣无缝。

这二人费尽心思，使尽手段，企图将人瞒住。

昨天上午，姜慕晚离开C市，归S市。

之后回到C市，她待在顾公馆。

顾江年晨出晚归，夜间时有应酬，但行事有交代，出门之前都会告知一声。

两人感情升温亦是极快，顾公馆的用人都觉得最近的日子好过了许多。

而姜慕晚，兴许是觉得胜利在即，心情好，如果顾江年嘲讽她两句，也能忍忍。

这日，姜慕晚临出门前，顾江年望着她，一脸不悦，面色如同屋外的天般阴沉沉的。

这段时间的恩爱生活，让他不舍得与姜慕晚的分别片刻。

顾江年坠入了爱河，坠入了姜慕晚的一言一语、一颦一笑之中。

他爱她的娇柔，也爱她蛮横，这种日日夜夜朝夕相处的恩爱时光，是他以前不敢想的事情。

两个强势的人一旦都拔下了浑身尖刺，拥抱以后，必然是难舍难分的。

离开顾公馆前，顾江年递给了她一个文件袋，并嘱咐她离开的路上再看。

她乘坐顾江年的私人飞机升至C市上空时，拆开手中文件袋，看到里面的文件时，靠在座椅上，久久不能回神，就连带温柔可人的空姐端着水杯过来她都没看见。

昨天顾江年给她送上了华众百分之五的股份，股权转让书乙方的位置上，写的名字是宋蛮蛮，且他不仅盖上了私章还签好了字，万事俱备，只等她签字。

这是给她送上与姜临做最后一搏的底气。

姜慕晚落地Ｓ市，正值中午光景，付婧前来接机，询问回公司还是回家，她细想了想，决定回公司。

决定回公司的人似是未想过身在宋家客厅里的两个小可怜。

二人拉开车门进去，付婧坐在驾驶座上，一边伸手拉过安全带，一边同她道："都安排妥当了，信息也散布出去了。"

"姜临此时只怕是心急火燎，前段时间还能听到他四处托人打探消息，这两天，倒是消停了。"付婧启动车子离开停车场。

姜慕晚坐在副驾驶上给顾江年发了一条短信，漫不经心地应道："利益面前，谁都是自私的。"

"他这段时间想必找你找疯了。"

姜老爷子将原本给姜司南的股份以及自己手中的股份，全部转给了姜慕晚，姜临即使坐着总裁的位置又如何做得安心？

他现在恐怕恨姜老爷子都觉得不够，又怎会去管？

姜慕晚笑了笑。

这日，冷空气彻底离开，姜慕晚穿了件雾霾蓝的风衣，踏进公司，开了场漫长的会，从中午一直到晚间七点整才结束。

达斯已经走上正轨，但华众，她必须让信得过的人去掌控大局。

"华众必然会成为达斯的囊中之物，各位连日来的努力我都看见了，公司不会亏待你们的。"

"谢谢宋总。"

"会议先至此，付婧跟邵从留下。"

姜慕晚归宋家时，已是晚上九点，瓢泼大雨早已转为淅淅沥沥的小雨。她于雨幕而归，车灯照进院子时，正准备睡觉的宋老爷子跟俞滢都止住了动作，他们两人一个在楼上，一个在楼下，都伸手将刚掀开的被子，静静地听着外面的动静。

姜慕晚轻手轻脚地推门进去，惊动了阿姨。

"二小姐回来啦！吃过晚餐了吗？"

"嗯，您去睡，不用管我。"

姜慕晚回应，站在玄关相处脱了鞋，将鞋子放进鞋柜里，趿拉着拖鞋往客厅走去时，便见宋思知站在餐厅处跟幽灵似的看着她。

骇了她一跳。

"大晚上的不睡觉，你出来扮鬼？"

宋思知睨了她一眼，转身往厨房去："给你发的短信看到了？"

177

"什么短信？"

"老妈知道了，估摸着爷爷也应该知道了。"从傍晚时分俞滢怒气冲冲的模样来判断，老爷子想不知道也难。

"迟早有天得知道。"姜慕晚沉默了几秒，才说了这么一句。

"你倒是挺淡定。"

"不然呢？"

宋思知："……"

姜慕晚这夜，没吃晚饭。

宋思知也没吃晚饭，不过，是俞滢不许她吃。

她本来想拉着宋思慎一起出去吃点东西，结果那人自己跑了，害得她半夜只得自己悄悄钻厨房。

"下面条吃？"姜慕晚倒了杯水，看了眼灶台上的锅。

"你怎么回来了？"比起回答姜慕晚的问题，宋思知现在比较想知道她的想法。

她脱了身上外套，着一件真丝白衬衫，倚着料理台，望着在水槽前洗菜的宋思知："回来开会，还有进行人事调动。"

宋思知看了她一眼："都弄好了？"

"说差不多的话，有点不准确，还在推进计划中。"

"接下来呢？"

"关门打狗，剔骨削肉，把华众彻底掌控在手中。"姜慕晚毫不避讳地在宋思知面前谈论起对华众的后续处理。

宋思知一边将菜丢进锅里，一边漫不经心道："说点我能听懂的，直接点，我为了你可是受了不少委屈。"

姜慕晚一杯水下肚，又伸手提起水壶倒了杯："为了钱就直接说为了钱，还说是为了我？"

"天底下有钱人那么多，怎么没见我费心费力地帮他们？我说你是白眼狼，你还别不承认。"

"那我还要感谢你？要不要一天三炷香谢谢你？"

"留着您自己用吧！"锅里的面煮得不停翻动，宋思知拿着筷子搅拌着，"去年四月初你就去了 C 市，到如今，正好一年，你别告诉我，你这一年都在算计姜家人，想把华众弄到手。"

"是这样。"姜慕晚点了点头。

宋思知侧眸望了姜慕晚一眼，那一眼意味深长。

"所以你在很早之前，就有对付姜家人的想法了？"

"你想听简易版，还是详细版的？"

"只听我能听懂的。"宋思知伸手关了火，没好气地说道，"拿碗。"

姜慕晚放下手中杯子从柜子里拿了两个碗出来递给她，看着她将面从锅里捞起来，放入汤水中。

"去年三月初，姜临夫妇有意逼姜老爷子让出大权，让他感受到了危机，于是他辗转联系到了我，让我进入华众，到时候会把属于我的东西都给我。但我去了之后发现，他空有其言，却不放权，我很生气，把他给反杀了。"

宋思知手中的碗险些掉下，幸好姜慕晚在旁边眼明手快地扶了一下，不然这碗面怕是吃不成。

"他为什么找你？"

"他想把我拉进去，让我和姜临夫妇斗，然后他坐收渔翁之利。"

"他一把年纪，要这些渔翁之利是准备带到地底下去用？"宋思知觉得好笑，忍不住嘲讽了一句。

姜慕晚走到餐桌前，拉开椅子坐下去，点了点头："我也是这么想的。"

"慈善捐款的事情……都是真的？"

姜慕晚挑起了一筷子面，吹了吹："真的，他有一个私人账户，里面有将近三十亿元，那里面的每一笔钱都见不得人。"

"你怎么知道的？"

"我黑了他的账户。"姜慕晚说得漫不经心。

二楼有开门的响动声传来，姜慕晚身后一楼卧室的门也微微开了条缝隙。

宋思知心下明了，转而再问姜慕晚："所以，你是冲着华众去的？"

"嗯。"

"对姜家人没有感情？"

姜慕晚道："感情，能给你科研经费吗？"

宋思知摇了摇头。

C市，新一线金融大都市，若说第一个金融中心在S市，第二个中心无异在C市，这个道理，谁都懂。

"你就不怕人戳你脊梁骨，说你连亲爹的窝都端？"

"商场无父子，他们要真有本事我也端不了，生了蛀虫的树木，我不砍，就会有别人来砍。"

"收了华众，无异于占了C市的半壁江山，我身价可以往上翻数十倍。"姜慕晚望着宋思知，嗓音微微拔高。

宋思知突然觉得，碗里的面不香了。

她抬头望了眼姜慕晚："我要是有你的身价，绝对不在家吃面。"

姜慕晚："你上辈子是穷死的吧？"

"我也怀疑。"

"你不用怀疑，就是真的。"姜慕晚毫不客气地反驳。

第七章
宋蛮蛮也是姜慕晚

身后传来细微的声响，二人的吵闹声戛然而止，宋思知同姜慕晚对视了眼，而后齐刷刷地将视线落在碗上。

显然，两人都知道老爷子跟俞滢在听他们聊天，

宋思知那几句话就是替老爷子跟俞滢问的，姜慕晚后面那几句话也是说给他们听的。

姜慕晚吃了一口面，缓缓停下筷子："你是不是没放盐？"

"将就一下，有东西吃就不错了。"

一碗没放盐的面，让姜慕晚吃着吃着就想起了顾江年。

"手艺如何？"

自己手艺如何，他心里没数？

姜慕晚低眸看着碗里还剩小半的面条，望着宋思知，极其认真地开口："你这双高贵的手，只适合为国为民做贡献，这种凡夫俗子干的事情不适合你。"

"你干什么？"姜慕晚端着碗往厨房走去，俯身正准备将剩下的面倒进垃圾桶，只听得宋思知一声大喝。

姜慕晚看了眼垃圾桶，再望了眼宋思知。

那意思再明显不过。

"我煮半天，你就这么倒了？"

"你煮半天就煮成这样，你也好意思说？"姜慕晚说着，将手中的面倒进了垃圾桶。

181

"宋蛮蛮！"

"别喊，给你钱。"姜慕晚跟宋思知之间的很多矛盾都可以用钱解决，为啥？她穷啊！

"我穷就要受气？穷就要遭你践踏吗？穷就要被你漠视，被你无情打压吗？"

"几日不见，倒是十分有骨气了。你不要就算了。"

"给多少？"

姜慕晚："你不是不要？"

"我没说。"宋思知也吃不下去了，端起碗往厨房走去。

姜慕晚笑了，伸手摸了摸宋思知的脑袋："你放心，只要你够乖，给你整条街。"

"整条接我就不指望了，经费紧张，给我整点？"

宋思知这人还是有点自知之明的，要多了，姜慕晚指不定会怎么说呢！

"睡吧！梦里什么都有。"

姜慕晚拍了拍宋思知的脑袋，转身拿着包上了楼。

这夜，姜慕晚彻夜未眠，将达斯与华众的资料细细地翻看，拿在手中反复琢磨，直至天色微亮。

宋家都是聪明人，昨夜姜慕晚表忠心之后，俞滢和老爷子即便再有想法，也不会拿到明面上来说。

如果此时，姜慕晚并未将华众拿在手中，人还依旧在C市，那必然是另一种结果。

有成绩，才有底气反驳，这是亘古不变的真理。

她端了华众，足以表明她与姜家不可能再有任何关系。

晨间，空气清新，管家寻到正在院子里修剪花草的宋老爷子："那人又来了。"

"不见。"

管家望着宋老爷子平淡的面色，思忖了片刻，道："还是见见吧，免得引起闲言碎语。"

"见了才会有闲言碎语。"宋老爷子伸手将花盆里掉落的叶子捡出来，丢在一旁的垃圾桶里。那漫不经心的语气又带着些许不容置喙之意。

老管家闻言，淡淡叹息了声："可这样下去也不是个事啊！"

"他要有是本事，就该回去守着自己的江山，而不是来找我们。"

"对二小姐的影响不好。"

"有何不好？即便是不好，谁敢当着我的面说？"

宋家的地位在此，哪里轮得到别人来指手画脚？

他宋家的姑娘，也不是一般人可以议论的。即便是有想法，也不敢当着他的面说，因为没那个胆子。

宋老爷子说完，面带愠色，伸手将剪刀递给老管家。后者还想说什么，只见老爷子摆了摆手，止住了他的话。

老管家跟在宋老爷子身后进了卫生间，看着站在洗漱台前洗手的人，不明所以地问道："先生竟然早就知晓二小姐去了C市，怎么不把人喊回来？"

宋老爷子伸手拿起一旁的肥皂，放在掌心之间揉搓着，苍老的容颜上牵起一抹笑："这些年蛮蛮虽养在我宋家，但身体里到底是流着姜家人的血。你看思知和思慎，再看蛮蛮，明显后者更有野心，更有杀伐果决之气。她想去C市，你拦不住。"

宋老爷子比任何人都知晓，他无法评价姜慕晚，这个在自己膝边长大的姑娘骨子里的血性，掩盖不住。

有些人生来就适合从商，比如姜慕晚就是。

"当年既然离了姜家，便不该再回去掺和，二小姐这番举动，实在不算聪明。"

"她有想做的事就去做，谁生下来就聪明？"宋老爷子伸手挑开水龙头，在哗哗流水声中冲洗着自己的双手。

"何必呢！放着宋家女不当，去与那些狼心狗肺的人斗。"

管家依旧是想不通，在宋家人眼里，姜家人的品性不佳。背景身份不如就罢了，且人品极差，如此人，怎能让人喜欢？

"她心中有气。"宋老爷子接过管家递上的毛巾，缓缓擦着手，"要怪就怪姜家人当年太过分，把恶毒的种子种在了一个小姑娘心中。种子生根发芽，长成了大树，他们不过是自食恶果罢了。"

姜慕晚身上有狼性，一股"君子报仇，十年不晚"的狼性。

宋老爷子一早就知晓了，起初知晓她去了C市，气得不行，但后来想通了。

姜慕晚心中的这口气若是不发泄出来，只怕是一辈子都难以放下。

"二小姐这是在自降身价。"当年宋蓉离婚，宋家便不想闹得太难看，放了姜家一马。在宋家人眼中，他们是天之骄子，怎么可能与那些暴发户去纠缠？

"有时候，退一步，不仅不能见到海阔天空，还会让人得寸进尺。"

昨夜姜慕晚的话，在暗示宋老爷子，那些人不仅没有记下他们宋家的恩情，反倒变本加厉地欺负姜慕晚。

他听到那话时，有些后悔，后悔十六年前放过他们，让他们姜家在C市风光了那么多年。

"可——"

"好了，在蛮蛮面前，什么都不能说。"

姜家人都是那种得寸进尺的人，当年宋家放他们一马，不仅没有换来他们的感谢，相反，还让他们得寸进尺，蹬鼻子上脸。

姜慕晚归C市一年，才拿下华众，想必这中间多的是他不知道的曲折坎坷。

宋老爷子将毛巾扔到洗漱台上，语气沉稳："我宋家的姑娘，即使掉了身价，我也会给她抬起来。"

"让巫藏去安排，下午我去会会那个不识好歹、蹬鼻子上脸的人。"

晨间，宋思慎从会所出来，驱车行至门口时，便见大院门口有一个人正在同保安争执。他放慢车速瞧了一眼，眼眸微眯，握着方向盘的手狠狠握紧。

"蛮姐呢？"宋思知刚下楼，便见宋思明打着哈欠下楼，快步上去将人拦住。

"还没起来吧，怎么了？"

"姜临在院门口。"宋思明急切道，而后，许是怕宋思知不知姜临是谁，再道了句，"姑姑前夫。"

宋思知听了宋思明的这句话，打哈欠的动作顿住，意识清明了几分，诧异地开口："他来做什么？"

宋思明摇了摇头。

宋思知下楼的步伐一转，和宋思明一起向着楼上走去，将还在睡梦中的人从被窝里拉出来。

"别睡了。"

姜慕晚才躺下，迷迷糊糊中一声咆哮脱口而出，潜意识里她以为是顾江年，听到宋思知这话之后，才反应过来自己是在S市。

瞌睡全无，她半靠在床上："醒了，你说。"

宋思知原本是想开口说她两句的，可见她身上依旧穿着昨晚的衣服，没了嘲讽的心思，开口道："姜临在大院门口。"

半靠在床上的人直起了身子，瞬间清醒，望着宋思知，用目光在询问真假。

后者点了点头："亲眼所见。"

姜慕晚默了片刻，姜临最近求路无门，又找不到她的踪影，竟然将主意打到了宋家，该说他聪明还是愚蠢？

以为找到了宋家，那件事情就有转机？

他还有一线生机？

姜慕晚眉头微拧，低眸望着床单，落在被子上的手缓缓收紧。

"进来了吗？"

"没有。"宋思明摇头。

"外公什么神色？"

"如常。"

姜慕晚心里炸响一道惊雷——按理说，大院门口有人来找，保安无论如何都会告知他们一声。

两家当初闹成那样，宋老爷子若是知晓姜临来了，必然会面色不佳。

姜临在大院门口，宋老爷子却神色如常。这足以证明姜临不是第一次来了，而宋老爷子也不是第一次面对此事。

霎时，姜慕晚想通了，一声冷笑从喉间溢出，她挥了挥手，极有自信道："不是什么大事。"

本是准备补眠的人被宋思知和宋思明二人这么一折腾，睡意全无。

起身洗漱下楼，姜慕晚遇见俞滢端着早餐从厨房出来，见到她，脸面上笑意扬起："蛮蛮起床了。"

"舅妈早。"

这顿早餐并没有像宋思明和姜慕晚所想的那样争吵不休，相反，气氛极其平静，仿佛外界的狂风暴雨根本无法刮到宋家，流言蜚语更是无法进入这里分毫。

春日的清晨，空气清新，屋外的草木都展现出生机勃勃。

姜慕晚站在窗前，望着被宋老爷子打理得井井有条的花草树木，浅浅地勾起了唇角，内心有一种安定的感觉。

她曾以为自己孤身前行，实则不然。

宋老爷子一如那日的傍晚一样，在身后默默关注着她。

她从不孤单，也并非在孤军奋战。

得知姜临来了之后,她没有慌张,相反,一颗躁动了许久的心猛然间安定了下来。回到S市时,她想过无数遍,该如何向宋老爷子开口解释,如何让宋家人安心。然而归来后她才得知,哪里需要她解释呢?

根本不需要。

姜慕晚双臂环抱站在窗前,身旁突然出现了一杯黑咖啡。她回头望去,只见宋老爷子一手端着茶杯,一手端着咖啡杯站在她身旁。

宋老爷子慈祥的目光落在姜慕晚身上,她伸手接过那杯咖啡,与宋老爷子比肩而立。

咖啡的香气混着茶香扑鼻而来,二者味道分明,此时闻起来却又那般和谐。

昨日下了场大雨,以至于今日的大院主干道异常干净。路上偶尔有两三车辆呼啸而过,也能见到老爷爷、老太太出来遛狗。

和谐、安定、融洽、祥和。

"我平日里就喜欢站在这个位置,看着花草树木,车来车往。"

一楼的落地窗前,美景是有的,但太贴近生活,美就显得太平凡。

姜慕晚端起咖啡,淡淡地喝了一口。听闻宋老爷子的话,她问出了许多人都会问的问题:"二楼的景色不是更好吗?"

宋老爷子意味深长地笑了笑,将茶杯捧在手心,微微转了转,感受着杯壁的温度,笑意直达眼底。他转而望向慕晚,语气温和:"离得近,才更能感同身受。"

姜慕晚望着宋老爷子,目光带着惊愕。

"感同身受"这四个字,一般人不敢轻易说出。因为一旦说出,必遭反驳。在如今这个快节奏又无情的世界里,哪有人能真正做到感同身受?

每个人的欢乐或痛苦都不一样,怎么会感同身受呢?

宋老爷子知晓自己不太能理解姜慕晚过往的痛,知晓她心中有气,知晓她想颠覆姜家,但这些,他都不太能理解。让一位人生即将走到尽头的老爷子去理解一个满身恨意的小姑娘,实在是太难。

可难归难,他没有如同旁人一样去指责呵斥她,而是放低身段,尽量同她站得近一点,去理解她的痛,理解她心中的恨,理解她想颠覆姜家的心——

从而真正地理解她。

姜慕晚微微低头,眼眸渐湿,一滴清亮的泪珠砸进咖啡杯里消失不见。

接着，两滴，三滴……

她何德何能，能荣幸至此。

朱国良《福祸得失之间》有言："世界万物，所遇的命运，是有得必有失，有失必有得。"

她失去的东西，在宋家这里都能弥补回来。

"抬头自卑，低头自得，唯有平视，才能正视自己，他人亦是。"

宋老爷子笑眯眯地看了眼哭鼻子的姜慕晚，伸手摸了摸她的头发，如同她年幼时那般，声音带着慈爱："我爱喝茶，但也知晓，咖啡其实也不错。"

这尘世间，知晓自己想要什么，同时也理解和尊重内心所求，才是大智慧。

行至杖朝之年，现如今求的是家族和谐，后辈平安。

姜慕晚抬眸，泪眼婆娑地望着宋老爷子，面庞上的泪痕仍在，但唇边笑意渐渐勾起。雾蒙蒙的眸子微微弯了弯，伸手将咖啡杯递给宋老爷子，半哭半笑着道："那您喝一口。"

宋老爷子看了眼眼前乌漆嘛黑的咖啡，真就顺着姜慕晚的意，喝了一口。

喝完之后，他还细细品了品："苦，但余味甘甜。"

人生，历经风雨之后才能看到彩虹。

"我爱喝茶，但也知晓，咖啡其实也不错。"

宋老爷子之前说的这句话，言外之意是：宋家很好，若你想要姜家，也行。姜家对宋家来说，并不重要。

姜慕晚只觉得自己的心被小心呵护，在宋家人的掌心中被保护，感觉内心越来越温暖。

她浅笑出声，望着老爷子的目光带着些许撒娇的意味，一副小孩模样。

气氛太过美好，让众人都忘记了在大院门口的姜临。

S市看守所内，姜老爷子此时坐在探视室玻璃窗的那边，往日里一向精神矍铄的人此时落魄颓废。

宋老爷子望着他，此时二人的处境简直天差地别。

二人差不多的年纪，姜老爷子行路刚需要拐杖，宋老爷子身体健朗：

187

"没想到时隔十七年，我们在 S 市见面了。"

"确定是没想到吗？"姜老爷子望着眼前人，眼里的愤恨近乎藏不住。

显然，他不相信宋家人不知晓这一切。

宋老爷子勾了勾唇角，冷笑了声："被蛮蛮反杀的感觉如何？"

"你招惹谁不好，去招惹蛮蛮，我是该说你傻，还是该说你异想天开？"

一个从狼窝里死里逃生的姑娘，当初差点命都丢在他们手里了，他们还妄想在这样的人身上再取得什么，这种做法跟自掘坟墓有何差别，以为能将所有人都玩弄于股掌间？

"那只能说你们宋家养出了一条白眼狼。"

在姜家人眼中，姜慕晚就是一条白眼狼，一条对自己亲生父亲的公司都要下手的白眼狼，没有仁义道德，没有感恩之心。

经历了许多事情之后，人们在谈论姜慕晚时，会拿顾江年做举例，姜慕晚与顾江年二人已成了人们茶余饭后的谈资。

二位老人的这场谈话并不友好，宋老来此的目的也并不简单，提及姜慕晚，一人喜，一人恨。

宋老离去时，站起身来，睥睨着眼前人，那目光带着审视，如同高高在上的救世主一般望着地上的蝼蚁。

"十七年前放你们一马之事，我并不后悔，比起我亲手对付你们，我更愿意看到蛮蛮吞噬这一切。"

砰的一声传来，姜老爷子推动椅子，在身后大声地辱骂着。而宋老爷子头也未回，抬步离开。

出了看守所，他望着万里无云的天空，唇角笑意微起。

四月二十三日，姜慕晚带领达斯高层前往 C 市。

宋家已经知晓她在 C 市之事，她自然再无后顾之忧。

她高调回归，带着一众心腹杀回华众。

与 2008 年四月不同，现在的姜慕晚，才是真实的她，才是那个在 S 市商场指点江山，别人不敢招惹的姜慕晚。

华众总裁异位。

华众不再只是姜家的华众，可无人想到，姜慕晚是宋蛮蛮，而宋蛮蛮也是姜慕晚。

达斯董事长是姜家女一事更是震惊，让人们在脑海中脑补了一场家族伦理大戏。

上午十点整，姜慕晚带着三十几人浩浩荡荡地前往华众，与姜临对峙，将人从高位上拉下来。

不过，她有张良计，不见得姜临就没有过墙梯。

上午，华众集团内，一场大戏拉开序幕，双方唇枪舌剑，针锋相对，硝烟几乎弥漫整个会议室。

下午，姜临的心腹带着华众近九十个老员工集体辞职，且放出了亲生女儿逼迫父亲让位的消息，给姜慕晚扣上了一个不仁不义不道德的帽子。

众人原以为此事能压制住姜慕晚，可并没有。

她大手一挥，让人事部成全了这八十九人——你主动请辞，我没有不应允的道理。

员工自愿请辞，发了辞职信，有人找麻烦也找不到她的头上来。

而对待造谣的媒体，她让达斯法务立刻拟好律师函直接发了过去，追究相关人员的法律责任。

一时间，风声四起，云海翻涌，C市商场乱了。

六年前颠覆顾家的顾江年，和六年之后颠覆姜家的姜慕晚，都让其他豪门起了戒心。

顾江年成为C市首富后短短数年之间，垄断了C市大大小小的行业。

那么，姜慕晚呢？

她会不会是第二个顾江年？

众人不敢想。

C市许多富商仍然记得多年前的一场宴会，有主持人用顾家之事"内涵"顾江年，将他摆在了造反者的位置上。

顾江年当时坐在位子上静静地听着主持人的诉说与询问，即便这询问的话语格外难听，也不急着打断人，反倒是极耐心地听完。

最终，顾江年笑望着主持人说了这样一句话："这个世界上，仁义道德没有绝对的标准，但成败有。"

第二天，君华集团一封律师函发到了电视台，且还登报声明。

告知世人，他昨晚那番话的含义。

君华的律师团队个个都是猛虎，紧逼着人，让对方没有分毫的退路，无人再敢同顾江年胡乱言语。只因，大家都知晓，这个男人实在是太狠了。

如今的姜慕晚，一如当年的顾江年。

一个离经叛道的女人，和一个不顾仁义道德的男人，如果你问大家更喜爱谈论哪个人的故事，会有人告诉你是前者。

人们对于男人是仁慈的，可对于女人却不尽然。

正在外应酬的顾江年听闻有人谈论起姜慕晚时，面色不大好看。

餐桌上，有商界大亨夹着烟就今日新闻之事开口笑谈："一个连生养自己的家族都能颠覆的女人，实在是心狠手辣。"

而后，有人笑着接过话去："人人都说娶妻当娶姜家女。如此姜家女，试问谁还敢娶？"

顾江年的面色以肉眼可见的速度阴沉了下去，坐在一旁的徐放心里直打鼓，生怕自家先生一个忍不住跟众人发生冲突，

他连忙端起杯子岔开了这个话题，试图凭借着一己之力挽救这些人。

可这些人，不知是真不识相，还是故意为之。

人人都知晓顾江年不是善茬，所以人人都对他敬而远之，即便无法敬而远之，也会小心谨慎地与之相处。

更有那么些许人，敢怒不敢言，如今借着姜慕晚的事宣泄愤怒，恨不得把当年没在顾江年身上发出来的火都发到姜慕晚身上，言语大胆又直接，像刀一样刺进了一众君华高层的心里。

毕竟对方是合作商，徐放跟曹岩只能努力寻找机会从中岔开话题，但那些人又将话题绕回来了。

那些人提起这个话题的模样，好像早已提前在心里预演过数百回，而今日的这场应酬局是他们大显身手的好机会。

是他们一报多年之仇的好机会。

徐放和曹岩等人坐在一旁，望着这些人的目光带着些许同情。

顾江年原本的心情还算不错，姜慕晚反杀回来占领主导地位，他自然是极其高兴的，可今日，他的好心情毁在了这群浑蛋手里，毁在了他们的嘴上。

他们的嘴玷污了他的爱人，他的心头挚爱。

这种做法无疑是在老虎头上拔毛，真是嫌自己活得久了。

顾江年夹着烟的手缓缓抬起，在烟灰缸边缘点了点烟灰，眸子泛着清冷之光。

啪。

男人将手收回时，手背"不小心"碰倒了酒杯，酒液洒在了身旁人身上。

那人止了言，望着顾江年，神色带着错愕。

"您没事吧？"

在此种情况下，顾江年可以不言语，但徐放不行，他客气地问着坐在顾江年身旁的那位老总。

"没事，没事。"老总不以为意地伸手扯出两张纸巾擦了擦裤子上的酒渍，还不知死活地继续说着先前的话题。

他望着顾江年问道："顾董觉得那姜家女如何？"

如何？

你用肮脏的言语辱骂我妻子，用恶毒的词汇形容她，将她说得一文不值，还来问我如何？

顾江年冷冷地牵了牵唇角。

徐放跟曹岩为这人狠狠地捏了把汗，二人的神色带着几分担忧。

顾江年将面前的烟灰缸缓缓地扯过来，侧眸睨了眼这人，似笑非笑地开口："我不明白张总的意思。"

"姜家女不顾生养之恩，对付自己的家族之事，顾董没什么看法吗？"张总估摸着是酒上头了，强调了一遍。

顾江年给了机会，可这人不要，那便怪不了他了。

"张总这是在指桑骂槐？"顾江年声线清冷，不疾不徐地问道。

"什么？"

"你说是什么意思？"

顾江年拿起桌面上的酒杯，一杯白酒悉数泼在了张总的脸上。

霎时，包厢鸦雀无声，落针可闻。

张总也清醒了，抬手抹了把脸上的白酒，望着顾江年的目光带着些许恐惧——猛然回神想起姜慕晚和顾江年是同一种人，难怪他会问自己是不是在指桑骂槐。

那人想开口道歉，哆哆嗦嗦地正在组织语言，只听顾江年再道："张总觉得我应该如何回答才对？"

"顾董——"那人惊恐万分，望着顾江年的目光就如同见了阎王爷似的。

顾江年在笑，很淡的笑。他的唇角微微勾起，如果神色冰冷，这笑容应该是很迷人的，若出现在报纸新闻上，能迷倒万千少女。

可此刻这笑容，对张总而言，是催命符，令他极度惊恐。

"顾董——"他再次呼唤。

顾江年依旧在笑，望着他，言简意赅地开口："说。"
"顾董——"那人嗓音微颤。
"砰！"
"顾董！"
"顾董！"
两道急切的嗓音同时响起，一道呼唤声来自君华的高层，一道呼唤声来自一起吃饭的老总。

顾江年大动肝火，抬脚踹了过去，那人连人带椅子都翻倒在地。
徐放惊恐万分，连忙绕过来按住顾江年的肩头，唯恐他动手打人。
"顾董息怒。"有人开始求情。
"你倒是厉害，仅凭一张嘴，就随意批判人家的人生，从商当真是委屈你了！你当着我的面满嘴胡言，还敢问我如何？"
"顾董——"曹岩猛地冲上来，抱住顾江年即将踹出去的脚——他此时正在气头上，这一脚出去怕之后会难以收场。
"顾董息怒。"曹岩安抚着他。
顾江年满腔怒火，这些人居然敢编派他的妻子，且将她贬低得一文不值。
顾江年被曹岩推到了对面包厢。
曹岩看到这富甲一方的商业霸主气红了眼，妻子夺回主场，他该是高兴的，可被这些人给毁了。
顾江年素来沉稳，但这个向来喜怒不形于色的人，今日却动了火。
曹岩只见过顾江年这般模样两次，一次，是面对顾源时，一次，是今日。
"顾董，别冲动。"曹岩拦住他。
"放开。"
曹岩再劝道："我们有千百种方法可以让他追悔莫及，但无论如何，不该是今日用这种方法。"
包厢内，徐放看着曹岩将顾江年拉出去。
他望了一眼坐在地上瑟瑟发抖的张总，走过去，伸出手将人从地上扶了起来，拿过一旁的纸巾擦拭着他身上的污渍，动作温柔又细心："张总，"徐放望着对方的目光带着些许同情之意，"人啊，切忌迷失自己，要知道，自己有几斤几两重。"
"徐特助——"那人伸手拉住徐放的袖子，试图找到挽救的方法。

徐放伸手拉开那人的手,频频摇头:"您自求多福。"

小孩说多了是童言无忌,大人说多了是口无遮拦,而口无遮拦,是要付出代价的。

一个四十来岁的男人,如果连这个道理都不知道的话,那还有什么资格在商场上混下去?

"张总,奉劝您一句,口中积德。"

"徐特助——"喝蒙了的人此刻彻底清醒了,望着离去的徐放,哀号出声。

顾江年因中午的饭局变得心情不佳,直接导致君华下午气氛极差。

君华气氛不好,另一边的华众的氛围也没有好到哪里去。

华众大门从晨间开始便被记者围堵得水泄不通,一行八十九人浩浩荡荡地离开华众,足以让媒体大做文章。

大堂里,肆意的谩骂声此起彼伏,接连不断。

付婧与律师依旧不急,平静地听着众人发泄。

数十分钟过去,大厅里一片静谧。

付婧视线扫了眼众人,笑问道:"骂完了?"

她朝身后伸出手,律师将手中的辞职信全部交到她手上:"骂完了,我们就来聊聊正事。"

付婧伸手,扬起手中数封辞职信。

"各位的辞职信,董事长都批准了。由于在场的大部分人是跟公司签了为期三年的劳动合同,合同期未满,你们这种行为属于单方面辞职,华众有义务追究各位的法律责任。各位等会拿到的律师函,回去好好看看。"

姜慕晚强硬的手段一出,吵闹再起。

"奉劝各位一句,神仙打架,你们去插一脚,好处没捞到,官司倒是跑不了。"

付婧的这番话就差直接言明——这里的八十九人没一个聪明的。

"各位从华众出去,身上带着官司,我相信也难有企业会再录用你们。各位回去等着吧!会有律师联系你们的。"

说完,付婧摆了摆手,示意大家可以离开了。

姜慕晚的手段有多狠呢?她早已将保镖都换掉,那些想再回来与付婧争执的人被他们拦在了大门外面。

楼下热闹,楼上也相同。

姜临怎么也没想到姜慕晚会直接批准了那些人的辞职申请，如此一来，他在华众的心腹被一窝端了，还是他自己安排这些，亲自把借口送到姜慕晚面前，让她端的。

他怒目圆睁，望着坐在姜老爷子办公室里的姜慕晚，自己找了姜慕晚一个多月，最终却在华众直接见到了人，何其可笑。

姜老爷子被带走，她来到华众，这一系列的事情看起来不相干，但实则有密切联系。

姜临即便是再傻也能猜出来，这其中少不了姜慕晚的手笔。

安静的办公室内，父女二人无声地对峙着。姜临望着姜慕晚，缓缓开口："老爷子的事，是不是你搞的鬼。"

姜慕晚闻言，笑了笑："与其说是我搞的鬼，倒不如说是他罪有应得。"

"你少把话说得那么理直气壮。"

如果不是姜慕晚，华众所遭遇的很多事情都不会发生。

姜临后知后觉地认识到，从姜慕晚2008年踏上C市这片土地开始，所行之事就不简单。

他相信姜慕晚的话吗？自然是不信。

倘若没有人在这中间推波助澜，事情怎会进展得如此顺利？

恰好在君华慈善晚宴上，恰好在顾江年的地盘上，恰好S市有人举报了有人贪污慈善捐款，恰好牵连到姜老爷子，恰好S市的人过来时，姜老爷子是在君华的慈善晚宴上。

这一件件一桩桩的事情，看起来都有着密切的联系。

除了姜慕晚还有谁？

这些事情的最终受益者是谁，那推波助澜者必然是这个人，所有事情最终受益人都指向姜慕晚，她绝对是这场"阴谋"的主角。

可此时，姜临知道得太晚了。

可是他知道了又如何？现如今的她坐上高位，姜临哪还有丝毫还手之力。

姜慕晚靠在椅子上笑望着他，与姜临的愤怒不同，她颇为淡然，甚至是心情极好，面上的笑意从未消散过。

"那我该如何说？我是不是应该直白地告知父亲，您要是好好地坐在自己的位置上，不妄想其他，我保证您能在华众安享晚年。倘若您有什么别样的心思，您放心，我会用您当初对付我的手段来对付您的。"

"你敢!"姜临咆哮道,怒目圆睁,瞪着姜慕晚,周身的怒火熊熊燃起。

姜慕晚含笑开口:"我为何不敢?我不过是以其人之道还治其人之身罢了,我会取走你的劳动成果,从明天开始,华众所有的高层都会换上我的人,到那时候,您能如何?"

只许你用恶毒残忍的手段来对付我,不许我反杀回去?

她姜慕晚的人生字典里就没有"不敢"这两个字。她既然敢回C市,她敢下定决心反杀回去……

她没有什么不敢的。

她不仅敢,而且还是堂堂正正、光明正大地敢。

让姜临无路可走。

逼得他无路可行。

留在华众,你就要受我践踏;受不了,你尽管走。

姜慕晚这是下定了决心,要把姜临往死路上逼。

"你别忘了,老爷子的案子还没有结案,到时候S市那边来人让你去配合调查,谁能护住你?"

"即便老爷子的事情跟你没有任何关系,但只要是老爷子说了点什么信息与你相关,你现在住的梦溪园就会被查封。我要是你,就老实一点,即便我把董事长的位置让给你,你坐得稳吗?你有这个本事吗?"

砰!

姜临拿在手中的手机狠狠地砸向姜慕晚,后者偏头躲过,却一脸不在意,好似丝毫不将他的暴怒放在眼里。

"威胁我?"

姜慕晚点了点头,含笑开口:"是这样。"

何其猖狂,何其目中无人。

"你就不怕我让宋家人来接你回去?"姜临仍然用宋家来威胁她,可威胁得到吗?

姜临此时可谓是无计可施了,面对来势汹汹且不在乎别人眼光的姜慕晚,他无力阻挡,如今除了将宋家推出来,并没有更好的方法。

姜慕晚看到他的表情,猜到了什么,在心中冷笑。

想找宋家?倘若她不清楚外公的心意,或许还会有所顾忌,可此时,得到宋老爷子的支持之后,她还有何好顾忌的?

她原本顾忌的人现在成了为她撑腰的人,她怕什么,有什么好怕的?

而宋家的人个个都通情达理，都护着她、疼着她，她还有什么好顾忌的？

姜临此时找来，姜慕晚便知晓这人已经无路可走了。不然，一个连宋家门都没进去的人，怎会说这些呢？

除非他是真傻。

"想让宋家接我回去，前提是你要进得去宋家的门。"姜临狂妄的话语唤起了姜临多年前不美好的回忆。

他与宋蓉的那段感情，并非全是败笔，最初，他们是两情相悦的，婚后一段时间的生活也十分甜蜜。

姜临初见宋家人，便觉得他们都有一股高高在上的感觉，无论是宋蓉，还是宋誉溪，那种高贵感融入了他们的一言一行中。

宋老爷子一开始并不赞同这桩婚事，但宋蓉固执己见。

彼时，宋老爷子曾说过这样一句话："想当宋家的女婿，除非你能进入宋家的门。"

二十多年过去了，姜临再次想起宋老爷子的话，那种面对宋家人而胆怯的内心恐惧感仍然埋藏在心头。

今天，姜慕晚的这句话让姜临恍惚中以为又回到了二十几年前。

"所以，你这次回来是宋家人的意思？"

宋家人不屑于亲自动手，但姜慕晚回来复仇，他们却表示支持。

姜慕晚撑着桌面缓缓起身，望着他，一字一句地开口："我回来，是老爷子的意思。"

"你说谎！"

他不相信，谁会把一个白眼狼召回来。

"我猜你也不信。"姜慕晚笑着点了点头，"换作我，我也不信。"说着，她从面前的抽屉里抽出了一个文件袋，扔在了姜临跟前，"2008年3月，你和杨珊试图让老爷子回家颐养天年，老爷子产生了危机感，便开始联系我，让我回姜家，为什么？想必你不用我说得太清楚。"

姜慕晚的话语直白简单，她再度伸手从抽屉里抽出了一沓纸："你坐在总裁的位置上，每次做出了点成绩，股市就会波动，谁的功劳，你知道吗？"

一沓A4纸扔在了姜临身上，姜慕晚一扬手的工夫，姜老爷子所做的一切都犹如幻灯片般在姜临的脑海中播放出来。

人人都想渔翁得利，却万万没想到最终渔翁得利的是姜慕晚，是这个处于旋涡中心的人。

她成为姜家唯一的赢家。

倘若今日姜慕晚不说，姜临只怕是无论如何也想不到姜老爷子会做出这种事情。

为了权力，姜老爷子真是什么都做得出来。

付婧推门进来时，便见姜临站在姜慕晚的办公室里，拿着 A4 纸细细地翻阅着，他浑身颤抖，没有言语。

"姜董。"付婧喊了声。

"我会去查证的，最好是你所言非虚，姜慕晚，你记住，我是不能将你如何，我虽然没有你的把柄，但并非没有你母亲的把柄。"

夫妻数载，若说掌握对方的隐私，是不可能的。

"宋家想动我的东西，也得我愿意。"

姜临这番话让姜慕晚的眉头狠狠地皱起，望着他离去的背影，目光寒了几分。

付婧听着姜临这话走过来，望着姜慕晚，规劝道："你别信。"

宋蓉即便是跟姜临做过短暂的夫妻，但一直醉心于科研，不见得有什么短处在对方手里。

姜慕晚缓缓收回目光，嗯了声。

上午，华众集团八十九名人员辞职。

随后，华众进行了一系列的人事调整，或升或降，说若有人不满意，可以辞职。

他们在上午见过姜慕晚那雷厉风行的办事作风后，谁敢多言。

下午，临近下班时分。

付婧接到了一通来自徐放的电话。徐放询问付婧，能否转告姜慕晚，让她来一趟君华。

顾江年自从回来后，表情便不大好，浑身散发着戾气，阎王爷似的，人人见而避之，可居然会还有人主动触霉头。

那位张总，等了不过两三小时就借着登门道歉的由头来了君华，进了办公室就被顾江年炮轰了出来。

许是他们这场谈话并不愉快，气得顾江年砸了办公室。

万事皆有源头，而此事的源头是在姜慕晚身上，徐放这是没办法了，才会求到付婧这里。

"姜董很忙，不一定有时间。"付婧说的是实话，姜慕晚现在忙得不得了，哪有时间去君华。

徐放当然知晓付婧说的不是假话，但——

"若姜总实在没时间，打个电话也可以。"徐放退而求其次。这个办法还是曹岩想出来的，到底是过来人，经历过婚姻。

付婧抿了抿唇，不敢做决定，她只道："我转达一下。"

但是姜慕晚打不打这个电话，她无从知晓。

楼下记者拿着长枪短炮蹲点，楼上会议室会议接连不断地召开。唯一好的一点是，姜临手下的人走了大半，省去了与他们博弈的时间。

"徐特助来电话，问你能不能给顾江年打个电话。"付婧过来询问。

姜慕晚从文件中抬起头来，疑惑道："怎么了？"

付婧耸了耸肩："不知道。"

"等一下。"

这一等，徐放等到天都快黑了，也没有等到这通电话。

老板心情不好，秘书办的人都不敢下班，硬生生地陪着熬。临近七点，姜慕晚收拾了最后一份文件，才想起付婧说的那通电话。

她立刻拨去电话，那边的人极快地接起。

一声温柔满满的"蛮蛮"从话筒中传来，姜慕晚只觉得心头暖了暖。

"你下班了吗？"她起身，拿着手机往窗边走去。

"还没，你呢？"

"我啊？"姜慕晚微微推开窗户望了一眼楼下，只能看到三三两两的人影。

"最近都比较忙。"

"嗯……"顾江年能理解，真正管理一家企业并非那么容易。

"我不回家了，你晚上回家，让人给我送些换洗衣物过来。"她见楼底下那些记者依旧守着，觉得自己一时半会儿离开的可能性不大。

"不回家？"顾江年说这三个字时，语气跟前面任何一句不同。

姜慕晚回S市几日，今日才归C市，二人面都没见上，他就只得到了一句"不回家"？

顾江年这时候火气更大了。

"楼下有很多记者。"

"有记者怎么了？每天都有记者跟着我，我不回家了吗？"

顾江年又开始蛮不讲理了。

她现在被记者盯着，和平时记者跟着顾江年想拍些花边新闻，这性质能一样吗？

说姜慕晚此时处在风口浪尖也不为过分。

"说话。"见人久久不回应,顾江年这怒意又更加重一点。

"你让我说,我就说?"

"要么你回来,要么我去华众,别跟我说其他的。"顾江年强势霸道说的话一点也不客气。

徐放的算盘落空了,他只知道姜慕晚可以平息顾江年的火,却不知道,这次的火也不太好平息。

晚九点,顾江年归顾公馆,姜慕晚仍旧在华众。

九点十分,姜慕晚接到来自兰英的电话,温声软语地问她何时归家,她就隐隐猜到了什么。

"你家先生让你问的?"

兰英默了两秒,随即嗯了声。

姜慕晚闻言,狠狠地叹了口气。

顾江年这是跟她杠上了。

付婧见她如此,规劝道:"回去吧,毕竟顾董服了软,我们也不能太过分,再者,大家都需要休息。"

付婧说的是顾江年送股份之事。

姜慕晚想了想,觉得有道理。

从华众大厦地下停车场驶出十几辆黑色奔驰轿车,井然有序地前行着,到了大门口,往不同方向离开。

让一堆狗仔即便是想跟也不知道跟哪一辆。

姜慕晚归家,十点整。

往日里本该熄灯的顾公馆灯火通明,姜慕晚停好车,远远便见屋子里的用人候着。她尚未走近,便见兰英快步迎了上来,低声道:"先生今日心情似乎不大好。"

"如何说?"姜慕晚疑惑地询问。

晚间顾江年归家,让用人倒水,用人倒了杯热水过去,自家先生喝了一口,摔了杯子。

兰英猜,或许是水温不合适。

可这种事情往常也发生过,先生都极少计较,今日明显不同。

兰英将晚间的事情同姜慕晚说了。

姜慕晚进屋,见顾江年站在窗旁负手而立。将手中的包递给兰英,她挥了挥手,示意站在客厅的用人离去,众人霎时间如释重负。

往常，姜慕晚肯定不管他，可毕竟顾江年帮了自己许多，不能忘恩负义。

"吃饭了吗？"她先开口，询问顾江年。

回应她的是沉默。

姜慕晚静静望着顾江年，过了片刻，见人还没有言语的意思，转身准备离开，凉飕飕的嗓音在身后响起："你不是不回来？"

"你不是不让？"

姜慕晚想也没想就反问了回去。

安静的客厅里，夫妻二人沉默地对视着，细看，顾江年的眼里依旧有怒火存在。

顾江年的性子，姜慕晚不说摸透了，也知道这人不会是因为这样的小事情生气。

她归家的本意是和他要好好相处的，可是顾江年拒绝交谈，她也没办法，说白了，就是她不会哄人。

外人或许觉得顾江年的火有些邪门。

可徐放他们这些当事人知道，顾江年的火，起因只是姜慕晚。

可外人知道又有什么用呢？

姜慕晚这种人，用顾江年的话来说就是小白眼狼，没有让她满意的好处，她都不会配合。

顾江年心中本就窝着火，一进屋，用人端来一杯滚烫的水，更是让他火冒三丈。

"去哪儿？"见姜慕晚步伐微动，顾江年冷声开腔。

"倒水。"她没好气地回应，两个字甩出来，也没什么温情。

姜慕晚走进餐厅，从架子上取出水杯，正欲倒水时，记起兰英所说顾江年晚间归家的一幕，她又拿了一个水杯，准备给顾江年也倒一杯水。

哗哗倒水声响起，姜慕晚口袋里的手机也响了起来。

接起电话后，她听付婧在电话那头说："我刚吃夜宵时碰到了徐放，他说顾董今日应酬时听到外人说你坏话，把人家给打了。"

姜慕晚："……"

拿着手机的人猛地回头，透过餐厅的玻璃望着站在客厅的顾江年，眼眸中有震惊，也有诧异。

所以这人今日怒气冲冲，只是因为听到了外人说自己的坏话？

姜慕晚心头一暖。

"严重吗?"她问。

"不清楚。"付婧道。

"那——"

一声惊呼声响起,姜慕晚砰的一声扔掉手机。

"你怎么了?"

"手被烫到了。"

顾公馆的自动饮水系统出了问题,也不知是杯子隔热性能太好,还是饮水机坏了——往日里流出来的是温水,今日流出来的是热水。

姜慕晚无意中,把指尖伸到了接水口,烫得一激灵。

"怎么了?"

顾江年听见惊呼,立刻走到她面前。

"手烫了。"

"你是猪吗?"

若是不知晓顾江年把人打了那件事,姜慕晚这会绝对会回击,可现在,她忍了。不仅忍了,还趁着顾江年俯身之际,亲了亲他的面庞。

这让顾江年瞬间止住了手中动作,冷着脸问她:"干什么?"

"你被猪亲了。"

顾江年:"……"

她有意讨好顾江年,顾江年面上的阴云因此散了几分,他拉着姜慕晚的手放在水龙头下。

"你今天跟人打架了?"

顾江年眉头微微拧起,望着姜慕晚:"是哪个多嘴的人跟你说了?"

"你都敢打架,还怕人告状啊?"姜慕晚笑问。

顾江年沉默了,姜慕晚的询问并未得到回答,突然发现原来他并非不在乎那些流言蜚语。

或许说,他不在乎那些流言蜚语加诸自己身上,可一旦那些流言蜚语加诸姜慕晚身上,他便不能忍受。

他曾经对姜慕晚说过你尽管去做的话,现在他反悔了。

她的人生,应该是美好的,不该跟自己的一样。

"不是说不在乎那些吗?"

眼前人教她不要在意他人看法,可自己却反而无法无视?

不,不该这样,顾江年不该是这种人。

他不是那种会随便在意他人言语看法的人。

"我后悔了。"男人将姜慕晚的手从水龙头下移开，见皮肤已经不红了，才抽出纸巾擦干了她的手。

之后他去拔了饮水机的插头，以免再有意外发生。

"后悔什么？"姜慕晚追问。

"后悔让你承受那些恶毒又肮脏的言语。"

"我不后悔。"姜慕晚望着顾江年，语气认真。

"我后悔。"

"当事人都不后悔的事情，你后悔又有什么用？"姜慕晚反问。

事已至此，她只有硬着头皮往上爬，没有后悔的余地，也没有回头路可走。

她从不后悔做过这一系列的事情，也从不后悔颠覆姜家，坐在这个位置上。

现实就是如此残忍，有所得必有所失，没有人会不付出代价——就能得到想要的东西。

"你——"

姜慕晚没有给顾江年再次言语的机会，踮起脚尖，止住了他所有的言语。

她搂着顾江年的脖子，指尖穿过他的短发，似是在抚摸一件稀有珍品。

姜慕晚前面二十几年的人生路，尚且还算平坦，唯一不平坦的，是那经年累月埋藏在心底的痛苦回忆。那些痛苦，没有随着时间的推移而减少，反倒是越埋越深，直至今日，才被自己亲手连根拔起。

埋了十几年的根，拔起来，并没有想象中的痛楚。

相反，是如释重负，好似压在心头二十几年的巨石，轰然倒塌，只觉得浑身轻松。

对于另一半，姜慕晚未曾想过。

彼时身旁的人是贺希孟时，她觉得尚好，但仅是尚好而已。

或许是因为知根知底，或许是因为熟悉彼此的性情，抑或是门当户对，又或许她曾受过他的呵护。

有千万种理由，也有千万种或许，但这千万种理由和或许中，没有一种是因为爱情。

宋思知曾经冷漠地评价过她：像她这样的人，看似桃花不断，看似是个多情种，实则是个无情人。

直至姜慕晚跟顾江年走到一起，她才觉得——对她来说，这个人远不止"尚好"这简单的二字可以概括。他是爱人，更像亲密的好友，又像儿时的玩伴。

"骂就骂了。"姜慕晚松开顾江年，仰头望着他。

安静的餐厅内，没有任何声响。

顾江年低头睨着她，面上讳莫如深，让人难以猜透他的想法。

姜慕晚太厉害了，厉害得三言两语或者只是一个动作便能将他控于掌心，将他的怒火猛地压下去。

这句"骂就骂了"出来，带着些许浅浅的笑意，好似这些辱骂根本不值一提，根本不值得她放在心上。

淡淡的，柔柔的，如同一盆冷水浇灭了顾江年心中的怒火。

她望着他，眉眼间的疲倦仍旧还在，只是目光逐渐柔和。

骂就骂了？他家的孩子要打要骂只能自己来，外面的那些人，怎么配？

"他们不配！"

姜慕晚唇边笑意渐起，搭在顾江年肩头的手缓缓滑下，放在他有力的臂膀上，轻轻地捏了捏，笑道："伤着了吗？"

顾江年的心微微颤抖。

姜慕晚的一句关切询问，胜过其他人万语千言。

爱情的魔力在此时显现，旁人的千言万语都抵不过姜慕晚的一句温言软语。

他伸手将人揽进怀里，垂首吻了吻姜慕晚的头顶，动作温柔。

"流言蜚语骂在我身上，我从不将它们放在心上，可骂在你身上，我心疼。"

男人低沉的话语钻进耳中，也钻进姜慕晚的心头，她心潮澎湃，连带着眼眸都湿了。

顾江年说他后悔，是真后悔。

他凭什么要求姜慕晚承受住那些流言蜚语，逼着她前行？

感受世人的凉薄吗？感受言语的暴力吗？

男人将姜慕晚抱紧，姜慕晚紧紧地贴着他，本是放在他身侧的双臂缓缓抬起，而后落在顾江年的后背上，隔着衬衫轻拍着。

"乖啊！我不疼，一点都不疼。"她不仅不疼，而且还兴致盎然。

得到了宋家人的支持，让她如释重负，没了那些纷纷扰扰的杂念，

203

姜慕晚足以在这C市横行。

她佯装正经，摸着顾江年的头，用跟白猫说话的语气宽慰着人，带着些许俏皮。

顾江年忍不住笑出了声，将姜慕晚又抱紧了一分。

这种感觉该如何形容？他觉得就像是小姑娘拿着棒棒糖哄大人的感觉。

姜慕晚的脑袋埋在顾江年的胸前，慢慢摇了摇头，蹭得一头柔顺头发乱七八糟。

顾江年正要说话："我——"

姜慕晚抬手，捂住了顾江年的嘴巴，望着他，一脸正经："什么叫以其人之道还治其人之身——"

这就是。

顾江年曾在某个夜晚，将喋喋不休的姜慕晚的嘴直接捂住，现在她有样学样，也用同样的方式让他闭嘴。

顾江年睨着姜慕晚，目光逐渐变得深沉。她想逃，而显然，来不及了。

羊入虎口，哪里逃得掉？

他的薄唇落下，二人近乎忘情地拥吻着。

男人伸手将人抱起来。

此刻，夜色和欢愉都正浓。

五月，C市日渐暖和。

姜慕晚醒来时，阳光早已透过纱帘洒进了卧室，铺上了一层淡淡的柔光。

她起身洗漱，化上淡妆，拉开卧室门准备下楼，隐隐听到声响传来。姜慕晚恍惚以为自己听错了，站定之后，又仔细地听了数秒。

"午餐要准备了。"余瑟温温柔柔的嗓音从客厅传来，吩咐兰英。

而兰英面对余瑟吓出了一身冷汗——没想到她会在今天突然造访。

当然，以往也有如此时候。

春夏季节天气好时，顾江年都会接余瑟过来住几日，顾公馆里花草树木多，建造园林景观时都是花了大价钱的，各色花卉在春日争相斗艳。

余瑟过来，她本不该惊讶，毕竟每年这个时候都是如此。

可这日，她的心狠狠颤了颤，夫人好似并不知晓自家先生与太太之间的婚姻，且二人还有意瞒着。

"好。"兰英毕恭毕敬地回应。

"按着你家先生的喜好来,无须管我。"余瑟轻言。

兰英应下。

姜慕晚站在走廊里,一手提着包,另一边的臂弯间搭着一件黑色西装外套,正准备出门的她因着余瑟的到来而止住了步伐,静静地听着余瑟跟兰英的交谈声。

此刻,她的内心说不出是何感觉,反正是并不太好。

每每余瑟来顾公馆时,她总觉得自己是这座宅子里的外人。

虽说是自己咎由自取,可心底那股无力感仍旧如同藤蔓一般疯狂地攀爬,控制不住。

余瑟每一次在顾公馆出现,总能让姜慕晚清晰地意识到,她和顾江年的婚姻不会长久。

余瑟和顾江年是母子,而她,即使再努力地融不进去他们的世界。

"你忙,我上去看看。"余瑟的声音打断了她的思绪。

听到脚步声顺着楼梯而来,姜慕晚没有多想,推开一旁的门直接躲了进去。

兰英张了张嘴,想阻止余瑟的动作,但余瑟今日的动作都是往日里顾江年允许的,自家先生允许的事情,她有什么资格开口阻止?

姜慕晚推开的是顾江年的书房门,没想到的是,余瑟上楼后做的第一件事就是进了顾江年的书房。听到门锁的转动声,她立刻转身往阳台躲去,伸手拉上了窗帘给自己做遮挡。

她是害怕见余瑟吗?

不是。

只是她还没想好如何面对余瑟。

所以此时,她只能躲。

"大白天的,怎么窗帘都没拉开?"

余瑟见顾江年书房的光线昏暗,心底起了疑惑,上前准备拉开窗帘。

余瑟的步伐每向前迈进一步,姜慕晚的心跳便加快一分,她尽量缩着身子往角落里躲。书房阳台是落地窗,一旦窗帘被拉开,她必将暴露。

她向后望去,心跳如擂鼓。

"夫人,先生让您接电话。"

楼下,兰英的焦急肉眼可见,她担心余瑟上楼撞见姜慕晚,更担心余瑟撞见姜慕晚时,她正在睡觉。

一通求救电话拨到了顾江年手机上,顾江年听完兰英的话,本是靠在车座椅背上闭目养神的人瞬间睁开眼,吩咐司机:"掉头,回顾公馆。"

余瑟停住脚步,回头接过兰英递来的手机。

"母亲。"顾江年在那边轻唤。

"下飞机了?"晨间,余瑟给顾江年拨了通电话说来看看他,顾江年原以为她是到公司便应允了,不承想是来了顾公馆。

"我快到公司了,您过来了吗?"顾江年故意告知,让余瑟能听出这其中深意。

"不归家?"余瑟拿着手机,步伐一顿。

"我直接去公司。"顾江年在那边听着余瑟的声响,心跳得跟敲战鼓似的。

余瑟抿了抿唇,"嗯"了一声,迈步向着落地窗而去,扬手,哗啦一声拉开了书房窗帘。

兰英的心顿时提到了嗓子眼,心跳猛然加速,原以为窗帘背后会看见自家太太,可拉开之后发现,空无一人。

兰英抬手捂住胸口,松了口气。

楼下,顾公馆的保安巡逻到后院,他们远远便见自家先生书房阳台上有道身影,众人以为进了贼,跑近一看,却是自家太太。霎时,五个人猛地停在了后院草坪上。

那个平日里看起来瘦瘦弱弱、肩不能扛、手不能提的太太,居然极度灵活地从这边阳台跳到了那边阳台。

二楼距离地面有六七米的高度,阳台与阳台之间间距在一米左右,对于他们这群练家子而言确实是没什么,可此时,跳过去的人是自家太太,说他们不震惊,是假的。

隔壁书房内,姜慕晚将手中的包包和外套统统都丢在了地上,疾步行至房门处,伸手反锁住了。

此时,她整个人才从震惊与紧绷中回过神,贴着门板缓缓坐到了地上,背靠着门板,双腿弯曲,双手搭在膝盖上,微微低着头,喘息声渐渐平稳。

一头柔顺的长发垂下来,她伸手将挡住眼帘的碎发往后拨。

余瑟将窗帘和窗子拉开后,决定依顾江年的提议去公司,临行前,将提过来的行李交给兰英让她放至客房。

姜慕晚的书房原先是余瑟来时专门住的房间,见兰英提着东西往三楼而去时，余瑟疑惑地问了句："客房不是在二楼？"

兰英心里一咯噔，将早已准备好的说辞说出来："先生在那间房间放了重要物品，客房现在安排在三楼。"

余瑟闻言没有再多问，点了点头，临离开前还嘱咐兰英将午餐送至君华。

余瑟走后，兰英才敢给自家太太打电话。书房内，姜慕晚接到兰英的电话，尚未言语什么，只听兰英道："太太，夫人走了。"

听到兰英这句"夫人走了"，姜慕晚才松了口气。

大清早起来，姜慕晚折腾许久，离开顾公馆时，她的面色极差，吓得兰英什么都不敢说。

她刚到公司，付婧迎上来，将手中的文件搁在桌面上："你看看新闻。"

姜慕晚拉开椅子坐下去，疑惑地询问："什么新闻？"

"你跟顾江年被拍了。"付婧告知。

姜慕晚打开电脑，点开网页去看这则新闻，新闻没有过多描写什么，或许是他们忌惮顾江年，只有一张照片和寥寥数语，再顺带提一下华众近日来发生的事情。

可即便是如此，这则新闻也足以让众人想入非非了。

君华顾江年，华众姜慕晚，关于他们的，即便是绯闻，众人也愿意看。

这张照片拍摄角度，让人怎么看都觉得她和顾江年有着暧昧不清的关系。正好是这样一幕被记者拍到了，姜慕晚就不信那个偷拍的人是无备而来。

"让公关部的人把消息压下来。"她开口，语气低沉。

"让顾江年那边的人出手？"付婧询问。

若是顾江年那边的人出手，似乎更有威慑力。

晨间的那番折腾让姜慕晚心情极度不佳，此时听得顾江年的名字，只觉得脑子嗡嗡作响，怒火噌噌地往上冒，连带望着付婧的目光都冷了两分，冷声询问："华众公关部没人了？"

付婧一哽，心想，只怕是顾董又得罪她了。

不然姜慕晚这一大早过来满身的怒火是从哪来的？

"明白。"付婧回应。

顾江年挂了余瑟的电话后，试图联系姜慕晚，但未联系上。

十点半，顾江年抵达君华，尚未坐定，便见徐放拿着手机疾步走进来:"老板,顾公馆管家发了一段视频过来。"

顾江年将身上的西装外套脱下,搭在椅背上,朝徐放伸出手。

出差四天,徐放只觉得每日都是度日如年,难熬得很。

顾江年的怒火来得莫名其妙,让跟着出差的君华老总大气都不敢喘出,小心谨慎,生怕自己一不小心招惹了这位阎王。

顾江年将手机放在桌面上,一边漫不经心地解着袖扣,一边低头看着手机视频。渐渐地,他的动作顿住。

望着视频的人就这么僵在了原地。

顾公馆的保安都是顾江年的心腹,即便是没有亲眼见过先生对自家太太的呵护,偶尔也能从罗毕口中听得一二。因此,众人今日见到这一幕时也未曾多想,只调出顾公馆的监控,将当日的视频整理了一份发给了顾江年。

不管先生看到之后如何,还是得让他知晓,毕竟这不是一件小事。

而顾江年看到这个视频之后,满心的诧异和震惊——他并不知晓余瑟的到来会让姜慕晚有如此大的动作。

在直面余瑟和阳台躲避之间,她毅然决然地选择了后者,即便有一定危险性,她也仍旧如此选择。

姜慕晚的选择,不是顾江年愿意看见的。可不愿意看见又如何?姜慕晚已经如此做了。

他盯着手机,而后伸手拉开抽屉,从烟盒里抽了根烟出来,缓缓地点燃了,解着袖口的手也就此放下。

顾江年微眯着眼,浑身隐隐散发着低沉气息。他将这个视频看了数遍,每看一遍,面色便阴沉了一分。

徐放的工作汇报还没有完成,或者说他还没有开始汇报,便被保安发来的那个视频给打断了。

他站在顾江年的办公桌前,不知是该继续汇报工作还是退出去。在得到顾江年的指示之前,他都不敢贸然行动。

身后响起的敲门声解救了他——秘书办的人推门进来,告知道:"顾董,夫人来了。"

徐放想,他可以解脱了。

余瑟来时,看见顾江年指间的香烟,作为母亲,总免不了嘀咕两句。

顾江年大概是不想让自己的负面情绪被余瑟发现,收敛了浑身戾气,绕过办公桌,朝她走去:"难得见一次,您就少说我两句。"

"你还知道难得见一次？"余瑟没好气地开口。

顾江年近段时日工作繁忙，忙到何种程度？明知近段时日姜慕晚心情不佳，他都没时间同人好好聊聊，将生气的老婆丢在家里，自己飞到国外出差。他实在是少有精力再回梦溪园。

"怪我。"

顾江年低头认错，一副好说话的模样，叫余瑟毫无办法，即将出口的指责话语也悉数咽了回去，只轻叹一句："再忙，也要注意身体。"

"您安心。"顾江年宽慰余瑟的话一直都是只有这两个字——安心。

顾江年心中暗自烦闷，见了余瑟更是想到了翻阳台的姜慕晚，抬手准备抽口烟稳住那颗躁动的心，可刚抬手便见余瑟一个眼刀子甩了过来。

他将烟在烟灰缸摁灭。

"工作是忙不完的，你该有自己的生活，劳逸结合才能长远。"余瑟心疼顾江年，知晓他的事业起步不易，立稳脚跟更不易，也知晓顾江年处在这个位置上的不容易。

知晓归知晓，余瑟还是免不了要唠叨两句。

顾江年此时也不想工作了，看了刚刚的视频后，他恨不得立马去找姜慕晚，想知道那傻姑娘的脑袋里在想什么。

为了避开余瑟，她有什么是干不出来的？

"我心中有数。"顾江年拿起桌面上的茶壶给余瑟倒了杯茶，伸手递给她。

余瑟接过，望着顾江年，温声开口："今日是五月十九。"

五月十九，顾源的忌日。

尽管顾江年并不想记住这个日子，可余瑟年年都会来提醒他。

顾江年并不想承认顾源这个人，可余瑟素来心软，认为逝者最大，人已入土为安，过往的所有恩恩怨怨都应该放下。

顾江年没有这么温厚，他永远都记得顾源对这个家庭的伤害，也永远记得那个人当初是怎样对待他的母亲和妹妹，又怎会去记住那人的忌日？

"我让人送您去？"

言下之意，他并不想跟余瑟一起去。

"一起去吧。"余瑟劝道。

顾江年不再直言拒绝，视线扫了眼桌面上摆着的一摞摞文件，道出一个字："忙。"

忙是真的，不想去也是真的。

余瑟今日前来，自然是不会轻言放弃："逝者为大，那些陈年往事既然过去了，我们就让它彻底过去吧。"

死的人已经死了，活着的人得活着，这是顾江年母子二人一路走来得出的结论。余瑟也是凭着这个信念活到至今，否则她早随死去的女儿一起去了。

"韫章。"余瑟轻轻开口。

顾江年终究是没有抵抗住余瑟的劝说，在这个艳阳天离开君华顶层的办公室，同余瑟一起前往墓地去祭奠那个曾经罪大恶极的人。

可笑？大概吧！

第八章
我娶的是宋家蛮蛮

余瑟今日的突然到访实在让姜慕晚措手不及。夜晚归家，顾江年没有见到姜慕晚，知晓她是又闹起脾气了。

澜君府的卧室。

顾江年站在床尾，伸手将纯棉蕾丝被子往下拉了拉，露出了姜慕晚的脸。姜慕晚躺在床上装死，一动不动。

顾江年见状，将床尾的一截被子往上一扯，极其恶趣味地伸手去挠姜慕晚的脚心。

"你干什么？"

"电话拉黑，有家不回，你干什么？"

什么叫倒打一耙，反咬一口？

姜慕晚这贼喊捉贼的本事真是越来越厉害了。

"你惹我，我还不能拉黑你？"

"我怎么惹你了？不让你抽烟？"顾江年被气笑了。

"需要我的时候温声细语，不需要了就拉黑。姜慕晚，你真是一日日地刷新我对白眼狼的认知。"

姜慕晚就是白眼狼中的翘楚，白眼狼界的天花板。

顾江年的声音不小，而卧室门未关。

她侧眸望了眼敞开的房门，一想到付婧可能听见这男人说的话语，面上一红，气急败坏地怒声呵斥："你——"

"不许说脏话。"

姜慕晚将手中的热水袋狠狠地丢在顾江年身上，恶言恶语开口："你给我闭嘴！"

"姜慕晚？你可真行！"顾江年心里也是窝着火的，来之前，他还想着好好沟通，可姜慕晚一句话就将他心里强压下去的火气又给激了起来。

"那也是跟你学的，你高兴的时候一口一个宝贝，脾气上来就是姜慕晚。"

"噗——"

客厅，正在喝水的付婧听着这二人的争吵，一时震惊，把刚喝下去的水给喷出来了。

房间内，姜慕晚与顾江年自然也听见了客厅的动静，争吵声就此停歇，一人站在床尾，一人跪坐在床上，脸色都不好看。

顾江年低眸瞧了眼姜慕晚刚刚砸自己的东西，眉头微微皱了皱，怒火熄灭，俯身将地上的热水袋捡起来。

他朝床上气呼呼的姜慕晚伸出手，嗓音宛如大提琴般低沉："过来。"

姜慕晚薄唇紧抿，跪坐在床上望着他，半晌没动。

顾江年如墨般的眼眸微微眯了眯，压下那股火气，低沉的嗓音柔和了半分："听话，过来。"

姜慕晚依旧不动。

顾江年将手中热水袋扔在一边，单腿跪在床上将人拉了过来，狠狠摁进怀里，嗓音低沉："今天让着你。"

顾江年无辜，也是真无辜。

余瑟之事，他当真事先不知晓。

顾江年知晓，现在她心气不顺，越吵只会越伤感情。

"那我是不是还得谢谢你？"

姜慕晚挣扎着，想从他怀中挣脱出来，却被摁得更紧，宽厚的大掌还在她腰后轻轻地揉着。"大姨妈"给人带来的不适感在姜慕晚身上可谓是体现得明显。顾江年这一揉，揉得她的怒火消散了几分。

是夜，下车后，顾江年抱着姜慕晚回了顾公馆。

离开澜君府时，付婧看向姜慕晚的目光带着揶揄。

羞得她将脸埋进顾江年的颈窝里，只听得男人轻笑了声："你还害羞？"

她也不客气，张口咬在他的脖子上，疼得顾江年发出嘶的一声。

"你——"

顾江年还没张口,便被姜慕晚抬起手捂住了嘴。

这二人现在吵架吵出了默契,知道对方不会说什么好话,直接用实际行动让人闭嘴。

两人回到顾公馆,顾江年将她抱进室内,客厅灯火通明。

兰英见自家先生抱着人回来,心稳了,急忙迎上去:"太太。"

"煮点生姜红糖水端上来。"顾江年抱着人往楼上卧室而去。

姜慕晚躺在床上,盖上被子,捂着肚子瑟瑟发抖。顾江年走进浴室,洗了手,特意用热水泡了泡,然后转身回来坐在床沿,给她揉肚子。

在遇到姜慕晚之前,顾江年并不温柔,甚至可以说"温柔"二字从未出现在他的人生字典中。然而,在遇见姜慕晚之后,"温柔"二字仿佛与生俱来,只是被他尘封了许久,直到婚后才得以重见天日。

顾江年对待余瑟和对待姜慕晚的态度完全不一样。

人们提起他对待自己母亲的态度时,只会用"孝顺"二字来形容。然而,徐放和罗毕等人提及顾江年对姜慕晚的态度时,形容词便多了许多,如迁就、包容、宠爱等。

顾江年对姜慕晚极有耐心,而这些从未在对待其他人时出现过。

温暖的掌心揉着姜慕晚的小腹,令人昏昏欲睡。

姜慕晚靠近了顾江年的身体。她微眯着眼睛躺在床上,像一只被顺毛抚摸的猫,模样乖巧可爱。

顾江年看得心都柔软了,俯身亲了亲她,温柔问道:"现在舒服一点了?"

"嗯。"她回应。

肚子暖和,整个人感到舒适后,姜慕晚的臭脾气也下去了,依偎着顾江年的身体也变放松下来。

顾江年揉了揉姜慕晚的脑袋,轻唤了声:"蛮蛮。"

侧躺着的姜慕晚微微回眸,尚未开口,顾江年的薄唇落下,这个吻,异常温柔又充满爱意。

姜慕晚伸手搂着顾江年的脖子,蹭着蹭着就被人摁回去了,随之而来的是顾江年略带警告的嗓音:"你别勾我。"

"我没有。"姜慕晚开口反驳。

"乖宝。"顾江年摸着姜慕晚的脸轻轻唤了唤。

"嗯?"她尾音轻扬,浅浅应道。

"回梦溪园见见母亲？"顾江年的声音极轻，轻到慕晚以为自己听错了。回梦溪园见余瑟，意味着要将这段婚姻关系告知余瑟。

顾江年这是起了"贼心"，且还将这"贼心"直接告知姜慕晚，试图说服她。

思及余瑟对自己的态度，姜慕晚今日若是应允，只怕她是傻了——明知余瑟不喜自己，她还往上，不是送自己的脸到她面前让她打吗？

姜慕晚伸手推了推顾江年，试图将人推开。

可后者稳如泰山。

顾江年在看到姜慕晚跳阳台时就动了这个心思——左边是老婆，右边是母亲，他帮哪边都不合适。

长此以往，不是姜慕晚心怀愤恨，就是余瑟心中不平。

姜慕晚若是愤恨，指不定会上房揭瓦；余瑟心中不平，对她的身体不太好。

顾江年自然是知晓姜慕晚心中的想法，但隔阂要有被打破的一天，早晚而已。任何一个男人都希望家宅和谐，而他也不例外。

姜慕晚伸手推他，这是极其明显的拒绝。

"不去。"见推不开人，姜慕晚硬邦邦地甩出两个字。

"蛮蛮。"他唤她，嗓音中带着蛊惑。

姜慕晚依旧坚持："不去。"

这场谈话，并不愉快。

顾江年半揽着她灌了半碗红糖水，之后再想提起这个话题时，发现没了机会。

次日，那则有姜慕晚与顾江年二人被偷拍的照片的新闻并没有被压下，反而是愈演愈烈，连正在拍戏的宋思慎都拨了电话过来询问。

姜慕晚仍旧不以为意："绯闻而已。"

"绯闻你不压？"宋思慎身处娱乐圈，对于这种事情虽说见怪不怪，可新闻的主角是姜慕晚，他还是问了一句。

"你不知道你老板在 C 市的影响力吗？"

若真有问题，君华会比她更先一步采取行动。事实证明，姜慕晚的想法实在是太单纯了，她低估了顾江年想做一件事情的决心。

"你知道这在娱乐圈叫什么吗？"宋思慎问。

"什么？"

"'登月碰瓷'。"他的言下之意是，姜慕晚在碰顾江年的瓷。

"那也只能说我有这个本事,不是吗?"

姜慕晚正和宋思慎说着话,付婧推门而入,面带几分急切:"你看看。"

5月20日,华众大楼底下停了数辆敞篷豪车,其中有些车早已经停产,成了收藏品。然而这一天,它们出现在华众大楼底下。

敞篷车无一例外被红玫瑰淹没,姜慕晚站在窗边细细数了一下,共五十二辆。

"顾董这可真是追求女人的顶级手段啊!"不说这五十二辆豪车的阵仗,光是那些娇艳欲滴的玫瑰都价值不菲。

姜慕晚站在窗边,望着楼下,愣住了。

她转身返回办公桌,拿起手机给顾江年拨去了一通电话。顾江年或许是正在等姜慕晚这个电话,铃声只响了两声便接起。

原以为会有甜言蜜语,不想姜慕晚开口就是一句:"你是不是对别的女人也这样过?"

顾江年半晌都没反应过来,沉默了片刻才道:"没有。"

"那你怎么会这么有手段?"

什么叫不解风情?

什么叫大煞风景?

姜慕晚今日给顾江年演绎了一番。一般的女人见此阵仗,只怕早已心花怒放,可姜慕晚倒好,一盆冷水泼给了顾江年。

上午送来的花,下午有人扒出了豪车的主人。

C市拥有限量版豪车的只有两个人,一个顾江年,一个萧言礼。

而顾江年的地位太高,众人都不敢往他身上去想,是以这豪车献花的戏码最终被认为是萧言礼的手笔。

萧言礼本人得知时,蒙了。

旁人不敢胡乱猜想,他敢啊!

下午,他来到君华,推开门尚未看清里面是否坐着人,声先进:"你老实说,你是不是对姜慕晚有意思。"

顾江年:"……"

君华众高层:"……"

徐放:"……"

他们老板对姜慕晚何止是有意思,都已经将人娶到家了。

君华几位老总极其尴尬地咳嗽了声,起身离开,一整套动作行云流

215

水。徐放临走时还伸手拍了拍萧言礼的肩膀,给他个自求多福的眼神。

这傻孩子,顾董心里正窝着火呢!自己巴巴地送上门来了,这不是缺心眼吗?

众位老总前一秒钟还被顾董训得抬不起头来,下一秒看到萧言礼,眼睛都放光了,简直是看到了人生希望。

萧言礼还没琢磨透徐放的眼神是什么意思,砰一声,一只茶杯砸了过来,一起砸过来的还有顾江年的咆哮声:"给我发声明!"

他费尽心思准备的惊喜被萧言礼给截和了,正想着去找他,他自己却送上门来了。

顾江年现如今满心想着怎么才能公开和跟姜慕晚的关系。他这才走出第一步,功劳就被萧言礼给截和了,成了他公开关系的拦路虎。

能不气吗?

"发什么声明?"

萧言礼被砸得莫名其妙。

"你说呢?"顾江年咬牙切齿地开口。

萧言礼沉默了一阵,望着顾江年,似懂非懂地说了一句:"你别跟我说那五十二辆豪车玫瑰真是你的手笔?"

回应他的是顾江年越来越难看的脸色。

萧言礼要是还不懂,那就是傻了:"你这是想跟姜慕晚有绯闻?"

这人安的什么心?追人就光明正大地追,暗中搞什么绯闻?

顾江年这会儿心里正窝着火,哪里听得进去他在这儿啰唆,抬步向他走去,一副要弄死他的模样。萧言礼怎么敢多言,立马举手投降:"我发!我发!马上就发。"

下午,闹得风风火火的豪车玫瑰事件的绯闻男主发声了——

豪车不是他的。

霎时,一石激起千层浪。

萧言礼这一则声明发出来,顾江年就等着媒体炒作和流言蜚语满天飞了。

可他左等右等,始终等不来。

然后,他还被萧言礼的话给扎了心:"你信不信,即便C市只有你和我两个符合做出这件事的人选,而我澄清之后也无人会联想到你身上去,为什么?你以前对付媒体的手段太狠了,大家即便内心如此猜想,也不敢吱声。"

一语道破天机。

C市，当真无人敢想。

无人敢猜测这是顾江年的手笔，即便是在心里暗自猜测，也不敢说出来。更遑论那些媒体了。

顾江年今日心中的火注定是消散不掉了。

夜间归家，姜慕晚明显觉得顾江年面色不佳，两次询问，换来的是这人的冷言冷语相对。

她索性不问了。

姜慕晚用完晚餐端着水杯上楼时，刚踏上楼梯便听见楼下那两只猫疯狂的尖叫声。

回眸望去，便见顾江年阴森森地望着她，一副恨不得吃了她的模样。

姜慕晚端着杯子站在楼梯上默了默，才道："我哪儿招你了？你说，我改。"

顾江年一口血哽在喉咙里半晌都发不出声来，更生气了。

晚间睡觉，姜慕晚躺了半天也没等来顾江年的臂弯，于是自己伸手去拉，往日一拉就过来的人，今日没拉动。

姜慕晚试了几次，生气了，转身一巴掌打在顾江年的胳膊上："你干什么？"

"你打我，还问我干什么？"顾江年冷眼瞧她。

"手给我。"

"不给。"

"给不给？"

"不给。"

"姜慕晚，你属狗吗？"男人的咆哮声在安静的卧室里响起，话音刚落，他的胳膊上就出现了两排牙印。

5月20日，顾太太送给了顾先生两排整整齐齐的牙印，原因是顾先生不给胳膊让她枕。

"你给不给我？"姜慕晚咬牙切齿地问道。

"给你，给你。"

大抵是觉得靠媒体炒作这条路行不通，顾江年开始转变策略，比如——送她上班。

往日里，要么是姜慕晚自己开车上班，要么是付婧来接她。

鲜少有顾江年送的时候，君华与华众分别在CBD的两端，送了她，顾江年还得往回折返，简言之——不顺路。

晨起，姜慕晚将手中的口红丢进包里，正准备出门，便见顾江年正站在客厅中央穿西装。见她要走，他出声唤道："等等，一起走。"

一起走？姜慕晚愣了片刻，反应过来后道："但我们不顺路啊！"

"同在 CBD，怎么不顺路了？"顾江年冷眼望着她，低声询问。

CBD 里也分东南西北，不顺路不是很正常？

姜慕晚觉得顾江年这几日的火气实在是来得很莫名其妙。她提着包望着顾江年琢磨半天，也没琢磨出他的火气从哪儿来。

顾江年的车在 C 市素来是独特的存在，那极其张扬的五个 6 车牌号，足以让人知晓，这是 C 市首富顾江年的座驾。

今日，这 C 市首富的座驾险些停在华众门口。

姜慕晚跟顾江年一起出门，只是临出门之前，她问顾江年能否换辆车。

不为别的，只因他这车牌辨识度太强。

被这人拒绝了。

罗毕驱车快到华众时，姜慕晚意识到了不对劲，立刻开口唤停。

"靠边停，把我放下就行。"姜慕晚伸手提包准备下车。

罗毕透过后视镜本是想看一眼姜慕晚的，可这一眼望去，先看见的是自家先生那黑如锅底的面色，随即开口："还没到，太太。"

"无碍，我走走。"华众门口仍旧有记者守着，若是顾江年的车停在门口，肯定会被人大做文章。

可这话，落在顾江年耳朵里就不太好听了，望着姜慕晚的视线冷飕飕："我见不得人？"

姜慕晚："……"

她总觉得顾江年这几日很不对劲，但一时半会儿又想不出具体是哪里不对劲。

"被记者拍到不好。"

"怎么不好？你行得正，坐得端，怕什么流言蜚语？"

她哪行得正，坐得端了？

行、行、行，她知晓顾江年脾气火爆，跟他争吵也不一定吵得出个结果。

"开进停车场。"

"停大门口。"

开进停车场是姜慕晚最后的妥协，可顾江年那句"停大门口"让她的火气噌地一下又冒上来了:"你怎么不开着车把我送上二十四层办公室?"

"我开的是飞机吗?"靠在座椅上的顾江年直起身子,气呼呼地盯着姜慕晚,仿佛要跟她进行最后一场殊死搏斗,且还一定要斗赢。

"吃错药了,你上医院,别发神经来折磨我!"姜慕晚怒了,忍了两日,忍无可忍。

二人之间的气氛剑拔弩张,似是要在车里大打出手,罗毕开着车,心都是抖的。

他们两人一个要车停在大门口,一个要车停在停车场。可这方向盘和油门是由罗毕控制,这不是折磨他吗?

无论选谁,自己都是死路一条。

"要不是你昨晚咬了我,我会发神经?"

处于他们的关系,顾江年一心想公开,姜慕晚费尽心思想阻拦,这二人成了对方前行路上的绊脚石——谁也不让谁。

最终,罗毕一番权衡利弊之后,还是将车开进了停车场。他只觉得命重要,也觉得自家先生肯定搞不过自家太太。

整个五月,顾江年都处在一种情绪不稳定的状态中,而姜慕晚则处在一种被迫情绪不稳定的状态中。

被迫到何种地步?

某日,姜慕晚在外应酬,撞见顾江年时的第一反应是——掉头就跑,绝不给顾江年祸害自己的机会,也绝不给他将关系公之于众的机会,二人斗智斗勇,你追我躲。

这种情形一直持续到五月底。

一个猛追,一个猛躲。

一个不遗余力地想将两人的关系公之于众,一个费尽心思地极力隐藏。

余江曾问过顾江年:"男人结婚,有的为利、有的为情……你跟姜慕晚结婚是为什么?"

他是过来人,在名利场中待的时间也比顾江年久,现在,他问出了君华众位老总不敢问出的话。

顾江年跟姜慕晚的这场婚姻到底是因何开始?

起初,君华老总都暗暗猜测是否与华众有关系,毕竟吞下华众,就相当于打开了 C 市整个食品行业的江山。君华集团横跨地产、影视、军

219

工、酒店等多种行业，但餐饮业尚未踏足。

民以食为天，餐饮业若是一举拿下，君华的版图又将扩张。

就在众人如此暗暗猜测时，却逐渐觉得不太对劲。

这个素来杀伐果断、出手狠决的男人没有半分想自己得到华众的意思，不仅没有，他还帮着姜慕晚去夺得华众。

吓得君华众位老总不敢言。

因此，为利不存在。

为情？

徐放想，不一定。一个为情的男人，之前又怎会算计她？

所以，顾江年是为了什么？

这个话题，曹岩和徐放私底下讨论过，但将可能性一一排除之后，只剩下沉默。

这日，顾江年替他们答疑解惑了。他沐浴在阳光下，眼睛依旧眺望远方，凉薄的唇轻轻开启："为我们灵魂与思想的统一，为我们前行方向的一致。"

整个六月，是非不断。

顾江年一直以为帮着姜慕晚拿下华众之后，一切都会回归正轨，可最终发现，他想要的并非姜慕晚所要的。

二人在持续极长时间的斗智斗勇之后，仍旧没有找到一个让彼此都舒心的方式。

这边问题没解决，那边余瑟得知二人领证的事情后，直接气晕了过去。

六月底下了两场雨，余瑟素来身体不好，每年总会有些小病。梦溪园内，何池打开门，顾江年收了伞进屋。

"如何？"

"三十九摄氏度，持续烧了两天，也不让我联系你。"何池说扯了条干净的毛巾递给顾江年。他接过后擦了擦身上的水渍。

"我去看看。"顾江年进去，便见方铭站在床边换输液瓶。

"如何了？"

"烧退了，万幸。"方铭开口。

顾江年闻言狠狠松了口气。

顾江年在梦溪园主卧室守着余瑟到天亮，直至确定病情稳下来了，他才躺在余瑟房间的贵妃榻上眯了会儿。

不多久，他被手机铃声吵醒。

清晨，姜慕晚起床上厕所，伸手摸了摸旁边，没有温度，迷朦着眼看了一圈，未见人。往日若是早起运动，顾江年的手机一定会放在床头柜上，可今日手机不在。

她隐隐想起昨晚顾江年接电话的模样，隐有担忧，拨了通电话过去。

男人嗓音低沉沙哑："蛮蛮。"

"你在哪儿？"她问。

"母亲生病了，我在梦溪园。"顾江年站在屋外，抬手抹了把脸，看了眼时间，知晓想睡是不可能了，抬步往自己卧室去。

姜慕晚一阵沉默。

听闻余瑟生病，他回梦溪园，心中有一种本不该有的异样情绪一闪而过。

这个男人，太过沉稳，即便是陷入两难境地也仍旧不动声色。

"怎么了？"见姜慕晚许久没说话，顾江年问。

她猛然回神，道："没事，你多在梦溪园住两天。"

"蛮蛮——"

姜慕晚话音落地，顾江年步伐一顿，心中一股暖意流淌而过，他以为自己需要开口跟姜慕晚解释一番才能获得她的许可。

可事实是，并未。

他的太太极其通情达理，通情达理到让顾江年有些不可置信。

"当真？"他问。

"当真。"她点了点头，又喊，"顾江年。"

"嗯？"男人浅应，语调中是掩不住的开心。

"只要我还是你妻子的一天，你就永远无须在这种事情上做抉择。"

顾江年周身疲倦一扫而光，站在卧室里拿着手机静默片刻，素来能言善辩的人竟然被姜慕晚一句话弄得哑口无言。

他站在卧室里平复了许久的心情，才稳住那颗动荡不安的心。

如果说从一开始，他跟姜慕晚在一起只是想得到精神上的慰藉，那么此时，他深知自己得到慰藉的不只是精神，还有心灵。

这个女子比任何人都知晓"家人"二字意味着什么。

顾江换好一身衣物，进入余瑟的卧室，却见她刚好悠悠转醒，他迈步过去扶着她坐起来。

余瑟面色苍白，即便是生病中，也不忘记狠狠地瞪他。

"您先息怒，万事不如身体紧要。"顾江倒了一杯水递给余瑟。

"你少兜圈子。"余瑟冷冷地回应。

顾江年抿了抿唇，望着余瑟，道："不劝您，我也没人可劝了。"

"你去劝姜家慕晚。"

"她没心没肺的，不用劝。"

余瑟闻言，望着顾江年良久："你现在倒是敢在我跟前提她了，光明正大，不躲躲藏藏了？"

"反正都被您发现了，也不在乎了。"他说道。

气得余瑟闭上了眼，良久，她咬牙切齿道："你这是翅膀硬了，我管不了你了，要是小时候，看我不扒了你的皮。"

顾江年小时候不是没被余瑟收拾过，但每一次都是给人"背黑锅"。时隔多年再听这话，让母子二人都恍惚觉得又回到了从前。

瞬间，卧室陷入了片刻的静谧。

顾江年不是个没有担当的人，对于和姜慕晚的婚姻，他始终站在维护姜慕晚的立场上。

婆媳之间的问题因自己而起，顾江年占百分之九十的责任，另外的百分之十，并非来自姜慕晚，而是来自姜临。

时隔月余，顾江年再度坐到余瑟跟前，微微低头，放低了姿态，斟酌许久后开口道："慕晚本性不差，母亲不喜的是姜家，厌恶的是我强取豪夺的手段。倘若您对她本人没意见，我改日带她来见见您？"

"你曾经信誓旦旦地同我说不会娶姜家慕晚的。"余瑟望着顾江年冷声道。

"我没有娶姜家慕晚。"

"那你娶的是谁？你当我是眼瞎？"余瑟的语调不自觉地往上提高，瞪着顾江年，俨然一副气得不行的模样。

"我娶的是宋家蛮蛮。"顾江年望着余瑟道。

姜家慕晚跟宋家蛮蛮虽是同一个人，但身份背景又不同。

姜家是一个腐朽不堪的家庭，宋家则不是。

余瑟对宋蓉还是有印象的。

她今日大病未愈，又被顾江年气了这么一回，扶着额头朝他摆了摆手："你给我走，别让我看见你。"

顾江年看了眼手表，见时间也差不多了，缓缓起身："那我晚上再过来陪您。"

"不需要。"余瑟冷声道。

"蛮蛮让我来的，我要是不来，回去得睡地板。"顾江年悠悠开口。

何池站在屋外听着这母子二人的对话，忍笑忍了许久。

余瑟气得脑子嗡嗡作响："她怎么不让你去睡垃圾堆。"

顾江年唇角笑意悠悠，深知这场谈话虽说不愉快，但母子二人之间的隔阂就此打破，余瑟把心中烦闷发泄出来，总比憋着强。

"刚结婚，没经验，回头您教教她，我估摸着用不了几天我就得睡垃圾堆了。"

顾江年的担当与责任感体现在他将所有的过错都揽在了自己身上。从一开始他就将姜慕晚置于一个被动位置，余瑟再如何对顾江年有不满，他们也是母子关系，可姜慕晚不同，婆媳关系倘若不和，他有百分百的责任。

"走，别让我看见你！"

顾江年出了房门，嘴角笑意尽显。

见人出来，何池端着托盘进去，笑望着余瑟，小声宽慰道："您就别气了，我瞧姜家姑娘就挺好，乍一看过去就不是个脾气好的，也能收拾得了韬章，这要是换成了别家的豪门闺秀，柔柔弱弱的，不得被韬章拿捏得死死的。"

见余瑟面容松动，何池顺着顾江年的话再接再厉："韬章这些年太急了，若是找个性子稳妥的妻子在身后帮忙照顾，他指不定在工作上可以更心无旁骛。再者，这么多年，他像没牵没挂似的不要命地往前冲，找个自己喜欢的人，心底也能牵挂着些。我可是问过罗毕了，人家姑娘在医院的时候，吃饭喝水都是他一手伺候。"

"万一人家姑娘不愿意怎么办？那不害了人家姑娘？"

"您可别急，我看啊！韬章要是敢事先未过问人家姑娘就行动，姜家那姑娘估摸着能提刀剁他。"

夜间，顾江年当真回了梦溪园，一连两日，余瑟赶都赶不走。

顾江年扬言道："回去也没地方睡。"

余瑟虽说面上气呼呼，但见顾江年如此，心底的抵触是有些松动的。

翌日清晨的餐桌上，余瑟一边用餐，一边淡淡开口，语气没了往日的强硬："找个机会带回来吃饭。"

顾江年一愣，握在手中的筷子险些拿不住，望着余瑟久久未回过神来，心底如同打翻了调味盒，百般滋味。他觉得自己这辈子是幸运的，苦难也好，磨砺也罢，都是人生的一部分。

顾江年笑了笑，背缓缓靠向椅背，浑身散发着一种柔和的气息。

余瑟见他如此，没好气道："笑什么？"

"笑自己何德何能。"

何德何能，会被如此厚爱。

余瑟既已开了口，顾江年自然不会放过这个机会，何况他本就期待已久。

傍晚，C市难得下了场阵雨，来得快，去得也快。雨水没有把气温降下来。

自上次手术之后，姜慕晚的伤口逢雨天还会有些隐隐的痒，那种痒，在皮肉里，挠不到。

临近下班时分，雨停了。姜慕晚站在窗边，望着天空，有些忧愁地叹息了声。

"叹什么气？"身后，付婧端着杯子过来，站在她身后。

姜慕晚耸了耸肩，告知道："晚上要去梦溪园吃饭。"

"丑媳妇见公婆呀？"付婧笑着揶揄。

姜慕晚回眸横了人一眼，全然笑不出来。付婧见她如此，笑道："不想去？"

"那倒没有，只是想以后不能再那么随意欺负顾江年了。"姜慕晚想，如果去见了余瑟，就相当于婆媳二人承认了彼此的存在，往后余瑟隔三岔五就会来顾公馆住些时日，她也该收敛收敛。

哪里还能满屋子跑着喊顾江年？

哪能想吵就吵，想骂就骂？

姜慕晚想了想，实在是有点难过。

付婧望着姜慕晚，悠悠开口："如果让你去梦溪园跟余瑟吃饭，你会不会去？"

姜慕晚摇了摇头。

她对两人关系的态度改变的转折出现在哪儿？她细细想了想，出现她在与顾江年相处中的每一个细节中。

她被顾江年的人品、责任和担当所折服，成了他的权下之臣。

在这场专属于二人的博弈中，她失了心。

这世界上有物质与物质的交换，也有真心与真心的交换，而顾江年跟姜慕晚是二者的结合。

他们不仅交换利益，还交换真心。

付婧这句询问，引发了姜慕晚的思考。

早在几个月前，她不是没跟顾江年因为这件事情互扎对方的心，二人将对方弄得遍体鳞伤，伤痕累累。但这份抗拒与不愿意被时间给消磨掉了。

"如果两年约定时间到了，你会如何处理跟顾江年的关系？"付婧又问。

这声询问让她清醒了些。

两年到后，她该如何处理跟顾江年的关系，这个问题她之前从未想过，而这一段时间，她沉浸在顾江年给她的喜悦当中不能自拔。

她沉默了，而是在逃避自己内心的选择。

"船到桥头自然直，过早庸人自扰只会让我无法享受现下的温暖。"一切都顺其自然吧。不管以后如何，当下，姜慕晚不愿去多想。

付婧大抵也知道姜慕晚的意思，所以没再多问，只是点了点头："我车里有给我妈准备的燕窝，拿给你？"

姜慕晚不解地望向付婧，后者无奈地笑道："你空手去梦溪园吃饭？"

"那给我吧。"

姜慕晚猛然惊醒，人情世故这些，自从来了 C 市她再也没考虑过，而在 S 市，有什么事情跟俞滢说一声就行，也不需要她考虑。

姜慕晚从不觉得自己是个考虑周到的人，至少在人情世故上，她觉得自己并不擅长。

下午，顾江年换了一辆低调的车接她下班。刚上车，顾江年递了一条毯子给她披在肩头，掌心更是习惯性地落在她肩头，缓缓地揉着。

往后极长一段时间里，这都是顾江年的习惯性动作。

二人下班时间早。他们离开时，付婧对姜慕晚还笑道："难得见你早下班。"

车上，姜慕晚的心情有些难以言喻。

许是她过分沉默，顾江年不由得多看了她两眼，见她没有回应，男人开口打破了沉默，笑道："紧张？"

正发呆的人将思绪缓缓收回，望着顾江年道："万一以后婆媳关系不好怎么办？"

兴许顾江年没想到她一开口会说这句话，微怔了怔，望着她一本正经道："那只能说我并不是个合格的丈夫，也不是个合格的儿子。"

姜慕晚跟余瑟的脾气顾江年都是了解的，她们二人关系不好的可能性不大。如果有问题，只能是他的问题了。

话说到这里，姜慕晚灵机一动，笑眯眯地望着顾江年："那么问题来了。"

顾江年点了点头，示意她说。

"老公不合格的话，可以换老公吗？"

顾江年轻声失笑："天还没黑，就开始做梦了？"

姜慕晚歪了歪脑袋，又转头望向窗外。

顾江年敏锐地捕捉到了她眼眸中闪过的情绪，语调微转："蛮蛮，我母亲是个通情达理的人，你们会相处得很愉快的。"

"任何人对不喜欢的人都会有偏见，她又不喜欢我。"姜慕晚这话没什么别的意思，随口而出，未过多思考。

话音一落，顾江年的脸色一变，望着她沉声道："你从谁的嘴里听说的？"

"可以娶任何人家的姑娘，姜家慕晚不行。"姜慕晚回忆起余瑟说过的那些话，对顾江年说了出来。

顾江年心里一咯噔，猜想姜慕晚这话不是道听途说，而是亲耳所闻。

许久之前的某日，姜慕晚在梦溪园散步，听到余瑟同何池说这句话时，内心并无生气，只是极其不屑地冷嗤了声。

今日去梦溪园的路上，她轻飘飘地将余瑟曾经说过的这句话说了出来，看身旁男人的面色，想必余瑟也曾经当着顾江年的面表达过类似的意思。

姜慕晚眼睛一眨不眨地盯着顾江年，后者回视她，车内气氛有数秒的僵持。

许久，顾江年想了想，宽慰道："随着时间的推移，对旁人的看法也会有所改变。蛮蛮，今日我们回梦溪园吃饭，若这个过程中让你觉得委屈与不适，那往后，我都不强迫你，嗯？"

为人儿子，为人丈夫，他自然是希望自己的妻子与母亲能够和谐相处的，也会尽力促成。

顾江年此举已经算是极大让步，姜慕晚知晓也理解。

姜慕晚望着他点了点头，不轻不重地嗯了声。

顾江年这样说，是因为了解余瑟，也信任她，他更坚信自己能处理好二人的婆媳关系。

他在为姜慕晚考虑，也偏袒着姜慕晚。

二人到梦溪园时，天色刚黑。路过姜家时，她还刻意侧首朝那边望了望，似是想看看姜家现在处于何等境况。

顾江年并未如往常一样将车子停在院子外,而是驶进了独栋别墅自带的车库里。如此做法,让姜慕晚不由得侧眸多望了他两眼。

许是感受到了她疑惑的目光,顾江年温声解释:"别多想,母亲深居简出,又习惯住在梦溪园,若是闹出点什么来,我担忧有人来惊扰她。"

顾江年无疑是很顾及姜慕晚的情绪的,姜慕晚的情绪稍有了变化,就会被他捕捉到,然后主动开口解释,不让她多想一分一毫。

姜慕晚点了点头,在知晓顾江晨的事情,听闻余瑟的那些悲惨遭遇之后,她特别能理解。

两人下了车,她正想着,顾江年又低声道:"……顾江晨的事情,不能在母亲面前提及,记住。"

顾江年伸出食指点了点她的脑袋,轻轻警告。

姜慕晚点了点头,表示知晓。

在这种事情上,她拎得清。

顾江年见她点了头,迈步向着后备厢而去,里面放满了各种各样的礼品盒,显然,他准备充足。

"蛮蛮,过来。"他轻声唤道。

她走近,顾江年从后备厢里挑了个大件递给她,她险些没托住,低眸望去,是一箱子进口苹果,盒子上写着5KG的字样。

十斤的苹果,说轻不轻,说重不重。

可娇气包不愿意拿,委屈巴巴地望着顾江年,满脸不高兴。

顾江年一手托着她端在手中的那箱苹果,一手摸了摸她的脸,低声轻哄:"乖,先抱着。"

姜慕晚抱着一箱苹果,罗毕跟另外两个保安提着大包小包的东西,反观顾江年自己,手中提着姜慕晚事先准备的燕窝,优哉游哉地走在前头。

一开门,何池迎了出来,顾江年带着几人进了屋子。

姜慕晚亦步亦趋地跟在他身后,甫一进去,便见一屋子人目光齐刷刷地望向自己,未想到的是余江也在。他身旁,还站着一位气质极佳的夫人。

数秒的静默后,余瑟几步上前接住姜慕晚手中的苹果道:"我来。"

"没事,我来就好。"姜慕晚一惊——哪里敢让余瑟伸手。

"搁下就好,又不重。"顾江年将手中的东西递给何池,行了两步过来接走了姜慕晚手中的那箱苹果,漫不经心地说道。

余瑟闻言,冷声低斥道:"不重的话你怎么不自己拿?"

"来、来、来，先进屋。"

余江身旁的妇人赶紧迈步过来，打破了尴尬的气氛。

厨房里，阵阵香味飘出来。客厅里有淡淡的檀香，极好闻，茶几上，零食水果摆得满满当当。

姜慕晚也算是见过大世面的，可此时只觉得有些不知所措——余瑟也好，余江也罢，余江身旁的妇人亦如是，望着她的目光带着打量，让她浑身难受。

顾江年扫了一眼面前这四人，最终目光落在姜慕晚僵硬的背脊上。他抬手掩唇，低低咳嗽了一声，其余三人才恍然回神。

他伸手拍了拍蛮蛮的脑袋，小声提醒道："喊人。"

姜慕晚望着余瑟，一声"妈"哽在喉间，想喊却又觉得很奇怪，不断给自己做着心理建设。

顾江年侧头在她耳边轻轻提醒了句："看见妈妈压在手机下的那张卡了吗？喊了妈，卡就是你的。"

姜慕晚一惊，侧眸望向顾江年。

后者给了她一个肯定的眼神，她隐隐有些不愿意相信，也知晓这声"妈"是必喊的，她若是不喊，尴尬的还是自己。

于是，姜慕晚硬着头皮，僵硬地喊了声："妈。"

余瑟应了一声。

晨起，她同何池说起此事时，还担忧姜慕晚不会改口。何池安慰她，但她这心一直悬着，姜慕晚的这声"妈"让她安心了。

她当真如顾江年所言，抽出压在手机下的那张卡递给姜慕晚，温柔的嗓音让人心间一暖："本该是买礼物的，但我担心你们年轻人不喜欢我们这些老年人选的礼物，卡你拿着，密码是韫章生日。"

姜慕晚有些不敢接，望了眼顾江年。他扬了扬下巴，道："拿着吧！"

姜慕晚这才伸手接过卡，她乖巧的模样让余江和余瑟都愣了愣，只有顾江年知道，身边的人是个窝里横的性子。

"谢谢妈。"姜慕晚的修养自然不差，毕竟，养在宋家的人，不会差到哪里去。

余瑟望着姜慕晚，会心地笑了笑。

不仅是余瑟，余江夫妇也备了厚礼。

余瑟和余江这些举动足以让姜慕晚在这短暂的相处中感受到温暖。

最起码，她能看出他们对自己的那份心意，这是尊重，也是认可。

她不再去深究在短短的时间里余瑟为什么会改变了对自己的看法。她只知道，自己作为一个第一次融入这个家庭的人而言，内心是温暖的。

姜慕晚心中的那块千年冰，竟然化成了温泉水。

这与在宋家的感觉不同。

宋家给她的是爱，而余瑟给她的，是尊重。

"来，韬章，我们去聊聊公司的事。"余江起身招呼顾江年，此举显然是有意将顾江年支开，他这么做必然是为了余瑟。

顾江年走时，给了姜慕晚一个安心的眼神。姜慕晚点了点头，示意他放心。

顾江年与余江刚走，余江的夫人李莞就起身说要去厨房看看晚餐准备得怎么样了。

此刻，客厅里只剩下姜慕晚和余瑟二人。

婆媳二人面对面而坐，空气静谧，气氛亦是有些尴尬。

须臾，余瑟直起身子，提起水壶欲要给慕晚倒水，后者一惊，伸手捧起跟前的空玻璃杯对准了水壶的壶嘴，流水声将沉默打破。

"蛮蛮，我可以这样喊你吗？韬章说，你小名叫蛮蛮。"

"都行。"姜慕晚点了点头。

"我没想过我们会以婆媳的身份坐在一起。"余瑟的语调很温和，不急不慢的语气给人一股安心感，身上的气质竟与宋蓉有那么几分相像。

"初次知晓你和韬章在一起时，我难以置信。"她望着姜慕晚，笑着摇了摇头，"我一直觉得，要找一个跟自己性格互补的人共度余生，可韬章告诉我，互补的婚姻也不一定长久。"

余瑟望着她，脸上流露出些许歉意："如果我以前做过什么让蛮蛮难以理解的事，或者说过什么伤害你的言语，在这里我郑重地向蛮蛮道歉。我希望，今日，是我们成为一家人的开始。"

姜慕晚怎么也没想到余瑟会同她说出这样一番话，如同平地起惊雷，震惊得她久久不能回神。

余瑟这一番表态，让姜慕晚有些难以回神。商场上，素来有着谁先松口谁就输了的说法。余瑟不是认输，而是往后退了一步，成全她和顾江年的婚姻，也成全顾江年的选择。

姜慕晚在想，如果自己是在姜家长大，没有在宋家受过良好的教育，也没有被宋家人爱过，她一定不会理解余瑟的这种做法，更不会开口说："对于瞒着您的事情，我们很抱歉。"

她说的是"我们很抱歉",而不是"我很抱歉",前者是将她和顾江年二人作为夫妻同余瑟致歉,而后者仅属于她个人。

这声抱歉,是在为他们将婚姻当成儿戏的任性态度道歉。

"你们不用跟任何人为做的选择道歉。"余瑟阻止了姜慕晚即将要说出口的话。

姜慕晚本意是想用道歉换来自己心安,可余瑟的一句话就将她要说出的话都悉数堵回,让她心底的歉意更加深。

姜慕晚在往后极长的一段时间都觉得自己心慌难安,余瑟对她越好,她的这份不安越强烈。

余瑟说,她希望今日是他们成为一家人的开始,她早就将姜慕晚当成了一家人,所以这日才会有余江和李莞的存在。她邀请了所有的亲人,来迎接她的到来,怎能说这不是殊荣?

在这世上,除了顾江年,余瑟只剩下余江这个弟弟了。

晚餐桌上,一桌子色香味俱全的菜品,看得出来都是细心准备的。何池笑眯眯地端着一大碗莲子排骨汤从厨房过来搁在餐桌中间,余瑟拿起跟前的瓷碗,给姜慕晚舀了一碗。

她受宠若惊地接过。

旁人看不出,顾江年看出了,姜慕晚这天晚上百般不自在。

"谢谢妈。"姜慕晚开口致谢。

"不客气。"余瑟笑着回应。

顾江年坐在一旁,看着二人相处愉快,也安心了。

晚上,二人留宿梦溪园,是习俗,也是规矩。

姜慕晚也算是半个C市人,并未拒绝。

九点半,余江和李莞离开,余瑟让顾江年带着她上楼。

顾江年牵着姜慕晚的手往二楼而去。

姜慕晚这一晚紧绷着的心此刻才放松下来,拉着顾江年的手,撇了撇唇。顾江年搂过她,轻声安抚着:"蛮蛮乖。"

姜慕晚觉得自己本不是个娇弱之人,可独独在顾江年身边,总是不够坚强。

男人一手揽着她,一手推开卧室门。

顾江年的卧室被装饰成了一间婚房,红色的床上用品,窗边的梳妆台上放着娇艳欲滴的红玫瑰花,地毯上都撒着玫瑰花瓣。床边的沙发上,崭新的蓝色睡袍和红色睡袍叠放在一起,一只黄白相间的柯基犬戴着红色领结蹲在地上，正眨巴着眼睛望着他们。

莫说是姜慕晚，就连顾江年都震惊了。

"是惊喜？"姜慕晚侧头望着顾江年问道，但这话问出来，她就隐隐觉得不是。顾江年虽说偶尔会给她惊喜，却从未在卧室这般布置过。

顾江年牵着姜慕晚往浴室走去。

洗漱用品全都被换成了新的，毛巾、牙刷、拖鞋……都是双份，粉蓝搭配，就连浴缸里都撒着玫瑰花瓣。

余瑟的用心，让顾江年这个一米八多的大男人红了眼眶。

数日前还在说着姜家慕晚不行的人，此时却尽心尽力。

她接纳包容，是因为她认可了顾江年做出的选择。

"韫章，"身后一声轻唤响起，何池端着两杯橙汁上来，见二人在浴室，笑道，"听说你们今日要回来，夫人一早就准备好了。蛮蛮的衣服都是按着S码买的，鞋子是37码，夫人还准备了护肤品与卸妆用品，都摆在梳妆台上。因为不知道蛮蛮平常用的是什么牌子，就挑了商场里最贵的。若是不合适，蛮蛮跟我说，我给换上。"

姜慕晚一进来就看见了梳妆台上崭新的护肤品。

一切都是新的。

入驻顾公馆时，虽然顾江年准备的一切也都是崭新的，但彼时的感受与此时不同。

彼时，顾江年所做的一切，她都觉得他是为利所图。

可此时，余瑟所做的一切，都体现了两个字：用心。

"都挺合适的。"姜慕晚稳了稳心神，望着何池缓缓点了点头。

何池应了一声："合适就好，合适就好。"将杯中的橙汁搁在梳妆台上，转身出去了。

楼下，余瑟站在楼梯口竖着耳朵听楼上的动静，听到脚步声，就往客厅走去，听见是何池，她赶忙转身迎上来，紧张兮兮道："如何？"

何池笑着安抚她："安心，蛮蛮很喜欢。"

"当真？"余瑟仍旧是不信。

"当真，夫人眼光很好，也有品位，蛮蛮不会不喜欢的。"何池笑着宽慰道。

余瑟安心地点了点头，心想：喜欢就好。

顾家的装修整体是复古风，沉稳大气。姜慕晚从卫生间出来，环顾四周，目光落在顾江年房间里的梳妆台上，愣了神。

她有些疑惑地问顾江年道:"你房间里为什么会有梳妆台?"

姜慕晚的语气酸溜溜的。

顾江年一边往床尾走去,一边道:"那里原先是我的书桌。"

"书桌呢?"姜慕晚问。

"你得问母亲。"顾江年这话,有些无奈。

不用想也知道余瑟将书桌给扔了,换成了姜慕晚要用的梳妆台,如今顾江年的家庭地位不言自明。

往后的一段时间里,因余瑟身体不好,夫妻二人在梦溪园住了一段时间,二人夜间归家都有工作,但书房只有一间,往往都是被姜慕晚占用,而顾江年无处可去,只好在姜慕晚的梳妆台前办公,让他怨言不断。

卧室内,姜慕晚看着顾江年,笑着揶揄道:"家庭地位不保啊,顾先生。"

顾江年冷哼了声,笑着揶揄回去:"托顾太太的福。"

"一家人,不用客气。"

顾江年被她逗笑了,幸福来得太突然——无论是余瑟的用心,还是姜慕晚此时俏皮可爱的模样,都让他觉得自己正在被幸福包围。

男人唇角轻扯,浅笑,朝姜慕晚伸出手,用霸道的腔调说着宠溺的话:"过来,让我……"

"我今天用的粉底很贵。"

"老公给你买新的。"

"不稀罕。"姜慕晚眉头轻挑,让顾江年心绪飞扬。

这夜不太平。

哪里不太平?

梦溪园的主卧不太平。

七月底,君华影视成立数月之后,推出了由当红影帝影后主演的电视剧。

这是宋思慎的转型之作,从一个流量明星转到一个演技派的巨作,预告一出,惊艳国内。

这日余江前来找顾江年。

顾江年伸手接过秘书送来的茶,余江端着杯子走到沙发边刚坐下去,只见顾江年从茶几底下抽了份密封好的文件出来,递到他跟前。

"什么?"余江疑惑,拿过文件拆开。

将一整沓A4纸从里面拿出来看了一遍后,他愣住了,不可置信地望向顾江年:"这是?"

"就是舅舅看见的这样。"

余江不解:"为什么?"

顾江年笑望着对面的人,一脸高深莫测。

这些年,余江越来越看不懂顾江年。他到一定地位之后,心思越发深沉,所行所想已超越常人看待事情的眼光,屡战屡胜的战绩更让人无法去反对或怀疑他的举动。

今日,当余江看见手中的这份资料时询问为何,他给的只是一个模棱两可的答案。

顾江年是C市首富,君华一直发展很好。

可从五年前开始,他频频将业务往S市发展,这足以看出,他的野心不止在C市。

"你当真要开拓医药行业市场?"余江难以置信地望着顾江年,目光与语气都带着几分不可置信。

"如舅舅所见那样。"顾江年不置可否地点了点头。

余江沉默了片刻,放下手中文件,双手放在膝盖上交叠。他斟酌了片刻才道:"欲速则不达,见小利则大事不成,君华的步伐太快了。"

快到让人觉得恐怖,快到让人咋舌。

"我心中有数。"顾江年开口,有着将一切都控于掌心的自信。

他的这句"心中有数",说了太多次,多到余江数不清。

余江叹息了声,知晓自己劝不住顾江年,但又不想让他以如此速度发展下去,于是将姜慕晚搬了出来:"你成家了该以家庭为重,君华发展的速度放慢些也无妨。"

"已经是最后了。"顾江年语气低沉。

"你和姜慕晚的婚姻打算何时公开?总隐婚也不是办法。柳霏依之事让你舅妈都惊住了,立了业,成了家,外面那些关系该断就断了,纵使她长得像……这么些年你给她照应,也算是行了善事,当初若不是你,那姑娘连学费都交不起。"

对于余江的话,他语气淡淡地给出了回应:"正在解决中。"

七月末,柳霏依与S市某商人订婚,有人猜测是她因在顾董面前受挫,需要快速找一个人撑面子。

八月,顾江年进军医药界,对宋思知而言,就是送财童子找到家门口。

233

正当她因为研究室的资金问题头疼时，顾江年如同救世主般从天而降，出现在自己面前。

她看着顾江年的目光如同财神爷，恨不得一天三炷香拜他，而惊喜过后，她开始琢磨"顾江年"这三个字。

春节期间，她在姜慕晚身旁见到的那人不就是顾江年本尊吗？

这日宋思知回家，坐在房间的书桌前查着关于顾江年的资料，看得太入神了，都未注意到身后来了人。

"在看什么？"

俞滢的嗓音响起时，吓得她心跳都漏了一拍："你女婿，帅吗？"

俞滢听闻宋思知这话，放下水果，往前探了探头："顾江年？C市首富？人家看得上你？"

宋思知有些无语："妈妈，伤人何必诛心呢？"

宋思知想起什么，微微转头，望着俞滢："我配不上，那蛮蛮呢？"

俞滢似是在认真思考这个问题，半晌后开口："这人长相不错，就是距离远了点，若是可以入赘的话，倒不是不能考虑。"

宋思知指了指电脑屏幕上"首富"两个字："妈，你瞧瞧这两个字。"

"首富。"宋思知怕俞滢没看见，"还入赘？"

俞滢也学着宋思知的样子，点了点电脑屏幕上"C市"两个字："C市，瞧见了吗？"

"这两个字具有一票否决权，管你是首富还是首帅。"

宋思知突然为自己捏了把汗——若是因为宋家人，顾江年撤资了，她不又得恢复苦兮兮的日子？

宋思知琢磨了一下，说："妈，他是给我投资的老板。"

"人家给你投资了？"

"嗯。"

"多少？"

"也不多，就六千万元而已。"

俞滢："……"

宋思知见俞滢沉默，继续追问："所以你看人家能千里来投资，我们为什么不能接受人家是C市的呢？"

"说重点。"俞滢懒得跟宋思知贫嘴。

"为了我的宏图大业，那肯定是要委屈一下宋蛮蛮的、实在不行让他俩先谈着，谈个七八年，等我的宏图大业完成了，他们再分手也行。"

俞滢听完这话，一巴掌拍到宋思知头上，打得她脑子嗡嗡作响。

"滚下来吃饭。"

"妈，你不高兴吗？我再也不用苦兮兮地求宋蛮蛮了，我再也不用看宋蛮蛮那副资本家的嘴脸了，也不用在亲弟弟跟前抬不起头来了。"

宋思知不满地叫唤着，走到门口的俞滢脚步顿住，回眸望着她："有了投资老板算什么？有本事你给我带个女婿回来。"

……

八月底，C市有几件大事发生。

一是蔡家订婚宴，顾江年前去，用实际行动证明了他与柳霏依的关系是清白的，但在订婚宴上他与人起了冲突；

二是华众姜慕晚被害落水，险些一命呜呼；

三是傍晚，夕阳西下时分，华众董事长着一身红色西装站在公安局门口望着一众记者，视线冰冷，将现场的每一张脸都记在脑海里后，望了眼身旁站着的徐放。

后者会意，立即让华众律师团与君华律师团的律师们当众写律师函，现场发。

此举激起了轩然大波。

有记者将错愕的目光投在姜慕晚身上，敢怒而不敢言。

有人一定要弄个明白，举着长枪短炮追问："姜董今日前来是为何？有人说邮轮落水的人是姜董，请问情况属实吗？"

"有传闻说顾董冲冠一怒为红颜，才将人打成重伤的，是真的吗？"

宋思慎在S市拍戏，听闻姜慕晚跟顾江年闹得满城风雨的事，没忍住一通电话打给姜慕晚，二人起了争执。争执的焦点是姜慕晚不该隐瞒婚姻一事，将宋家人抛到脑后而不顾。

宋思慎临挂电话前说了如此一句话："我不否认顾江年是个不错的男人，但你不该无视家人的存在。"

"除了顾江年，你还有别的家人。"

宋思慎的话毫不客气，字字句句如同刀子似的扎在姜慕晚的心脏上，疼痛难忍。

她拿着手机坐在床旁，低头看着自己的脚尖，脸色阴沉得可怕。

宋思慎那边气冲冲地挂了电话，而这边姜慕晚听着浴室里的流水声，微微失神。

她确实不止顾江年一个家人，也确实在隐婚这件事情上太过冒失，但事已至此,她又能如何?

再返回去重新来过吗?

电话铃声再度响起,她以为还是宋思慎,接起,语气不善:"有完没完?"

那边的人似是惊讶,沉默片刻。

这让姜慕晚觉得不对劲,拿起手机看了一眼来电人,倒抽了一口凉气:"妈妈。"

"有人惹你吗?"宋蓉笑问。

"宋思慎。"姜慕晚的语气不算客气。

"别跟他一般见识,"宋蓉笑着宽慰姜慕晚。

母女二人闲聊了几句,宋蓉问及姜慕晚工作忙不忙时,她道:"稍有些。"

"注意身体。"宋蓉温声道。

"我知道,您也是。"姜慕晚点了点头,"我听舅妈说思知的项目有人投资了?"宋思知的项目是个极其焦心的问题,姜慕晚虽说有钱,但不能往她手中项目上砸,由于宋思知是项目负责人,姜慕晚也不好开口跟她谈条件。

这点,宋家人皆是心知肚明,宋思知也从不说要姜慕晚投资的话。

宋蓉前两日给俞滢打电话,听她说起此事,才有了今日同姜慕晚的话题。

"是有,据——"

"蛮蛮,把睡衣拿给我来。"浴室里,流水声戛然而止,紧随而来的是顾江年的轻唤声。

霎时,姜慕晚和宋蓉沉默了数秒。

本是随意放在床沿的手猛地收紧,浑身肌肉紧绷,有那么一瞬间,姜慕晚只觉得自己的心脏几乎要跳出喉咙,拿着手机的手出了一层薄汗。

顾江年说的这句话的内容实在是暧昧,足以让人浮想联翩。

"蛮蛮——"

"蛮蛮?"

两声呼唤同时响起,一个是宋蓉,另一个是顾江年。

"嗯……"她应着,随即伸手抓起床上事先准备好的睡衣走向浴室。

"男朋友吗?"宋蓉的嗓音仍旧温柔,似乎觉得女儿有男朋友了也只是一件再正常不过之事,不值得大惊小怪。

"嗯。"她应着，很平淡。

伸手敲了敲浴室门，顾江年将门微微打开一条缝隙，伸手接过了她手中的睡衣。

"同居了？"宋蓉虽说出身世家，但思想并不古板守旧。相反，她很开明。

姜慕晚听到这话时，明显愣住了，半晌才嗯了一声，接着道："是。"

纵使并非同居这么简单，姜慕晚此时也不敢多说什么，唯有隐瞒，也只能隐瞒。

"女孩子要学会保护自己，"宋蓉说得较为委婉，最后又说了一句，"对自己负责，也要对别人负责。"

顾江年从卫生间出来时，见姜慕晚站在床边，面色稍显难看。

显然是刚才的那通电话引起了她的不愉快。

走近，男人站在她身后，握着她的手将电话放在她的耳边，似是想听听来电者是谁。

当见到备注时，姜慕晚明显感觉这人的手微微紧了紧。

尽管很细微，但她还是有所察觉。

宋蓉拿着手机站在科研基地的宿舍中央，面色远不及她的声音柔和。

从男人刚才的那一句话，足以听出一二——二人关系极其亲密，想必在一起已有些时日。

她询问姜慕晚，后者没有掩藏，大大方方地承认了。

"我知道，您放心。"姜慕晚如此回应宋蓉。

后者应了声，母女心情大不相同，但无疑都是在隐忍不发。

宋蓉压抑情绪，又闲聊几句，结束了通话，然后一个电话就拨给了宋思慎。此时，他正在剧组拍戏，并未第一时间接到姑姑的电话。

宋蓉见宋思慎电话无人接听，转而又拨给了俞滢，询问她是否知晓姜慕晚有男朋友一事，后者闻言一惊，不解道："蛮蛮这个年龄的女孩子有男朋友也是正常。蓉蓉，你会不会有点小题大做了？"

宋蓉疑惑了。

俞滢又道："可别跟宋思知似的，一心扑在实验室，两耳不闻窗外事，就差立个牌子告诉大家，她献身科研了。"

俞滢话题一转，转到了宋思知身上。

宋蓉听着俞滢这没好气的话，笑道："知知很不容易，搞科研的人也确实没时间去谈恋爱！你看我实验室里的这些姑娘，大多三十好几仍然单身，方圆几十公里，除了实验室的这些人，哪里还有其他人。"

俞滢正敷着面膜，伸手就将脸上的面膜扯了下来，火了。

"她不容易，我就容易了？恋爱不谈，相亲不相，说什么搞科研的都没时间、没精力，我就奇怪了，她爸也是搞科研的，怎么就有时间完成人生大事？上次让她去相亲，好歹逼着人去了，坐下吃饭的时候，菜还没开始上，她坐在高级西餐厅里，从兜里掏了只解剖了一半的癞蛤蟆出来，把人家青年才俊吓得大惊失色。蓉蓉，我跟你说，她实在是让人恨得牙痒痒。"

俞滢吐槽宋思知，能说上几天几夜都说不完。

宋蓉隔着电话都能听出她显然是气得不行。

二人这么一来一去地聊着，话题从姜慕晚变成了宋思知。

也间接性地解救了姜慕晚。

可有时候阴云散尽，不代表天晴，而是正在酝酿着一场狂风暴雨。

病房内，姜慕晚收了电话，顾江年将她拥在怀里，缓缓地蹭了蹭她的面庞，低声问道："妈妈电话？"

姜慕晚微微点了点头："嗯。"

"听到我喊你了？"这是询问。

何止是听到了啊，姜慕晚猜测，宋蓉绝对会跟宋思慎打电话询问情况。

这是为人母的敏感。

毕竟，女儿跟人同居了。

姜慕晚心潮翻涌，但内心深处隐隐有道声音在宽慰着自己，劝她顺其自然。

事已至此，不管前路如何，她都只能面对。

而她也不该将过错归到顾江年身上，本就与他无关。

于是，她顺从内心的声音，轻笑着揶揄道："想不听到都难啊！顾先生。"

顾江年望着她俏皮的模样，俯身啄了啄她的唇瓣，轻笑："怪我。"

"有什么补偿吗？"

"蛮蛮想要什么补偿？"温情时刻，顾先生语气都柔软了几分。

"顾先生立个遗嘱？"

顾江年："……"

姜家慕晚，最会扫兴。

宋蓉跟俞滢的这通电话，格外漫长，大部分时间是俞滢吐槽，宋蓉静静地听着，时不时规劝那么一两句，待二人闲聊结束，已是两小时之后的事情了。

宿舍内，宋蓉挂了电话，拿起水壶，似乎想给自己倒杯水，却发现水壶空了。

西北的条件较为艰苦，洗漱间在外面，有点像高中集体住宿的环境，唯一不同的是，宋蓉现在享受的是老师待遇，单人间。

宋蓉拿着水壶去外面接水，走廊上有两三个人在打电话，见她来，打了声招呼："宋老师还没睡？"

"等下就去睡了。"宋蓉温声回应。

她拿着水壶进了洗漱间，只听旁边隔间一声惊呼声传出来，吓得她手中的水壶咚的一声落在了水池里。

"结婚了？不是吧？你的梦中情人结婚了？"

宋蓉将水池里的水壶又提了上来，伸手将水龙头拧小了些。

只听隔间里那人又道："出新闻了？你不看看是哪方高人收了你的梦中情人？"

水壶里的水溢了出来，宋蓉伸手关了水龙头，准备离开。

身旁隔间又有一道声音响起，还带着些许疑惑："姜慕晚？我哪儿知道啊！我在这黄沙漫天的鬼地方为了能毕业操碎了心，哪儿有时间跟你这个大钢琴家比。"

"姜慕晚"三个字钻进宋蓉的脑子里时，这人脚步一顿，背脊猛地一紧。

刚被俞滢压下去的怀疑又极其快速地涌上心头。

她又想起了姜慕晚的那通电话，所说的字字句句都被她记起，细细琢磨。

越是琢磨，心中的猜忌越发控不住。

于是，拿着水壶准备离开的人又缓缓转身，站回了水池前，将水壶里的水悉数倒了出来。

隔间内，交谈声不断。

但话题不再是姜慕晚，而是女儿家聊的私房话，一如她跟俞滢的谈话一样。

水声响起，宋蓉的指尖落在水龙头上，正在不紧不慢地拧开。

拉开隔间门出来的女孩子乍一见宋蓉，吓了一跳："宋老师还没

239

睡啊？"

宋蓉望着人，浅浅一笑："准备睡了，先烧壶水。"

女孩子点了点头，走到宋蓉身旁拧开水龙头洗手。宋蓉抬眸，透过镜子望了她一眼，温言开口："刚听你聊天说朋友要结婚啦？要不要让你们誉溪老师给你放两天假？"

宋蓉在科研基地的名声相当好，温柔、负责又专业，浑身散发着一股知性气息。

"啊！"女生惊愕了下，又急忙解释道，"不是我朋友结婚，是我们刚刚在聊八卦，说C市的一个商人结婚了，我朋友视人家为偶像。"

"是姜慕晚吗？"宋蓉给人一种极其温柔可靠的感觉，即便此时她是套话，那个女孩子也未曾反应过来，似是未曾多想。

"不是，我朋友说商人叫顾江年，跟他结婚的那个人是姜慕晚。"女孩子未有过多隐藏，将刚刚跟朋友聊天的话道了出来。

宋蓉握着水壶的手狠狠一紧，内心震荡，心情难以言喻。

姜慕晚，顾江年。

这两个名字在她心中缓缓下沉。

"以后要是需要请假就直接跟你们誉溪老师说，不用像我们一样扎根在这黄土里。"宋蓉笑望着她，笑容浅淡而又温暖。

女孩子受宠若惊地点了点头："谢谢宋老师。"

宋蓉浅浅道了声"不客气"，而后提着水壶离开了洗漱间。

来时，步伐稳定。

走时，步伐急切。

她走进宿舍，就将手中的水壶搁在桌面上，打开电脑，修长的指尖开始在键盘上敲击，在搜索栏上输入"顾江年"三个字。

霎时，成千上万的信息跳了出来。

C市首富、商人等等词汇出现在她眼前。

宋蓉靠在椅子上，望着电脑上显示出来的个人信息，本是舒展的眉头狠狠地皱在了一起，双手交叠放在下巴处。

随即，她放下双手敲击键盘，在搜索栏输入姜慕晚的名字。

有关于姜慕晚跟顾江年的新闻，却是一片空白，没有任何信息能找到，可就是这样的空白，引起了宋蓉的疑心。同在一个城市的两大集团，以华众和君华的地位，他们没有一起出席过什么场合，是不可能的。

这夜，宋蓉未眠。

翌日下午一点，一架飞机从空中缓缓降落。

一位气质卓然的中年女性提着包缓缓地从机场出口走了出来。

女子上了一辆出租车，告诉司机一个地址。到达地点后，她的好友梅建新已经等候多时。

见到宋蓉时，梅建新将面前的文件袋推给她。

宋蓉坐在沙发上，伸手将文件袋里的纸张抽出来。

入目的是顾江年和姜慕晚的登记时间以及一张二人穿着白衬衫的红底结婚照。

照片中，男人俊朗，女人英气。

宋蓉盯着手中薄薄的一张A4纸，她捏着纸张的指尖慢慢捏紧，无须细看，也能看出指尖泛白。

2008年11月底登记结婚，如今已是2009年9月，将近一年之久。

姜慕晚瞒着家里人领证结婚居然已有一年之久。

真是极好。

在她眼里，宋家人成了外人。

结婚之事无须告知父母，直接私订终身，极好！极好！极好！

宋家养育她多年，就这么被她当成外人了。

她的婚姻，她的生活，都成了自己一人的事，与宋家人无关。

姜慕晚跟顾江年，是真的。

宋蓉此行是想知晓，姜慕晚与顾江年的事情到底是真是假。

倘若只是以男女朋友关系同居，她无须多管，只因姜慕晚是个顾大局识大体的人。

尽管心中有所猜忌，但当猜忌成真时，她仍旧觉得震撼，难以接受。

许久过去，梅建新没有开口打断她的思绪。

眼见她平静的神情变成冷厉，薄唇紧抿，良久，宋蓉的嗓音传来："顾江年为人如何？"

梅建新直言道："有勇有谋。"

他用简单的四个字概括了顾江年这个人。

"为商有勇有谋，作为伴侣来看呢？"宋蓉问，语气中夹杂着对姜慕晚强烈的不满以及难以言说的失望。

"这……"

"罢了，"梅建新还想说什么，宋蓉一句"罢了"，打断了他的话，"我需要你再帮我查点东西。"

第九章
有人撑腰了

这日上午,顾江年去公司,姜慕晚用哀怨的目光瞅着他,她因身体不适去医院检查,医生建议她在医院休养一段时日。

男人揶揄姜慕晚道:"你这一脸哀怨的模样,像被我欺负似的"

"不——"姜慕晚开口反驳,"我明明是死老公了。"

顾江年那句话刚说完时,余瑟就想开口斥责他。结果姜慕晚的反应速度快,语气轻飘飘地回击了过来。

听得余瑟有一阵惊愕,望着姜慕晚,跟发现了什么宝藏似的。

而姜慕晚呢?

说完就后悔了,她的视线缓缓移向余瑟,看了对方一眼。

若是平日他们在顾公馆斗嘴,这是再平常不过的事了,可今日,因为余瑟在,气氛多了几分怪异。

余瑟倒也没生气,轻笑了笑,离开了病房。

余瑟刚走,姜慕晚就瞪了顾江年一眼,顺手抓起枕头砸他,却被顾江年伸手接住。

男人失笑:"还知道服软?"

"顾江年——"姜慕晚冷声斥责他。

"声音有多大,胆儿就有多肥,乖,大点声。"顾江年痞里痞气地揶揄着她。

"有人撑腰了,是不是?"姜慕晚说着,伸手在男人的腰上拧了一把。

疼得他倒抽一口凉气,将她的手扯下来。

"当然不是。"顾江年笑着捏了捏她的掌心,温声软语地开口,"好好休息,我去公司一趟。"

数日间,此时外面风起云涌,他不去公司处理事情根本不行。

姜慕晚知晓,自然也不会无理取闹,毕竟君华跟华众到底还是有不同之处。

顾江年走得急,未细细同余瑟交代,也是这个松懈,让姜慕晚接下来计划得逞了。

她起先是在顾江年面前提及要出院之事,发现无用。待他走后,她又开始缠起余瑟来了,装乖、卖惨、忽悠人诸多方式齐上阵。

比如,余瑟端了一份草莓递给她,她正儿八经地吃了两口,叹息道:"想念顾公馆山林里的桃子了。"

又比如,午间,兰英送饭菜过来,余瑟说她瘦了,让多吃些,她又道:"医院的饭比饭局上的饭菜还让人难以下咽。"

余瑟懂了,她这不是想念顾公馆的桃子了,也不是觉得医院的饭难以下咽,而是想回家了。

余瑟坐在餐桌前,低眸望着姜慕晚,似是看见了年少时调皮耍赖的顾江年。

二人的影子就这么毫无征兆地重合在一起。

余瑟有了片刻的恍惚,直至姜慕晚坐在椅子上仰头望着她,眼巴巴的,还带着那么几分小心翼翼。

"想出院啊?"余瑟柔声笑问。

姜慕晚乖巧地点了点头。

"韫章怎么说?"余瑟问。

"他不让。"姜慕晚气呼呼道。

"他不让啊?"余瑟笑问,眉眼弯弯,姜慕晚在她身上莫名地看到了宋蓉,温柔又稳重。

慕晚点了点头。

余瑟笑了笑:"他算什么。"

下午,余瑟准备带着姜慕晚出院——自然,如她这般小心谨慎的人也不会乱来,问方铭确认是必须的。

方铭做事素来谨慎,先是叮嘱了一番,然后告知注意事项。

下午三点,余瑟带着姜慕晚出院,未告知顾江年。

待顾江年来到医院时,见到的是空荡荡的屋子。他询问后才得知姜慕晚已经出院了。

顾江年站在病房里，沉默了片刻，冷笑了一声。

他完了。

以后的日子估摸着不好过了。

余瑟定然不会主动带着姜慕晚出院，想出院的人，除了姜慕晚，还有谁？

可以，她还能说动余瑟，也算是有几分本事。

"老板。"罗毕停好车上来，见顾江年站在病房中，有些疑惑地喊了一声。

他转身，咬牙切齿道："回家。"

停车场内，一辆黑色的大众汽车行驶进来，正从电梯口出来的人显然也看到了这辆车牌号为CA00001的车，脚步顿住，定定地望着朝自己而来的车辆。

而黑色车内的司机显然也见到了顾江年，放下车窗，石海的脸露出来，望向他客客气气地喊了声"顾董"。

顾江年微微点头，一身黑色正装，整个人挺拔而又俊逸。

"顾董这是准备离开？"石海问了句。

"正准备，你这是过来办事？"

"对。"石海同样点头。

二人客气地又寒暄了几句。

顾江年与石海寒暄时，隐隐觉得车辆后座有一道目光在仔细打量着自己，带着几分探究。

顾江年看清里面坐的到底是何许人也。他肯定，车内的人不是梅建新。

"那我们先走一步了。"石海同顾江年点了点头,而后启动车子离开。

直到黑色大众消失在自己的视线之内，顾江年仍旧没有想出来车里坐的是谁。

"走吧！"男人收回视线，向着黑色林肯走去。

回到顾公馆，顾江年跨步进去，正见姜慕晚从二楼下来。

男人的声音响起："怎么出院了？不是说听医生的？"

"我好了就出院了，什么叫'怎么出院了'？"

余瑟端着一盘子草莓从厨房出来，听见顾江年问了这么一句话，还没等姜慕晚回答，她便直接撑了回去。

姜慕晚听闻此言，跟有人撑腰的小孩似的嘚瑟道："对呀！出院了就是出院了，什么叫怎么出院了？"

顾江年："……"

这婆媳二人一唱一和，完全没给他的开口机会，他不禁陷入了沉思，恍然觉得，自己以前的想法真是多余。

余瑟和姜慕晚的性格到底还是有那么一点相似之处的，担忧她们二人不会好好相处？

他简直是想多了。

兰英站在一旁，见自家先生如此，心中叹息。

姜慕晚一人时，顾江年时常被她气到吐血。如今，队伍里又加了一个余瑟，只怕他——活不久了。

顾江年默了片刻，极其烦躁地伸出手扯了扯脖子上的领带，目光阴沉地望着站在楼梯上的姜慕晚，带着几分警告，心想：母亲在，我暂且忍忍你。

"妈妈你多住几日吧！"姜慕晚似是看破了顾江年眼眸中的警告之意，开始抱余瑟的大腿。

顾江年：这个小精怪。

"嗯，您往后就留在顾公馆，梦溪园好归好，毕竟太冷清了。"顾江年知晓姜慕晚这话是在向余瑟求救，可乍一听时，心中还感觉温暖了一瞬。

他想，婆媳之间的相处之道，他是不用太多费心了。

顾江年早就想将余瑟接到顾公馆，可余瑟坚持不来，她认为梦溪园清净。

他今日顺着姜慕晚的话，向余瑟发出邀请，知晓余瑟不会答应留在顾公馆。

这也可以让姜慕晚认清事实，少做无用挣扎。

"不了，梦溪园住惯了。"余瑟一如既往地开口拒绝。

这话在顾江年的意料之中。

男人慢悠悠地将视线投在姜慕晚身上，带着一丝挑衅，好似在说："你跑不掉了。"

"刚刚医院停车场见到那人是顾江年？"

石海看着前面的路况，道："是。"

"石秘书觉得顾江年是个怎样的人？"宋蓉直白询问，这让石海沉默了片刻。

石海稍有些防备地从后视镜看了眼宋蓉，沉思了片刻，中肯地回道："是个有能力的商人。"

这话不偏不倚，可也相当于白说。

宋蓉闻言点了点头，笑了笑。

这夜，宋蓉住在了C市。

而回到顾公馆的姜慕晚躺在床上，辗转反侧。疑惑占据了她的大脑，她在想，她和顾江年的新闻闹得如此大，宋家人为什么没有前来？

是新闻消息没有传到S市？还是他们已经知晓了，却很淡定？

依着宋家人对子女后辈的看重，不会这么任由她在C市胡作非为。

倘若出了什么不好的事情，宋家人必然要来问个究竟。

可宋家人没来！

这让姜慕晚觉得很奇怪，难以入眠。

躺了许久的人起身，轻手轻脚地拨开顾江年放在自己腰间的手，然后拿着手机起身去了书房。

她先是给宋思慎去了一通电话，那边无人接听，又拨给了宋思知。

宋思知可能是刚睡着就接到了姜慕晚电话，咆哮道："宋蛮蛮，你是鬼吗，总是凌晨打电话。"

姜慕晚："……"

"少废话，不找我要钱了，就硬气了是不是？"姜慕晚撑了回去。

此时，午夜一点三十五分，宋思知躺在实验室隔壁的休息室里，浑身戾气："你有事说事，别废话。"

"外公跟舅妈最近怎样？"这是一句婉转的询问，与其说是问身体状况，不如说是试探。

"他俩怎样你问他俩去啊！我被扫地出门了，个把月没回家了，不知道。"言罢，不待姜慕晚回应，宋思知就怒气冲冲地挂了电话。

宋思知最近很惨，也很烦！

继上次相亲时掏出癞蛤蟆之后，她就被俞滢直接赶出了家门。

姜慕晚凌晨打来的电话，她尚未多想，也并未放在心上，直至回过神来时，显然是已经来不及了。

被宋思知挂了电话的姜慕晚坐在书房沙发上，内心煎熬，不安、疑惑等情绪都浮现出来。

她想，不该。

她和顾江年的新闻在 C 市闹得这么厉害，S 市那边却无半点风声。

不该！

姜慕晚心中藏着事，即便躺在床上也只觉得万般煎熬。

夜半，顾江年翻身时，伸手一摸，身边空荡荡一片。霎时，半梦半醒的人睡意全无。

男人噌地坐起来，借着昏暗的地灯光环顾四周，见无人。

他掀开被子，连鞋子都未来得及穿，疾步向浴室而去，推开门，一片漆黑，随即转身。

直到看见书房有光亮时，他的心才安定了几分，走去伸手推开半掩着的门，见姜慕晚坐在沙发上，心跳瞬间平稳下来。

男人未发一言，迈步向着姜慕晚而去，将她一把拉到自己怀里，缓缓抚摸着。

"怎么了？嗯？乖宝。"男人低沉沙哑的嗓音擦着姜慕晚的耳畔响起。

热气袭来，稍有些痒，姜慕晚在他肩头蹭了蹭："接个电话，怕吵醒你。"

她并未如实相告。

若是以往，她定然会告诉顾江年自己在想什么，也会征询他的意见。可此时，心境不同了，她有些犹豫，许多话都不敢说出口。

"回去睡吧。"顾江年安抚着她。

姜慕晚的异样表现，他不见得就丝毫不知晓。

顾江年比起姜慕晚多了一丝坦然，倘若宋家人寻来，他也并无第二条路可走。

而姜慕晚不同。

到那个时候，她需要做出选择——是 S 市，还是 C 市；是宋家，还是他。

顾江年心知肚明这一天会到来，也承认等待被姜慕晚做出选择的过程让他心头极其难受。

可他不能将心中的难受让姜慕晚察觉到，让一个女人去承受这些压力，太过残忍。

宋思慎在外拍戏，因着地处偏僻，手机即使带去也没信号，索性就未让助理带到现场。原以为这场戏最多也就熬个通宵就能拍完，不想拍了两日时间。

等他从片场出来，已经是第三日清晨五点了。

拿起手机瞧了瞧，宋蓉和姜慕晚都打过电话，本来他是想先打给姜慕晚，想到对方可能还没起床，若打扰了她睡觉，免不了被斥责一顿。

想了想，姑姑是搞科研的，早起惯了，宋思慎顺手就将这通电话拨给了宋蓉。

果然，那边很快接起："思慎，起这么早？"

清晨五点接到宋思慎的电话，实属难得。

"我通宵拍完戏刚刚回来，姑姑给我打电话是有什么事情吗？"宋思慎以为这通电话也只是极其平常的问候。

"想问问你姐在C市的地址。"宋蓉的声音依旧极其温柔。

拿着矿泉水瓶喝水的人一愣，心跳猛地停了一拍。

"姑姑在C市？"

宋思慎这突然的一句话让宋蓉沉默了片刻，但也仅仅是片刻而已，她并未隐瞒，直言道："准备去找她。"

宋思慎起了几分防范之心，佯装紧张地问道："是我姐出什么事了吗？"

宋思慎并不想让宋蓉知道姜慕晚与顾江年的婚事，他认为现在时机不对。

即便是要知晓，那也该是在天时地利人和。

而并非现在。

"我正好去附近办事就过去看看。你怎么了，这么紧张？"宋蓉站在窗边，望着天空。五点，于某些人而言，这个城市仍旧在睡梦中；而于另一些人而言，已经在工作状态中。

宋蓉站在君华酒店二十三层的行政套房里，俯瞰着被雾笼罩的C市，思绪万千。她抬手，落在玻璃窗上，笑道："是不是有什么事瞒着姑姑？"

宋思慎听闻宋蓉这声温柔的询问，手中矿泉水瓶咚的一下掉在了地上，幸好房间里铺满了地毯，电话那边应当听不到。

"我哪有什么事情瞒着姑姑啊！"宋思慎心跳如擂鼓。

宋蓉这句话充满了试探，而这试探得出的结果显然是，宋思慎没有说真话。

顾江年和姜慕晚的事情在C市人人皆知，可S市的他们却被瞒得滴水不漏。

"你刚拍戏回来,洗完澡就去休息吧。有时间你把你姐的住址发给我。"宋蓉及时结束了这通电话。

宋思慎坐在地毯上,整个人都有些恍惚,也顾不上此时是清晨还是深夜,一通电话拨给了姜慕晚。

对方过了片刻才接起。

姜慕晚迷迷糊糊的嗓音响起时,宋思慎直言道:"姑姑说要去C市看看你。"

宋思慎的话音落地,姜慕晚噌地一下从床上坐起来,也惊醒了躺在身后的顾江年。

"什么时候说的?"她问。

睡意消散,她一下子清醒。

"刚刚——"

"怎么了?"顾江年见她清晨就如此慌张,低哑着嗓子开口询问。

"没事。"姜慕晚回过神来,看了眼时间,尚早。

于是她伸手,将放在自己腰上的手缓缓拿开,俯身亲了亲顾江年的下巴,温声道:"还早,你再睡会儿,我去回个电话。"

……

宋思知刚从实验室出来,整个人处在极度疲惫中。连澡都懒得洗,和衣睡下。

刚眯眼,一阵急促的手机铃声将她从睡梦中猛然拉回。

潜意识中,她以为又是姜慕晚,就起电话准备开口时,俞滢哽咽的嗓音传来:"爷爷晕倒了,快来医院。"

霎时,本是困顿的人瞬间清醒,猛地从床上爬下来,跟跟跄跄地冲了出去。

医院急救室里,医生正在给宋老爷子做检查。

毕竟年纪大了,平时再健朗,也有意外发生的时候。何况他又被姜慕晚结婚一事给刺激到了。

"老先生年纪大了,又有些高血压,不能让他受刺激。"医生检查完,迈步过来同宋蓉和俞滢道。

"宋老自己平日里也很注意,生活习惯跟饮食习惯都还不错,今日这种突发状况还是第一次出现,还是要多加注意,年龄摆在这里,不比少年人。"

医生一番话说出来，让宋蓉心痛难忍，"受了刺激"这四个字一直在她脑海中萦绕。

她红着眼眶点了点头："谢谢医生。"

"住院观察一晚，要是没事明早就可以出院了。"

宋思知急匆匆奔来，宋老爷子刚被送到病房，她气喘吁吁地站在门口，平稳了呼吸，才推开门进去："爷爷怎么了？"

"高血压犯了。"俞滢道。

"是受什么刺激了？还是吃了什么不该吃的东西？"她问。

宋老爷子突然血压升高，不是因受刺激就是吃错东西了。

若说受刺激，这么多年也没见宋老爷子为了什么事情上头过。

吃错东西？他自己向来注意，也难发生这种事情。

宋思知望着躺在床上的老人家，连带着呼吸都放轻了。

"没什么事了，医生说今晚住院观察，你跟我来！"俞滢说着就拉着宋思知的手去了病房外。

"妈！都过去很久了，在医院里你就别骂我了，我这么大个人了，又是在医院里，我要脸，万一——"

"蛮蛮有没有跟你说她在C市领证结婚的事情？"

宋思知求饶的话还没说完，便被俞滢这么突如其来的一句话给打断了。

她错愕了半秒，似是有些没听清："什么？"

"她是不是领证结婚了？跟谁？她结婚，家里人能不知道？妈，你说什么梦话呢？"

俞滢伸手将兜里那份结婚证复印件掏出来甩给她，气呼呼地望着她："你姑姑已经去C市求证过了，爷爷晕倒之前我们也在讨论此事，你最好是不知晓，如果连这种事情你都帮着蛮蛮瞒着家里人，我就当没生你。"

宋思知摁住被甩到胸前的纸张，将手中折了几折的纸打开，映入眼帘的是一张结婚证复印件，领证日期是2008年十一月二十一日。

宋思知望着手中纸张，十分震惊，难以置信。

宋思知跟所有宋家人的想法一样，觉得这等荒唐的事，她会做，宋思慎会做，唯独姜慕晚不会做。

可偏偏，姜慕晚做了。

她不动声色地结了婚，且还是在瞒着家里人的情况下。

她竟然干了这等天大的事,也难怪!难怪爷爷会被气进医院,难怪俞滢会这般愤怒!

姜慕晚这是不拿他们当一家人对待,偷摸将事给办了。

宋思知站在走廊上,陷入了沉思,她在回顾过往的一些事情,以及她所能想到的跟姜慕晚的每一次相处。

她在想自己在过往的岁月当中,到底是做了哪些事,让姜慕晚不当他们是一家人。

宋思知站在走廊上想了很久很久都没有想出个所以然来,她的思绪就像一团乱麻,剪不断,理还乱。

姜慕晚结婚的消息传回S市,宋家老爷子气进了医院。

姜慕晚于宋家,是何种存在?

是宋家人呕心沥血培养起来的孩子,宋家人可谓在她身上倾注了大量心血。

可就是如此一个人,干了件大逆不道之事。

而宋家人家风自来文雅,吵闹之事不会干,被伤透心的一家人选择冷处理此事。

九月十日,宋家包下S市洲际酒店宴会厅,趁着教师节当日对各位投身科研事业,历经十年不懈努力的科研工作人员致以崇高的敬意。

这夜,宋家人盛装出席,唯独没有姜慕晚。

而当姜慕晚在新闻上看到这则消息时,心都慌了。

顾江年归家与正要出门的姜慕晚撞了个正着,男人推门下车,大步向着姜慕晚而去,步伐急切。

"去哪儿?"细听之下,这人嗓音有些颤抖。

"回趟S市。"她坐在驾驶座仰头望着对方。

姜慕晚这话说得平静,可在顾江年听起来就有那么几分焦急了。

男人搭在车顶上的手微微握紧成拳,望着姜慕晚,内心处在极度挣扎中。

无人看见之处,顾江年在斟酌该如何开口同姜慕晚言语,以至于此时他欲言又止的表情看起来有几分小心翼翼。

夜风吹过,他低声开口问:"蛮蛮,你会回来吗?"

姜慕晚望着他,握在方向盘上的指尖明显一紧,而恰好,顾江年将这一细微的动作捕捉到了。

男人的手伸进车窗,缓缓落在姜慕晚脑袋上:"我没有吴越王那种闲情雅兴等着你缓缓归矣,亦不期盼你能归心似箭,但弱水三千我只需你这一瓢。"

"蛮蛮,你是我顾江年的老婆,谁都带不走。"

这是威胁!

也是告知!

顾江年是什么样的人,姜慕晚早已知晓,这人的强势霸道她也曾领教过。

她有几分警惕地望着顾江年:"不让我回去?"

而后者呢?

顾江年摇了摇头,面含浅笑望着她,用极其温柔、令人沦陷的语气开口:"这种有失风度的事情我不会干。"

言外之意,他不会拦着她回 S 市。

不得不说,姜慕晚听到这句话后,立刻松了口气,身体都放松了几分。

可这份放松,并未持续很久。

"你应该回去,若不回去……"后面的话,顾江年没有说出口,俯身钻进车内,手指轻轻摩挲着她洁白的面庞,动作轻柔又带着几分怜惜,随后轻轻亲了亲她的唇,温声又道,"你知道的。"

"你知道的",这四个字,道尽了顾江年此时的心情。

虽然内心狂风暴雨席卷而来,面上却毫无波澜。

顾江年看着姜慕晚扬长而去,平静得不像那个总是恨不得将人圈在身边的人了。

他知晓,姜慕晚选择宋家还是自己,他没有半分胜算。

宋家永远是她内心的第一位。

自己就算赢也是输,输也是输。

他顾江年何其有自知之明啊!

顾江年抽了一根又一根的烟,世人都说他冷漠无情心狠手辣不顾仁义道德,他想了想,还差点……

倘若他真如世人所言,今日怎会放姜慕晚离去?

明知她可能一去不复返。

明知此去兴许再无归期。

明知此生或许就此别过。

雨停,S 市宴会结束,而停在邻市的私人飞机也即将起飞。

宋蓉离开前,有人询问宋蛮蛮的事情,她仅是笑了笑,说宋蛮蛮忙,未有过多解释,也不管外人是否相信,她也不过多解释一分。

他人说她高傲?姑且算吧!

归家路上,宋思慎开车,宋思知在他身旁,俞滢和宋誉溪坐在后座,而宋老爷子和宋蓉坐在另一辆车上,显然是有事相商。

等红绿灯间隙,宋思慎透过后视镜望了一眼俞滢和宋誉溪二人:"姑姑和爷爷是怎么想的?真不管宋蛮蛮了?"

他始终摸不透宋老爷子和宋蓉是怎么想的,但他怎么也想不通——宋蛮蛮结婚了,难不成就因为她私自结婚,宋家连人都不要了?

这都什么年代了?

见俞滢和宋誉溪不开口,宋思慎有些急了,他侧过身子瞧了他们一眼:"你们俩说句话呀!"

"说什么?"俞滢冷声回应宋思慎。

"说宋蛮蛮不尊重人?也不将我们当一家人对待?"俞滢气呼呼地开口。

宋蛮蛮不尊重家里人显然是不争的事实,若说以前她不知晓,不回来能理解。可昨日的新闻,即便是身处国外,也该看到了。

她做出补救了吗?

想着回来解释一番了吗?

"万一那个男人真的对她不错,有责任、有担当呢?"宋思慎试图为姜慕晚说好话。

"那就更应该把他带回来。"而不是偷偷摸摸地自己私定终身。

"把人带回来,你们会同意吗?"

"难道我们不同意,她就不带回来吗?"坐在副驾驶的宋思知加入了战局。

宋思慎启动车子前行,一边看着前方路况,一边忍不住开口反击:"这就跟小时候吃垃圾食品是一个道理,我明知你们不让我吃,可我还是喜欢,所以我会偷偷吃。宋蛮蛮跟C市商人结婚又不跟家人说的原因是什么?是因为知道你们从一开始就看不上商人,她明知你们看不上还把人带回家给你们看?让你们阻拦结婚还是让你们侮辱人家?"

如果那样做的话,那她真的是蠢到极点了。

宋思慎的这番话不无道理,而且这个例子举得鲜活又生动。

"你们怪谁啊?这件事情要找出根本原因,论一个谁对谁错,那就是双方都有错。宋蛮蛮又不傻,她从小独立有主见,你们别把所有过错都往她身上推,你们自己看看,宋家每年的答谢宴有哪个商人进得来?你们就是'双标',凭什么宋蛮蛮能从商,你们却看不上商人?"

俞滢听闻宋思慎这番义正词严的话,笑了:"你小时候每一次在外面偷吃垃圾食品,我都知道,只是没有当众揭穿你。宋家人不喜欢商人?你听到家里哪一个人亲口说了不喜欢商人之类的话?宋思慎,你把外面的风言风语指责到自家亲妈头上,是我给你脸了吗?"

"还归根结底,归什么根,结什么底?你从宋家哪个人的口中听说了我们不喜欢商人的?"

宋思慎透过后视镜望了一眼隐含怒火的宋蓉,仍旧不服输:"你们就是因为姑姑有一段不幸的婚姻,所以才对C市商人如此抗拒,不想让她走姑姑的老路。我承认宋蛮蛮私自结婚是不尊重家里人,但事情既然已经发生了,我们是不是应该想办法解决这个问题?你们冷处理,问题难道能解决吗?真的闹掰了的话,姑姑以后怎么办?"

"再者说,万一她觉得这段婚姻还不错呢?"

宋思慎此时脑海中想的是那日在游乐场的景象,亲眼所见与道听途说果真是两码事,宋思慎此时在与一家人展开辩论时深刻地领悟到了这一点。

俞滢直了直身子,望着宋思慎:"你少在这儿混淆,一码归一码,凡事得有个先后顺序。她连结婚这种事情都不告知家里人,你却要我们隔空理解她,怎么理解?如何理解?对着空气凭空想象吗?我告诉你们俩,以后你们俩谁敢干这种事情,你看我不扒了你们的皮。"

俞滢的话不无道理,凡事得有个先后顺序,是宋蛮蛮私自领证,不将他们当自家人在先。

而他们如何对待她,取决于她如何对待家人。

这并不矛盾,甚至是极有道理。

宋思慎被俞滢这番话语噎住了,哽了一下,但还是有那么几分不服气,也有那么几分想维护宋蛮蛮的意思,说话开始有些胡搅蛮缠:"你们就是怕她重蹈覆辙,所以看不上C市商人。"

"你错了,"一直靠在后座观战的宋誉溪开口了,相比于俞滢的暴躁与激动,他的语气极其平静,且更有说服力,"我们不喜欢的是姜家人,从不是什么C市的商人,你姑姑跟她前夫的婚姻,是经过全家人认可的。姑姑的婚姻走到离婚的地步,不在家人的意料之中,观一个人的人品就像一场博弈,你姑姑只是在无数场博弈中输了一场罢了,至于你刚刚说的重蹈覆辙这番话，本就不成立。"

"宋家不跟商人往来，是想护住老祖宗留下来的。但凡涉及商业的研究，都会被标价，一旦标价，宋家百年家业就会变得廉价。宋思慎，知识是无价的，你大概在演艺圈混久了，抽空去医院看看，把脑子里的那些歪理都抽出来，别带回来试图给家里人洗脑。"

"宋家要垮，也只能在我们自家手中，而不能被外人瓦解。家族的根不能断在我们手中。你以为一个家族能屹立至今是为何？靠的是什么？靠的是凝聚力，是信念。蛮蛮此举，是将家族的城墙破开了一个口子，破坏了一个家族该有的团结。"

一场交谈戛然而止。

宋思慎替姜慕晚的辩解也止于此。副驾驶座上，宋思知靠在座椅上听着这场交谈。

"为什么姑姑的事情没听你们提过？"

"陈年往事，又与你们无关，有什么好提的？"俞滢不咸不淡地回复宋思知。

车子行驶进大院，宋思慎正准备找地方停车时，就见屋檐下站了一人，准备开门进屋，不是宋蛮蛮又是谁？

显然，宋思知也看见了，与宋思慎对视了一眼。

二人大脑都在飞快地运转着。

而此时，正准备进门的人听见响声也顿住了脚步，站在屋檐下等着他们。

俞滢推门下车时，乍一见站在门口的姜慕晚，显然是有些错愕的，愣了四五秒才抬步过去。

"舅妈，舅舅。"姜慕晚见了人，一如往常那般开口招呼。

而俞滢低着头，似是没听见，迈步往屋内而去，倒是宋誉溪还跟以前一样"嗯"了一声，只是这一声不如往常热络。

宋思慎面上带着些许担忧，而宋思知站在台阶上望着姜慕晚，冷冷地说了一句："哟，宋总这大忙人舍得回来了？"

"怎么？这是想起自己还有个家了？还是抽空回乡慰问来了？"宋思知说着，还往四周瞧了瞧，见只有她一人，紧接着又阴阳怪气地说道，"一个人？宋家不配让他登门？还是你准备回来告知一声就走？"

俞滢脚步顿住了，宋思知见状，又接着道："宋家不求你报恩，但你也不该不拿我们当一家人对待啊！"

"宋思知,你给我闭嘴!"玄关处,俞滢一声怒喝传来,而后又对站在门口的姜慕晚道,"进来吧,别站在门口让人看笑话。"

姜慕晚抿了抿唇,跟在俞滢的身后进了屋子。

淅淅沥沥的小雨还在下着,宋思知靠在车上,望着姜慕晚的背影,低声道:"傻子。"

宋蓉跟宋老爷子乘坐的车还没到家。

屋子里,管家见到姜慕晚亦是愣了愣,才喊了声二小姐。

姜慕晚有些局促,站在客厅中央,一时间不知道该说什么好,心中满是无力感。

宋思知看了眼站在厨房倒水的俞滢,又转头冲着姜慕晚道:"你回来就是为了当电线杆子的?"

"外公和妈妈呢?"姜慕晚问。

"还在路上,应该一会儿就到了。"宋思慎此刻也来到了客厅,连忙开口告知。

"怎么?我们不配让你开口?"宋思知抓紧机会数落姜慕晚,若是换成以往,早就被她嘲讽回来。

可今日,姜慕晚没有。

"还是准备等人到齐了再说,宋蛮蛮?"

"宋思知,你给我闭嘴!"

本是不想搭理人的俞滢听得宋思知这么一而再,再而三地数落姜慕晚,还是没忍住,开口斥责。

可宋思知不依,紧接着又道:"还不能说了?原以为回来是负荆请罪的,结果呢?是我们白白期待一场。"

"这么厉害?收了华众,身价翻了几番,就觉得自己腰板足够硬,能抛弃家人了?你怎么不想想你是吃谁家饭长大的?"

"宋思知,我让你闭嘴!"俞滢怒喝了一句,已忍无可忍。

"凭什么?"宋思知硬气道。

"凭我是你老娘,你给我出去!"俞滢说着,伸手抄起果盘里的苹果砸向她。

宋思知往旁边挪了两步,躲了过去,装模作样、可怜兮兮地瞧了眼俞滢。

后者抿了抿唇,不难看出脸上的纠结。

宋思知望着俞滢,等了数分钟,也没见人开口。

于是，她准备再度开口，却被俞滢开口打断："吃饭了吗？"

这句平淡的询问，在往常听起来是轻快的，可今日有些生硬，但到底是问出来了。

姜慕晚闻言，垂在身侧的指尖蜷起，而后缓缓摇了摇头："没有。"

"怎么，你老公不给你饭吃？"宋思知抓紧机会又下了一剂猛药。

"宋思知！"

客厅内，宋思知三言两语就化解了姜慕晚的尴尬，也化解了俞滢心中的疙瘩。

本还在纠结与权衡的人听得宋思知那难听刺耳的话语时，开口制止了这一幕。

有制止，就有了转移话题的开口。

一句"吃饭了吗"于姜慕晚而言，就好比久旱逢甘霖一般，令她压抑了数日的情绪得到了纾解。

宋老爷子推门进屋，见到站在客厅里的姜慕晚时，愣了一下，跟在他身后进来的宋蓉脚步也顿了顿。

直到一声"外公"响起。

宋蓉的心猛地提起，只见宋老爷子点了点头，温和地问道："回来了？"

这声"回来了"，比质问更可怕。

听起来与平常无异，但细微之处仍旧是有所不同。

宋老爷子的这声"回来了"，莫说是姜慕晚，就连宋思知和宋思慎都听出了深意，姐弟二人隔空对视了一眼，不禁为宋蛮蛮捏了把汗。

宋家老爷子从不是一个不明事理之人，他深知，主要问题出在是宋蓉和宋蛮蛮母女二人之间。比起宋家其他人，姜慕晚更应该给宋蓉一个解释。

母女二人待在安静的环境里，有片刻的静默。

"妈妈。"姜慕晚低沉的嗓音在书房响起，打破了母女二人之间的静默。

这声"妈妈"让宋蓉眼眶红了，但到底是成年人，忍住了心中起伏的情绪："用过晚餐了？"

与俞滢类似的询问，姜慕晚摇了摇头："没有。"

宋蓉未多言，拉开了书房门，在其他人的注视下向着厨房走去。而姜慕晚则像个犯了错的小孩似的，亦步亦趋地跟在她身后。

宋蓉的贴心并未让姜慕晚感到舒适，相反，让她更加难受。在厨房内，宋蓉拧开水龙头接水，背对姜慕晚，良久后，开口问道："他对你好吗？"

关于她私自结婚的事，姜慕晚一直以为她和妈妈之间的谈话会以谩骂或质问作为开始，却万万没想到会是如此开始。

顾江年对她好吗？

姜慕晚细细想了想，认认真真地回答："好。"

"好到令你瞒着家里人，直接跟他领证结婚？"

此时，她若是解释自己是有苦衷的，或许能让宋蓉好受那么几分，告诉她们实情，她与顾江年不过是利益婚姻，婚期两年，到期就散。

可私心里，她不想将这件事情告知宋蓉，也不想将顾江年置于如此难堪之地，更不想让余瑟伤心。

"我有苦衷。"

"什么苦衷？"宋蓉转过身子望着姜慕晚，试图从她的眼睛里找出答案，但没有任何发现。

姜慕晚混迹商场，说话做事滴水不漏的本事越发厉害了。

素来温和的宋蓉将她的沉默看在眼里，怒声质问："是有多好？好到你连家里人都不知会一声就嫁给他了，别人家嫁女儿风风光光地明媒正娶，你呢？宋蛮蛮，你喜欢他到底是喜欢到何种地步？你有苦衷？你有何苦衷是不能跟家里人说的？"

宋蓉的质问声从厨房传到了客厅众人的耳内，众人屏息凝神地听着。

"我尊重你，但你呢？你可否尊重过我？"

宋蓉一声声的质问劈头盖脸地向姜慕晚砸来，后者仍旧是沉默。

姜慕晚的脑海中猛然间闪过一句话——那些看起来温柔的人一旦发起火来，一般人承受不住。

宋蓉尊重她，早年间她择校时，从老师到其他家人都在规劝她谨慎选择，唯独宋蓉站在她身旁支持她。

毕业之后创业开公司，姜慕晚创业初期遇到困难时，宋蓉将手中资产的大部分投入到项目中，知道她需要资金周转，便瞒着老爷子卖了自己当初陪嫁的房子给她钱。

她无法去指责宋蓉不是一个好母亲，因为当年宋蓉去大西北之前征求过她的意见。十五六岁的她选择支持宋蓉，宋蓉花了很长时间同她说了利害关系,给了她足够的思考时间。

宋蓉的怀疑和控诉,姜慕晚都能理解,所以无法反驳。在宋蓉心里,自己一定是个骗子,言之凿凿地说着理解她,可到头来还是欺骗了她。

"我很抱歉。"这是她唯一能说的话,除了这句,她想不出还能说什么。

"你不该只对我一人说抱歉。"

"我以为你们并不会愿意让我跟一个商人结婚,所以才选择隐瞒,并没有想伤害家人的意思,我只是在找一个合适的时机……"

"一年之久,什么时机需要你找一年之久,你告诉我。"宋蓉打断了姜慕晚的话,对她这句解释显然是不满意的。

姜慕晚一哽。

客厅里,宋思知有些坐不住了,想起身,却被俞滢一个恶狠狠的眼神给制止住了。

明眼人都看得出来,这二人都不够坦诚,每一句话都只说了一半的真心话,这么聊下去,难见成效。

"宋蛮蛮,有什么话你不能直说?"宋思知到底是没忍住,即便是被摁着也忍不住喊了这么一嗓子。

厨房里的声响就此止住,而姜慕晚并没有因为宋思知这一嗓子而开口挑明,只道:"私自领证结婚错在我,但我心里并没有想过不尊重你们,我有苦衷,也有自己的所求。"

"所以呢?你今日回来是想如何?是回来认错,还是回来告知我们一声?"

"认错。"她这句"认错",让宋蓉眼眶中隐忍的泪水往下掉,望着姜慕晚的眼神中尽是失望。

姜慕晚很清楚,倘若将与顾江年最初交易之事说出来,等待她的只有一条路,那便是离婚。

宋家会逼迫他们离婚。

而姜慕晚显然是存了私心,她比任何人都清楚,离了顾江年,她再也找不到第二个对她这么好的人了。

所以她选择了沉默,而这沉默也伤了宋家人的心。

"蛮蛮。"客厅内,宋老爷子缓缓站起来望着姜慕晚,沉稳的嗓音响起,"我不讨厌商人,也不会一棍子打死一船人,更不会以偏概全,因为姜家人而去迁怒别的商人。我支持你从商之事就能看出,倘若我是

259

个不开窍的老古董,也不会答应你去学金融、去创业。我也必须告诉你,在今日之前,外公所有对商人的不满都因你而起,与同你领证的那位顾先生无关。"

"但接下来,我说的每一句话,你细细听清。宋家一路走来,在外人看似风光无限,实则宋家人自己清楚,我们一直是谨言慎行的。你不缺钱,思知手中的科研项目,你本可以参与投资,但你不敢。为何?无须我细细说明。宋家的祖训是:不攀附、不站队,一心扑在自己的领域,默默耕耘即可。知道为何我会默许你和思慎分别进入金融圈和娱乐圈吗?因为历史上,很少有家族能撑过百年。树大招风的同时也容易招来旱天雷。"

"你私自嫁给那位顾先生,想必那人是有可取之处。我对那位顾先生的了解不够多,出于礼貌,不妄自对他的为人做出评价。"

"倘若宋家只有你一人,我绝对会支持你的选择,但不是——"

宋老爷子望着姜慕晚的目光很平静,给出了最后的选择:"离婚,回归宋家,抑或离开宋家去C市,你自己选。"

"你看到的是他对你的好以及他的可取之处,而我看到的是宋家和未来。你我都有自己想维护且想要的东西,但蛮蛮,我的目的应该比你纯粹,我不求宋家如何荣华富贵,只求宋家人一生顺遂。"

姜慕晚坐在宋家客厅里许久,其间俞滢扶着宋蓉上了楼,宋誉溪过来拍了拍她的肩膀,轻轻叹了声,什么都没说。

宋思慎在听完宋老爷子一番话之后,也选择了沉默。

独独宋思知望着姜慕晚,抿了抿唇,起身轻轻挪动步子往她身边去,没说话,缓缓地蹲在她身边,同顾公馆的那两只猫似的陪着她。

姜慕晚不好过。

顾江年同样是处在煎熬中。

顾公馆里少了女主人,气氛都变得凝重了。

顾江年比任何人都清楚,如果宋家一定要让姜慕晚在他和宋家之家做出一个选择的话,自己绝对是被抛弃的那一方。从姜慕晚离开开始,他就处在一种极度的挣扎与彷徨当中。

这种挣扎是前所未有的。

他知晓宋家对姜慕晚的重要性,不想令她为难,可亦清楚,没了她,自己此生难熬不说,也会伤了余瑟的心。余瑟才看到一点点希望,而这一盆冷水若是浇下去的话,无法保证她能扛得住。

如果因为这件事情而让她的人生改变的话，那么顾江年这一辈子都会处在自责当中。

许多事情，他不敢细想，此刻只恨不得立马飞到S市去将姜慕晚带回来。

他好不容易觉得自己的人生圆满了，可这圆满，即将被打破。

十一点整，顾江年拿出手机给姜慕晚拨了通电话，拨出去之前，他想过这通电话不是无人接听就是被掐断。

而事实证明，他的猜想是对的。凌晨两点，姜慕晚一通电话拨给顾江年，响了两声，那边接起，男人嗓音清明，似未睡。

一声低低沉沉带着宠溺的"蛮蛮"响起时，姜慕晚抬手捂住了唇，止住了哽咽声。

委屈吗？

委屈。

这股委屈，在听到顾江年的声音时，更浓了几分。

"受委屈了？"顾江年听见了姜慕晚的这声呜咽，微弱而又破碎。

"没有。"姜慕晚将即将失控的情绪压了下去。

顾江年不相信。

他不用细想都知晓，姜慕晚归宋家，今夜必然是场大战，不然，姜慕晚怎会在三更半夜给自己打电话？且这声音令人猜测担忧。

"我去接你？"顾江年一句主动提出的"来接你"，已经足以证明他对于他们的婚姻和感情的担忧。

"顾江年。"姜慕晚轻轻唤他。

"嗯。"后者低低回应。

"我今天在机场看到一句话。"书房内，姜慕晚坐在椅子上，目光从那张全家福上挪开，投向窗外。昏暗的路灯光透过白色的纱帘照进来，她的脑子越发清明。

顾江年知晓姜慕晚的这句话定然不是什么好话，可他还是问了出来："什么话？"

后者沉默了数秒，薄唇轻启，淡淡道："与君同舟渡，达岸各自归。"

顾公馆的书房里，顾江年拿着手机的手微微紧了紧，男人薄薄的唇勾起了一丝轻蔑的笑，他就知道！

他就知道姜慕晚的嘴里说不出什么好话。

昏暗的书房里，只开了一盏台灯，暖色的灯光照亮了半间屋子，一

261

边明一边暗,亦如顾江年此时的心情。

顾江年听闻姜慕晚这话,未急着回应,而是伸手抽出了一根烟,叼着烟单手点燃,不知是想平复怒火,还是想让自己更清醒一些。

他吸了口烟,用姜慕晚极其熟悉的腔调轻嘲她:"姜慕晚,我把你从危境中捞出来,你转头就要踹我下去?过河拆桥?"

顾江年俯身,将茶几上的烟灰缸拿过来放在面前,伸手弹了弹烟灰:"还未达岸,和我行程至半就想各自归?姜慕晚,用你的话来说,你我二人就该齐齐整整地走在一起,谁也别想中途离开,要下船可以,一起。"

要归一起归。

这是顾江年的本意,他也绝不会为了任何人而退让半分。达岸各自归?岸都没看见,姜慕晚却想提前踹他下船。

"顾江年——"姜慕晚开口,不知该怎么接他的话。

"姜慕晚,我支持你做任何事情,但这个任何事情不包括你抛弃我。"姜慕晚的话还没说完,便被人打断。

选择有千万种,踹他下船第一种?

顾江年抬手吸了口烟,一声淡淡的叹息从嗓子里发出来:"蛮蛮……"

"我对你乃真心实意,是真心想与你共度此生,你舍得弃我而去?"顾江年低沉的话语带着几分蛊惑,传到了姜慕晚的耳里,让她心颤,让她心痛。

顾江年又道:"蛮蛮,退一万步而言,倘若我真半路下了船,将这份温情用在别人身上,你舍得放掉吗?你确定我给你的这一切,你能找到第二个人给你同样的吗?宋家要的锦绣前程是建立在你放弃幸福的前提下的吗?"

"够了。"顾江年的循循善诱尚未说完便被姜慕晚打断,兴许是知晓顾江年的这番话语是来动摇她内心的,所以她直接就将其给扼杀在了摇篮里。

"够了?"顾江年一哽,抬手吸了口烟——够了?够了?

他缓缓点头:"行,不说旁的,十个亿,期满我不多说什么,期限未满,一切得拿到台面上来说,按照贷款年利率来算,连本带利,四舍五入,我算你十一亿两千万元,你何时还?

"要踹我下船?行!"顾江年心气不顺,"亲兄弟都明算账,我给你一个小时的时间,钱到位,我绝不再多说一句,若是没有,且你决心不改,那就等着收律师函吧!总归宋家是喜欢多管闲事的,那就让你们管个够。"

"顾江年——"姜慕晚想说，决定是她做的，有任何问题，他们两位当事人沟通就好。

可顾江年并未给她机会解释，又道："蛮蛮，我想过你会不要我，但猜想和事实是两种感觉。"

顾江年的这通电话收得极快，并未给姜慕晚过多言语的机会。他挂电话之前只道了一句："一个小时。"

姜慕晚相信，顾江年这人会言出必行。

她从不怀疑这个男人的手段。

午夜，宋家书房里传来轻叹声，带着几分哀愁与难言的苦楚。

宋家要她做选择，顾江年不放人。

她该如何？

晨起，余瑟提着一篮柿子牵着那只柯基犬来到顾公馆。因时间尚早，她未想打扰这夫妻二人，想着来看看便走。

不想她刚进屋，便见顾江年穿戴整齐地从二楼下来，眼底青色尽显，浑身透着熬夜之后的倦意。

余瑟从兰英手中接过水杯递给他，温声问道："又熬夜了？"

"嗯。"顾江年接过余瑟手中的水杯，喝了口水，淡淡地应了声。

"起这么早，是又要出差？"余瑟显然已经摸透了顾江年的生活习惯。

后者点了点头。

余瑟望着他，语气带着些许嗔怪："结婚了就以家庭为重，老是这般三天两头到处飞，蛮蛮难免会有意见。"

提及姜慕晚，顾江年心里一紧，一口气憋在喉间有些难受。

他想着姜慕晚想得彻夜难眠，可姜慕晚本人呢？

"我心中有数。"顾江年点了点头，将杯子递还给余瑟，随即揽着余瑟的肩头往屋外而去，柔声道，"既然来了，就多住几天，院子里的果树也该清理清理了，否则一场雨下来都糟蹋了。蛮蛮也出差了，家中无人，你也清净。"

余瑟本想再责备一两句，听到顾江年说姜慕晚也出差了，这话就未出口。

顾江年未急着走，站在院子里抽了两根烟，余瑟瞧着，低声询问兰英，二人是否吵架了。

兰英摇了摇头，说没有，但又心想，似乎好久未见二人吵架了。

六点刚过，顾江年离开顾公馆。

八点整，姜慕晚迷迷糊糊地从睡梦中醒来，睁眼望着房间里洁白的天花板微微失神。她起身，平静得像个未曾经历昨夜那番抉择的人似的，将客房里的床铺收拾好。

她行至走廊的另一端敲响了宋思知的房门，开门进去，在对方的注视下换衣服、化妆，收拾出一个得体而又足以掩人耳目的打扮。

宋思知抱着被子靠在床上，望着姜慕晚的一举一动，直至她拧开一支鲜艳的口红抹在自己唇上，随即又将口红收好丢进包里。

宋思知开口询问："你这是要出去？"

姜慕晚嗯了一声，算是回应。

"回C市？还是？"

"去趟公司。"她言。

"你这么出去，爷爷问你怎么办？"宋思知隐有担忧。

"我能躲一时，难道能躲一世？"

这日清晨，姜慕晚平静得可怕，不像是个正在经历大风大浪的人。相反，昨夜不快的情绪到了今日好似都烟消云散了，在她身上，看不出丁点影子。

仅是一夜过去，姜慕晚判若两人。

姜慕晚提包下楼，宋思知紧跟上去，随手捞起一件外套套在睡衣上。楼下，长辈们都已起床。

宋思知望着姜慕晚下楼，看着她同家人打招呼。

而家人们一一回应。

晨起，餐桌上，宋家人并未秉持"食不言寝不语"的原则，但这日的餐桌格外安静，安静得令人感到窒息。大家都极有默契地保持沉默，宋蓉则是正在酝酿情绪。

"去C市？"这简短的三个字，宋蓉斟酌了许久才说出口。

"去趟公司。"她原以为姜慕晚会不开口言语，可显然，是她多想了。姜慕晚很坦诚，坦诚得令宋蓉不得不多想。

"C市那边——"

"一步一步来。"姜慕晚打断了宋蓉接下来要说的话，大抵是知晓宋蓉说起来为难，而自己听着也难过，所以，姜慕晚打断了她的话——

这在之前，是极少见的。

不待宋蓉再开口，姜慕晚极其平静地说道："我跟顾江年之间有些利益往来，处理干净了才好脱身。"

这个"利益往来"，还不一般。

"需要帮忙吗？"这话是俞滢问的。

姜慕晚闻言摇了摇头："你们帮不了。"

"很棘手？"俞滢又问。

她想了想，棘手吗？不算。连本带利还钱就行了，虽然十一个亿的数额有些庞大。

"不算，钱还上就好了。"

"多少？"

"连本带利十一亿两千万元。"姜慕晚平静地告知。

事情已经到了如此地步，也没什么可隐瞒的，索性，她将困难说了出来。

十一亿两千万元，于姜慕晚而言，也不是没有难度。

她虽掏空了姜老爷子的家底，但那些钱全部用在了华众上。即便没用在那上面，她也不敢将这笔钱给顾江年，而顾江年估计也是不会要的。

姜慕晚一句话让宋家人都呆住了——十一亿两千万元！

不是一笔小数目。

一时间，其他人满眼惊愕地望着她，有些难以置信。良久，还是宋誉溪问了一句："有困难？"

姜慕晚点了点头："需要点时间。"她拿起杯子喝掉了最后一口豆浆，然后起身，望着宋蓉和宋老爷子道，"我去趟公司。"

八点二十五分，姜慕晚离开宋家，前行的步伐坚定，与昨日不同。

那是做出决定之后才有的果断。

外人看着如此，可姜慕晚自己知道，有些情感，只是在自己内心埋得更深了。

黑色的奔驰驶出院门时，手握方向盘的人松了口气——感受到一种逃离压抑气氛之后的轻松感。

姜慕晚走后，宋家客厅的沉默被俞滢打破，她抄起餐桌上的纸巾盒朝着宋思慎砸去，怒声质问："你姐和那位顾先生的利益往来是怎么回事？"

怎么回事？

宋思慎知道，敢说吗？

不敢。

说了，他只有死路一条。

姜慕晚跟顾江年除了离婚，也没第二条路可走了。

"我哪儿知道？"宋思慎叫嚷着。

"你真不知道？"俞滢追问，猛地站起身子，手臂越过桌子想去抽宋思慎。

"商场上的事情，我哪里懂？而且，宋蛮蛮会告诉我吗？"宋思慎躲着俞滢的巴掌，叫唤着，"我又不是她公司的股东，我哪里知道这个？"

当初，姜慕晚创建达斯时，本是有意将宋家人都拉进去的，但宋老爷子拒绝了。

他的言辞有理有据，只说宋家当前这一辈和谐团结，不会生出攀比争权夺利的心思。若往后企业做大，子孙后辈利欲熏心之下，难免会引起斗争。

不妥。

再者，宋家做科研，若是与达斯有过多牵扯，难免会被有心人非议。因此，姜慕晚名下的达斯里面，没有宋家人的存在。

所以，她才能瞒天过海，跟顾江年维持了长达一年的夫妻关系。

俞滢忍了许久的气，今日全撒在宋思慎身上了，姜慕晚在时，她不好发作，一来，怕增加矛盾，二来，怕大家心里不好受。

姜慕晚刚一离开，俞滢就开始动手了。

"老先生。"管家接了通电话给门口保安亭过去，站在餐厅门口望着宋老爷子，开口道，"院门口的保安亭来电话说有位顾先生来访。"

轰隆，仿佛一道惊雷劈到了宋家人心头。

整个餐厅安静得可怕。

宋家人经常往来的亲朋好友之中无人姓顾，而这位"顾先生"在此时出现，难免不让众人联想到某个人身上。

宋老爷子靠在餐椅上的背脊微微挺直了些，开口问道："顾什么？"

老管家转身拨了通电话回去，数秒之后告知："顾江年。"

他也知晓"顾江年"三字于宋家而言意味着什么，是以说出来时，声音也有些控制不住的颤抖。

老管家口中"顾江年"三个字落地时，宋思知跟宋思慎二人隔空对望了眼，心中所思所想不差分毫。

266

"请进来。"宋老爷子沉声开口。

良好素养使然,即便此时宋家人听到"顾江年"这三个字就头痛不已,他用的仍旧是"请"字。

"父亲。"宋蓉错愕,随即开口喊道。

"我倒要亲眼看看,到底是何方神圣能叫我宋家的姑娘左右为难。"言罢,宋老爷子起身往沙发上走去。

即便他已是上了年岁的人,腰背也依旧挺直,脚步一步比一步坚定。

晨间,顾江年乘私人飞机前往S市,落地后直接前往宋家。

原地等着挨打,素来不是他的性格,被动地等着被姜慕晚踹,他也不能接受。

是以现在,他站在了宋家院子门前。

宋家在S市多年,所见政客、商人、学者所见之人数不胜数,或天资聪颖或人中龙凤,或儒雅或高贵。

可今日当顾江年这个而立之年的男人一身黑色正装出现在宋家门前时,除去宋思慎,所有人都惊愕了。

顾江年身上有着历经一切沉淀下来的沉稳,亦有着商界大亨的强势气场。

顾江年跨步进入宋家客厅时,宋家人中除了已离去的姜慕晚,均是坐在沙发上,审视着这位不速之客。

"宋老。"顾江年望着坐在沙发上的老先生点头,客客气气地喊了人。

"顾先生,久仰大名。"宋老爷子到底是历经世事,虽因顾江年周身气质而分神了一瞬,但也极快地回过神。

"不敢当。"顾江年淡然回答,宋老爷子的这句略带嘲讽的话语被他巧妙接住。

不待宋家人言语,顾江年抱着求和的态度,语气软了一分:"许久之前晚辈便想前来拜访,奈何找不到好的时机。今日晚辈贸然前来打扰,还请诸位长辈莫要见怪。"

"顾先生未有风风光光将我宋家姑娘娶回家,如今倒是希望我们莫要见怪了?"老爷子望着顾江年的目光并不友善。

"晚辈今日前来,正为此事。"

"顾先生此行来是想将我宋家姑娘风风光光地娶进门?"宋蓉在顾江年的话里听到了几分强硬的霸道。

那句"晚辈今日前来,正为此事"虽说姿态谦卑,可语气坚定,听起来反而有那么几分强势。

正为此事？

倘若宋家人没有发现二人结婚，他能为此事而来？

他顾江年，倒是有那么几分志在必得。

顾江年诚恳地点了点头："是这样。"

"倘若我不愿意呢！"宋蓉怒气冲冲。

宋蓉的排斥在他的意料之中，顾江年并不恼火："如果这是蛮蛮的意思，我尊重她的选择。"

反言之，如果不是，谁说都不作数。

"顾先生今日是来宣示主权的？"宋老爷子沉冷的嗓音打断了顾江年与宋蓉的对话。

"晚辈今日前来，是来求和，求宋家能将姑娘嫁给我；亦求宋家能认可我顾江年这个人，更求宋家能成全我与蛮蛮二人。"

顾江年一句话中三个"求"，每一"求"都十分诚恳。

"晚辈深知宋家在蛮蛮心目中的地位无可取代，也深知诸位对我顾江年这个人隐有微词。尽管知晓我在诸位心中或许是糟糕的存在，也知晓诸位对我做的事有些厌恶，但我还是来了，不为别的，只为了不让蛮蛮为难。在家庭与婚姻中做抉择，这本该是男人来承担的压力，我也不愿蛮蛮一个人扛下所有。

"晚辈不敢说自己殚见洽闻，也够不上经明行修四字，但对于宋家没有分毫算计，不会像贺希孟那般对宋家有所求，更不会对宋家的名望有所图。我顾江年虽算不上光明磊落、坦坦荡荡的君子，但也不会做那些龌龊得令人作呕之事。"

这番话，进退得当，叫人找不出破绽。

宋老爷子望着顾江年的目光从一开始的如常，变得带了几分打量与审视。

商人他见过许多，但如顾江年这般不卑不亢的小辈，少见。

眼前这位顾先生，讲话水平比贺希孟高出不是一星半点，谦卑之态，拿捏得极好。

先是一番恳切言辞告知众人他对姜慕晚的感情，再是言之凿凿表决心。

顾江年言辞之间就差直接说——他不需要攀附宋家，他瞧不上，也不会做。

他跟宋蛮蛮在一起图的是她这个人，而并非宋家。

他今日登门拜访也只因宋蛮蛮。

宋老爷子望着顾江年时："顾先生对自己很有信心，也很坦荡。"他端着茶杯，不轻不重地拨着茶盖，"但我宋家的姑娘不能嫁给只会言语坦荡的人。"

"宋老需要的是清白，一个与宋家家世相当且又独善其身的清白人家，是吗？"顾江年问，而后道，"晚辈结识什么人，交什么朋友这等事情不能影响我的婚姻。倘若宋老只因我做了什么事情而全盘否定我这个人，亦不成全我跟宋蛮蛮这场婚姻的话，那晚辈只能说一句，我还挺冤。"

此情此景，顾江年是那般坦荡，倒显得他们有那么几分不近人情。

他还挺冤？

宋老爷子放下手中的茶杯，笑了："顾先生冤不冤，我不知晓，但我宋家若是因你而被牵扯不好的事情之中，确实是挺冤的。"

"顾先生今日屈尊降贵地登门拜访，怕是做了无用之功。"

顾江年点了点头，那隐藏了许久的上位者气息再无压制，他望着宋老爷子："意料之中。"

他缓缓将手中的杯子搁在桌面上，又道："既然礼不成，那便只能兵了。"

"顾先生想如何？"这话是宋誉溪问的。

顾江年目光仍旧是落在宋老爷子身上，薄唇轻启："顾某是商人，商人的本质乃唯利是图，我与宋总结识于商场，合该用商场手段解决此事。"

顾江年一句话看似是回应，实则是在给人灌迷魂汤。

"顾先生有备而来。"宋老爷子沉吟了良久，道出如此一句话，他望着顾江年，目光带着几分探究。

"不知顾先生是高估了自己，还是低估了我宋家。"宋老爷子望着人，望着他的目光带着几分轻蔑。

"我不自恃清高，也不踩踏他人，今日来，一是求和，二是告知，倘若求和不成，那也只能用晚辈自己的手段来解决了。"

"顾先生放马过来。"宋老爷子冷笑了声。

他活了八十余年，第一次见到如顾江年这般猖狂的人，敢登门与宋家叫板。

话语至此，顾江年大抵也知晓宋老这话的意思了。

"宋老，一位合格的长辈要关注的是子女后半生的幸福，而不是用家族事业给她施加精神压力，让她在亲情与爱情中左右为难、进退维谷。人活一世，若只能戴着枷锁度过一生，该是何等悲哀？说到底，宋老满口家族大业，想在利益纷争的洪流中独善其身。但穷则独善其身，达则兼济天下。一个立于山巅的百年世家想独善其身？可行之路无疑只有两条：蒙住自己的眼或蒙住别人的眼。"

"宋老有高瞻远瞩之目，可若宋家晚辈非上上智，无了了心呢？"

不是所有人都跟老爷子一样有若愚之智，有一颗通透豁达的心的。

砰的一声，宋蓉拍桌而起，吓得坐在一旁的宋思慎与宋思知二人浑身一抖："我宋家的事，岂能容你一个外人评头论足？"

在宋蓉眼里，顾江年的言行就好比他未经过主人的同意去摘了自家院子里的菜，然后还跑到她跟前来耀武扬威、口出狂言。

那猖狂之态简直令人喷火。

顾江年平静的目光缓缓移到宋蓉身上，与之对视，语气有几分轻嘲："宋女士知道自己的女儿怕黑吗？"

顾江年离开院子，挂着京牌的黑色林肯停在院外，男人修长的指尖刚刚碰触到车门把手时，一道刹车声在身旁响起，侧眸望去，挡风玻璃内上出现了姜慕晚的脸。

只是这景象颇为尴尬。

本是驱车离去的姜慕晚接到宋思慎的消息便掉转车头回来，未承想一路冲到宋家门口时才发现，此举不妥。

此时，坐在车里的她望着站在车前的顾江年，不敢下车——倘若她下车了，宋家人看在眼里会如何想？

况且，她也摸不清顾江年的行事作风——是来求和，还是来宣战。

四目相对，一人思量过多，一人静立不动。

但若是细看，仍旧能看出顾江年落在车门把手上的手缓缓地握紧。他望着姜慕晚，薄唇轻启，未有声响，用唇语说了一个字：尿。

她在顾江年心目中，就是尿。

一个见了他都不敢下车的胆小鬼。

宋家屋内，气氛低沉。

宋家院外，四目相对。

宋思知坐在客厅里，她这个位置透过落地窗，刚好能看见姜慕晚驱车回来就停在院门口，亦能将二人的举动收进眼底。

顾江年静默无言地望着姜慕晚良久，见这人没有准备下车的意思，心中怒火难以遏制，随即伸手拉开了自己的车门，作势要走。

姜慕晚见他欲走，猛地回神，焦急地伸手按开安全带，因着动作急切，还按错了开车门的地方，一会儿后推门下车，站定。

但仅是如此，于顾江年而言，够了。

男人砰的一声将拉开的车门关上，脚尖微动，转身向着姜慕晚。

他三步并作两步过去，随即伸手猛地将人捞进怀里，咬牙切齿的声音钻进姜慕晚的耳中："胆小鬼。"

不待姜慕晚回答，顾江年又咬牙切齿道："哭、哭、哭，眼睛肿成这样，除了哭就不会别的了？"

见到她猩红的眼眸，顾江年就忍不了，表面虽强硬，内心的心疼却掩饰不住。

这个小傻子。

她摸不清楚屋内情况，与顾江年相拥在宋家门口，无疑是在公然挑衅宋家人。

思及此，姜慕晚伸手推了顾江年一把。他怎会不知道她的心思，搂着人的动作又紧了一分，且还威胁道："推，接着推，再推就不止抱抱这么简单了。"

仅此一句话，姜慕晚就老实了。

顾江年笑了，显然是被气笑的。宋家对姜慕晚来说，那可真是万分重要，无论干什么都得为其考虑一番。

"蛮蛮，回 C 市吧！嗯？"男人语调微扬，带着几分蛊惑，随后松开她，掌心落在她披散在脑后的长发上，缓缓地抚摸着，带着几分不舍和怜惜。

宋家的门，他是进不去了，宋老爷子态度极其强硬。

说什么"与姜慕晚一起携手并进解决难题"这样的话也不过是空谈，他连说的机会都没有。

这件事情要解决，姜慕晚必须先留在 S 市，而他们二人得有一段极长的分居时间。

顾江年万分相信，这段极长的分居时间足够给宋家机会逼迫姜慕晚让他们结束感情。

所以，顾江年无路可走，唯有强硬面对。

姜慕晚往后退了一步，顾江年落在她秀发上的手落了空。她仰头望着他，清冷的嗓音响起，带着询问："顾江年，我是恋爱脑吗？"

恋爱脑？

不，不，不。

他倒是希望姜慕晚是恋爱脑，骗骗就走了，还需要他花什么手段？

姜慕晚啊，太清醒了，该装傻的时候装傻，该聪明的时候一点都不含糊。

顾江年凝视着她，手顺势搭在了她的车顶，另一只手插进兜里。

她静默地望着顾江年，缓缓握紧成拳，似是有什么情绪在酝酿着，但又被压制住。

顾江年目光锁定着她，不肯放过她脸上的任何一个细微表情。

"还是选择留下来？"顾江年的询问声响起时，姜慕晚则继续沉默。

她不言不语的态度让顾江年看透了她内心所想。

男人点了点头，似乎意料之中："成年人做的每一次选择都要付出相应的代价。蛮蛮，回头到我跟前哭，是无用的。"

男人望着她摇头，平静的面色以及平淡的语调都在告诉姜慕晚，他并不准备就此放过她。

"你想如何？"姜慕晚心中一紧，望着顾江年问道。

后者并未回答她的话，而是转身向着黑色林肯走去。

姜慕晚见此，疾步追了上去，伸手扯住他的臂弯，追问道："顾江年，你想如何？"

男人脚步顿住，望了眼落在自己臂弯上的手，一口气堵在心头，默了几秒，心一横伸手拉开她的手臂："我在顾公馆等你回来。"

黑色林肯绝尘而去，直至消失不见。

姜慕晚失魂落魄地站在院前许久，才将目光缓缓移向院内，只见站在院落里的宋思慎，和站在一楼客厅的宋蓉。

片刻后，姜慕晚抬步上车，坐在车内后，并未急着驱车离开。她低垂着头，点燃了一根烟，慢悠悠地抽了起来。

副驾驶旁边的车窗关着，宋蓉看不见她抽烟的样子。可从驾驶座旁的车窗冒出来的烟圈就足以说明——

姜慕晚在抽烟。

宋蓉从未见过这样的她。

早年间创业时虽闻到过她身上的烟味，但宋蓉总以为那是她从应酬场上沾染回来的。

宋家因顾江年的到来气氛压抑,一屋子人无人吱声。宋蓉站在窗前望着姜慕晚坐在车里抽了数根烟,俞滢起身,望着门前檐下的礼品微微出了神。

宋思知在见到姜慕晚与顾江年院外相拥那一幕时,觉得心头有些许憋闷。许多难言的情绪席卷而来,再配上屋内的氛围,让她只觉浑身血液都近乎凝固了。

她端着杯冰水浅浅地喝着,试图让自己心头的憋闷感觉稍微缓和一些。

"这位顾先生,倒是有些担当。"宋思知这话带着一些叹息,不待俞滢回应,又道了句,"比贺希孟强太多了。"

俞滢望了眼坐在藤椅上的人,抿了抿唇没说话。

宋思知试图打动俞滢的想法,给姜慕晚争取更多支持和理解:"这人虽强势了些,但有礼有节,明知不管送什么礼品可能会在抵触之下都被扔出去,可还是送了。"

顾江年有几个细微的举动打动了俞滢,让她不得不对宋蓉这空降的女婿多瞧了眼。

气质卓然,谈吐不凡,与宋老爷子交谈时,遣词造句之间颇为谨慎,且这人,坦荡不做作,光明磊落的作风,胜过那些满腹算计,跟你绕弯子的人。

"见父母、订婚、结婚,一旦这三者顺序被打乱就会引起家庭纷争,任何家庭皆如此。顾先生初看确实气质卓然,有礼有节,也有担当,但蛮蛮这步路走错了就是错了,没那么多理由。"

俞滢的一番话将宋思知接下来的话悉数堵了回去,一杯水再没喝下去一口。

顾江年未在 S 市多留,到达 C 市后,便回了顾公馆。

余瑟在顾公馆带着兰英等人将顾公馆山林的果子摘下来,做成了果酱或用来泡酒,忙忙碌碌一整日。

余瑟对他道:"我见蛮蛮喜欢桃子,准备做些罐头储藏起来,你看如何?"

顾江年脱西装的手一顿,心想,若是姜慕晚在,他此时该有多幸福?母亲慈爱温和,妻子通情达理,且这二人性格合拍,极好。

可偏偏好事多磨!

男人点了点头:"极好。"又道,"多做些,她喜欢。"

"正有此意。"余瑟愉快地答应。

顾江年含笑点了点头,但这笑意并未到达眼底。他转身往书房走去,边走边从裤兜里掏出烟,心中烦闷。

徐放去国外开会了,归来后便听闻罗毕说这夫妻二人的事情,吓出了一身冷汗。

傍晚,顾江年一通电话拨到公司,叫曹岩到顾公馆。曹岩离开时,徐放从办公室出来,伸手抓住他,直言:"我总觉得顾董要谋划什么大事。"

说曹岩不心慌是假的。他这么多年跟着顾江年走南闯北,坐到如今的位置,眼看着君华从一个落魄家族企业一步步发展至今。

现如今公司的影视项目正发展开拓,顾董一通电话过来让他带着宋思慎的资料去顾公馆,他莫名感到心慌。

徐放稳住曹岩:"不管他做什么,顾董肯定是有自己的打算的。"他了解曹岩的性子,又道,"我们只要服从就好,你不要做无用功。"

他深知,那个商业霸主决定的事情往往都是难以改变的。

曹岩到顾公馆时,正值晚餐时间,顾江年似乎颇有闲情逸致,正在顾公馆的后院用餐,欣赏着落日的晚霞,聆听着院子里的虫鸣鸟叫。

此情此景,怎是一个"美"字可以形容的?然而,这等景色,曹岩无心欣赏,大概是心中有苦,无论看什么都不觉得美。

后院中,顾江年一身灰色家居服,接过兰英递过来的水杯,问道:"东西带来了?"

曹岩点了点头,将手边公文包里的东西拿过来递给顾江年。

男人接过,随意翻了翻:"让人给宋思慎找点麻烦,然后冷处理。"

顾江年将资料随手放到一旁,拿起勺子喝了口汤,像在说一件无关痛痒的小事。

"什么?"曹岩惊讶。

"没听见?"顾江年放下勺子,拿起一旁的筷子又去碗里夹了菜。

曹岩此时才想起他来时徐放叮嘱的那番话,压下心底的诧异与震惊:"只是不解。"

这么多年,顾江年也早就摸透了曹岩的性子:有本事,就是不太会揣摩老板的心思。

毕竟他是自己一手提拔上来的,顾江年只道:"公报私仇。"

顾江年又道:"带人回 C 市,再行动。"

S 市,是宋家人的地盘;在 C 市,他说了算。

"那,用什么理由呢?"曹岩小心翼翼地问,不敢胡乱做决定。

他不是没跟顾江年一起吃过饭,但今日这顿饭,吃得他实在是难受。

影视公司他一直跟着各大项目,宋思慎和韩晚晴主演的剧正在热播,大把钱进着账,君华影视也因此打出了第一枪。可下一颗子弹正在膛上呢!就这么把男主角雪藏,曹岩怎能不揪心?

顾江年沉思了一会儿,吐出了足以让曹岩吐血三斤的五个字:"你高兴就好。"

这不是他高兴就好,而是顾董高兴就好。

第十章
愿植
梧桐于庭

这日,宋思慎接到经纪人电话,告知公司有事要他处理。刚下飞机的他尚未见到经纪人,就被两个警察问话,理由是因为税务问题。

今日来找他,是为配合调查。

此事一出,宋思慎的粉丝团便炸开了。

姜慕晚晚间刚到家,正坐上餐桌。

宋思知拉开椅子坐下去,屁股还没坐稳,姜慕晚的手机就响了。

拿起,见是宋思慎的经纪人,她沉默了一会儿,才伸手接起,那边的人焦急的嗓音传来:"蛮姐,慎哥今天被警察找了。"

"慢慢说。"姜慕晚十分淡定。

"宋思慎被警察找?他干什么了?"姜慕晚又问。

骆漾将事情简单地同姜慕晚讲了一遍。

姜慕晚一口气堵在胸口,上不去,下不来,听着骆漾说了半晌,问道:"这种情况,你给我打电话,我是你们老板吗?出了事情,如果你们经纪团队解决不了,那就去找公司。"

骆漾在那边急得不行:"找了,公司让我们沉住气,可我们哪里稳得住。慎哥现在正是大火的时候,这会儿说是因为税务问题,虽然是调查阶段,但这个事情要是被到处乱传了,前途可就大受影响,而且,宋家还会受牵连。"

姜慕晚拿着手机,单手叉腰在屋子里来来回回踱步,心中焦躁不已,道了声"知道了"便挂了电话。

随即她一个电话拨给了顾江年。

那边，徐放正在同顾江年汇报工作，二人正聊到紧要关头，徐放口袋中手机铃声响起。眼见顾江年目光冷了下去，徐放吓出了一身冷汗，从兜里掏出手机，见是打给自家老板的电话响了，放松了一半，又看了眼号码，想，万幸，救命电话来了。

"老板，姜董电话。"徐放拿着手机望着顾江年。

他靠在沙发背上，望着徐放，目光冷漠。

徐放心中一惊，随后了然。

晨间老板说不管是谁的电话都要婉拒通话，这其中也包括姜董。

徐放接起电话，那边的姜慕晚也不客气，气呼呼的话语砸过来："顾江年呢？"

"姜董，顾董在开会。"徐放温声告知，语气不卑不亢，尽管心里害怕，怕姜董日后找他麻烦，可那语气相当柔和。

"开会？"姜慕晚冷哼了声，自然是不信。

"徐放，我还是你的老板娘，要是让我知道你骗我……"姜慕晚冷言冷语地威胁徐放，生生地给人吓出了一身冷汗，望着顾江年的目光带着几分请求。

而顾江年稳如泰山，没有半分想要言语的意思。

徐放壮了壮胆子："姜董说笑了，我不敢的。"

"最好如此。"

顾江年的话已经说得很明白了，成年人做的每一次选择都要付出相应的代价，而宋思慎只是代价之一。

"宋思慎怎么了？"宋思知将一杯水递过来，望着姜慕晚问道。

"有点麻烦。"姜慕晚接过水杯搁在桌面上，又道，"能不能来点有味道的？"

宋思知一怔，望着姜慕晚沉默了片刻，开口斥责她："都这样了，你还嫌自己的人生没滋没味是不是？"

"有点。"姜慕晚点了点头。

"要不给你整点黄连？"宋思知瞪了她一眼，端起杯子，一边向着门口走去，一边斥责她，"落难了也不忘矫情。"

"像落难公主似的。"

姜慕晚笑了，她可不是什么落难公主，至多是个落难的欠债鬼。

宋思知离开又再进来时，手中多了一个空杯子，什么都没装。她大摇大摆地走来，还故意冲着外面喊了一嗓子："宋思慎没事，别操心了，一个老爷们儿有什么事都能自己解决。"

喊完，宋思知伸手关上了房门。

宋思知关上门，起身把椅子放到书架前，然后站在椅子上，踮起脚尖从上方拿出两瓶酒来。

看这样子，酒是她藏的。

"书房里藏酒？"姜慕晚讶异地望着她。

"不是很正常？"宋思知不以为意。

"所以你今天是想带着我一醉方休？"姜慕晚问道。

宋思知伸手将椅子放回了原位，点了点头，一本正经道："是这样。"

"本想带你去清吧消遣的，但这个时候出门肯定会被念叨，所以你将就一下吧！"

姜慕晚见她将沙发上的抱枕丢了两个到旁边，她拿着杯子坐了上去："清吧里的人我瞧不上。"说着，她打开酒瓶倒了两杯酒。

宋思知问："那你想去哪儿？"

"你研究室就不错，里面的人都有文化。"

宋思知："积点德吧，你！"

姜慕晚闻言叹了口气。

宋思知见她最近实在是有些可怜，态度转了个弯："也不是不行，你等我们搞完这次研究，我带你去玩。"

"宋思慎被警察带走了，你知道吗？"

宋思知点头："知道。"

"知道为什么吗？"姜慕晚意味深长地望着她。

宋思知摇了摇头。

后者道："顾江年干的。"

宋思知："那个家伙想干吗？"

第二天，宋思慎被警方带走的事情被爆料，压都压不住。怎么压得住呢？顾江年在暗处猛煽风点火。

这个男人什么都不在乎

他此生，若想对付一个人，只需提前安顿好余瑟。余瑟安顿好了，有无退路他都无所谓。

早晨，姜慕晚下楼，宋老爷子面色不佳。

宋思知见她下来，从茶几上拿起一张报纸递给她，让她看。

姜慕晚看了眼报纸，薄唇紧抿，满腔言语难以诉说。

宋老爷子也好，宋誉溪和宋蓉也罢，都是有教养的人，此时即便是气急，也不会破口大骂。那天顾江年登门示威，宋蓉气极也只说了一句："我宋家的事轮不到你来管。"

而今天，姜慕晚看得出母亲满心怒火，可仍在隐忍。

俞滢虽然说是个暴脾气，但她也知晓，当着姜慕晚和宋蓉的面，关于宋思慎被顾江年送进去的事情，她不能多言。无论她说什么，都是在间接挑拨母女二人之间的关系。

毕竟，她还是希望一家人能像以前一样和睦相处。

俞滢懂的事情，其他人又怎会不懂呢？

宋蓉和姜慕晚一句话都没说，但低沉的气氛已经说明了一切。

早餐结束后，宋蓉等其他人离开餐桌，才对姜慕晚说："我那天看到你们两个人在屋外相拥了，想必你也很喜欢他。"

姜慕晚捏着筷子的手一紧，挺直的背脊又僵硬了几分。

"蛮蛮，如果我现在不是在宋家，如果我没有受宋家的半分恩情，你此生无论嫁给谁，无论那个男人是贫穷富贵还是高矮胖瘦，我都会无条件地支持你。如果有人多嘴，我会回击过去，告诉他们，贫穷富贵也好，高矮胖瘦也罢，我女儿喜欢就好。但现实是——"

宋蓉望着她，缓缓地摇了摇头："除了你，我还有别的家人，你是我怀胎十月生下来的，理应我该多为你着想，可不行，蛮蛮。

"我知道你心中对我有意见，但有些话妈妈还是得说，如果没有宋家，没有这些利益与权利的牵扯，妈妈支持你的婚姻就会像支持你创业那般义无反顾，可是，蛮蛮，没有如果。"

正是因为没有如果，所以她跟顾江年的婚姻受到了阻挠。

"在我眼里，你犯任何错误都可以被原谅，因为你是我女儿，但是蛮蛮，我不能太自私——"

一如宋蓉所言，她不能太自私。

宋蓉这番话，换来的是姜慕晚漫长的沉默，这位商场女强人低垂着头坐在宋蓉面前，半句话都说不出来。

良久，当餐厅的气氛压抑得令人难以喘息时，宋蓉红着眼准备起身时，只听姜慕晚用极轻的嗓音问了如此一句话："你们什么都想要，想要宋家平安，想要我顾大局，识大体，想要我站在你们的角度去考虑问题，但只有顾江年告诉我，做人首先要认识真实的自己。"

餐厅里的空气瞬间被抽离，宋蓉只觉忽然间被人扼住了咽喉，难以呼吸，她望着姜慕晚的目光从惊愕到震惊，再至愤怒。

三五秒过去，哐当一声，宋蓉猛地起身，带翻了椅子，随即扬手，一巴掌狠狠地落在了姜慕晚的脸上。

二十五年来，宋蓉第一次呵斥她，第一次怒骂她，也是第一次动手打她。

"姜慕晚——"伴随着巴掌声传来的是宋蓉的怒吼声。

"姑姑——"宋思知听到椅子倒地声就冲了进来，便见宋蓉一巴掌落了下来。

宋思知急忙奔过去，将姜慕晚的脑袋护在了怀里，防范地望着宋蓉，似是生怕她再动手。

"蛮蛮，你让我觉得自己像个后妈。"宋蓉望着姜慕晚，一字一句道。

"我要求你顾大局、识大体？"宋蓉笑了，"人世间的所有爱都逃不过一错抵百好，是不是？"

"二十六年的母女之情，比不上你与顾江年一年的夫妻之情，是吗？"宋蓉的一句句质问，姜慕晚无法回答。

"蓉蓉，你消消气。"俞滢听闻消息赶过来拉住人，试图让她冷静，而后者推开了她伸过来的手。

"你的话都在告诉我，我不是一个合格的母亲，合格的家人，而这一切的根本原因是我不同意你跟那个所谓的顾江年在一起。宋蛮蛮，你让我觉得自己很自私，但实则你比我更甚。我懂得知恩图报，而你只为自己。爱情两个字占据了你的大脑，让你忘却了这么多年家里人对你的好，对你的支持、理解、包容以及给予你的温暖。"

宋蓉对姜慕晚失望至极，一如她所言，姜慕晚不想做出选择，不想放弃顾江年的决定无疑是自私的。

言罢，她气呼呼地冲到客厅，然后拿起信封，从里面抽出数张纸。

"召回令，你知道意味着什么？意味着我们付出十年的辛苦劳动在此刻都将付诸东流，意味着我跟你舅舅兴许还要背上失败者的罪名。你和他有了关系，就让宋家有可能陷入危险，容易被人抓住话柄。姜慕晚，是我在逼你，还是你在逼我？，即便我不是一个合格的母亲，可你舅舅呢？舅妈呢？思慎跟思知呢？我们难道都要为了你的任性和一腔孤勇埋单？"

"顾江年教你做自己，他教你怎样做一个合格的成年人了吗？"

宋蓉的咆哮声在屋子里回荡，望着姜慕晚的目光早已由失望变成了愤怒，起伏的胸膛告诉姜慕晚，她今日的盛怒已是难以用语言来形容。

怒骂不可怕，可怕的是宋蓉骂完之后全家人的沉默。

姜慕晚从这沉默中得知，她输了。当大多数人都站在你的对立面时，你错是错，对也是错。

而这一次，她没有选择了。

"人最大的悲哀在于，你利用家人提供给你的物质条件，进入我们未曾理解过的领域，拿着我们无偿给予你的资源去创造了一个商业帝国，坐上了高位，到头来你却嫌弃我们自私。宋蛮蛮，你说这话良心不会痛吗？我们什么都想要？

"外公培养你，想要你的什么？舅妈照顾你，想要你的什么？宋思知和宋思慎护着你，处处给你打掩护，是想要什么？"宋蓉的怒吼响起，吓得宋思知抱着姜慕晚的手都抖了几分。

"蓉蓉。"宋誉溪加入了规劝队伍，迈步过来欲要拉开宋蓉。

而宋蓉此时怒火中烧，俨然已压不住："人总是在吃肉的时候说肉香，刷碗的时候说碗脏。宋蛮蛮——"

怒吼声响彻宋家客厅，宋蓉今日的这股火似乎憋了几十年。姜慕晚的那句话相当于在油库中落了火星子，轰隆一声，爆炸了。

"你问过我吗？你在乎过我的感受吗？你考虑过我是否愿意吗？"姜慕晚起身，推开宋思知，望着宋蓉。

"顾江年那么好？好到逼着你做选择，还把宋思慎卷入此事，宋蛮蛮，如果我在逼你，顾江年又何尝不是。"

砰！

客厅里，一声闷响响起。

"宋老先生——"管家急切的呼唤声随之而来。站在餐厅里的几人闻言猛地冲了出去，反应最快的是宋誉溪，紧随其后的是宋思知。

仅是顷刻之间，宋家乱作一团。

宋老爷子再次晕倒，被送往医院。

清晨的医院走廊并不安静。

姜慕晚靠在病房外洁白的墙壁上，阖着眼，浑身散发着一种生人勿近的冷厉感。

在宋家和顾江年之间的抉择中，姜慕晚很无力。

从宋蓉的怒声质问，再到宋老爷子晕倒，像一座座大山压在她的肩头。

宋家人的安危，她不能不顾及。

病房内，宋蓉坐在宋老爷子的病床边，哭红了眼。宋誉溪宽厚的大掌落在她肩头，轻抚着，宽慰道："儿孙自有儿孙福，想开点，你这么哭下去会打扰到爸爸休息，出去坐会儿吧！"

宋誉溪说着，看了眼俞滢，后者会意，过来搀扶着宋蓉去了病房内的客厅。刚坐下，俞滢给她倒了杯水。

"别气了，放宽心。"俞滢轻声劝道，"我听思慎说那位顾先生待蛮蛮不错，兴许是我们这些做长辈的看得太片面了。我们应该站在蛮蛮的角度去看待这个问题，你想啊！若是人家对她不好，以蛮蛮的性格还会这么坚持己见吗？如果蛮蛮不爱他，想必不用我们劝，早就分了。

"她在国外读书时，我们去看她一次，她身边的男孩就换一个，这些年都换多少了？远的不说，就说从国外追到S市，在我们家门口哭天喊地的那位，蛮蛮不照样狠心地没搭理吗？再说贺希孟，那也一样啊！你说是不是？顾先生那人，虽我们只见过一次，是强势霸道了些，可这人有礼有节有手段，也是人中龙凤。我们这些做长辈的也迟早有离去的一日，人生还是她自己的，我们想那么多做什么？百年之后也不一定瞧得见。"

俞滢耐着性子劝着，虽说对于姜慕晚私自结婚这件事情，她心中也有意见，可眼下见这母女二人闹成这样，自己的意见都不重要了，一家人和睦才最重要。

不管宋家未来如何，人生都得是她自己去过。

"这件事情三方当事人，谁都没有错，蛮蛮有自己的所求，我们也有，但那位顾先生又何尝不是？只能说，我们宋家这些年站得太高了些，爸爸一心想远离S市这个是非之地，远离这个旋涡。可宋家的根在这里，怎能说远离就远离？我们想安全无虞，远离卷入利益的纷争没错，可蛮蛮想追求自己的幸福也没错。"

俞滢站在客观的角度同宋蓉分析这件事情，试图让她放宽心，希望能缓解母女二人紧张的关系。

宋蓉听闻这话，气并没有消，极其无奈地笑了，而后摇了摇头："我生她、养她、培养她、支持她，到头来却是这样？"

宋蓉忆起当年种种，心头酸楚难言。除了宋家人，姜慕晚是宋蓉在这个世上唯一的亲人，而如今，姜慕晚做出了离经叛道之事不说，还将她推到了罪人的位置上——万一姜慕晚和顾江年的婚姻给宋家招来危险，或让宋家卷入利益纷争的漩涡。

这种痛心，难以言表。

宋蓉一直很温柔地陪伴在姜慕晚身边，参与她的生活中。

宋蓉原以为，自己的女儿也如同她一般，可最终，姜慕晚告诉她，这一切不过是她一人的臆想，是自己非要将感情强加在女儿身上。

这一切，姜慕晚根本就不想要。

宋蓉的一席话让俞滢保持了沉默，她无法回答。她曾设想过有朝一日宋思知也会做出这等大逆不道之事，可她不敢想像这种事会真正发生。

她将所有的柔情耐心都给了女儿，十月怀胎，陪着她从牙牙学语，到蹒跚学步，再到长大成人，这一路的艰辛，没有做过母亲的人是无法体会的。

自己心甘情愿地从一个少女变成一个温情的母亲，付出的种种，难以用语言表达，到头来却被她摒弃在自己的人生之外。

倚在墙壁上的人伸手摸了摸口袋，似是想摸出一包烟来，可出来得太匆忙，忘了带。

啪嗒——

身后轻微的关门声传来，姜慕晚缓缓侧眸望去，只见宋蓉出来，刚刚哭过一场的人红着眼，将她伸手摸口袋的动作尽收眼底。

宋蓉开口喊住从面前走过的人，那人听闻声音回头，见是宋蓉，客客气气地喊了声"宋老师"。

宋蓉温柔地开口询问："有烟吗？"

穿着白大褂的医生一愣，似是没想到喊住自己只是为了要烟："我不抽烟，我去问同事，宋老师稍等。"

宋蓉的那句话问出来，让姜慕晚浑身一颤——宋蓉不抽烟，开口问人要烟，为的是谁，她很清楚。

走廊里，宋蓉望着姜慕晚，发现她已经没有了晨间在家时的气愤，相反，很平静。微微扬起的唇角让她此时看上去很温柔。

姜慕晚望着她，背脊轻颤，一句"妈妈"轻声唤道。

宋蓉望着她，嗯了一声，算是回应："我还记得很久之前我问你身上怎么有那么重的烟味，你说公司里的副总都抽烟，他们经常熬夜加班，精神压力大，需要解压，也就随他们去了。"

姜慕晚落在身旁的手微微握紧。

"蛮蛮，我素来是支持你的。你若说是你自己熬夜加班、精神压力大所以学会了抽烟，我也是能理解的。妈妈不是一个不通情达理的人，

283

只是我忘记了，你长大了，有了自己的世界，有了自己想要的人生。我一味地想参与到你的生活中去，却忘了问你，需不需要，愿不愿意。

"那日顾江年登门拜访，问我知不知道你怕黑。"说到此，宋蓉浅笑了声，似是无奈，"妈妈自己怕黑，每天睡觉都要点着灯，倒是忘记问你是不是也同我一样了。"

"妈妈——"

姜慕晚不知道顾江年跟她说过此事，张口唤她，想解释。

恰好刚刚那位医生去而复返，将烟盒与打火机递给宋蓉。宋蓉接过，轻轻柔柔地道了声谢，又问："可以改日买盒新的还给你吗？"

医生一惊，有些不好意思地挠了挠头："没关系的，宋老师，一包烟而已，也不值几个钱。"

宋蓉没有坚持，点了点头："那谢谢你了。"

"那你们聊。"

宋蓉从烟盒里抽了根烟出来，递给姜慕晚。

后者不敢接，红着眼望着宋蓉，那是一种发自内心的内疚，遍布她四肢百骸。

走廊里安静了，姜慕晚望着宋蓉，从紧绷的下颌线可以看得出她的隐忍。

"妈妈——"她嗓音带着几分哽咽。

宋蓉温柔道："抽吧，我能理解的。"

宋蓉极度平静，可她越是平静，姜慕晚便越是害怕。比起动手打她和怒骂她的宋蓉，她更怕这般平静的宋蓉。

"妈妈有没有跟你说过我为什么怕黑？"宋蓉柔声问她。

姜慕晚微微摇头。

宋蓉目光落在她身后，思绪飘忽，似是在回忆年少时那段并不美好的过往，将伤口扒开给她这个离经叛道的女儿看，不在乎是否会血淋淋，也不在乎那段过往藏得有多深。

"妈妈小时候被绑架过，因为外公外婆在那时实在是太过出名。当时，你外婆为了追被绑匪绑走的妈妈，挺着大肚子追了一路，追到最后摔了一跤，肚子里的宝宝没保住。如果没有那场意外，你应该还有一个小舅舅的。"

宋蓉说着叹息一声，有几分懊恼，亦有几分难以掩藏的自责。即便四十多年过去了，她回忆起此事时，仍旧觉得这好似是昨日才发生的事情,历历在目。

"妈妈,对不起。"姜慕晚伪装的坚强在此时悉数崩塌,泪水顺着脸庞流下,她抽泣着道歉,为自己晨间出格的言语道歉,为自己的莽撞道歉。

宋蓉将烟递至姜慕晚唇边,另一只手点燃了打火机,替她点燃了这根烟。

姜慕晚的眼泪,打湿了这根烟。

"我不是个好妈妈,没有站在你的角度去看待问题,只是一味地逼着你做选择。如果以后蛮蛮自己做了母亲,一定不要这样,你要努力做一个优秀的母亲。"宋蓉将打火机与烟盒放进了她的口袋里。

姜慕晚唇边的烟,此刻早已掉在了地上,点燃的烟已熄灭。

见宋蓉将烟放进她的口袋里,她急切地伸手想掏出来,却被宋蓉抓住了手腕,用力阻止了她的动作。

而姜慕晚的挣扎动静更大,但她没有赢过宋蓉。

医院的走廊上静悄悄的,只剩下母女二人。宋蓉猩红的眼眸望着姜慕晚,而后者泪流满面,惊恐与害怕从她脸上浮现。

宋蓉的脸庞一如既往地平静,只是这平静下,暗流汹涌。

宋蓉紧紧握着姜慕晚的手腕,直到她不再挣扎,才松开,而后理了理她的衬衫衣领,用温柔的嗓音道:"人生漫长,前路漫漫,往后妈妈就不陪你走了。"

"因为,妈妈也有自己想守护的人。"

"愿那位顾先生能知你、懂你,胜过我爱你,也愿蛮蛮,平安无虞。"

话音落地,宋蓉的手慢慢垂下。姜慕晚闻言,望着宋蓉,试图伸手抓住她,却被她挡住了。

姜慕晚似是一个要被人抛弃的小孩,泪珠滑落,浑身颤抖:"你不要我了吗?"

宋蓉望着她的泪眼,往后退了一步。

"妈妈——"哽咽声响起。

宋蓉平静地笑了笑。

"走吧,这世间的幸福本就不该放弃寻找。"言罢,宋蓉转身推开病房门,进了屋子,直接将房门锁住了。

姜慕晚只是比她慢了一秒,就被关在了病房外,她拧着门把手,泪水不断,她喊着宋蓉,可没有半句回应。

良久,她蹲在地上哭得撕心裂肺:"妈妈,我错了。"

她哽咽着道歉，哭得像个无助的小孩，来往之人频频侧眸望向她。

医院本就是个生离死别之地，那些人在她身旁来来往往，最多注视一眼，而后步履不停地离开。

病房内，宋蓉靠着门板，浑身紧绷，相比较于姜慕晚哭得撕心裂肺。

这模样，叫人看了更加心疼。

"蓉蓉。"俞滢迈步过来，轻轻唤她。

宋蓉摆了摆手示意她别过来，身体顺着门板缓缓滑下去，门外是姜慕晚肝胆俱裂的痛哭声，以及那一声声的"我错了"。

医院的门，并不隔音。

宋誉溪跟宋思知二人坐在病房里，听着屋外姜慕晚的哭声，二人低垂着头，若有所思。谁也没发现，宋老爷子睁开的眼帘又缓缓阖上。

那一眼，似痛楚，似隐忍。

宋蓉用极其平静的态度放她走，亦是成全了她与顾江年二人。

可姜慕晚后悔了。

可这醒悟，来得太晚。

宋老爷子的病房内，宋蓉抵着门，无人能出，也无人能进。

直至走廊上有惊呼声响起，护士随后将晕倒的姜慕晚扶上了病床。

C市今日风和日丽，晴空万里，独独君华内乌云密布。

这是君华气氛低沉的第三日，徐放难，众位君华高层更难，因日夜待在公司加班，致使家中妻儿怨声载道。

原以为前段时日那种的安稳日子能持续下去，顾董结了婚，能沉浸在温柔乡中，不承想，近来几日，他的性格越来越变态了。

由此可见，结一场称心如意的婚，是极其重要的。

"顾董——"顾江年怒气冲冲从会议室出来，走到办公室门口时，被秘书一声急切的呼唤声喊住。

秘书喊完，便接收到了徐放的眼神示意，一惊，急忙道："楼下前台来电说，有位叫宋蓉的女士等您多时。"

"谁？"顾江年拧眉询问。

"宋蓉。"秘书又道。

顾江年闻言一愣，一种不祥的预感从心头浮现，望着秘书急忙道："让她上来。"

"是。"

"慢着。"顾江年把她叫住。

顾江年将目光落在徐放身上，嘱咐道："去将人请上来。"

这个"请"字让徐放回了几分神。

宋蓉的大名，他知晓，丈母娘找上门，也难怪顾董会用"请"这个字了。

徐放来到楼下，远远地，便见宋蓉坐在大厅的等候区。

徐放这些年跟着顾江年走南闯北，所见过的豪门夫人和商界女精英无数。此时电梯门开，他一眼就瞧见了挺直背脊坐在沙发上的宋蓉，瞧见这个知性优雅的女子，脑海中快速闪过了这些年见过的，竟无一人能与之相比，就连余瑟都要略输几分。

徐放向宋蓉走去，行至身前，站定，望着人微微颔首："宋女士您好，顾董让我下来接您。"

二人刚出电梯，便被从会议室出来的投资部经理拦住了去路："徐特助，顾董他——"

那人似是有言要说，但在见到徐放身旁的宋蓉时，话语声止住了。徐放望着他，心想，还挺识相。

"刘经理稍等。"徐放开口道，而后侧身望向身旁的宋蓉，伸手，姿态恭敬地引着人向前，"宋女士这边请。"

"君华果然名不虚传。"宋蓉开口，语气带着几分徐放能听懂的讽刺。

徐放装作不懂，笑了笑："盛名都是别人传的。"

宋蓉侧眸望了眼徐放，仅是这一眼便叫徐放浑身汗毛直立，但即便如此，这人仍旧背脊挺直。

"您请。"

走到顾江年办公室门前，徐放伸手叩了叩门，得到了应允后伸手推开门，做了个请的姿势。

宋蓉迈步进去，见顾江年坐在沙发上摆弄着茶盘，白衬衫被他穿出了有些懒散之气。

二次相见，宋蓉跟顾江年心中都情绪复杂。

"顾先生好雅兴。"宋蓉迈步行至沙发边坐下，冷嘲道。

这一切似是早就在顾江年的意料之中，他想，若非宋蓉家教良好，若是宋蓉脾气跟姜慕晚一样暴躁，只怕是早就对他动手了。

顾江年摇了摇头："不敢。"

一杯清茶递过来时，宋蓉低眸瞧了一眼，而后看向顾江年："顾先生应该知晓我此行目的。"

宋蓉高傲地审视着顾江年。顾江年听闻此言，倒也不恼火，笑着缓缓摇了摇头："晚辈不想知道。"

知晓是一回事，不想知道又是另一回事。

顾江年这话无疑是将宋蓉接下来的话全都堵了回去。宋蓉看着他，落在膝盖上的指尖动了动："顾先生似乎胜券在握，觉得自己一定会赢。"

顾江年回望宋蓉，将她隐忍的怒火尽收眼底，轻轻勾了勾唇角："会不会赢我不知道，但我不想输。"

输了，就要把姜慕晚送回S市，而这种事情，他不想，也不愿。

"顾先生的姿态可不像不想输那么简单。"宋蓉端起杯子，慢慢转了转，没有要送到嘴边的意思。

"宋女士扪心自问，以你们所想，我即便是跪下求和，你们也会觉得我这人另有所图。"

"宋家门庭高贵，只要我商人的身份摆在这里，宋家便不会同意我和宋蛮蛮的婚事。我苦苦哀求也好，表诚意也罢，即便是放下尊严下跪求和，你们也会对我有偏见。

"所以，我的姿态如何，不重要，因为不管我如何表现，我都是入不了你们眼的。"顾江年将话说得极其直白。

而他也知晓，宋蓉亲自来C市，绝不只是为了冷嘲他几句这么简单。

宋蓉望着顾江年，眉目间带着几分浓重的不满——他将所有的话都堵住了，自己也没有再绕弯子的必要了。

"顾董跟蛮蛮之间的债务清算干净，这场婚姻也该了了。"

顾江年端着杯子，高深莫测地笑了笑："了不了。"

他望着宋蓉笑，一脸的志在必得："宋女士怕是不知晓自己女儿的财务状况，拿下华众已是让她元气大伤。她想归还这笔钱，短期内做不到，长期内，她也还不起。

"再者，我与宋蛮蛮之间的这场交易，并无合同，在法律许可的范围之内，我可以提高到利率上限，利滚利下来，宋蛮蛮想还清债务，可不仅仅是变卖家产这么简单了。"

顾江年的手段，简单粗暴——你跟我讲情义，我就跟你讲情义。你跟我讲利益，我就跟你讲利益。你若是拿着情义为挡箭牌让我折损自己的利益……就让你们无路可退。

宋蓉望着顾江年，眼眸中满是怒火。

两位都不是客气的人。

一个上来直接让两人离婚，一个扬言绝对不离。

顾江年的狂妄让一向好脾气的宋蓉起了怒火，砰的一声，她将手中的茶杯扔到了桌面上，望着顾江年恶狠狠地威胁道："我有千百种方法让你二人的婚姻终止。"

茶水溅了顾江年一身，他微微叹息了声，不知是叹息这衣衫不净了，还是叹息自己此时的心情。

男人放下手中的茶杯，望向宋蓉，用慢条斯理的语气说着最凶狠的话："我也有千万种法子与宋蛮蛮为敌。"

宋蓉后悔了，后悔手中的茶杯扔早了，她应该晚一些，直接朝着顾江年劈头盖脸地砸下去。

"顾先生是想鱼死网破？"宋蓉咬牙切齿地开口。

顾江年未急着开口，反倒是拿起了跟前的另一只茶杯，给宋蓉斟满了茶，递过去，温声开口："我有意与蛮蛮相伴一生，也不愿让她陷入两难的境地。如果可以，我希望能让大家都满意。"

相比宋蓉的愤恨，顾江年这番话才叫绝——甩你一巴掌，然后再告诉你这一巴掌是让你清醒的。

先兵后礼这一招，让宋蓉笑了，气笑的。

难怪梅建新说顾江年其人善于运筹帷幄。

她信了，彻底信了。

以顾江年的手段，能坐上C市首富的位置，一点都不叫人惊讶。

"相伴一生？"宋蓉似乎听到了什么笑话，望着顾江年递过来的这杯茶，没有伸手。这场交谈似乎不能再进行下去了，而宋蓉也探出了顾江年的口风，径直起身："既然顾先生执意不改，那便一起奔赴黄泉吧！我带着宋蛮蛮，你带着你母亲。"

宋蓉说完，转身就走。

顾江年猛地起身，追了两步："蛮蛮怎么了？"

"该我问顾先生才对。"

宋蓉说完，离开了君华。

顾江年拿出手机给付婧去了通电话。

付婧正在医院，接到电话，直接将姜慕晚住院之事告知了顾江年。男人心里咯噔了一下，心脏像是被什么抓住了似的，有些难以喘息。

"徐放。"顾江年大声唤人，"备车，去S市！"

"可是——"

"现在、立刻、马上。"

徐放一句"可是一会儿还有会议"没能说出来，就被顾江年狂躁的话打断。他不敢多问，连连点头，转身出去办此事。

宋蓉坐在机场的候机厅里，听闻旁人提及小年夜烟花和游乐场之事，拿着手机便开始搜索。

傍晚时分，姜慕晚从梦中醒来，浑身大汗淋漓，夕阳的余晖洒进来，落在了床上，晃得她眼睛疼。她抬手，想要遮挡那刺眼的光芒，却在手刚抬起时，病房里的窗帘便被拉上。

"水。"姜慕晚喃喃开腔，以为身旁的人是宋思知或是俞滢。

直到一只手极其熟稔地将她从床上扶起来时，她才抬起眼帘，乍见这人时，心跳都漏了半拍，似是猛然间有种错觉，好似自己仍旧是在C市，而并非S市。

她以为这是一场梦，一场不真实的梦境。惊喜来得太突然时，人们总会怀疑它的真实性。

她迷迷糊糊中醒来，乍见顾江年时，那种心悸与颤抖在短时间内找不到合适的语言来形容。

顾江年一手拿着杯子，一手搂着人，将她满眼的不可置信与怀疑收进眼底，心疼不已。

他伸手在姜慕晚的腰肢上轻轻揉了揉，力道不轻不重，他还是用他一贯的语气低低沉沉开口："是我，小傻子。"

这一声让姜慕晚回过神来。

姜慕晚一头扎进了男人怀中，惊喜、惊吓、意外瞬间涌上心头，让慌乱无措许久的她得到了片刻的安宁。

可也只是片刻而已。

惊喜来得太快，惊吓也随之而来。姜慕晚伸手猛地推开顾江年，侧眸望向病房门口，带着几分谨慎与害怕。

那模样，叫顾江年险些红了眼。姜慕晚就好比被人剪了爪子、拔了牙齿关在笼子里的小兽，那惊恐害怕的模样好似在时时刻刻提防着坏人的出现。

男人心疼，但自责更多。

他后悔了，后悔给姜慕晚施加压力让她选择。这种会令人左右为难的事情，他又何苦将人逼到如此境地，到头来难受的还是自己。

顾江年来时路上反反复复地在想一个问题——他是要得到姜慕晚，还是想让她开心快乐。

假若他的算计成功,姜慕晚回到了C市,那她是否还能如以前一样开心快乐。

这个问题,顾江年想了一路都没有想出答案。

直到此时,见到了委屈中夹杂着几分害怕的人,他心中突然间就有了答案。

男人望着和自己拉开距离的姜慕晚,将手中水杯搁在床头柜上,而后朝她伸出手,软语温言地哄着:"乖宝,过来,不怕。"

姜慕晚红着眼靠在床上,望着顾江年,哽咽着开腔:"都怪你。"

"嗯,怪我,怪我!"

怪他!怪他!姜慕晚若是真有个三长两短,顾江年这辈子估计都不会原谅自己。

"乖。"男人伸手,将她揽至跟前,一手落在她背脊上,一手轻轻抚着她的发丝,任由姜慕晚趴在他的肩头啜泣。

顾江年侧首轻吻着她的发丝,温柔地轻哄:"好了,好了,不哭了,嗓子都哭哑了。"

波诡云谲的商场里,他是叱咤风云的商业霸主,对妻子,他是最温柔的丈夫。

"乖乖,再哭我心都要碎了。"

"好了,宝贝,怪我,都怪我,不委屈了,嗯?"

男人伸手扯了两张纸巾,将她微微推开,伸手擦着她的眼泪,低低的嗓音含着几分心疼。

顾江年说尽了好言好语,可姜慕晚半分要止住哭泣的意思都没有,她抬手搂住顾江年的脖子。顾江年又将人搂住,轻轻哄着。

看姜慕晚的模样,颇有一种要哭到天荒地老的气势。

年少时,那个穿着白衬衫的少年郎哪里知晓自己多年后会被自家老婆鼻涕眼泪蹭一身?又哪里知晓,他立下来的那些规矩会被人一一打破?

来S市之前,他万分硬气,抱着无论怎样都要跟宋家争斗一番的心态。

而此时,他抱着这个哭得浑身轻颤的人,想争的心思消失了一半。

顾江年想,他完了,彻底完了。

姜慕晚就是他此生的劫难,躲不掉了。

顾江年的掌心落在姜慕晚的发丝上,轻缓地抚着,动作温柔,充满爱意。

那种模样和他与宋家人对峙时完全不一样。

前者强势霸道，而此时满是柔情。

"蛮蛮。"他唤她。

"嗯。"姜慕晚哽咽着回应，委屈之意尽显无遗。

"让你受委屈了。"顾江年温柔的话语响起，侧头亲了亲她的发丝。心疼、歉疚的情绪在眼眸中浮现出来。

"我都委屈死了。"姜慕晚搂着他的脖子闷声开腔，而后许是觉得这句话难以表达她此时的心情，又加了一句，"我要当孤儿。"

顾江年失笑出声，抱着人的手又紧了一分。

"傻瓜。"千言万语汇成两个字。

姜慕晚对顾江年的依赖，从某种程度上而言胜过了对宋家人的依赖。在长辈跟前，她乖巧懂事，在顾江年跟前，她才能做回本我。

姜慕晚止住了哽咽声，她有气无力地趴在顾江年肩头，用委屈的语调同顾江年哭诉道："我妈妈不要我了。"

说到伤心处，慕晚刚止住的眼泪又如决堤的江水似的涌了出来。

刚才还是低声抽泣的人此时又开始放声大哭。病房里的哭泣声与轻哄声交织，顾江年抱着她安抚着，而她，将满腔的委屈都宣泄了出来。

好像顾江年能为她做主似的。

病房外，数道视线落在病房内，此时，众人都只是安静地看着。

顾江年对姜慕晚的好，见过的人都会感叹一番，未见过的人都持怀疑态度。

当付婧与宋思慎两位见证人想用简洁而又真诚的言语告诉宋家人顾江年的不同之处时，无一人相信，也无一人想听一听是否属实。

直至今日，他们见到那个男人用手臂抱着姜慕晚，跟抱小孩似的哄着她时，心中的偏见开始减少。

这世间，真有人能将宋家的姑娘当珍宝对待，只是他们不愿相信这个事实罢了。

可今日，这种不相信的想法逐渐消散了。

如果我从未见过彩虹的模样，那便罢了，可现如今，我见过彩虹，又怎会被其余事物所欺骗？

顾江年于姜慕晚而言，是彩虹，是那年幼时不可触摸的一切。可这年幼时不可触摸的一切今日都触摸到了，不仅触摸到了，还拥抱住了。

宋老爷子观察期已过，欲要出院，思及姜慕晚，本想看一眼，不想行至病房门口准备推门进去时停住了脚步，而这一切只因看到了病房里的那一切。

"爸爸怎么——"

俞滢见此有些纳闷，一边询问，一边向着姜慕晚的病房望去，乍见这一幕，那声未出口的询问就憋住了。

她与宋老爷子一样，愣在了病房门口。

他们之前所见的顾江年，强势、霸道、一身傲骨，进退之间亦有运筹帷幄之势。

可病房里的顾江年，浑身上下散发着温柔，轻蹭她的面庞时，那低垂的眉眼间隐去了几分强势。

这世间，只有两种人才能懂得出何为宠爱，一种是受尽苦难、此生未曾被人宠爱过的人，另一种是拥有过且亲切感知过的人。

而俞滢，属于后者。

她与宋誉溪青梅竹马，多年感情，素来是S市上层圈子里的佳话。

宋誉溪对她极度宠爱，可见了顾江年照顾姜慕晚的一举一动，她感受到，顾江年对姜慕晚的好，与宋誉溪对待自己的相比，有过之而无不及。

此时，俞滢才想起宋思慎说顾江年对姜慕晚极好的话。结合眼前一幕来看，是他们这些做长辈的太过残忍。

俞滢侧眸望了眼宋老爷子，见其面色沉静，目光意味深长，不由得心一紧，伸手抓住了宋誉溪的胳膊。

宋誉溪抬手握住她的手掌，视线从病房内收回来，落在宋老爷子身上，轻轻唤了声："父亲。"

宋老爷子一言未发，低垂着头，拄着拐杖缓慢地离开了病房门前，向着似是一眼望不到尽头的长廊而去。

那步伐，带着几分决绝，转身的片刻，带起微弱的风。

"让他来见我。"宋老爷子跨步离去时，道了如此一句话。

这个"他"是谁，不用多问。

俞滢也好，宋誉溪也罢，都在宋老爷子这句低沉的话语中听到了妥协与退让之意。

病房内，姜慕晚趴在顾江年肩头睡着了，这人才轻手轻脚地将她安放在病床上，动作轻柔得不像话。

他刚放下，人就醒了。

姜慕晚望着顾江年，纤细的手抓住他的衬衫下摆不松手，沙哑着嗓音问道："去哪儿？"

男人俯身亲了亲她的唇瓣，语调轻柔："睡吧，我去找医生问问情况。"

"那你还回来吗？"姜慕晚委屈巴巴地望着顾江年，语气小心翼翼。

顾江年俯身亲了亲她，心疼不已，带着几分笑意揶揄了一句："回来，不回来蛮蛮岂不是要当孤儿。"

姜慕晚越是可怜兮兮，顾江年的心就越颤抖不已。安抚好姜慕晚，顾江年出病房时，远远地，便见拐角处有几道熟悉的身影离去。

"她现在如何？"他问。

"宋蛮蛮能活着，是命大。"宋思知毫不客气地说了一句。

顾江年的目光落在宋思知身上，语气带着几分警告："如果我是宋小姐，一定会客气点。"

"什么意思？"宋思知恍惚以为自己听错了，望着顾江年的目光带着几分疑惑。

顾江年望着宋思知："宋小姐怕是还不知道自己的老板是谁。"

宋思知："……"

"我顾江年几千万元砸下去，可不是为了砸个白眼狼出来骂我的。宋小姐要是真那么硬气，那我撤资？"

宋思知一口气堵在心头，上不来也下不去，一面想说回去，一面又不敢开口。

就像顾江年说的那般，要是资方撤资了，她又得出去"讨米"了。

宋思知拿人手短，吃人嘴软，能屈能伸："我不硬气。"

顾江年："……"

说她跟姜慕晚都是宋家人，恐怕都没人信。

顾江年不准备跟宋思知废话，直奔主题："带我去见宋老爷子。"

"什么？"宋思知错愕，好似没听清顾江年在说什么。

顾江年望着她，嗤笑道："话都听不清楚，宋小姐确定自己数钱的时候手不会抽筋？"

宋思知："……"

宋老爷子要见顾江年，无疑是主动退让了一步。

而顾江年要见宋老爷子，亦是如此。

爱情的伟大之处就在于，有人能成为你的铠甲，亦有人能成为你的软肋。

对于顾江年而言，姜慕晚是铠甲。

对于姜慕晚而言，顾江年是软肋。

这日下午，顾江年离开医院，准备前往宋家。此行与上一次大有不同——心境不同，目的也不同。

在这一遭之前，他尚且以为自己还能再逼迫姜慕晚一把，从而达到自己的目的。

但今日一事发生之后，这些都不再重要了。

人这一生，健康活着才是头等大事。如果因为他自己的纠结与执拗而导致姜慕晚发生了些许难以掌控的意外，那么他这一辈子都不会原谅自己。

人常言，谁先爱上，谁就输了。

顾江年以前并不相信这句话，而此时他深刻地理解并且相信这句话。

在与姜慕晚的这场婚姻中，他的所有退让都是因为爱，都是因为想与姜慕晚携手同行，走过余生。

他比任何人都清楚，虽说他时常吓唬姜慕晚，说她这辈子离了自己就再也碰不到一个对她这么好的男人了。

可反过来也是一样。

他顾江年这辈子如果没了姜慕晚，就再也找不到一个人能与他有这般契合的灵魂了，再也找不到一个能与自己产生共鸣的人了。

宋家书房内，顾江年推门进去，便见宋老爷子站在书桌前，桌上放着一幅还没干的墨宝。

宋老爷子见人，面色沉稳，温和地说道："来了。"

"来了。"顾江年点头回应。

宋老爷子点头："坐吧！"

这二人虽说想法相通，实则仍旧暗中有所较量。但不同于上一次见面，这次的博弈是如何开口。

顾江年想见宋老爷子，宋老爷子想见顾江年，但四目相对时，二人却默默无言。

"晚辈有言，就直说了，这场僵持是我顾某人与宋家的僵持，有什么意见和不满，诸位冲着我来就好，别为难蛮蛮。"

顾江年话里的意思明显，他可以受委屈、受虐待，但姜慕晚不行，即便是行，他也舍不得。

而宋老爷子没想到顾江年开口就在维护蛮蛮："顾先生是觉得我宋家会逼死自家姑娘？"

顾江年凝望着他，心中一句"差不离了"始终没说出来，他毕竟是

295

为了姜慕晚来的，要隐忍。

"如果蛮蛮被逼死了，你我之间皆有不可推卸的责任。"宋老爷子不待顾江年回答，又扔出了这么一句话。

顾江年抿了抿唇，望着宋老爷子，低沉开腔："不论是我前一次来宋家，还是这一次来宋家，均是因为我对宋蛮蛮动了真情，且这真情深入骨髓。我与宋家的对峙也好，求和也罢，都是因为我爱宋蛮蛮。一如今日站在这里，所思所想只有一个：不想看见她被逼死，也不忍见她伤心落泪。"

顾江年一番话，说得不疾不徐，望着宋老爷子，诉说着自己对宋蛮蛮的感情。

宋老爷子虽有心退让，但还是想要多试探一分："顾董可曾听过，成全也是爱？"

"宋老说的成全，在晚辈这里，就是放任她一人去孤身作战。"

不管把姜慕晚交给谁，顾江年都是不放心的。

除了自己，他谁都不信。

"顾先生就没想过，你的出现只会让她的处境更艰难，更危险？"一旦S市人知晓姜慕晚跟顾江年结婚了，必然会引起斗争，且不说顾江年还跟席家有关联。

"不管我来不来，宋家的处境都很危险，不是吗？不过是我来之前，这一切宋老尚且可以掌控。我来之后，给宋老增加了些许难度罢了，但宋老又怎知，晚辈没有那个能力化险为夷呢？"

顾江年对于宋家而言，是意外，是难以掌控的意外。

"顾先生似乎对自己很有信心。"宋老爷子深沉的目光落在顾江年身上打量。

"不否认。"男人不卑不亢地回应。

顾江年深刻地知道自己的能力所在，更清楚，他此时站在这里，是在与宋老爷子进行谈判。

"宋家与其找一个S市的豪门女婿，倒不如找我。那些世家公子，大多有顾忌，而我顾江年，只有一人。他们思前想后求万全，而我无须纠结思忖，只要宋蛮蛮。"

"你可以为了蛮蛮付出一切？"宋老爷子望着顾江年，一字一句地问道。

顾江年不假思索："我可以。"

他无牵无挂，无所顾忌，有何不可？

顾江年从不是一个什么都在乎的人，他这辈子除了余瑟和宋蛮蛮，也没什么要护着的人了。

不管人走哪条路，都只有这一生。

"顾先生是否清楚自己目前的处境？"宋老爷子问道。

"顾先生，您觉得自己是否值得我冒险，孤注一掷地陪您去赌这场博。"

宋老爷子的语气很平静，平静得让顾江年不得不多思考其中的深意。"是否值得"这四个字让顾江年沉思。

过了许久，他缓缓开口，说出了这样一句话："凡成大事，人谋居半，天意居半。人谋我已有，剩下的——看天意。"

言外之意是，是否值得要看天意。

听到顾江年的话，宋老爷子内心有所松动，望着他，目光中多了几分善意。

"顾先生，您仅凭这番话就想让我信任您？"宋老爷子望着他，目光中透露着算计，伸手敲了敲桌面，发出咚咚的声响，浑身上下散发着一股压迫感。

"宋老请直言。"顾江年亦是聪明人，知晓宋老爷子话中有话，他自己琢磨来琢磨去都不如让宋老爷子开口直言。聪明人不是猜来猜去，而是敢于大胆问对方想要什么。

良久之后，宋老爷子沙哑着嗓音开口："你爱蛮蛮？"

"视如生命。"顾江年说。

"此生？"宋老爷子又问。

顾江年点头回道："此生。"

"若有变故呢？"宋老爷子再问。

"任凭处置。"

宋老爷子每问一句，顾江年回答的语气都是坚定万分。

"什么东西于顾先生而言是此生最为重要的？"

既然是要做出保证的，必然是要拿出自身最为重要的东西作为凭证。否则，他怎能相信顾江年的这张嘴？

顾江年垂在身侧的手微微握紧，望着宋老爷子一字一句地道："母亲，蛮蛮，君华。"

"以君华为保证。"

"好。"顾江年一口答应，他的干脆利落让宋老爷子愣了数秒。

余瑟也好，姜慕晚也罢，都不能成为交易品，那么就只有君华了。

对于一个商人而言，一手创建起来的企业就如同自己的亲生孩子一般，有着强烈且浓厚的感情。

他以为顾江年会思考几分钟，可并没有，他直接道了一句"好"，那语气就好似与姜慕晚相比，君华根本不值一提一样。

宋老爷子想：他遇到了对手。

"若有朝一日，顾董做出违背道德与伤害蛮蛮之事，君华——捐献出去帮助他人。"

显然，宋老爷子此举，就是想震慑顾江年。

顾江年毫不犹豫，点了点头："好。"

"空口无凭，我想顾先生应该明白我说的是什么意思。"

"明白，协议立好之后我亲自交到宋老手中。"

顾江年只要姜慕晚，至于君华——早已不那么重要，姜慕晚已经是他人生当中不可或缺的一部分。

这场交谈中，宋老爷子步步紧逼，顾江年步步后退。

如他来此的目的，是为了得到姜慕晚，也是为了让宋老爷子能成全他们二人的感情，是来妥协的。

牺牲君华和得到姜慕晚之间，他选择后者。

大概是顾江年今日屡屡让步的态度，让宋老爷子语气不再那么强硬："我宋家的姑娘自幼受过良好的教育，不说是天之骄子，但也是龙凤之姿，不说万里挑一，也绝对独一无二。顾先生很优秀，但我家蛮蛮也不差，顾先生应当知晓。"

这是警告——

宋老爷子在警告顾江年，警告他要对宋蛮蛮好一点，警告他要知晓宋家的存在。

顾江年对于宋老爷子警告的话语，没有丝毫的意见，沉稳地开腔："愿植梧桐于庭，引凤而归。"